SELIM ÖZDOGAN

DER DIE TRÄUME HÖRT

KRIMINALROMAN

EDITION NAUTILUS

Die Arbeit an diesem Roman wurde
gefördert durch ein Stipendium der
Kunststiftung NRW.

Edition Nautilus GmbH
Schützenstraße 49 a · D-22761 Hamburg
www.edition-nautilus.de

Originalveröffentlichung · Erstausgabe September 2019
Umschlaggestaltung · Maja Bechert, Hamburg
Autorenportrait Seite 2: Philipp Hönig
Druck und Bindung: CPI – Clausen & Bosse, Leck
1. Auflage · ISBN 978-3-96054-202-5

Sie sind Geschöpfe aus Dunst und Regen und Einsamkeit.
Sie spielen Wasser und Traurigkeit in unsere Welt hinein.
Sie sind Leute voller List und Bosheit und Sonnenschein
und Musik und Stille.

Keri Hulme

a prisoner to these words, every sentence is life

Belly

I

1

Abstand zu Menschen. Ich dachte, es würde helfen. Es hat geholfen, jahrelang hat es geholfen.
Und jetzt … Ich dachte, sie lügt. Was sollte das auch für eine Geschichte sein? Du hättest sie auch nicht geglaubt.
Ich erinnerte mich an die Nacht. Ich war bereits weggezogen aus Westmarkt, da war auch kein Blut an meinen Händen, aber niemand kam da sauber raus.
Ich saß in der Straßenbahn und Kamber stieg ein. Ich freute mich so, als ich ihn erkannte. Wir hatten uns lange nicht mehr gesehen. Es war so unwahrscheinlich, ihm so über den Weg zu laufen, es sah ihm nicht ähnlich, dass er Straßenbahn fuhr. Wir umarmten uns lange und als wir uns lösten, glänzten meine Augen wahrscheinlich, seine aber auch. Er war unterwegs zu Kerim und wir haben noch Paster abgeholt und sind dann zu viert losgezogen, ins Chronic, wo Dre lief, Gang Starr, Snoop, Geto Boys, R. Kelly, Wu-Tang, das *Slim-Shady*-Album war vor ein paar Monaten erschienen.
Ich war raus, ich war getrennt von Rahel, aber ich war raus. Und ich freute mich so, wieder drin zu sein und dabei. Hier war ich nicht der, der immer das beste Gras am Start hatte, hier war ich nicht der, der nicht studierte, hier war ich nicht der, der nur Hip-Hop hörte und sich mit den anderen Sachen nicht auskannte. Hier war ich einfach Nizar, zusammen mit Jungs, die meinen Rücken hatten, wenn es Schwierigkeiten gab. Und es gab früher oder später immer Schwierigkeiten, wenn man mit diesen Jungs zusammen war.
Ein paar Drinks, ein paar Joints, ein paar kleine Nasen und diese Musik, es ging mir gut. Irgendwann nach Mitternacht standen Kamber und ich vor den Toiletten, als sein Motorola klingelte, er ging ran, sagte einige Male Ja und dann: Bin gleich da.

– Geschäfte, sagte er zu mir. Ich muss los, wir sehen uns.
Wir umarmten uns, und erst nachdem er gegangen war, bändelte ich mit Ayleen an, Ayleen mit ihrer piepsigen Stimme und dem großen Hintern, den sie zur Musik bewegte. Am Ende der Nacht haben wir uns auf meinem Bett ausgezogen.
Ich kann mich an keine Abschiedsszene erinnern oder daran, dass wir Telefonnummern ausgetauscht hätten. Siebzehn Jahre lang habe ich nicht mit ihr geredet, nur hin und wieder etwas über sie gehört. Ich war weg. Weit, weit weg in derselben Stadt.
Und dann rief sie mich an und erzählte, dass wir einen gemeinsamen Sohn haben. Dass er bis vor kurzem geglaubt habe, ihr Mann sei sein Vater. Dass er die Schule schwänze, dass er nichts mehr erzähle, dass sie nicht wisse, mit wem er sich rumtrieb, dass er ständig Streit suche, vor allem mit seinem Stiefvater, dass sie Angst habe, dass einer von beiden gewalttätig werden würde, dass sie weder ein noch aus wisse und ihm deshalb die Wahrheit erzählt habe. Der Junge wisse nicht, wer er sei. Jemand müsse ihm helfen.
Natürlich habe ich das nicht geglaubt. Das hättest du auch nicht. Ich habe geglaubt, sie denkt, ich sei reich geworden. Ich habe gedacht, sie sieht irgendeinen Vorteil für sich. Ich weiß, wo sie herkommt, natürlich habe ich ihr nicht geglaubt.
Ich habe gedacht, ich hätte das irgendwie fühlen müssen, wenn ich einen Sohn habe. Ich war mir sicher, dass er nicht von mir ist. Erst das Testergebnis konnte mich überzeugen.
Abstand zu Menschen. Aber näher dran, als einen Sohn zu haben, kann man kaum sein. Einen Sohn. Da stand er mir gegenüber. Schwarze Jeans, eng an den Waden, Nike-T-Shirt, die Jordan 33 an den Füßen, Irie-daily-Kappe. Er konnte seine Unsicherheit überspielen, besser als ich.
– Sprich mit ihm, hatte Ayleen gesagt, es ist egal, was du sagst, wozu du ihm rätst. Ich will nur, dass er sich nicht mit Sami prügelt, dass es keine Gewalt gibt. Ich fand immer noch, dass er mir nicht ähnlich sah. Kein bisschen. Aber die Testergebnisse

waren nicht gefälscht, so was hätte sie nicht hinbekommen. Er schien auch nicht so sehr nach Ayleen zu kommen, hatte nicht ihr rundes Gesicht, sondern ein hageres mit einem kantigen Kinn. Er sah gut aus, ich war mir sicher, dass jede Menge Mädchen und junge Frauen auf sein Aussehen reagierten.
Als wir uns die Hand gaben, machte er eine lockere, ausholende Bewegung aus der Schulter heraus, als seien wir Freunde, die sich schon lange kennen.
– Lesane, sagte er.
– Nizar, sagte ich.
– Warum treffen wir uns hier?
– Ich wollte dort rein.
Ich machte eine Kopfbewegung.
– Da? Wieso?
– Keine Ahnung. Neutraler Boden, dachte ich.
– Ein Café für Blondie-Omas? Die sind ja alle fast tot.
– Eben. Wir beide aber nicht. Lass uns reingehen.
Er ist unpünktlich, hatte Ayleen gesagt, aber ich hatte nur zehn Minuten auf ihn gewartet. Und ich hatte nicht geraucht, obwohl ich das erste Mal seit Jahren wieder daran gedacht hatte.
Als ich mich setzte, legte ich die Hände vor mir auf den Tisch. Verdammt, wie lange war das her, dass ich so nervös gewesen war? Wie schon oft in den letzten Tagen überlegte ich, wie ich in seinem Alter gewesen war. Wer war ich gewesen, als *Regulate… G Funk Era* erschien? *Illmatic, Tical, Direkt aus Rödelheim, Murder Was the Case, Southernplayalisticadillacmuzik.* Ich erinnerte mich an die Alben, ich erinnerte mich an die Freude, an die Stunden auf dem Platz, an die Möglichkeiten, die ich vor mir sah. Ich erinnerte mich, wie groß die Welt war und wie groß meine Träume. Aber ich erinnerte mich auch, wie ich mich in traurigen Zeilen wiedergefunden hatte, *You don't see what I see, every day as Warren G, you don't hear what I hear but it's so hard to live through these years*. Wie viel Schmerz in der Freude und in den Möglichkeiten gewesen war. Ich erinnerte mich, wie ich mit Kamber Scheine gemacht

hatte, um mir die neuen Jordans kaufen zu können, einen Spalding, eine PlayStation und was sonst nicht noch alles wichtig gewesen war.

– Komische Nummer von deiner Mutter, das so lange zu verschweigen, sagte ich.

– Und die versucht mir beizubringen, nicht zu lügen, sagte er.

Die Bedienung kam, ich bestellte einen Kaffee und Lesane eine Cola, nachdem er zunächst nach einem Energydrink gefragt hatte.

Ich wusste nicht, was ich als Nächstes sagen sollte. Vielleicht weiß man das nie. So lange hatte ich es geschafft, nicht verwickelt zu werden, und jetzt war ich mittendrin.

– Was machst du eigentlich so? Ayleen hat gesagt, ich soll selber fragen.

– Ich bin Detektiv.

– Detektiv?

Ich sah, wie ich in seiner Achtung sank.

– Ja.

– So Ladendetektiv?

Ich schüttelte den Kopf. Seine Hände sahen meinen ähnlich, doch. Und an den Knöcheln keine Zeichen von Prügeleien. Seine Körperhaltung und seine Bewegungen verrieten, dass er sich viel bewegte.

– Privatdetektiv.

Er sah mich ungläubig an.

– So hollywoodmäßig, oder was?

– Leute kommen zu mir, wenn die Bullen ihnen nicht weiterhelfen können.

– Du bist also so me…

Er schluckte das Wort runter, was immer es gewesen war, das er hatte sagen wollen. Ich sah ihn an. Siebzehn. Ich atmete ein. Ich atmete aus. Es musste einen Weg zu ihm geben. Einen direkten, kurzen, ehrlichen. Ich sah seine Ablehnung.

– Schau, Lesane, ich bin etwas nervös. Das passiert nicht alle Tage, dass man seinen fast erwachsenen Sohn kennenlernt.

Und wenn ich du wäre, würde ich es auch scheiße finden, dass mein Vater so etwas Ähnliches ist wie ein Mietbulle. Auf jeden Fall.

Keine Regung.

– Ich bin noch nicht so lange in diesem Job. Ich habe viele verschiedene Sachen gemacht. Eine Zeit lang war ich Personal Trainer, für so reiche Leute, die es nicht schaffen, sich selbst zum Training zu motivieren. Die kein Buch in die Hand nehmen, nicht selber lesen wollen, die gelobt und gehätschelt werden wollen und die dich dafür bezahlen, dir auf den Sack zu gehen. Ich habe gut Geld damit verdient. Achtzig Euro die Stunde.

Ich erkannte die Andeutung eines geringschätzigen Lächelns.

– Irgendwann habe ich diese Leute nicht mehr ertragen, redete ich weiter. Eine Zeit lang habe ich dann einen Kiosk betrieben. Da haben die Kunden nicht das Gefühl, sie könnten dich kaufen für ihr Geld. Ich dachte, mit der Verkaufstheke als Abstandhalter würde es für mich leichter werden, freundlich zu sein zu den Leuten. Aber das stimmte leider nicht. Nach fünf Jahren auf vierzehn Quadratmetern habe ich als Detektiv angefangen. Detektiv ist kein geschützter Beruf, das kann jeder werden, du bist einfach nur ein Gewerbetreibender. Und ich bin Internetdetektiv, das heißt, ich brauche mich nicht direkt mit den Menschen auseinanderzusetzen.

– Internetdetektiv?, fragte er.

– Menschen wollen wissen, ob ihre neue Facebookbekanntschaft vielleicht ein Scammer ist.

Er sah mich fragend an.

– Romance Scammer zum Beispiel. Schreiben jemanden an. Geben sich als junge Frau aus. Schicken Fotos. Machen den Klienten verliebt in sich, wollen zu einem Treffen kommen und bitten dann um Geld für den Flug. Oder erzählen von einer Notsituation. Jemand in der Familie ist gestorben oder so.

– Richtig Steine kann man damit nicht verdienen, oder?

– Wer? Ich oder die Scammer?

– Die Scammer.
– Wenig Aufwand. Ein wenig chatten, flirten, Verständnis vorspielen und schauen, ob nicht einer von den Fischen, die man da fängt, doch eine fette Kuh ist, die man melken kann.
– Das ist alles, was du machst?
– Cybermobbing, Eltern, die ihr Kind schützen möchten, Scam-Mails, Überprüfung von Webseiten, Leute, die in Shops bestellt haben, die nicht liefern, Fake-Wohnungsangebote, Fake-Jobangebote, Betrug eben, manchmal Urheberrechtssachen oder Erpressungen, wenn der Rechner infiziert ist. Es gibt viele Leute, die sich im Stich gelassen fühlen und jemanden brauchen, dem sie vertrauen können, wenn es ums Internet geht.
– Du arbeitest für Opfer.
– Ja, sagte ich. Aber du arbeitest immer für Opfer. Egal wie du es drehst und wendest.
Er hatte offensichtlich eine andere Meinung, hielt aber seinen Mund.
Savaş starb, als *Phantom of the Rapra* erschien, da war ich ein Jahr älter als Lesane jetzt. Hirntumor. Er mochte mich, er mochte mich gerne, auch wenn wir nie viel miteinander gesprochen haben. In der Anfangszeit des Tumors war er häufiger redselig, aber auch sprunghaft, erst in den letzten Wochen wurde er so aggressiv. Einmal saßen wir zusammen im Wohnzimmer. Kamber war nicht da.
– Mein Sohn, hatte er gesagt, die Deutschen sind stolz auf ihre Arbeit, die gehen unter Tage und sind stolz darauf. Die schippen Kohle und sind stolz drauf. Ich war nie stolz auf meine Arbeit. Ich war stolz, dass ich meinen Eltern Geld schicken konnte, weil sie zu alt zum Arbeiten sind, ich war stolz, dass ich meinem Bruder helfen konnte, nachdem er den Arm verloren hatte, aber ich war nie stolz auf die Arbeit hier. Ich habe nur geschwitzt und geschuftet, zu jeder Zeit, die sie mich an diesem Hochofen haben wollten, war ich da. Mein ganzes Leben habe ich da ausgeschwitzt. Ein Vater möchte seinen Söhnen

etwas beibringen. Manchmal stelle ich mir vor, ich wäre Arzt geworden oder Anwalt oder auch nur Übersetzer. Manchmal stelle ich mir vor, ich wäre etwas geworden, von dem ich meinen Söhnen sagen kann: Das ist gut. Ihr könnt so werden wie ich. Aber ich habe nur versucht euch beizubringen, wie man nicht so wird wie ich. Und wie soll man seinen Söhnen so etwas beibringen? Aber wir sind immer aufrecht gestanden. Ganz vorne. Wir haben uns nie versteckt und wir haben immer versucht, euch zu beschützen. Aber ich weiß nicht, ob das etwas zählt. Wo sind sie, die Helden, die starken Männer, die, die sich für groß gehalten haben? Sie sind tot, wie alle anderen. Es ist eine vergängliche Welt, am Ende des Weges hörst du auf zu atmen. Wenn ich tot bin, ist die Reihe an dir.
Ich habe nicht verstanden, was er sagen wollte.
– Die Reihe?
– Nach mir bist du dann dran mit Sterben. Du musst nach vorne.
Ich war gerührt, habe aber versucht, mir nichts anmerken zu lassen.
– Und Kamber?
– Aus dem wird nichts Gescheites mehr.
– Aber …
Er hat die Hand auf meine Schulter gelegt und den Kopf geschüttelt. Ich sollte still sein.
– Kamber, fing ich trotzdem noch mal an.
– Ich will den Namen nicht mehr hören.
In die Rührung mischte sich der Schmerz, meine Augen wurden feucht und ich sah weg. Ich wusste nicht, ob ich jetzt einfach aufstehen konnte oder nicht, und so saßen wir schweigend nebeneinander.
– Die Reihe ist an dir, sagte er nach einer Weile, bald stehst du an vorderster Front. Und du wirst gefickt werden, auf die eine oder andere Art wirst du gefickt werden. Es gibt kein Entkommen.
Er sah mich an, ich wusste nicht genau, was er mir sagen

wollte, aber ich verstand, dass er auf irgendeine Art an mich glaubte.
– Jeder Mensch weint, murmelte er. Und jeder Mensch stirbt.
Drei Monate später war er tot. Er wurde in der Türkei beerdigt und ich bin nicht hingeflogen. Kamber auch nicht.
Ich dachte an dieses Gespräch und wie nah wir uns gewesen waren. Es musste eine Möglichkeit geben, Lesane und mich zu verbinden.
– Was ist das mit Sami und dir?, fragte ich ihn.
– Was soll da sein?
– Ayleen sagt, ihr prügelt euch fast.
– Ja.
– Warum?
– Weil er einfach nicht peilt, dass er kurz davor ist, eine Schelle zu kassieren. Der hat mir gar nichts zu sagen. Ich bin kein Kind mehr.
– Ayleen muss verdammt verzweifelt sein, wenn sie glaubt, es könnte etwas nützen, dass wir uns treffen. Wir kennen uns nicht. Sie möchte dir irgendwie helfen. Und sie vertraut dir. Sie vertraut dir, dass du nicht zu Sami gehst und ihm die Wahrheit sagst. Egal, was sonst auch immer passiert. Das heißt, sie glaubt, du bist ein Ehrenmann, der nie seine Mutter verraten würde. Vielleicht möchte sie, dass du ein wenig Abstand gewinnst.
Abstand halten. Wie lange hatte ich das versucht?
– Was soll das bringen, wenn er es nicht auch versucht?
Ich sah ihn an und blieb ihm eine Antwort schuldig. Ich suchte nach dem Satz, dem Satz, in dem er sich selbst sehen konnte.
– Bist du sauer auf Ayleen?
– Warum?
– Weil sie dir erst jetzt die Wahrheit gesagt hat?
– *Das sind alles Lügen, jeder lügt dich an*, sagte er.
Er hatte es nicht gerappt, aber ich erkannte den Tonfall.
– Azad, sagte ich.

Da war immerhin ein Moment der Überraschung in seinen Augen.
Hip-Hop. Er musste acht gewesen sein, als das Album erschien. Mit Hip-Hop hat es angefangen, in der Nacht, in der wir diesen Jungen gezeugt haben. Diese Nacht. Ayleen hat mir erzählt, wie sich ihre Eltern getrennt haben, als sie sechs war. Wie sie ihren Vater vermisst hat. Wie ihre Mutter einen neuen Mann gefunden hat, der zu ihnen zog, und wie sie dann immer wieder zu Ayleen gesagt hat: Wenn das mit dem Thorsten auch nicht klappt, ist das deine Schuld. Wie sie Thorsten gehasst hat und wie schuldig sie sich deswegen gefühlt hat.
Die Nacht, in der Lesane empfangen wurde, Hip-Hop, Gras, Pep, Wodka, Bedauern, Sehnsucht, Geständnis, falsche Nostalgie, Geilheit.
– Was hörst du sonst so?, fragte ich.
– Haftbefehl, Xatar, SSIO, PA Sports, KMG, die frühen Sachen von Sido, Nazar, Nimo, Vega.
Ich nickte.
– Rappst du?
Er schüttelte den Kopf.
– Du tickst, sagte ich.
Er verzog keine Miene. Ich hätte nicht sagen können, ob irgendetwas in ihm arbeitete. Ich wusste nur, dass ich richtig lag. Ich wusste aber nicht, ob das der Grund für seine Probleme mit Sami war. Wenn ich nur eine Ahnung gehabt hätte, was für ein Mensch mein Sohn war. Welche meiner Eigenschaften er hatte und welche nicht. Ob er verloren war und wenn ja, auf welche Weise. Und was das für mich bedeutete.

2

Mitte vierzig, Carhartt-Jeans, teures Hemd, Veja-Turnschuhe, leicht angegrautes, schütter werdendes Haar, gepflegter 14-Tage-Bart. Die Augenringe und die eingefallenen Schultern verbar-

gen nicht, dass er es gewohnt war, sich mit jedem Mann im Raum zu messen und sich für den Gewinner zu halten.
Solche Männer hatte ich als Personal Trainer nicht motivieren müssen, die brauchten mich nur, damit da jemand war, dem sie sich überlegen fühlen konnten. Den sie nicht im Zweifel darüber ließen, wer hier das Sagen hatte und dass sie weit Wichtigeres leisteten, als zehn Kilo mehr aufzulegen oder beim Sparring die Deckung nicht sinken zu lassen.
In der Regel waren meine Klienten als Detektiv älter, unbeholfen in einer Welt, die sich Internet nannte, während Armbruster so aussah, als würde er vor dem Morgenkaffee durch seine Pushnachrichten scrollen und in Start-ups investieren.
– Herr Balcı hat Sie mir empfohlen, fing er an.
Er sprach es Baltschi aus und ich fragte mich, ob so ein Name Misstrauen in ihm auslöste und ob die Uniform half, es zu überwinden.
Ich nickte. Den Termin hatte seine Sekretärin vereinbart, ich wusste nicht, worum es ging.
– Mein Sohn …
Er sah aus dem Fenster.
– Mein Sohn ist vor zehn Tagen gestorben. An einer Droge, die er im Darknet gekauft hat. Mephedron. Es ist unwahrscheinlich, dass der Dealer gefasst wird, sagt die Polizei. Sie tun alles, was in ihrer Macht steht, wollen mir aber keine Hoffnungen machen. Mein Anwalt sagt, es ist nahezu aussichtslos, dafür braucht man mehrköpfige Sonderkommissionen. Er war achtzehn, sagte er mit erstickter Stimme.
Irgendetwas in meiner Magengegend schien sich zu verschieben. Ich versuchte sein Leid zu fühlen. Es gelang mir nicht. Aber irgendetwas berührten seine Worte dennoch.
– Mein Beileid, sagte ich.
Wenn die Leute Darknet sagen, heißt das meist, dass sie keine Ahnung haben, wovon sie sprechen. Sie stellen sich das Darknet als einen Bereich vor, der vom übrigen Internet abgeschnitten ist. Wie eine Anliegerwohnung, die eine eigene Haus-

tür hat. Dabei ist das Darknet mehr so eine Art Zwischenboden, den man eingezogen hat. Es ist mitten im Haus. Man braucht nur eine Leiter, um hinzukommen.
– Können Sie den Dealer finden?, fragte er.
– Kommt darauf an. Sind Sie sicher, dass die Drogen aus dem Internet sind?
– Ja. Sein Freund hat überlebt. Er hat es erzählt. Fynn … mein Sohn war derjenige, der die Drogen besorgt hat.
– Wissen Sie, wo genau?
– Eine Plattform im Darknet, die Dream Market heißt.
– Also nur über Tor erreichbar, stellte ich fest.
Er nickte etwas unsicher. Ich brauchte sein Vertrauen.
– Tor ist eine Technologie, die vom amerikanischen Militär entwickelt wurde, um eine Kommunikation zu ermöglichen, bei der der Absender nicht ermittelbar ist. Heute wird diese Verschlüsselung nicht nur dazu benutzt, um Zensur in diktatorischen Regimen zu umgehen und Surfverhalten zu verschleiern, sondern auch, um kriminelle Foren und Marktplätze zu hosten.
– Ich möchte, dass der Mörder zur Verantwortung gezogen wird, sagte er.
– Der Betreiber von Dream Market oder der Händler, der Ihrem Sohn die Drogen verkauft hat?
Ich sah das kurze Zögern und fügte hinzu:
– Das ist jemand, der die Plattform betreibt, auf der wiederum einzelne Händler ihre Drogen anbieten.
Er schien verstanden zu haben, reagierte aber nicht sofort und ich erklärte es ausführlicher:
– Silk Road war die erste Plattform, auf der Drogen angeboten wurden. Es war ein historischer Moment, in dem Bitcoins, Tor und Drogen zum ersten Mal zusammengebracht wurden. Es ist bekanntgeworden als Amazon des Drogenhandels, doch es war mehr eine Art eBay, wo Anbieter und Käufer zusammenfanden. Wie bei eBay stellte jemand die Plattform zu Verfügung, aber die Verkäufer sind letztlich andere. Der Betreiber von Silk Road

ist 2013 verhaftet worden, aber viele Händler sind dann auf die Nachfolgeplattformen ausgewichen. Von denen Dream Market eine ist. Es gibt einen oder mehrere Betreiber. Doch die sind nicht die, die Ihrem Sohn die Drogen verkauft haben, sondern ein Händler, der dort seine Waren anbietet. Also, wollen Sie den Händler oder wollen Sie den Menschen, der die Plattform betreibt?
– Beide.
– Ich kann nur versuchen, den Händler ausfindig zu machen. Für den Betreiber reichen meine Ressourcen nicht. Da ist es auch nicht mit einer Sonderkommission getan, dafür braucht es internationale Zusammenarbeit.
– Dann nur den Händler.
– Ich kann es versuchen. Lassen Sie mich das Vorgehen skizzieren. Schritt eins: Ich müsste Fynns Computer sehen, sein Smartphone, sein Tablet, alles, womit er ins Internet konnte. Ich würde mit seinem Freund sprechen, um Informationen zu sammeln. Schritt zwei: Ich müsste versuchen, die Identität des Händlers herauszufinden. Wahrscheinlich sitzt er nicht in Deutschland, sondern in Holland oder Großbritannien, das würde die Spesen möglicherweise erhöhen. Schritt drei: Wir übergeben den Strafverfolgungsbehörden die ermittelten Beweise und die nehmen den Händler fest.
Er nickte.
– Hansa Market und AlphaBay sind kürzlich hochgenommen worden, vielleicht haben Sie es mitbekommen. Mit Valhalla, Dream Market, Majestic Garden, Zion Market bleiben noch reichlich Plattformen, auf denen Drogen gehandelt werden, online. Auf jeder Plattform sind schätzungsweise zwei- bis dreitausend Händler aktiv. Die wenigsten von denen werden erwischt, selbst wenn die Plattform beschlagnahmt wird und die Betreiber festgenommen werden. Ich will Ihnen keine falschen Hoffnungen machen: Schritt drei, den Händler zu enttarnen, ist unwahrscheinlich, aber ich kann es versuchen.
Er nickte erneut.

– Schauen wir erst mal bei Dream Market nach Mephedronhändlern. Moment.
Ich öffnete den Tor-Browser, loggte mich bei Dream Market ein und gab Mephedron in das Suchfeld ein. Dann drehte ich den Monitor so, dass er ihn sehen konnte.
– Vierzehn Händler insgesamt, sagte ich, einer aus Südafrika, vier aus Holland, neun aus Großbritannien, einer aus Deutschland. Das schränkt die Suche zwar ein, doch es bleibt unwahrscheinlich, dass ich herausfinde, wer von diesen vierzehn es war.
Er sah auf den Bildschirm und ich legte mir die Antwort auf die Frage zurecht, warum ich bei dieser Plattform einen Account hatte. Aus beruflichen Gründen. Die Frage kam nicht.
– Das Honorar, sagte ich. Für Schritt eins, Auswertung der Festplatten: 1.000 Euro. Für Schritt zwei, Suche nach dem Dealer: 6.000 Euro, Spesen wie Flüge und Hotel extra, für den Fall, dass Schritt drei eintritt: 10.000 Euro Provision.
– 17.000, sagte er in einem Tonfall, der mir zu verstehen gab, dass er in der Regel derjenige war, der die Ansagen machte.
Ich nickte. Er sah wieder aus dem Fenster, zögerte. Überlegte vielleicht, ob er versuchen sollte mich runterzuhandeln.
Das ist dein Sohn. Ist er dir dieses Geld nicht wert? Musst du es dir vom Munde absparen? Was kostet Gerechtigkeit in dieser Welt? Was für Preise rufst du denn für deine Arbeit auf? Glaubst du etwa, ich weiß nicht, dass du eine Agentur für Kommunikationsdesign hast und glaubst du, ich habe nicht die Namen deiner Kunden gesehen? Willst du einen Trauerbonus? Was hat denn allein der Sarg gekostet, den du deinem verwöhnten Sohn gekauft hast?
Sobald die Trauer aus deiner Fresse verschwunden ist, wird nur noch Selbstgefälligkeit bleiben.
Sagte ich natürlich nicht.
– Sehen Sie, Herr Armbruster, ich bin Dienstleister, einer der besten auf diesem Gebiet, das hat Herr Balcı Ihnen sicher gesagt. Ich verkaufe keine Gebrauchtwagen oder Smartphones,

ich verkaufe Fachkenntnis. Kennen Sie die Geschichte von dem Trecker, der stehen bleibt und ein Mechaniker kommt vorbei? Klopft einmal leicht mit dem Hammer gegen den Motor und der Trecker läuft wieder. Er berechnet dem Bauern 100 Euro. 100 Euro, nur dafür, mit dem Hammer gegen den Motor zu hauen?, fragt der Bauer. Nein, sagt der Mechaniker, 1 Euro, um mit dem Hammer gegen den Motor zu hauen. Und 99 dafür, dass man auf die richtige Stelle haut.
Er zeigte keine Reaktion.
Ich bin kein Teppichhändler, aber wenn du dunkel bist, ist es klüger, sich ein wenig wie einer zu verhalten, einen Teil ihrer Vorurteile zu bestärken, damit sie sich sicher fühlen. Orientale, erzählt gerne Geschichten, scheint aber kompetent, möglicherweise sogar gerissen. Vielleicht der richtige Mann für den Job.
Bei den meisten Klienten gab ich eher den netten Ausländer: charmant, geizt nicht mit Komplimenten, ich schmierte ihnen Honig ums Maul, zeigte Verständnis dafür, dass sie sich im Neuland nicht auskannten. Sagte ihnen, dass es mir mit einem anderen Beruf wahrscheinlich genauso ginge.
Bei denen rief ich aber auch nicht solche Honorare auf.
Ich sah ihn an. Ich fragte mich, ob ich zu hoch gepokert hatte.
– Es steht Ihnen natürlich frei, sich woanders noch ein zweites Angebot einzuholen, sagte ich.
– 17.000, sagte er und stand auf. Wir gaben uns die Hand.
Nachdem ich ihn verabschiedet hatte, konnte ich mich nicht freuen. Erstens war nicht gesagt, dass ich den Dealer finden konnte. Zweitens war sein Sohn gerade gestorben. Ein Jahr älter als Lesane. Drittens mochte ich Herrn Armbruster nicht und wollte eigentlich gar nicht für ihn arbeiten.
Drittens war egal. Ich mochte die meisten Menschen nicht.
Es war alles beim alten, nur dass ich Gelegenheit hatte, ordentlich Asche zu verdienen.
Ich war noch eingeloggt bei Dream Market und klickte auf die Angebote von Tr4der Joe, legte fünf Gramm Critical Mass

in meinen Einkaufswagen, bezahlte mit meinem Bitcoinguthaben.
Diese Plattformen hatten alle ein Treuhandsystem, das sich Escrow nannte. Die Bitcoins, mit denen man bezahlt hatte, blieben auf der Plattform, bis man den Erhalt der Ware bestätigt hatte oder bis eine bestimmte Frist abgelaufen war, dann erst wurden sie dem Händler gutgeschrieben. So versuchte man sicherzustellen, dass Käufer nicht betrogen wurden.
Die Kursschwankungen des Bitcoin, die Gefahr, dass die Plattform von den Behörden jederzeit geschlossen werden konnte, und die Möglichkeit, dass der Käufer der unehrliche war, der zwar die Ware bekam, aber behauptete, nichts erhalten zu haben, all diese Gefahren führten dazu, dass manche Händler ihre Ware erst losschickten, nachdem man verfrüht den Erhalt bestätigt hatte. Tr4der Joe war einer von ihnen. Ich bestätigte den Erhalt des Grases und vergab bei der Bewertung 5 Sterne. Dazu schrieb ich: FE, finalized early, will update.
Das war nicht meine erste Bestellung bei Tr4der Joe, ich wusste, dass sie ankommen würde.

3

Sonntags schlief ich immer lange. Oder versuchte es zumindest. Ich ließ die Augen geschlossen und drehte mich immer wieder um. Ich stellte mir vor, ich würde eine lange Treppe hinabsteigen, die geradewegs in den Schlaf führte. Manchmal klappte es.
Ich versuchte lange zu schlafen, als würde Schlaf mich schützen oder rüsten. Ich versuchte nicht mehr, sonntagvormittags zu meditieren, es war einfach zwecklos, es war die Zeit, in der ich meinen Geist am wenigsten unter Kontrolle hatte. Es sah dann nur so aus, als würde ich ruhig sitzen, aber je ruhiger ich vielleicht schien, desto mehr füllte sich alles mit Sorgen, als sei ich ein Gefäß, in das man dunkle Gedanken hineinschüttet.

Je länger ich sonntags saß, desto eher war ich davon überzeugt, dass ich einfach nicht genug Liebe in mir hatte.
Ich frühstückte nicht, weil sie sich freute, wenn ich viel aß, wenigstens das.
Monatelang hatte ich sonntags Fleisch gegessen, weil ich es nicht übers Herz brachte ihr zu sagen, dass ich eigentlich damit aufgehört hatte. Schließlich hatte ich es doch erzählt, und sie hatte geschimpft und mich gefragt, was ich glaubte damit zu erreichen. Doch es hatte nicht dazu geführt, dass sie weniger kochte oder ihr gar die Ideen ausgingen.
Ich werde aufmerksam sein, nahm ich mir vor, als ich kurz vor eins die Treppen hochstieg. Ich werde zuhören. Ich werde nicht müde werden. Ich werde nicht in Gedanken abschweifen. Ich werde nicht gegenhalten und ich werde nicht genervt sein. Regelmäßig rappte ich auf diesen Stufen zu ihrer Wohnung: *There's no way I can pay you back, but the plan is to show you that I understand: you are appreciated.*
– Nizar, sagte sie und umarmte mich, gab mir einen Kuss links und einen Kuss rechts, mein Sohn, komm rein. Du bist nicht wie die anderen. Gott sei's gedankt.
Während des Essens hörte ich zu, wie sie erzählte, dass Güls Schwester jetzt im Sommerhaus wohnen würde, dass die beiden sich endgültig zerstritten hätten. Sie erzählte, dass Hakan mit einer Zwei-Drittel-Strafe aus der Haft war, dass Amira und Latif geheiratet hatten, aber jeder wusste, dass er fremdging. Sie erzählte von Brana, die fortgezogen war, um ungestört anschaffen gehen zu können, von Samiha, die in ihrem Alter noch putzen ging, von Giwar, der seinem Sohn Klavierstunden bezahlte und sich für etwas Besseres hielt. Von Alp, der seine Tochter in die Türkei geschickt hatte, weil jemand sie beim Knutschen gesehen hatte, von Hazal, die einen Studenten vor die U-Bahn geschubst hatte, von Timur, der einen Vertrag unterschrieben hatte und jetzt mit Rap Geld verdienen wollte, von Mikolaj, der letzten Monat insgesamt 14.000 Euro mit Sportwetten verdient hatte und jetzt überall damit angab. Sie er-

zählte, wie Snežana mit Zoran über Hakeem geredet hatte, weil Gülşah Vince verraten hatte, dass Canan ihrer Mutter das Handy geklaut hatte. Oder so ähnlich. Ich schaffte es nicht mehr zuzuhören. Zu vielen der Namen hatte ich Gesichter, doch viele waren mittlerweile verschwommen in meiner Erinnerung. Die Namen der Jüngeren sagten mir gar nichts, und das war gut so. Ich interessierte mich einfach nicht dafür, was in Westmarkt passierte. Auch ihr zuliebe nicht. Ich interessierte mich nicht dafür, aber ich wusste dennoch fast alles. Oder hätte es wissen können, wenn ich es geschafft hätte zuzuhören.

Neun Jahre war es her, dass ich sie überredet hatte, aus Westmarkt wegzuziehen, *Tha Carter III* war damals erschienen: *I got her out the hood and put her in the hills.*

Was hatte ich geredet, von schmerzhaften Erinnerungen, die sie dort nie loslassen würden, davon, dass niemand auf Dauer besser als seine Umgebung sein konnte, dass es ihr guttun würde, dass auch in anderen Vierteln Türken wohnten, dass sie sich wohlfühlen würde, dass es hier sauberer sei, geordneter, dass wir näher beieinander wären, dass wir uns zu Fuß besuchen könnten.

Vielleicht hätte ich es besser wissen müssen. Aber damals war sie weniger verbittert gewesen. Damals hatte ich nicht geahnt, wie lang ihre Monologe werden würden, damals hatte sie mal gute und mal schlechte Laune gehabt. Jetzt schien sie nur noch eine Stimmungslage zu kennen.

Ich fragte mich, ob ich mir etwas vormachte, was meine Gründe anging. Hatte ich sie nur überredet, weil ich einfach nicht mehr jede Woche nach Westmarkt fahren wollte, um dort auf der Straße alten Bekannten über den Weg zu laufen? Hatte ich gedacht, diese Sonntage würden für mich leichter werden, wenn sie woanders wohnte? Sie waren leichter geworden, am Anfang, doch dann hatte sich irgendetwas geändert. Ich wusste nicht was genau. Vielleicht war ich nicht aufmerksam genug gewesen.

Jeden Tag, jeden Tag bis auf Sonntag fuhr sie noch nach Westmarkt, jeden Tag ging sie durch diese Straßen, jeden Tag saß

sie in Nilgüns Backshop, jeden Tag klönte sie in Defnes Blumenladen, jeden Tag verbrachte sie mit Geschichten und Gerüchten von Liebe, Verrat, Knast, Drogen und Gewalt.
– Möchtest du noch ein wenig von den Sıkma?, fragte sie.
– Ja, gerne, sagte ich. Die sind lecker geworden. Deinen Händen sei's gedankt.
– Du bist ein guter Junge, sagte sie. Womit hat deine Mutter so einen wie dich verdient?
Die Einleitungen unterschieden sich, doch ich ahnte natürlich, wohin das Gespräch schwenkte. Ich versuchte mich auf ihre Trauer einzustimmen, ihren Gram. Natürlich würden sie davon nicht verschwinden. Ich wollte nur bei ihr sein, mich verbunden fühlen. Ich wollte nicht genervt sein von ihrer Tirade. Ich wollte ihr etwas zurückgeben.
Nie hatte ich gehungert in ihrem Haus, nie hatte es mir an Kleidung gefehlt, an Berührungen, an Koseworten. Sevgi hatte mir beigebracht, aufrichtig zu sein, sie hatte mich in Schutz genommen, auch wenn ich im Unrecht war, sie hatte mir gezeigt, dass man ruhig Fehler machen durfte. Selbst die großen Fehler, die Dummheiten, die Dealerei, den Jugendarrest hatte sie verziehen. Sie hatte an mich geglaubt, daran, dass ich den rechten Weg gehen würde. Sie hatte versucht mir beizubringen, ohne Groll, ohne Wut, ohne Rachegelüste zu leben. Sie hatte daran geglaubt, dass man Worte nicht gebrauchen durfte, um andere zu verletzen, dass man nicht stehlen und betrügen durfte, dass man seinen Lebensunterhalt auf ehrliche Weise verdienen musste, sie hatte daran geglaubt, dass man achtsam sein musste mit sich und den anderen.
Sie hatte an mich geglaubt. Ohne sie … Wer weiß, wo ich heute wäre? Ganz sicher nicht in diesem Viertel, in dieser Wohnung, in diesem Job. Ganz sicher wäre mein Leben anders verlaufen. Ich steckte so tief in ihrer Schuld, nicht nur bis zum Hals, ich war mit dem ganzen Schädel drin.
Vielleicht hatte ich einfach nicht genug gelernt. Ich wusste nicht, wann ihre Bitterkeit angefangen hatte. Vielleicht hatte ich

mich zu lange ferngehalten, vielleicht hätte es zumindest diese Sonntage immer geben müssen.
– Undank, sagte sie, wohin man auch sieht, es ist alles nur Undank.
Spätestens wenn der Tisch abgeräumt war, wenn sie mit ihrer Zigarette dasaß, vertieften sich die Falten zwischen ihren Augenbrauen und sie begann zu schimpfen, dass alles den Bach runterging, dass man niemandem mehr trauen konnte, dass Verwandtschaft, Freundschaft, Ehre nicht mehr zählten, dass alles nur noch ums Geld ging, jeder seinen Vorteil suchte, Kinder gegen Eltern aufstanden, Bruder gegen Bruder, Schwester gegen Schwester, der Mensch gegen Gott. Dummheit und Lüge regierten die Welt, jeder trug eine Maske, niemand zeigte sein wahres Gesicht, an jeder Umarmung hing ein Preisschild.
Ich wusste nicht mal, was ich schlimmer fand: dass sie jedes Mal diese Wutrede hielt oder dass ich ihr meist zustimmen konnte. Und gleichzeitig genervt war von diesen Klagen.
– Ich bin eine alte Frau, sagte sie, mit einem Bein stehe ich im Grab, wer kommt mich noch besuchen, wer ruft noch an und fragt mich, wie es mir geht, wer will die Zeit nutzen, die mir noch bleibt? Jeder rennt seinem Konto hinterher, vierundzwanzig sieben, wer denkt sich schon: Wir sind dieser Frau noch Dank schuldig? Wer sagt schon: Sie hat selber nicht gegessen, sondern alles verteilt, wer sagt schon: Sie hat nicht geschlafen und dafür Wiegenlieder gesungen und den Schlaf der anderen behütet, wer sagt schon: Sie ist selber nicht rausgegangen, aber hat uns alle Türen geöffnet, gegen die sie sich stemmen konnte? Wer weiß um den Wert einer alten Frau, die nicht mehr lange zu leben hat? Was habe ich getan, dass ich immer nur Rücken sehe? Was habe ich getan, dass diese Augen immer nur allen hinterherblicken?
Manchmal packte sie die Trauer, manchmal packte sie die Wut. Ich saß hilflos da. Dass ich da war um zuzuhören, machte keinen Unterschied. Und ich konnte es sogar verstehen.
Ich erinnerte mich an die Geschichte, die sie früher häufig er-

zählt hatte. An der Schwarzmeerküste der Türkei hatte sie als junge Frau gesehen, wie ihrer Schwester bei der Haselnussernte die Seile des Korbes auf ihrem Rücken in die Schultern schnitten. Abends hatte sie gesehen, wie wund diese Schultern waren. Es war das erste Jahr, dass ihre Schwester helfen musste. Sie versuchte jeden Tag Vorwände zu finden, um auch den Korb ihrer kleinen Schwester zu tragen. Sie hatte mir so oft von diesen wundgescheuerten Schultern erzählt, dass ich immer zuerst daran dachte, wenn es um eine Last ging, die jemand trug. Ich habe sie damals gefragt, was mit ihren eigenen Schultern gewesen war, doch sie sagte, sie sei es gewohnt gewesen.
Ich wusste nicht, wann ihr Wunsch, die Last eines anderen zu tragen, in Bitterkeit umgeschlagen war. Vielleicht wusste ich es doch. Aber es half nicht. Nichts half je.
Manchmal Wut, manchmal Trauer, manchmal Tränen in den Augen, manchmal Spuckenebel vor ihrem Mund. Ich hingegen wurde manchmal ungeduldig, manchmal war ich genervt, manchmal wütend, ohne dass ich hätte sagen können warum. Manchmal wurde auch ich traurig.
Aber egal was war, lange Zeit hatte ich versucht, ihr trotzdem nahe zu bleiben. Irgendwann hatte ich damit aufgehört. Ich versuchte nicht mehr, sie in den Arm zu nehmen, ich machte nicht den Mund auf, um ihr zu sagen, dass sie mich hatte, dass ich ihr nie den Rücken kehren würde, dass mein Dank nicht enden würde, so lange ich lebte. Das hatte ich alles schon getan, doch es schien alles noch schlimmer zu machen. Der Fehler der anderen schien größer, weil ich ihn nicht hatte, sie fühlte sich stärker im Recht, weil sie mich als Kontrast hatte.
Ich saß da und wollte weg. So wie ich aus dem Kiosk weggewollt hatte, weil ich das Gelaber der Kunden einfach nicht mehr ertrug. Und ich fühlte mich schlecht, weil ich keinen Unterschied machen konnte zwischen ihr und diesen Kunden.
Ich erinnerte mich daran, wie ich früher sonntags manchmal verkatert gewesen war, wie ich geglaubt hatte, den Tag nicht überstehen zu können, wie ich mir vorgenommen hatte, keinen

Alkohol mehr zu trinken, zumindest nicht am Samstag. Wie dieser Schädel zu explodieren schien, wenn ich mich bückte, um die Schuhe zuzubinden und wie der Schmerz kaum nachließ, wenn ich mich wieder aufrichtete.
Der Kater war die Strafe für das Feiern gewesen. Ich wusste nicht, ob diese Besuche auch eine Strafe waren. Was hatte ich getan? Außer die Liebe zu nehmen, die sie mir freiwillig gegeben hatte?

1987, Rhyme Pays, Ice-T
Sie sitzen beide hinten auf einer Bank auf dem Spielplatz im Park, halb verborgen von einem Strauch. Eine Gruppe von acht Deutschen steht im Sandkasten und raucht, vierzehn, fünfzehn mögen sie sein.
– Da hinten kommen Türken, lass uns verschwinden.
Der Größte und offensichtlich Kräftigste unter ihnen, der, den sie Fuß nennen, sagt:
– Irgendwen von denen werde ich schon kennen. Lass uns bleiben.
– Lass uns abhauen. Die wollen doch nur Ärger.
– Wir bleiben, entscheidet Fuß.
Die Jungen auf der Bank hinter dem Strauch können sehen, dass die anderen Angst haben, aber Fuß hat das Sagen.
Murat, Berkay und Abbas sind vorne in der Gruppe der Türken. Sie stellen sich nebeneinander direkt vor die Deutschen, ohne ein Wort zu sagen. Die beiden auf der Bank können sehen, dass einige von den Deutschen jetzt noch mehr Schiss haben, obwohl die drei vor ihnen gerade mal zwölf sind. Zwei Jahre älter als sie selber.
Was guckst du so?, könnte einer von den Dreien sagen und es würde Ärger geben. Oder auch: Warum guckst du mich nicht an, wenn ich vor dir stehe?
Erol, Kazim und Fatih kommen hinzu, die sind schon dreizehn, vierzehn, und alle stehen jetzt in einem Halbkreis vor den Deutschen.

Jetzt können die Jungen auf der Bank die Angst fast riechen. Sie fragen sich, ob es zu einer Prügelei kommen wird oder ob die Deutschen rennen werden. Sie wissen, Berkay und Abbas sind heiß darauf, sich zu beweisen.
Tarkan, Erci und Kerim kommen als Letzte. Noch bevor die anderen Deutschen es bemerken, sieht der kleinere der beiden Jungen das Lächeln auf Fuß' Gesicht.
– Tarzan, sagt Fuß, hebt die Hand und geht auf ihn zu.
– Fuß, sagt Tarkan, was machst du mit diesen Losern hier?
Die Hände schlagen auf Schulterhöhe ein.
– Die wollten schon gehen, sagt Fuß, aber ich habe ihnen gesagt, lass bleiben, da ist bestimmt jemand, den ich kenne. Und da bist du.
– Ja, da bin ich. Da habt ihr echt Glück gehabt, sonst hättet ihr alle aufs Maul bekommen. Ist ne Lebensversicherung, mich zu kennen. Wenn einer dir Ärger macht, brauchste nur zu sagen: Ich bin ein Freund von Tarzan. Mein Name ist ne Lebensversicherung. Tarzan, King von Westmarkt.
Die Kleinen sind enttäuscht. Etwas später, als die Deutschen weg sind, sieht Tarkan die beiden auf der Bank.
– Verschwindet, sagt er.
Sie stehen auf. Als sie außer Hörweite sind, sagt der Größere zum Kleineren:
– Wenn ich Tarkan gewesen wäre, hätte ich Fuß einfach trotzdem geschlagen.

4

Es war fast elf, als das Telefon klingelte.
– Was hast du ihm gesagt?, fragte Ayleen aufgebracht, ohne auch nur Hallo zu sagen.
– Was soll ich ihm gesagt haben?
– Weiß ich nicht. Irgendetwas hast du gemacht.
Sie schrie fast.

– Was ist passiert?
– Lesane hat Sami eine Kopfnuss gegeben.
– Scheiße.
– Ja. Scheiße. Was hast du ihm gesagt?
– Nichts, was so eine Reaktion auslösen könnte.
– Ah, ja?
– Was ist denn genau passiert?
– Wir sitzen vor dem Fernseher, Lesane kommt rein, total bekifft und total scheiße drauf, Schuhe noch an den Füßen, schnappt sich die Fernbedienung, lässt sich auf die Couch fallen und schaltet einfach um. Sami sagt: Hey, wir gucken das gerade. Geh in dein eigenes Zimmer. Und Lesane: Ich gucke, wo es mir passt. Sami steht auf, versucht ihm die Fernbedienung abzunehmen und meint: Tickst du eigentlich noch sauber? Hat dir jemand das Hirn abgeschleppt, oder was? Lesane lässt die Fernbedienung los, steht auf, gibt Sami voll die Kopfnuss und rennt raus.
– Wo ist er jetzt?
– Keine Ahnung. Was hast du ihm erzählt, verdammt?
– Beruhig dich. Ich glaube nicht, dass es an mir liegt.
– Ach, nein? Etwa an mir oder was?
– Das habe ich nicht gesagt.
Ich holte tief Luft.
– Ich spreche mit ihm, sagte ich.
– Wir haben ja gesehen, wohin das führt.
Man braucht nicht mit einer Frau zusammenzuleben, um Vorwürfe von ihr zu hören.
– Ayleen, bitte.
– Ich hätte dich nie …
Sie brach ab, schnaubte und legte auf.
Vielleicht hätte sie mir auch viel früher die Wahrheit sagen sollen, dann hätte ich eine Gelegenheit gehabt, den Jungen kennenzulernen.
Ich kam nicht dazu, mir zu überlegen, wann ich Lesane anrufen wollte. Das Telefon klingelte.

– Ja?
– Hallo, sagte Lesane. Ich glaube, ich habe Scheiße gebaut.
– Das glaube ich auch.
Er zögerte einen Moment.
– Hat Ayleen dich angerufen?
– Ja.
– Darf ich bei dir pennen?
– …
– Hallo?
– Ja.
Es klang nicht wirklich überzeugend, nehme ich an.
– Ich kann jetzt nicht nach Hause. Scheißstimmung da.
– Komm her. Dann sehen wir weiter.
Ich gab ihm die Adresse durch, setzte mich auf das Sofa und fragte mich, was passiert war. Und ob es eine Möglichkeit gab, dass Lesane mir die Wahrheit erzählte.
Eine halbe Stunde später war er da, nagelneue Jordans, rot-schwarze Jogginghose und ein Helly-Hansen-Shirt.
– Danke, sagte er, als er mir die Hand gab. Korrekt von dir.
Seine Augen glänzten noch vom Kiffen, aber sie waren kaum noch rot.
– Komm, setz dich, willste was trinken?
– Cola.
– Cola habe ich nicht. Wasser? Bier?
– Bier.
Als wir anstießen, sagte ich:
– Erzähl mir doch, was passiert ist.
Seine Version unterschied sich nicht von Ayleens. Ich überlegte kurz, ob ich ihn fragen sollte, warum er denn Sami so provoziert hatte. Ob ich Ayleen texten sollte, dass er bei mir war. Oder ob das Zeit hatte.
– Hast du keinen Fernseher?, fragte er.
– Nein.
– Warum nicht?
– Damit wir uns nicht über die Fernbedienung streiten können.

Er lachte nicht, aber er gab sich damit zufrieden und holte sein Handy raus.
– Welches WLAN?
Ich schüttelte den Kopf.
– Du hast kein Internet?
– Nein.
– Du willst mich verarschen.
– Nein.
– Du bist Onlinedetektiv, hast du gesagt. Du arbeitest im Internet.
– Ja, aber nicht zu Hause.
– Wo denn?
– Im Büro. Ist um die Ecke. Ich gebe dir die Schlüssel, wenn du willst.
Ich wusste nicht, ob das eine gute Idee war, ihm die Schlüssel anzubieten, aber nun hatte ich es schon gesagt.
– Und zu Hause hast du kein Internet?
– Nein.
– Warum?
– Ich halte die Kosten gering.
– Zahlen die Opfer nicht so gut?
– Ich bin zufrieden.
Er nickte, stand auf und ging ans CD-Regal.
– Wonach sind die sortiert?
– Chronologisch.
Er drehte sich um und sah mich an.
– Nach Erscheinungsjahr. Warte, hier, das ist an dem Tag erschienen, an dem du geboren wurdest.
Er sah die CD an, dann wieder mich.
– Safe?
– Ja. 23. Mai 2000.
– Wusste ich nicht.
Er war beeindruckt.
– Du kennst das Album?
– Klar.

Er ging zum CD-Spieler und legte die *The Marshall Mathers LP* ein, skippte aber direkt zu The Real Slim Shady, sein Kopf nickte und er rappte einen Teil der Hook mit: *So won't the real Slim Shady please stand up, please stand up, please stand up?*
Ich übernahm den Rest der Hook und wir sahen uns an und lächelten.

Als ich morgens aus dem Haus ging, lag er noch auf dem Sofa, das ich für ihn bezogen hatte. Als ich mittags heimkam, saß er drauf, vor sich einen Flachbildschirm und eine Playstation, und zockte. Wahrscheinlich hatte er am Fenster geraucht, der Grasgeruch war kaum mehr wahrzunehmen.
– Morgen. Möchtest du etwas essen?
– Klar. Immer.
– Auberginencurry?
Er sah mich an, wie er mich angesehen hatte, als er feststellen musste, dass ich nicht nur keinen Fernseher, sondern auch kein Internet hatte.
Ich ging in die Küchenzeile, während Lesane weiter GTA spielte.
Ein friedliches Bild, dachte ich, Vater und Sohn in einem Zimmer, beide beschäftigt mit etwas, das ihnen Freude macht. Doch natürlich war es das nicht.

5

Sein Vater war Professor für Chemie an der Universität, seine Mutter war promovierte Germanistin und arbeitete als Redenschreiberin und freie Lektorin, das war schnell zu recherchieren gewesen. Das Haus war riesig und ich hatte darum gebeten, allein mit Niklas sprechen zu dürfen. Sein Zimmer war größer als meine Wohnung. Er saß auf seinem Drehstuhl, seinen Schreibtisch im Rücken, ich saß in einem Fatboysitzsack,

von denen er drei Stück hatte. Hinter mir war die Couch, auf dem Couchtisch eine Xbox und eine Wii, dahinter ein Flachbildschirm dreimal so groß wie der, den Lesane angeschleppt hatte.
Niklas wippte mit dem Knie.
– Ich habe der Polizei doch schon alles erzählt.
– Ich weiß. Aber ich bin kein Anwalt und habe keine Akteneinsicht. Also weiß ich nicht, was du ihnen erzählt hast. Fynns Vater bezahlt mich dafür, dass ich den Dealer finde, der euch das Mephedron verkauft hat.
– Das mit dem Darknet hat alles Fynn gemacht.
– Ihr habt doch sicher auch mal zusammen vor dem Rechner gesessen.
Er schüttelte den Kopf.
– Ich weiß von nichts.
– WalterCojonesWhite, sagte ich.
Er konnte seine Überraschung nicht überspielen.
Ich erinnerte mich daran, wie es früher gewesen war, wenn solche Jungs Gras kaufen wollten. Sie taten immer cool, aber man konnte ihnen ansehen, dass sie die Hosen gestrichen voll hatten.
– Kommt dir also bekannt vor.
Er schaute auf sein Knie, nicht auf das, das auf und ab wippte, sondern auf das andere.
– Schau, ich bin nicht die Polizei. Ich möchte nichts von dir, außer ein paar Informationen.
Kurz sah er hoch.
– Ihr wart neugierig. Irgendwann habt ihr angefangen zu kiffen. Vielleicht weil Fynn etwas im Internet bestellt hat, vielleicht weil er in der Schule oder auf der Straße etwas gekauft hat. Viele Menschen kiffen, das ist nichts Besonderes mehr.
Er sagte nichts.
– Ihr habt gekifft, das kannst du ruhig zugeben. Ich erzähle nichts weiter. Alles hier bleibt unter uns.
Er schwieg weiterhin.

Ich zögerte, vielleicht war es noch zu früh. Vielleicht auch nicht.
– Jeder zweite kifft heutzutage, sagte ich. Auch unter den Erwachsenen, ich kiffe auch, schau…
Ich holte das Gras aus meiner Hosentasche.
Feinstes Critical Mass, nur Blüten, kein Kleinkram, ich habs im Internet gekauft, bei Dream Market, bei einem Händler, dem ich vertraue.
Das ist ein Trick, oder?
Was für ein Trick?
Sie sind verdeckter Ermittler oder so.
Wenn ich ein verdeckter Ermittler wäre, dann dürfte ich dir bestimmt kein Gras schenken, aber das ist genau das, was ich jetzt tue. Hier.
Ich hielt ihm das Tütchen hin, er bewegte sich nicht, löste seinen Blick aber auch nicht von dem Gras.
– Du kannst mir vertrauen. Und ich vertraue dir. Wenn du jemandem davon erzählst, bin ich geliefert. Dann bin ich den Job los und habe Probleme. Dein Vater würde mich sofort verklagen.
Das schien ihn zu überzeugen, zögerlich nahm er das Tütchen.
Er kiffte ohnehin. Und er würde mich nicht verraten. Er ließ das Gras in einer Dose in einer abschließbaren Schreibtischschublade verschwinden.
– Also? Willst du mir ein bisschen was erzählen?
– Sie sind wirklich kein verdeckter Ermittler oder so?
– Du hast zu viele amerikanische Serien gesehen. Verdeckte Ermittler dürfen so etwas nicht, nicht in Deutschland. Google es, wenn du möchtest, ich warte.
Er schüttelte den Kopf.
– Also, ihr habt irgendwann angefangen zu kiffen.
– Ja.
– Wann?
– So ungefähr vor zwei Jahren. Fynn hatte es auf dem Schul-

hof gekauft. Von so einem Iraner. Aber dann hat er irgendwann Dream Market entdeckt, wo er dann billiger bestellen konnte.
Ich verkniff mir das Lächeln. Natürlich hatte es auf dem Schulhof für Fynn einen Bonzenzuschlag gegeben.
– Und dann kam Fynn mit diesen anderen Sachen. Ecstasy, Mephedron, Alprazolam, um runterzukommen. Ich habe nur mitgemacht, ehrlich.
– Aber du fandest es schon geil. Ecstasy, du glaubst deine Schädeldecke hebt ab, dein Mund wird ganz trocken und du kannst die ganze Welt lieben. Und verstehen.
Er wusste immer noch nicht wie er mich einschätzen sollte, doch langsam hatte ich ihn.
– Woher kennen Sie seinen Nick?, fragte er.
– Sein Vater hat mir seinen Rechner und sein Smartphone gegeben.
– Auf dem Laptop ist ein Passwort.
– Ja. Aber die Festplatte ist nicht verschlüsselt. So ein Passwort lässt sich leicht umgehen.
– Ja?
– Eine Sache von zwei Minuten.
Er überlegte.
– Aber dann wissen Sie ja immer noch nicht seinen Nick.
– Richtig. Aber wusstest du, dass Fynn eine Liste mit seinen Nicks und Passwörtern hatte? Fein säuberlich als Worddokument mit dem Namen *Eingänge* in einem Unterordner des Bilderordners versteckt. *Meins* hieß der Ordner. Ich habe mich mit seinen Daten bei Dream eingeloggt.
Ich machte eine Pause, doch Niklas zeigte keine Reaktion.
– Warst du dabei, als er das Mephedron bestellt hat?
– Ja.
– Wie lange ist das her?
– Ich weiß nicht mehr.
– So ungefähr?
– Zwei Monate.
Ich nickte. Als ich auf die Bestellhistorie geklickt hatte, hatte

ich mich schon gefreut, dass es so einfach war. Doch da waren nur zwei Bestellungen Gras zu sehen gewesen, aber kein Mephedron. Was hatte ich geflucht. Und mich gefragt, ob sie es vielleicht doch woanders gekauft hatten. Oder mit einem anderen Account. Doch jetzt wurde die Sache klarer, Bestellungen, die länger als vierzig Tage zurücklagen, wurden automatisch vom System gelöscht.
– Ihr habt bestellt und dann das Mephedron zwei Monate lang liegen lassen?
Er nickte.
– Warum?
– Es hat sich keine Gelegenheit ergeben.
– Warum?
– Klausuren, keine sturmfreie Bude. So Dinge halt.
– War es euer erstes Mal Mephedron?
– Nein.
– Niklas, schau mich bitte an. Fynn war dein Freund, oder?
– Ja.
– Dein bester Freund?
– Ja.
– Möchtest du mir ihm zu Ehren die Wahrheit sagen? Damit wir möglichst viel erfahren? Niemand bestellt Mephedron und lässt es dann zwei Monate lang liegen, weil er keine Gelegenheit hat.
Zwei Monate, das war so viel Zeit, wenn man jung war.
Sein Knie wippte schneller.
– Meine Freundin will nicht, dass ich es nehme, und wir haben es dann immer wieder aufgeschoben, weil ich nicht wollte, dass sie es mitkriegt.
– Und Fynn hat gewartet?
Er senkte den Kopf und schloss die Augen.
– Wie ein richtiger Freund, sagte ich. Mein Beileid.
Er war mir nicht sympathisch, aber ich konnte seinen Schmerz fühlen. Vielleicht redete ich mir das nur ein und er erinnerte mich an meinen eigenen.

Ich dachte daran, wie die Polizei mich nach Hause gebracht hatte, weil ich beim Klauen erwischt worden war. Kamber hatte Sevgi gegenüber behauptet, er wäre es gewesen, der geklaut hätte, aber ich hätte im Laden die Schuld auf mich genommen. Sie hatte ihm geglaubt und mir nicht. Sie hatte Kamber gesagt, er solle sich ein Beispiel an mir nehmen, und ich hatte Tränen in den Augen gehabt. Vor Wut. Vor Rührung. Ich wusste noch, wie Kamber mir zugelächelt hatte, als sie gerade nicht hinguckte. Wie lange hatte es gewirkt, als könnte er alles auf seine Schultern laden. Damals hatte er beim Basketball noch im Alleingang Spiele entschieden und 25-Punkte-Rückstände aufgeholt.
Niklas schaute mich an, weil ich nichts sagte.
Ich zögerte. Ich wusste, dass viel von seiner Antwort abhing.
– Weißt du, bei wem ihr das Mephedron bestellt habt?
– Toni_meow.
– Sicher?
– Ja.
– Warum bei ihm?
– Weil es aus Deutschland kam. Und weil es billig war. Und gute Bewertungen hatte.
– Und hast du das auch der Polizei erzählt?
– Nein. Ich habe gesagt, dass Fynn das alles mit dem Darknet gemacht hat. Ich will keinen Ärger.
– Du wirst keinen kriegen. Du bist dir absolut und hundert Prozent sicher? Toni_meow?
Er nickte.
Ich stand auf und gab ihm die Hand.
– Du warst mir eine große Hilfe, Niklas. Eine sehr große. Vielen Dank.

6

Toni_meow aus Deutschland, ich hatte den Dealer. Er war seit März 2016 Verkäufer bei Dream Market, verkaufte Gras, Mephedron und MDMA in Pulverform. Verschickte aus Deutschland, sprach Deutsch, auch sein Englisch war ziemlich gut. Er hatte 2.972 Bewertungen, fast alle 5 Sterne, ein Durchschnitt von 4,9. Seine Kunden kamen anscheinend zu einem großen Teil aus Deutschland und der EU, doch er verschickte weltweit, mit Ausnahme der USA. Viele Händler hielten es so, um möglichst nicht ins Visier der Strafverfolgungsbehörden dort zu geraten. Die DEA verfügte über Geld und Ressourcen, man wusste nicht, wie eng sie mit der NSA zusammenarbeitete und wie viel besser sie den Internetverkehr überwachen konnte. Außerdem waren es Amerikaner gewesen, die damals Silk Road hochgenommen hatten.
Ich stöberte im Forum von Dream Market, wo Käufer sich über Händler austauschen konnten, und nachdem ich einen Thread von über dreißig Seiten über Toni_meow gelesen hatte, wusste ich nicht nur, dass seine Kunden zufrieden waren mit seiner Ware, seiner Freundlichkeit, den schnellen Lieferungen, sondern auch, dass er eifrig im Thread mitdiskutierte und genau wusste, wie man sich beliebt machte. Einem Kunden, der gerade von einem anderen Verkäufer betrogen worden war, schickte er einfach so, zur Aufmunterung, eine kleine Probe seiner Waren. Anderen legte er bei Mephedronbestellungen schon mal kleine Mengen Gras bei, als Gratisprobe. Bei allen Bestellungen lag er immer mehr oder weniger deutlich über der bezahlten Grammzahl. Wenn unklar war, ob die Post etwas verbummelt oder der Zoll es abgefangen hatte, gab es häufig vollen Ersatz auf Kulanz, obwohl in seinem Profil stand, dass er höchstens fünfzig Prozent erstattete. Er war überzeugt von der Qualität seines Mephedrons, beanspruchte, das beste auf dem

Markt zu haben, PreBan 1a Qualität, wie er immer wieder schrieb. Er wirkte ehrlich, weil er zugab, dass sein MDMA nicht das reinste und beste auf dem Markt sein mochte, betonte aber sein unschlagbares Preis-Leistungs-Verhältnis. Er machte den Eindruck, ein freundlicher, charmanter Mensch zu sein, doch er beschimpfte auch gerne andere Mephedronhändler, weil sie minderwertigen Stoff verkauften und nur auf Geld aus wären und keine Ehre hätten, alles Abzocker und Ripper, denen die Kunden scheißegal wären. Er postete gerne und viel, doch er schien genau zu wissen, was er da machte, denn obwohl er offen wirkte, fanden sich in seinen Beiträgen keinerlei Hinweise auf seine Person, egal wie genau ich las. Seine Posts ließen nicht mal Vermutungen zu, keine regionalen Wendungen, die ihn verraten hätten, keine Angaben zum Hintergrund. Je nach Situation schrieb er *ich* oder *wir*, und es machte den Eindruck, als würde er mit einem Team arbeiten, dessen Boss er war.

In der Vergangenheit waren Leute gefasst worden, weil sie den selben Nutzernamen auf verschiedenen Plattformen benutzt hatten, auf legalen Datingportalen oder gar bei eBay. Ich googelte Toni_meow, doch ohne relevante Treffer. Das wäre auch zu einfach gewesen.

Doch konnte er nicht einfach aus dem Nichts aufgetaucht sein. Ich ging zu fraudsters.is, einem deutschsprachigen sogenannten Szene-Forum. Hier wurde mit allem gehandelt, was nicht legal war. Man konnte Kreditkartendaten kaufen, gefälschte Ausweise, Packstationen, an die man sich Drogen liefern lassen konnte, eBay-Accounts, über die man Käufer betrügen konnte, Paypal-Accounts, die nicht zu einem zurückverfolgt werden konnten, Zugangsdaten zu Bankkonten mit anonymer SIM-Karte für die TAN, Mailaccounts, Drogen, Medikamente, Steroide, Gutscheine für Bahnfahrkarten, Bot-Netze, Hacking Tools.

Man konnte einen gehackten Account bei einem großen Onlinehändler kaufen, dazu am besten noch eine Packstation, dann einfach bestellen und an die Packstation liefern lassen. Die Waren konnte man weiterverkaufen oder selber verwenden. Und wenn man so etwas in ganz großem Stil machte, ging man auch nicht selber zur Packstation, sondern schickte einen sogenannten Läufer.

Für fast alle möglichen kriminellen Handlungen gab es hier ein Angebot. Was sich nicht fand, waren Waffen und Kinderpornografie. Hier ging es in erster Linie um Bereicherung und um Drogen aller Art, oft Kokain von angeblich hohem Reinheitsgrad, aber auch Speed, Gras und MDMA. Manchmal Crystal und LSD, doch exotischer wurde es nicht.

Da war es, das Darknet. Aber nicht erreichbar über den Tor-Browser, sondern einfach, indem man wusste, welche Adresse man eingeben musste. Weder fraudsters.is noch crimenetwork.to noch chemical-revolution.to, was kein Forum war, sondern eine Seite, die Drogen verkaufte, wurden von Suchmaschinen gelistet. Die Szene war überschaubar und man bekam schnell mit, wann ein neues Board auftauchte oder eines offline ging, sei es, weil die Behörden den Betreiber geschnappt hatten, sei es, weil er über Nacht mit dem Geld der Nutzer spurlos verschwand oder aus anderen nicht ganz nachvollziehbaren Gründen.

Ich gab Toni_meow bei fraudsters ins Suchfeld ein, erfolglos. Ich suchte nach Hinweisen, ob er dort auch verkaufte, vielleicht unter anderem Namen, die meisten Händler beschränkten sich nicht auf eine Plattform. Doch es gab niemanden, der einen ähnlichen Mitteilungsdrang und Schreibstil hatte. Und es hatte niemand Mephedron im Angebot.

Es war nicht strafbar, diese Art von Seiten zu besuchen, aber es war klüger, wenn niemand wusste, wo man sich überall herumtrieb. Ich hatte einen VPN-Anbieter, der meine reale IP-Adresse auch auf Anfrage von Strafverfolgungsbehörden nicht rausgegeben hätte.

Über den Tor-Browser rief ich Grams auf, eine Suchmaschine für den Teil des Darknets, der tatsächlich nur über das Tor-

Netzwerk zu erreichen war. Ich gab Toni_meow ein. Alle Suchergebnisse verwiesen auf Dream Market, unter diesem Namen war er auf keiner anderen Plattform aktiv.

Den Account bei fraudsters hatte ich schon seit einiger Zeit, aber ich war wegen zu weniger Posts noch sogenanntes Pre-Member, also schrieb ich ein wenig im Off-Topic-Bereich und verteilte ein paar Bedankungen, zum Beispiel an den Mann, der den Link zu einer Doku über Silk Road gepostet hatte. Sich als Mitglied einfinden, sichtbar werden, Vertrauen gewinnen. Dann stand ich auf, um mir einen Kaffee zu machen.

Meine Chancen standen schlecht, viele Menschen arbeiteten Tag und Nacht daran, Plattformen wie Dream Market hochzunehmen. Ich suchte alleine nach einem Händler, der keine offensichtlichen Mängel bei seiner OpSec hatte. OpSec, Operational Security, die Fähigkeit, dem Feind keine Informationen zukommen zu lassen, die er gegen einen verwenden könnte.

Ich dachte an die 17.000 Euro und fragte mich, was ich getan hatte. In der Regel bearbeitete ich ganz andere Fälle, und kaum eine Leistung kostete mehr als 500 Euro. Und jetzt gleich 17.000, 7.000 davon halbwegs sicher in der Tasche. Glaubst du, das war Habgier? Ich wollte nur meine Ruhe haben. Aber dafür brauchte man Geld. Und für Geld musste man arbeiten. Und irgendwie sollte die Arbeit ein Teil deiner Identität sein, du solltest einen Sinn in ihr sehen. Und wenn der Sinn nur das Geld war, mit dem man sich Freiheit kaufte. Du solltest frei sein. Frei, dir abends den Wecker zu stellen, frei, dein Leben nach deinem Kontostand einzurichten, frei, zwischen hundertachtzig verschiedenen Sorten Brot zu wählen und noch mehr Sorten Bier, frei, jeder Mode zu folgen und frei, dich frei zu fühlen, weil du Moden verweigerst. Frei, dich wohlzufühlen, weil du Fairtrade-Produkte kaufst und auf diese Weise dazu beiträgst, dass Ausbeutung gerechter erscheint. Frei, dir einen Platz zu wählen, an dem du dich halbwegs sicher und geborgen fühlst. Frei, dich zu entscheiden, dass dieser Platz, wie für die meisten von uns, vor einem Monitor war.

Und ich hatte mich frei gefühlt, doch dann kam auf einmal ein Sohn und ich durfte mich fragen, ob mein Platz nicht an seiner Seite gewesen wäre und warum die Frau, mit der ich geschlafen hatte in einer Nacht voller Nähe, ihn mir verschwiegen hatte. Warum sie davon überzeugt gewesen war, dass ich kein guter Vater gewesen wäre, obwohl ich den Absprung geschafft hatte? Warum hatte sie mir das nicht zugetraut? Was war falsch an mir?

Ich trank Kaffee und surfte. SPON, buddhistgeeks, realitysandwich, rap.de, als hätte ich mich nicht die letzten Stunden schon durchs Netz bewegt. Ich wusste, was als Nächstes zu tun war, doch ich schob es auf, vielleicht weil ich der Idee nicht ganz traute und auch keine andere hatte.

Ich fuhr den Rechner runter, schloss das Büro ab und ging rüber.

Lesane lag auf der Couch und spielte einen Egoshooter, den ich nicht kannte. Es war sein dritter Tag bei mir, er hatte eine Sporttasche mit Klamotten und Schuhen mitgebracht, vier verschiedene Paar Jordans, den Vierer, den Sechser und den Zwölfer, wenn ich das richtig sah, den Dreiunddreißiger hatte er schon beim ersten Treffen getragen, dazu noch vier Paar verschiedene LeBrons, alles in allem Basketballschuhe für gut anderthalbtausend Euro, Zahnbürste, Duschgel, Haargel, Shampoo, Nassrasierer, Aufladegerät, tragbare Lautsprecherbox, Konsolenspiele, Schulsachen. Meistens hing er an der Playstation oder an seinem Smartphone.

Er wurde schnell einsilbig oder ganz still, wenn ich ihn nach der Schule fragte, nach seinem Streit mit Sami, nach seinen Freunden, danach, woher er all die Schuhe hatte. Billig auf eBay gekauft, sagte er, und natürlich war das eine Lüge.

Ich hatte ihn nicht dazu bewegen können, mit joggen zu gehen oder auch nur ein paar Übungen gemeinsam in der Wohnung zu machen. Er schien es interessant zu finden, dass ich in meinem Alter noch Basketball spielte, war aber nicht dazu zu überreden, mit mir auf den Freiplatz zu gehen. Basketball fand er langweilig.

– Und die Schuhe?, sagte ich. Du hast so viele Basketballschuhe, wir müssen doch auch mal spielen.

– Die Schuhe sind einfach nur cool, sagte er. Ich spiel nicht Basketball. Und meine Fußballschuhe habe ich zu Hause.

– Was für Fußballschuhe hast du denn?

– Den Puma Future 18.1 und den Adidas Predator Accelerator in gelb-rot.

Billig bei eBay gekauft?

– Ja.

Musik war das Einzige, über das wir reden konnten. Hip-Hop. Der *Sampler 4* von 187 Strassenbande war vor wenigen Wochen erschienen und Lesane hörte ihn oft und gerne. *Zeig keinem Interesse, »fick die Welt« ist meine Message, das Einzige, was zählt – lila Scheine scheffeln, Party und Exzesse, »fick die Welt« ist meine Message.*

Mehr musste man über die Texte nicht wissen. Die Jungs waren keine schlechten Rapper und wir hatten früher auch Gangsterrap gehört. Vielleicht hatten damals auch ältere Leute geglaubt, er sei eine Karikatur seiner selbst. Ich freute mich, als Lesane sich für das Album *Blackout 2* von Chakuza und Bizzy Montana begeistern konnte. Das Album war auch prollig, sexistisch, vulgär und glorifizierte Gewalt, aber die Texte waren etwas klüger gemacht und es blieb noch Platz für ein Augenzwinkern.

Hip-Hop war das Einzige, was uns ein wenig verband, er hörte gerne meine CDs, vor allem die neueren. Für die Bücher im Regal interessierte er sich nicht, mein Essen schmeckte ihm nicht, doch er beschwerte sich auch nicht. Einige Male hatte er draußen eine Runde gedreht und war nach ein, zwei Stunden wiedergekommen, bekifft, aber nicht mehr total offensichtlich bekifft.

– Hallo, sagte er, als ich jetzt reinkam.

– Hallo, sagte ich, ließ mir ein Glas Wasser aus der Leitung ein und setzte mich neben ihn.
– Wie war der erste Schultag nach den Ferien?
– Nichts Besonderes, sagte er. Neuer Stundenplan und ein bisschen Gelaber.
Ich wusste nicht, ob er mich für dumm hielt oder ob er es nicht besser konnte.
– Haste ein Rennen, das wir spielen könnten?
Lesane lächelte und ich hatte den Eindruck, dass es aufrichtig war. Es war lange her, dass ich an einer Konsole gesessen hatte.
Er kannte die Strecke viel besser als ich. Dennoch war der Abstand, mit dem er gewann, nicht allzu groß. Bei der Revanche sah ich schon besser aus. Und war auch voll dabei. Das dritte Rennen gewann ich.
– Respekt, sagte er. Andere Strecke?
– Warum hast du dich eigentlich mit Sami gestritten?, fragte ich.
– Wegen der Fernbedienung, habe ich doch schon erzählt.
– Ja, hast du. Aber ich würde gerne wissen, warum hast du diesen Streit vom Zaun gebrochen?
– Wie, vom Zaun gebrochen?
– Du hast es absichtlich gemacht.
– Ja, keiner streitet sich aus Versehen.
– Lesane, sagte ich, du wusstest, dass du dich streiten würdest, noch bevor du die Wohnung betreten hattest. Warum?
– Wie soll ich das gewusst haben? Bin ich Hellseher?
– Du bist seit drei Tagen hier und …
– Ja? Soll ich wieder gehen? Ist es das, was du mir sagen willst? Dann sag einfach, ich gehe, kein Problem.
– Du hast Freunde, sagte ich, du spielst gerne Fußball, du gehst gern feiern, du kletterst wahrscheinlich über den Zaun vom Freibad, du …
– Geht mir gerade alles auf die Eier, unterbrach er.
– Okay, neue Strecke, sagte ich und sah wieder nach vorne.

Er gewann das erste Rennen knapp, das zweite ließ ich ihn noch mal gewinnen, aber eigentlich nur, weil ich keine Lust mehr hatte weiterzuspielen.
– Kanntest du eigentlich Kamber?
– Ja, sagte ich überrascht.
– Alle erzählen immer noch von ihm und wie krass er war, sagte er.
– Echt?
– Ja. War der wirklich so krass?
– Ja. Hat aber auch krass lang gesessen. Insgesamt mehr als fünf Jahre.
– Kennst du so Storys, was der so gemacht hat?
Ich überlegte kurz, dann sagte ich:
– Kamber war ja nicht nur hart. Der hatte keinen Schiss, allein gegen acht Mann zu gehen, aber der war auch clever. Einmal kam so ein Schnösel zu ihm und wollte Haschisch kaufen. Eine Platte. Reicher Papa, und er wollte einen auf dicker Mann machen vor seinen Freunden. Hundert Gramm. Kamber hat ihm gesagt, dass er zwei nehmen soll, weil er ihm dann einen besseren Kurs machen kann. Zweihundert Gramm Hasch für 1.300 Mark. Typ hat gesagt, okay, Kamber hat die Kohle eingesteckt und gar nichts getan, hat das Geld einfach verjubelt. Dann ist er zwei Wochen später zu dem Kerl und hat gesagt: Du, der Fahrer ist erwischt worden, als er mit deinem Hasch aus Holland kam. Und die wollen jetzt wissen, mit welchem Geld er die Ware bezahlt hat. Wir brauchen unbedingt nen guten Anwalt, damit wir deinen Namen aus dem Spiel halten können, aber wir haben nicht die Kohle dafür. Der Typ hat Schiss bekommen und noch mal 1.000 Mark für einen Anwalt abgedrückt.
– Cooler Move, sagte Lesane, was ein Opfer. Aber warum Hasch?
– Keine Ahnung. Damals gab es weniger Gras auf dem Markt. Das Meiste, was gedealt wurde, war Hasch.
Ich hatte mich für eine Geschichte ohne Gewalt entschieden,

aber ich bereute es, überhaupt was erzählt zu haben. Eben weil die Geschichte cool war. Weil es so aussah, als sei da jemand clever. Weil sie Anziehungskraft hatte.
Immerhin hatte ich verschwiegen, dass Kamber damals jünger gewesen war als Lesane jetzt. Aber vielleicht gab es nur über solche Geschichten einen Kontakt zu ihm, einen, der ihn bewegte. Ich hatte gesehen, wie alles Klagen, Mahnen, Drohen, Lieben, Betteln, Reden nicht geholfen hatte, ich hatte gesehen, wie Sevgi es nicht geschafft hatte, Kamber von diesem Weg abzubringen.
Ich erinnerte mich daran, wie wir zu Tarkan aufgeblickt hatten, als wir noch nicht dazugehörten. Nach seinem Tod war auch sein Ruf verblasst. Über Kamber wurde offensichtlich noch geredet. Über mich nicht. Hoffentlich nicht.
Da war dieser Wunsch, dass Lesane mich cool fand. Oder die Person, die ich gewesen war. Da war auch dieser Wunsch, dass er mich jetzt cool fand. Oder mein Leben zumindest erstrebenswert. Da war dieser Wunsch, dass ich nicht würde reden müssen, dass es auf einer anderen Ebene funktionieren würde.
– NBA?, fragte ich.
– Fußball, sagte er.
– Meinetwegen, sagte ich.
Ich hatte keine Chance gegen ihn. Gegen Ende ließ er mich aus Mitleid zwei Tore schießen.

1991, We Can't Be Stopped, Geto Boys
Sie sind zu fünft am Bahndamm beim alten Bunker, der mit Gestrüpp überwuchert ist. Berkay, Abbas, Mert, Kamber und er. Mert hat gesagt, er hat alles dabei. Er holt drei Blättchen Zigarettenpapier aus der Packung und klebt sie aneinander, zwei längs und eines quer. Er reißt ein Stück von einer Straßenbahnfahrkarte ab und rollt sie zusammen. Hinter seinem Ohr klemmen zwei Zigaretten, von denen er jetzt eine hervorholt und über der Flamme seines Feuerzeugs erhitzt. Die anderen sehen neugierig und ehrfürchtig zu.

– Warum machst du das mit der Zigarette?, fragt er.
Nicht, weil er Mert in Bedrängnis bringen möchte, sondern weil er es nicht versteht. Erst nachdem er die Frage gestellt hat, kommt ihm der Gedanke, dass Mert es vielleicht selber nicht weiß, sondern nur etwas nachmacht.
– Den Geschmack rausmachen, antwortet Mert.
Dann leckt er die Zigarette dort, wo das Papier doppelt ist, längs an und zieht den Streifen fein sauber ab. Den Tabak verteilt er auf den Blättchen. Dann wiederholt er das Ganze mit der anderen Zigarette.
– He, sagt er zu Abbas, du sollst die Augen offen halten, ob nicht jemand kommt, und nicht so starren.
Dann holt er aus der kleinen Vordertasche seiner Jeans einen in Alufolie eingewickelten Klumpen Haschisch und erwärmt ihn über der Flamme seines Feuerzeugs, um ihn danach in den Tabak zu krümeln.
– Wenn du ganz weiches Hasch hast, brauchste gar nicht warm zu machen, sagt er. Aber das hier bröselt sonst nicht.
Er sieht, wie aufmerksam Kamber ist und wie begierig, gleich zum ersten Mal zu kiffen.
Mert rollt den Joint, leckt die frei gebliebene Klebekante des zweiten Längsblättchens an und klebt ihn zu, bevor er das Querblättchen am Ende verzwirbelt.
– Auf Lunge rauchen, sagt er, drin behalten, erst wieder ausatmen, wenn der Joint zurück bei dir ist.
Die anderen rauchen alle Zigaretten und halten sich daran. Er muss husten.
Später schicken sie ihn Weingummi holen, weil er der Einzige ist, der keine roten Augen hat.
– Ich habe nichts gespürt, sagt er später zu Kamber.
– Musst anfangen zu rauchen, sagt Kamber.

7

Mephedron war 2007 zuerst in Israel aufgetaucht, wo es eine Firma namens NeoOrganics vermarktete. Eine Substanz, die vorher von der Gesetzgebung nicht erfasst worden war und ab 2008 in Israel verboten wurde, aber noch nicht im Rest der Welt. Die Droge wurde fast ausschließlich über das Internet vertrieben. Vor dem EU-weiten Verbot 2010 gab es Hunderte Webshops, die Mephedron verkauften, das meist in China hergestellt wurde. Die angepriesene Pre-Ban-Qualität bezog sich auf dieses in professionellen Chemielaboren synthetisierte Mephedron. Seitdem schwankte die Qualität wohl stark.
Es gab kaum dokumentierte Todesfälle, die auf Mephedron zurückzuführen waren, was mich ein wenig stutzig machte, aber für den Auftrag unerheblich war.
Es gab in Drogenforen siebzig, achtzig, neunzig Seiten lange Threads über Mephedron, und ich bekam eine Ahnung, welche Euphorie es auslöste, wie Hemmungen wegfielen, wie das Musik-Erleben verstärkt wurde und wie geil es offenbar machte. Ich bekam auch einen Eindruck von den Konsummustern dieser Kids, von denen viele offensichtlich noch bei den Eltern wohnten. Ich las, wie innerhalb von zwanzig Stunden 5 Gramm geschnupft wurden, dabei hatten 0,2 Gramm schon einen deutlichen Effekt. Der Drang nachzulegen schien unkontrollierbar, und einige wurden erwischt von Eltern, die Sonntag Abend nach Hause kamen und ihr Kind, meist ihren Sohn, mit riesigen Pupillen, schwitzend und kiefermahlend vorfanden.
Einer schrieb, wie er sich einen Taschentresor mit Zeituhr gekauft hatte, der sich erst nach einer vorher eingestellten Zeit wieder öffnen ließ. Und wie er in seinem Rausch fast eine Stunde dafür gebraucht hatte, den Tresor zu zerstören, um an seine restlichen 2 Gramm zu kommen.
Kokain bringt dich nirgendwohin, verschweigt dir aber, dass du

dort bist. Für Mephedron schien das noch stärker zuzutreffen. Allein der Konsum führte dazu, dass man mehr wollte, die Befriedigung trat nie ein oder nur so kurz, dass man sie sofort wiederhaben wollte. Das perfekte Verkaufsgut in diesem System.

Es gab viel Pulver auf dem Markt, das als Mephedron verkauft wurde, aber gar keines war, vor allem, wenn man den Älteren glauben wollte, die von den guten Zeiten schwärmten, als noch keiner Pre-Ban sagte.

Toni_meow behauptete, dass sein Mephedron nicht aus Indien kam, wo anscheinend viele andere synthetisieren ließen, und auch nicht aus irgendeiner Küchenzeile oder einem Wohnmobil in den Niederlanden oder sonstwo, sondern von einem erfahrenen Chemiker in seinem eigenen Labor hergestellt wurde. Reisförmige Kristalle. So schrieb er in seinen ersten Posts bei Dream Market. Er hatte damals dreißig Gratisproben à 2 Gramm verschickt und so seine ersten fünfundzwanzig begeisterten Reviews bekommen, die den Grundstein für seinen Erfolg gelegt hatten.

Anfang dieses Jahres hatte Toni_meow für gute zwei Wochen kein Mephedron verkauft, weil die von seinem Chemiker synthetisierte neue Charge seinen Qualitätsansprüchen nicht genügte und vernichtet worden war, behauptete er. Bis zur Herstellung der nächsten Charge gab es nur Gras und MDMA.

Es schien mir unwahrscheinlich, dass jemand kiloweise Drogen einfach vernichtete, weil die Qualität nicht gut genug war. Man konnte sie als B-Ware verkaufen, man konnte sie einem anderen Händler andrehen, man würde in der Regel einen Weg finden, um doch noch etwas Geld zu machen. Aber die Behauptung, man hätte sie entsorgt, flößte den Kunden das meiste Vertrauen ein.

Als der Verkauf wieder begann, hatte er feste Packungsgrößen eingeführt. Während man vorher noch eine beliebige Menge bestellen konnte und ab 10, 20, 50, 100 und 1.000 Gramm

Rabatte bekam, konnte man seit Februar nur 3,5 / 7 / 14 / 21 / 42 / 84 / 168 oder 336 Gramm wählen. Alle größeren Mengen auf Anfrage. Das erleichterte ihm wahrscheinlich die Arbeit beim Abwiegen, man musste nicht mehr auf Kundenwünsche achten und konnte auf Vorrat Pulver vakuumieren. Während der Grammpreis bei 3,5 Gramm 23 Euro betrug, waren es bei 336 Gramm nur noch 12 Euro, was aber immerhin vier Riesen waren und Toni offensichtlich immer noch genug Profit ließ.
Er musste zusammen mit dem Gras und dem MDMA ungefähr 16–18.000 Euro Einnahmen im Monat haben. Und auf der anderen Seite saß ich da, allein an einem Rechner, 17.000 Euro in Aussicht und versuchte, ihn zu finden. Jemanden, der Drogen dealte ohne die übliche Gewalt des Milieus, ohne seine Läufer an die einschlägigen Plätze schicken zu müssen, ohne mit Festnahmen oder mit Diebstahl zu rechnen, ohne irgendeinem seiner Käufer seine Identität preisgeben zu müssen. Wahrscheinlich hatte er irgendwo ein Depot, wahrscheinlich hatte er Läufer, die die Ware vom Depot holten, verpackten und zur Post brachten und bei Sendungen, wo dies erwünscht war, die Sendungsverfolgungsnummern sortierten. Toni brauchte nur zwei, drei Stunden am Tag am Rechner zu sitzen, freundliche Posts zu schreiben, sich der Qualität seines Mephedrons zu rühmen, Bestellungen entgegenzunehmen und weiterzuleiten. Er brauchte ein Labor, einen Chemiker oder musste irgendwo im großen Stil Mephedron kaufen, ein wenig Ahnung von Computern und Verschlüsselung haben, mehr brauchte es nicht.
Hätte ich aus Westmarkt rausgewollt, wenn Dealen so gewesen wäre? Ohne die Gewalt, ohne die Schlägereien, ohne die direkte Konkurrenz, ohne die Aufteilung, welches Gebiet wem gehörte. Aber ich hatte kaum gedealt, nach dem Jugendarrest hatte ich die Finger davon gelassen und nur noch ab und zu jemandem etwas mitgebracht. Es war nicht die Dealerei, die schlimm war, aber es gab keinen Frieden in einem Viertel, in dem so viel gedealt wurde, in dem so viel dreckiges Geld unterwegs war,

so viel falsche Hoffnung, so viel Ausweglosigkeit, so viele Träume. Kein Frieden, keine Ruhe, keine Zukunft.
Und natürlich gab es auch keinen Frieden, wenn man es wie Toni machte. Es starben Menschen. Wenn auch nicht an der Gewalt, die mit Drogen verbunden war, sondern an den Drogen selber.
Ich saß da und fragte mich mal wieder, warum ich das alles gemacht hatte. Warum war ich weggezogen? Ich hatte es vergessen. Ich vergaß es immer wieder. Dabei war es einfach. Jeder, der Leid erfuhr, gab es auch weiter, ob er wollte oder nicht. Und es schien mir wahrscheinlich, dass man in Westmarkt mehr Leid erfuhr, obwohl ich mir nicht mal da sicher war.
Ich hatte raus gewollt, nicht weil ich reich werden wollte, nicht weil ich mir Glück erhoffte, Ruhm, Frauen, Bequemlichkeit. Wahrscheinlich hatte ich nicht mal wegen Rahel raus gewollt. Ich hatte raus gewollt, weil ich weg wollte von dem Leid. Und jetzt gab ich es mir jeden Sonntag.
Man musste arbeiten, wenn man draußen sein wollte. Eine Arbeit, bei der man vielleicht jemanden suchte, der auch nur raus gewollt hatte, aber auf eine ganz andere Art.
Ich bin kein Detektiv, dachte ich. Ich tue nur so. Und meistens kaufe ich es mir ab. Doch ich kann mich kaum motivieren. Geld, Geld war meine Motivation, Geld, um mir dafür ein wenig Ruhe zu kaufen.
Ich stand auf, stellte den Stuhl für die Kunden auf den Schreibtisch, weil ich sonst nicht genug Platz hatte, nahm mein Springseil, stellte den Timer auf zwei Minuten Aktion und dreißig Sekunden Pause. Nach vier Runden hörte ich auf. Mein Herz pumpte, Schweiß sammelte sich in den Achseln, mein Atem ging schwer.
Ich gab Mephedron synthesis in die Suchmaschine ein. Ich konnte mich nicht mal erinnern, ob wir in der Schule Chemie gehabt hatten oder nicht. Ich wurde nicht schlau aus dem, was ich da las.
Es schien mir nicht vielversprechend, aber irgendetwas musste

ich ja tun. Bei fraudsters postete ich unter Blackmarket/Suche/Services: Jemand hier, der Mephedron synthetisieren kann? Labor und Ausgangsstoff sind vorhanden, aber der Koch ist auf einem Hollandtrip spurlos verschwunden. Zahle gut, auch für eine Vermittlung, Cash oder BTC.

Sonst wurden in dieser Rubrik häufig Filler gesucht, Menschen, die ein Bankkonto, das mit falschen Personalien erstellt worden war, mit Geld auffüllten und dafür in Bitcoins bezahlt wurden. Derjenige, der das Bankkonto zur Verfügung stellte, wusch so sein Geld. Ich rechnete mir nicht viele Chancen aus, auch wenn die Anzahl der Menschen, die in Deutschland tatsächlich Mephedron synthetisieren konnten und wollten, relativ klein sein durfte.

Danach schrieb ich Toni auf Dream Market eine private Nachricht, machte ein Häkchen in dem Kästchen für die Verschlüsselung. So wurde die Nachricht mit Tonis öffentlichem PGP-Schlüssel chiffriert und war für niemanden lesbar, der nicht den privaten PGP-Schlüssel hatte. Asymmetrische Verschlüsselung, zum Chiffrieren einen Schlüssel, aber zum Dechiffrieren einen anderen, den man idealerweise an niemanden herausgab. Ich schrieb: Hi, bin an vier Kilo Mephedron interessiert, möglichst bald. Packstation leider gestern gebusted. Geht direct Deal? Übergabe RL, Geld bar.

Und kopierte meinen öffentlichen Schlüssel unter den Text.

Niemand in diesem Spiel, der nicht nicht dumm war oder nur kleine Mengen für den Eigenkonsum wollte, bestellte zu sich nach Hause. Sondern zum Beispiel zu Adressen, wo man wusste, dass die Bewohner tagsüber nicht da waren und die Briefkästen von außen zugänglich. Für Bestellungen, die nicht in einen Briefkasten passten, oder aus reiner Bequemlichkeit konnte man auch an eine Packstation liefern lassen, eine, die nicht auf den eigenen Namen lief. Wenn die Polizei mitbekam, dass die Packstation für illegale Zwecke verwendet wurde, wurde sie beschlagnahmt. Schlimmster Fall wäre, dass sie observiert wurde, um denjenigen zu schnappen, der sie öffnete. Was bei

großen Mengen aber ein Läufer sein sollte, und nicht man selber.
Es wäre dumm von Toni, einem persönlichen Treffen zuzustimmen, auch wenn ich es damit begründete, dass meine Packstation aufgeflogen war. Er schien mir nicht dumm zu sein, aber versuchen, versuchen konnte man es.
Danach rief ich Ergün auf der Arbeit an.
– Baltschi, meldete er sich.
Kein Wunder, dass Armbruster seinen Namen falsch aussprach, wenn er es selber auch tat.
– Hallo Ergün, Nizar hier. Wie geht's?
– Nizar, hamudi, lange nicht gehört, was geht bei dir, habibi?
Ich stellte mir vor, wie er in einem Großraumbüro saß und wie ihn die Kollegen ansahen, wenn er so sprach. Ich wusste, wie die anderen Kinder ihn ansahen, wenn er seine Söhne mit dem Polizeiauto von der Schule abholte.
– Hier ist alles gut.
– Wie geht es Sevgi Teyze?
– Sie klagt. Sie klagt über Arthrose, über Osteoporose, über Herzschmerzen, Nierenschmerzen, der Kardiologe sagt, sie hat eine Herzkranzgefäßverengung, sie ist aber fit wie eh und je, wenn du mich fragst.
– Immer noch jeden Tag in Westmarkt unterwegs?
– Ja, das hört wohl nicht mehr auf.
– Du kriegst die Mutter aus dem Ghetto, aber nicht das Ghetto aus der Mutter. Richte ihr schöne Grüße aus.
– Mach ich. Bei dir?
– Alles fit im Schritt.
– Frau und Kinder?
– Alles roger.
Ich dachte an den Jungen, der er gewesen war. Wir hatten alle zu den Älteren aufgeschaut und hatten so sein wollen wie sie. Wir hatten alle cool sein wollen, hart und furchteinflößend. Aber bei Ergün hatte es immer aufgesetzter gewirkt als bei den anderen. Über ihn hatten alle gelacht, er lief als eine Art

Maskottchen mit, niemand nahm ihn für voll. Und dann hatte er sich später still und leise den uncoolsten Job gesucht, den, den wir am meisten verachteten: Polizist.
Doch es schien ihm gutzugehen, ihm und seiner Familie. Ihm gebührte Respekt, er hatte eine eigene Entscheidung getroffen, eine, von der er genau wusste, dass die Leute, deren Anerkennung er gesucht hatte, sie missbilligen würden. Ihm gebührte Respekt, selbst wenn man ihm vorwerfen wollte, dass er nur Gendarm geworden war, weil er zum Räuber nicht getaugt hatte.
– Wollen wir morgen essen gehen?, fragte ich.
– Klar, sagte er, und nach einer kleinen Pause: Hast du nur deswegen angerufen?
– Ich weiß, sagte ich, eine WhatsApp hätte es getan, aber ich bin halt alte Schule.
Er lachte, als hätte ich einen Witz gemacht.
– Bis morgen, habibi, sagte er.
– Bis morgen, moruk, sagte ich. Ich wusste nicht, wann ich das letzte Mal moruk zu jemand gesagt hatte, es hörte sich falsch an aus meinem Mund, aber ich glaubte, er würde sich freuen.

Lesane saß auf der Couch und zockte, als ich die Tür aufmachte. Ich wusste nicht, ob ihm jemand das Gras vorbeibrachte oder ob er rausging und es besorgte. Ich hatte ihm einen Schlüssel gegeben, doch meistens hockte er drinnen.
– Weiß eigentlich jemand von deinen Freunden, dass du hier bist?
– Nur Fayaz.
– War er hier?
– Nein, wieso?
– Fragt sich keiner, wo du bist?
– Vielleicht. Geht mir am Arsch vorbei.
– Ayleen hat mich angerufen, Sami würde eine Entschuldigung annehmen …

– Warum soll ich mich entschuldigen?
– Weil du ihm eine Kopfnuss gegeben hast.
– Ja, aber der hat ja…
Er verstummte, weil ich den Kopf schüttelte.
– Vielleicht … kann ich noch ein paar Tage bleiben? Nicht viel. Zwei vielleicht. Ich entschuldige mich dann auch.
Ich überlegte und dann nickte ich. Wir konnten über Hip-Hop reden, wir konnten zusammen an der Konsole sitzen. Ich hatte kein Wort zur Kifferei gesagt. Ich hatte versucht, ihn nicht in eine Ecke zu drängen. Aber mittlerweile war ich genervt.
– Was hast du eigentlich gesucht?, fragte ich.
– Was soll ich gesucht haben?
– In meinem Kleiderschrank. Was hast du gesucht?
– Ich wollte joggen gehen und habe nach einer Hose geguckt, aber dann hatte ich doch keinen Bock mehr.
Er geriet nicht in Verlegenheit, er musste nicht kurz überlegen, was er sagen sollte. Offensichtlich log er regelmäßig.
– Mit mir wolltest du nicht joggen gehen.
Er zog die Schultern hoch.
– Hab nicht immer Bock.
– Und Jogginghosen hast du auch.
– Ich wollte ne kurze.
– Machst du das zu Hause auch?
– Was?
– Lügen.
– Wieso lügen? Wo lüge ich denn? Ich habe nach einer Jogginghose geschaut. Ich hätte es ja gesagt, aber dann habe ich es vergessen.
– Du hättest anrufen können.
– Mein Akku hat gerade rumgespackt.
– Lügst du Ayleen auch so an?
Er sprang auf.
– Ich schwör, Mann. Vallah, ich lüg nicht.
– Setz dich, sagte ich, aber er blieb stehen. Setz dich, wiederholte ich und war selber erstaunt über meinen Tonfall beim

zweiten Mal. Als sei ich über zwanzig Jahre jünger und dabei, eine Schlägerei anzuzetteln.
Er schien ein wenig erschrocken, setzte sich.
– Vielleicht merke ich nicht jede Lüge, die du mir auftischst, sagte ich, aber…
– Ich… fiel er mir ins Wort, doch ich sagte:
– Du hältst jetzt den Mund und hörst zu. Ich weiß genau, dass du am ersten Schultag nicht in der Schule warst. Deine Schuhe standen noch genauso vor der Haustür wie morgens, die Schnürsenkel zusammengeknotet – das war ich. Ich weiß auch, dass du keine Jogginghose gesucht hast. Ich weiß, dass du hier am offenen Fenster kiffst und ich bin mir ziemlich sicher, dass du noch einen anderen Grund hattest, Sami eine Kopfnuss zu geben, als diese Fernbedienung. Ich weiß, dass du mir nicht vertraust, und das würde ich an deiner Stelle vielleicht auch nicht. Aber ich habe die Schnauze voll davon, dass du glaubst, ich bin so dumm, dass ich das alles nicht merke.
Er war eingeschüchtert. Oder tat nur so, weil er wusste, dass man das von ihm erwartete. Ich wusste es nicht.
– Was schlägst du vor? Soll ich einfach aufhören, dir Fragen zu stellen? Stell keine Fragen, hör keine Lügen. So einfach. Oder hast du einen anderen Vorschlag?
Er sah zu Boden. Und wartete. Als sei das eine Art Regenschauer, der vorbeiziehen würde, und dann konnte man so weitermachen wie bisher. Bestimmt drei Minuten schwiegen wir, ohne dass er auch nur hochsah.
– Hast du einen Vorschlag?, wiederholte ich.
Er hob den Kopf und sah mir in die Augen.
– Gib mir einfach noch drei Tage. Bitte.
Wie hätte ich nein sagen sollen?

8

– Kann ich mit ins Büro?, fragte Lesane mich morgens. Es war Samstag, ich nickte.
Während ich etwas ziellos nach Anhaltspunkten suchte, die mir weiterhelfen konnten herauszufinden, wer Toni war, tippte und scrollte Lesane auf seinem Handy herum.
Bei fraudsters hatte ich zwei Antworten auf meine Frage nach einem Chemiker. Die erste von corebox war: Guter Witz, Uwe, aber wir wissen, wo dein Auto steht.
Uwe war ein Szenewort für Polizei. Ich hatte geahnt, dass diese Reaktion kommen konnte. Um das zu verhindern, hätte ich erst wochenlang im Forum posten und mehr Vertrauen gewinnen müssen. Die zweite Antwort von HideAll lautete: Mephedron in Deutschland? Vergiss es. Der dritte Post von Flexking: Hast PN.
Ich klickte auf Private Nachrichten, Flexking schrieb: Proofpic vom Labor, dann reden wir weiter.
Ich wusste nicht, ob ich mich über diesen kleinen Erfolg freuen konnte.
– Nizar?, sagte Lesane.
– Ja.
– Guck mal bitte.
Er schob mir sein Handy über den Tisch. Es war ein Foto von zwei Wettscheinen, bei denen jeweils 50 Euro eingezahlt worden waren. Für den ersten wurden nun 3488,59 ausgezahlt, für den zweiten 2477,12. Es war auf das Ergebnis von Fußballspielen gewettet worden.
– Haufen Asche, sagte ich und schob das Handy zurück. Ich erinnerte mich dunkel daran, dass Sevgi etwas über einen Typen erzählt hatte, der Geld mit Wettscheinen machte.
– Das ist Maverick, ein Undergroundrapper aus Neukölln,

sagte Lesane. Der hat in den letzten Wochen über zehn Riesen mit Wetten gemacht.

– Und jetzt möchtest du auch wetten?

– Der hat einen YouTube-Kanal, da gibt er Tipps. Tipico hat wegen dem schon 340.000 Euro Verlust gemacht.

– Dann wette.

– Will ich ja. Kannst du mir 500 Euro leihen?

– 500?

– Du kriegst sie wieder.

– Auf den Scheinen war weniger Einsatz.

– Ich muss das Risiko verteilen, deswegen. Du kriegst 1.000 wieder. Versprochen.

– Was willst du mit so viel Geld?

– Wetten, sagte er.

– Nein, was willst du mit dem Geld, das du dann gewonnen hast?

– Ne Rolex kaufen. Rolex Daytona. Wenn ich mit der zum Vorstellungsgespräch gehe, nimmt mich jeder.

– Rolex?

– Daytona.

Ich sah ihn an. Wenn man an seinem Kind etwas sieht, das einem gefällt, ist man wahrscheinlich stolz. Als könnte man was dafür. Vielleicht kann man ja wirklich was dafür. Wenn man etwas sieht, das einem nicht gefällt, schiebt man es vielleicht auf jemand anderen. Ist dieser Junge wirklich so dumm, fragte ich mich.

– Erstens, sagte ich, hast du nicht mal eine Bewerbung geschrieben, soweit ich weiß, geschweige denn ein Vorstellungsgespräch für irgendetwas. Zweitens hast du in der Schule außerdem jede Menge Fehlzeiten, wenn ich das richtig sehe, ich weiß nicht, ob du überhaupt einen Abschluss kriegst. Drittens würdest du gerade mit der Rolex den Ausbildungsplatz nicht kriegen, weil der Mensch auf der anderen Seite sofort wüsste, dass du krumme Dinger drehst.

– Wetten ist kein krummes Ding.

– Er würde dich trotzdem nicht nehmen.
– Bitte, sagte er. Bitte, leih mir das Geld.
– Wofür?
– Boah, warum muss ich denn immer alles erklären? Mann, ich will wetten, weil man damit Kohle machen kann.
– Kannst gerne wetten, aber nicht mit meinem Geld.
– Ich gebe es dir wieder. Echt. Wort drauf.
Ich dachte nach. Ich hatte gesehen, was alles bei Kamber nicht geholfen hatte. Wenn ich ihm das Geld nicht gab, würde er wahrscheinlich andere Wege suchen, um es aufzutreiben. Wenn ich es ihm gab, würde es auch nicht helfen, sondern wahrscheinlich auf irgendeine Art schaden. Aber vielleicht würde ich ihn dann besser verstehen, weil ich ihn näher bei mir hatte.
Er versuchte sich das Grinsen zu verkneifen, als ich meine Geldbörse hervorzog und ihm zwei Scheine gab.
– Das sind nur 100, sagte er. Es klang nicht enttäuscht, sondern vorwurfsvoll.
Kurz war ich versucht, ihm das Geld wieder aus der Hand zu ziehen.
– Geh, bevor ich es mir anders überlege, sagte ich, doch noch während er die Tür zuzog, fragte ich mich, was mit mir nicht stimmte, dass ich mich mit einem Siebzehnjährigen anlegen wollte. Was sollte das bringen?
Ich nannte mich Detektiv, aber ich hatte mich nie damit beschäftigt, unauffällig Menschen zu beschatten. Ich war mir trotzdem sicher, dass Lesane mich nicht bemerkte. Er fuhr mit der Straßenbahn ins nächste Viertel, in dem es Wettbüros gab. Er kam mit Wettscheinen in der Hand wieder raus. Ich fuhr zu meiner Verabredung mit Ergün.
Er bestellte anderthalb Adana Iskender, ich eine Gemüsepfanne.
– Was ist, habibi, unter die Vegetarier gegangen?, fragte Ergün und lachte.
Ich lächelte einfach nur und ließ die Frage untergehen. Wir hatten uns lange nicht mehr gesehen und er war arg gealtert. Doch

vielleicht dachte er das Gleiche von mir. Seine Geheimratsecken waren fast so groß wie seine Hände, da waren Falten um die Augen und tiefe Furchen von der Nase zu den Mundwinkeln. Er war früher dünn gewesen, dünner als die meisten, aber jetzt sah er aus wie eine Kugel, auf die man einen Kopf gesetzt hatte und zwei Beine druntergeklebt, Beine, die nicht so aussahen, als könnten sie das Ganze tragen.
– Warum hast du Armbruster eigentlich zu mir geschickt?
– Der sah nach Geld aus und ich dachte, vielleicht könntest du ein wenig davon gebrauchen.
Ich sah ihn an. War da etwas Überhebliches in seiner Stimme? Etwas, das mir zeigen sollte, dass er es geschafft hatte und ich nicht? Der ehemals uncoole Junge gab sich nun gönnerhaft. Oder bildete ich mir das gerade ein?
– Weißt du etwas, das mir weiterhelfen könnte?
Er lächelte.
– Es ist ziemlich aussichtslos, das ist dir klar, oder?
Ich machte eine Kopfbewegung, die alles heißen konnte.
– Ich habe ihn über die Einzelheiten nicht ausgefragt, sagte ich. Sein Sohn tot, genug Schmerz, ich dachte, ich frage dich.
– Sie waren bei Armbrusters zu Hause, Vater übers Wochenende auf Motorradtour, Mutter mit einer Freundin im Harz. Als sie Sonntag Nachmittag nach Hause kommt, sind die beiden voll drauf, Riesenteller, Kiefermahlen, unwillkürliche Zuckungen, nicht mehr gesprächsfähig. Mutter ruft den Notarzt, als der kommt, ist Fynn bereits tot. Spurensicherung findet weißes Pulver, der Freund sagt, es ist Mephedron, Laboruntersuchung bestätigt reines Mephedron. In ein paar Wochen wird die Familie einen Brief bekommen, dass die Ermittlungen eingestellt wurden. Der Freund wird nicht belangt.
– Kein Umschlag, in dem das Mephedron verschickt wurde? Keine Informationen über einen Anstieg von Mephedronkonsum in der Stadt? Kein Detail, das für mich noch interessant sein könnte?
– Nizar, wie ich ihn kenne. Ehrgeiz und Zielstrebigkeit. Der

Dealer ist nicht zu fassen, nicht für einen allein. Ich hoffe, du hast Armbruster eine gute Pauschale berechnet.
– Ich danke dir, sagte ich, aber ich war mir nicht mal sicher, ob ich es wirklich meinte.
Er lächelte.
– Wir haben den Umschlag, in dem das Mephedron angekommen sein soll. Abgeschickt aus Duisburg.
– Das schränkt die Suche doch ein.
– Klar, sagte er, vielleicht fünfhundert Briefkästen, knapp zwanzig Postfilialen, dreißig Packstationen, schätze ich mal einfach so grob. Kann man alles rund um die Uhr bewachen. Weißt du jetzt, wie man sich klont?
Er lachte.
– Ich habe noch eine Bitte, sagte ich. Kannst du mir ein Foto von einem Labor schicken, das ihr hochgenommen habt?
– Wofür?
– Für genau diesen Job.
Er sah mich prüfend an.
– Ich suche in einem Kriminellenforum jemanden, der mir Mephedron kocht. Ist keine gängige Droge, können sich nicht so viele mit auskennen, habe ich gedacht. Jemand hat angebissen, möchte aber ein Beweisfoto, dass ich tatsächlich ein Labor habe. Egal, was ich im Netz finden würde, er könnte es auch finden.
– Er wird auf dem Foto vom Labor einen Zettel mit deinem Nick haben wollen, wenn er kein Dummkopf ist.
– Proofpic, ja, vielleicht finde ich jemanden, der mir das photoshopt.
– Ich schaue mal, ob ich das hinkriege, sagte er. Wie ist dein Nick im Forum?
– Bushwick.
Er lachte.
– Du machst dir zu viel Arbeit, habibi, aussichtslose Arbeit.
Er hatte ein wenig Joghurtsoße am Kinn und war mit seiner Portion fertig. In meiner dünnen Blechpfanne war noch ein Drittel

übrig und ich schob sie weg. Alles schwamm in Fett und war versalzen.
– Mir schmeckt's auch nie, wenn kein Fleisch dabei ist, sagte Ergün.
Auf dem Heimweg war ich versucht, ihm Recht zu geben. Ich machte mir zu viel Arbeit. Wofür genau? Meine Aussichten waren wahrscheinlich schlechter als Lesanes beim Wetten. Viel schlechter. Ich konnte auch einfach ein paar Wochen absitzen und mich mit dem Festhonorar zufrieden geben.
Trotzdem erstellte ich mir im Büro einen neuen Account bei Dream Market, weil Toni bestimmt auffallen würde, wenn ich vom selben Account eine geringe Menge bestellte, nachdem ich vier Kilo angefragt hatte. Ich transferierte die nötigen Bitcoins auf mein neues Dream-Market-Konto und legte 3,5 Gramm Mephedron von Toni in den Warenkorb. Ich bemerkte, dass Lesane die Tür öffnete, klickte noch auf Bestellen und sah dann erst hoch. Er war im Türrahmen stehen geblieben und jetzt erst sah ich, wie blass er war. Und unsicher auf den Beinen. Da war Angst, nicht nur in seinen Augen, sondern in seinem ganzen Körper. Ich stand auf, legte ihm den Arm um die Schulter und führte ihn zum Stuhl. Ich gab ihm ein Glas Wasser. Ich fragte nicht, was passiert war, ich wartete. Er nahm einen Schluck, dann noch einen und sah mich dann an. Ich wusste nicht, ob er losheulen würde, schreien oder lügen. Vielleicht wusste er es selbst nicht.
– Ich habe Scheiße gebaut.
Wie oft hatte Sevgi diesen Satz von Kamber gehört. Ich sah Lesane an, so freundlich wie möglich.
– Aber ich war nicht alleine schuld, echt nicht.
– Was immer es ist, es lässt sich bestimmt regeln, wenn wir nur reden.
Er senkte den Kopf.
– Ich schulde Dilovan 20.000 Euro, sagte er.
– Dilovan? Dem Dilovan?
Er nickte.

Ich ging auf die andere Seite des Schreibtischs und setzte mich auf meinen Stuhl. Was immer es war, er steckte mit dem ganzen Schädel drin.
Nachdem er mir erzählt hatte, was passiert war, fragte ich mich, wo der sicherste Ort für ihn war. Mir fiel nur Rahel ein. Ich hatte sie seit bestimmt zehn Jahren nicht mehr angerufen.

9

Es war halb sechs, als ich aufwachte, es gab nichts, was zurück in den Schlaf führte, das wusste ich, aber es hinderte mich nicht daran, mich noch mal umzudrehen und es trotzdem zu versuchen. Ich hatte unruhig geschlafen, in der Erwartung, die Tür könnte jederzeit aufgebrochen werden.
Wahrscheinlich wäre es klüger gewesen, nach Westmarkt zu fahren und Dilovan zu suchen, anstatt zu warten, bis er oder einer seiner Leute hier aufkreuzte, weil Fayaz ihnen verraten hatte, wo Lesane gerade wohnte.
Ich fragte mich, ob ich Lesane abholen und ihn mit zu Sevgi nehmen sollte. Er kann kein Türkisch, sagte ich mir, es wäre nicht sinnvoll. Außerdem hatte ich ihn bisher mit keinem Wort erwähnt, ich wusste selber nicht genau warum. Vielleicht weil ich mich schämte, dass ich nie für ihn da gewesen war. Dass ich nicht gespürt hatte, dass er existiert. Nein, das war es nicht, es war, weil ich ahnte, an wen er Sevgi erinnern würde.
Ich würde ihn bei Rahel lassen, bis ich mit Dilovan geredet hatte, aber was dann? Ins Wettbüro gehen? Sevgi um Geld bitten? Dilovan um Aufschub? Erst mal war mir wichtig gewesen, Lesane aus der Schusslinie zu haben.
Ich fragte mich, wie Lesane jetzt schlief. Ob er sich sicher fühlte. Ob Rahel ihm ansehen konnte, dass er 20.000 Euro Schulden bei einem Kriminellen hatte, vor dem man Angst haben

musste. Wie gerne hätte ich ihn gestern Abend in den Arm genommen und gesagt: Keine Angst. Ich stehe hinter dir.
Obwohl es Sevgi gewesen war, die immer gesagt hatte: Nizar, ich stehe hinter dir, es reicht, wenn du aufrecht gehst, mehr brauchst du nicht zu tun, obwohl Sevgi mich beschützt hatte, draußen hatte ich mich nur sicher gefühlt, wenn Kamber dabei war. Kamber, ich hatte gewusst, mit ihm würde ich nicht allein sein, selbst wenn wir verloren.
Dilovan war gute zehn Jahre jünger als ich und irgendetwas war anders bei diesem Kerl. Er war schon mit vierzehn mit zu großen Deals nach Holland gefahren. Die Leute, die ihn nicht kannten, nahmen ihn nicht ernst, weil er so jung war, aber er hatte oft einen Dolch dabei, den er im Ärmel versteckte, und er hatte keinerlei Skrupel ihn auch zu benutzen. Mit sechzehn wickelte er selber Deals ab, heuerte Fahrer an oder fuhr selber, wenn sich keiner fand. Tarkan hatten alle bewundert, Kamber hatten auch alle bewundert, Tarkan und Kamber waren cool gewesen. Dilovan nicht, vor dem hatten immer alle Angst.
Dilovan war keiner dieser Männer, die wenigstens vorgaben, sich um das zu kümmern, was sie Familie nennen, und die mit ihrem Viertel verbunden sind. Dilovan war ein Geschäftsmann, kein Choleriker, aber auch kein cooler Typ. Viele in seiner Liga koksten zu viel, zogen zu viel Speed, tranken zu viel. Dilovan nahm keine Drogen, er rauchte nicht mal und trank selten ein Glas Bier. Er nahm keine Anabolika, von denen er hätte aggressiv werden können, er war auch nicht aufbrausend, doch wenn es um Gewalt ging, war bei ihm irgendetwas anders als bei den meisten anderen Menschen. Er brach Schädelknochen, wie andere Nackenschellen verteilten.
Warum, hatte ich Lesane gefragt, warum um alles in der Welt geht man zu so jemandem wie Dilovan und fragt nach Gras im Wert von 20.000 Euro auf Kombi?
– Ich habe nicht danach gefragt, hatte er geantwortet, er hat es mir angeboten. Weil er gesehen hat, dass ich ein guter Ticker bin und weil mir sonst keiner eine Chance geben wollte.

– Aber warum gleich so viel? Viel zu großes Risiko. Null Backup, falls es schiefgeht. Das war dumm. Warum?
– Er hat mir diese Chance angeboten. Er hat an mich geglaubt.
– Ihm kann es egal sein, ob du es in den Sand setzt oder nicht. Er kriegt sein Geld.
– Ich hab's nicht.
– Ich weiß. Und er weiß es auch, er wird dich für lau arbeiten lassen.
– Dann muss ich für jemand in den Knast. Oder Fuhren aus Holland holen. Oder bei 'nem Raub mitmachen.
– Richtig. Und das willst du nicht, oder? Der glaubt nicht an dich, der glaubt nur ans Geld. Was wolltest du mit so viel Asche? 20.000. Da wären einige Riesen für dich abgefallen, was willst du damit?
– Alles hier ist Para. Hosen kosten Geld, Schuhe kosten Geld, Uhren kosten Geld, Auto kostet Geld. Ich hätte es in drei, vier Tagen vertickt. Es war nicht meine Schuld.
Es war eine unglaubwürdige Geschichte, wie ihm das Gras abhanden gekommen war, und irgendetwas daran schien mir faul, aber ausnahmsweise hatte ich nicht das Gefühl, dass er mich belog. Sie hatten das Gras im Kofferraum von Fayaz' Auto verstaut, in zwei Sporttaschen, vakuumiert, geruchsfrei. Hatten im Halteverbot geparkt, da, wo sie immer parkten. Wo sie noch nie abgeschleppt worden waren. Sie hatten nur eine Stunde Fußball gespielt an der Wiese am Blumenberg. Als sie wiederkamen, war der Wagen weg, abgeschleppt, wie sie herausfanden. Sie waren nervös, aber sie fuhren ihn abholen, um hinterher festzustellen, dass der Kofferraum leer war. Und da war niemand, den sie nach dem Gras fragen konnten. Lesane hatte sich mit Fayaz den Kopf zugeraucht und war nach Hause gegangen und hatte Sami die Kopfnuss verpasst.

– Erinnerst du dich an Ayleen?, fragte ich Sevgi, als sie sich die Zigarette nach dem Essen anzündete.
– Die, deren Mutter Deutsche ist?

– Genau die.
– Die Mutter taugte nichts. Der Mann hat sie ja dann auch verlassen. Wie hieß der noch?
– Hamdi.
– Genau, der ist ja zwei, drei Jahre nach der Trennung in die Türkei gezogen. Und Ayleen … die war nicht so dumm, wie alle immer geglaubt haben, weil sie diese komische Stimme hatte. Aber die hat ihre Nase immer so hoch getragen, als sei sie irgendetwas Besseres.
Einen Moment lang überlegte ich, ob ich es lassen sollte. Andererseits gab es ohnehin niemanden, über den sie ein gutes Wort verlor. Es zog in meinen Handflächen. Ich war aufgeregt. Schon wieder war ich aufgeregt. Klar konnte man sein Leben so einrichten, dass man seine Ruhe hatte. Nur brach irgendwann einfach alles zusammen. Was hatte ich schon gewollt, außer ein wenig Musikhören, eine kleine Wohnung, ab und an einen Joint und sonst Stille?
– Die hat doch diesen Hilfsarbeiter geheiratet. Wie heißt der noch?
– Sami. Er ist jetzt Paketfahrer.
– Ja, Sami. Nicht der Hellste, aber ein guter Junge. Die haben doch einen Sohn, oder? So ein Nichtsnutz, dem schon vorbestimmt ist, auf den Matratzen von Zellen zu schlafen.
Es war nicht der richtige Moment, aber es würde nie der richtige Moment sein.
– Er ist mein Sohn, sagte ich.
– Bitte?
– Lesane, er ist nicht von Sami. Ich bin sein Vater.
– Geh, sagte sie. Was willst du denn mit dem? Wenn du jemanden adoptieren willst …
– Nicht adoptieren, unterbrach ich sie. Er ist mein Sohn. Mein leiblicher Sohn. Wir haben einen Test machen lassen.
Sie ließ ihre Zigarette sinken und sah mich an.
– Ich bin eine alte Frau, sagte sie, erlaub dir keine Scherze mit mir, mit einem Bein stehe ich …

– Es ist kein Scherz, sagte ich. Er ist mein Sohn.
– Seit wann weißt du das?
– Ein paar Tage, sagte ich, weil ich nicht lügen wollte.
Ich hatte sie oft angelogen, sehr oft, aber ich wusste nicht, wie lange das letzte Mal her war.
– Wer weiß es noch?
– Ayleen und er selber. Sonst niemand.
– Sami?
Ich schüttelte den Kopf.
Sie hatte es auch nicht geahnt und irgendwie beruhigte mich das. Sie griff nach der Packung, obwohl in ihrer Hand noch eine Zigarette brannte. Man sah den Widerstreit in ihr zwischen Freuen und Fluchen.
– Was hat sie sich dabei gedacht, dir das so lange zu verschweigen?
Sie legte die Packung wieder weg, als sie die Zigarette zwischen ihren Fingern bemerkte.
– Ich weiß es nicht.
Sie schüttelte den Kopf.
– Was hat sich diese Schlampe denn gedacht?
Ich hob die Schultern. Sie sah mich an. Ihre Augen füllten sich mit Tränen, noch einen Moment und sie würden über das Lid fließen. Sie drehte den Kopf weg.
– Wie hieß das Mädchen noch mal?
– Ayleen?
– Nein, diese Deutsche, mit der du weggefahren bist.
– Rahel? Wie kommst du denn jetzt auf Rahel?
Sie sah mich wieder an. Die Tränen waren nicht geflossen und würden nicht fließen.
– Ich bin eine alte Frau, sagte sie. Ich hätte dir ein Kind gewünscht. Was habe ich verbrochen, dass ich nie ein Enkelkind im Arm halten konnte? Was hast du verbrochen, dass sie dir seine Kindheit gestohlen hat? Sie ist eine Diebin. Du wärst ein guter Vater gewesen.
Sie sagte es mit einer solchen Überzeugung, dass es mich traf

wie ein Faustschlag. Mir schossen die Tränen in die Augen und ich schaute auf den Tisch.

– Und warum hat sie es dir jetzt gesagt? Welchen Vorteil erhofft sie sich davon?

– Er streitet sich jeden Tag mit Sami. Sie hatte Angst, dass es Gewalt gibt, und wusste sich nicht mehr zu helfen.

– Ja, sagte sie, jeder Fehler, den man zu verstecken versucht, führt am Ende in eine Sackgasse. Vielleicht sieht es eine Zeit lang aus wie das Paradies, aber das Paradies kennt keine Sackgassen. Wenn Gott den Menschen nur etwas mehr Verstand gegeben hätte. Was machst du jetzt? Trefft ihr euch?

– Er wohnt gerade bei mir, rutschte es mir heraus.

– Er…

Mein Magen verkrampfte sich. Ich wollte nicht lügen.

– Er hat Sami eine Kopfnuss gegeben. Ist vielleicht gut, wenn alle ein wenig Abstand haben.

Ich wusste, woran es sie erinnert hätte, wenn ich ihr die ganze Wahrheit erzählt hätte. Ich wollte nicht. Und ich glaube, wenn sie es sich hätte aussuchen können, hätte sie es auch nicht gewollt.

– Ist er ein dummer Junge?, fragte sie.

– Ich fürchte schon.

Sie schüttelte leicht den Kopf und lächelte. Macht nichts, sollte das heißen. Sie lächelte voller Wärme.

– Wir haben schon ganz andere Berge erklommen, sagte sie.

Ich schämte mich, dass ich nicht zu so einem Lächeln fähig war.

Später, nachdem ich ihr wieder und wieder versprochen hatte, ihn nächstes Mal mitzubringen, schloss sie die Wohnungstür hinter mir und ich setzte mich im zweiten Stock einfach auf die Stufen.

Ich wollte nicht raus.

1993, The World Is Yours, Scarface
Es fängt mit Unruhe und Aufregung an, er muss kacken und geht ins Gebüsch. Als er wiederkommt, behaupten die anderen, sie spürten nichts. Kamber schlägt vor nachzuwerfen, obwohl nicht viel mehr als eine halbe Stunde vergangen sein kann. Sie haben nicht genug zweite Teile für jeden, also bekommt jeder noch ein halbes. Es sind kleine weiße runde Pillen, auf der einen Seite ist der Diesel-Indianer, auf der anderen eine Bruchrille.
Sein Brustkorb scheint sich zu weiten, er atmet tief ein, überrascht davon, wie viel Luft in ihn hineinpasst und wie gut sie sich anfühlt. Es ist, als würde eine nie gekannte Energie ihn durchfluten, eine Energie, die ihm aber dennoch vertraut vorkommt. Das ist eine Viertelstunde nach der nachgeschmissenen halben Pille.
Kurz darauf ist er überfordert. Als würde ein Orkan ihm die Füße vom Boden reißen und ihn mitnehmen. Er bekommt mit, dass Kamber sagt, er spüre immer noch nichts, dann scheint das Bild vor seinen Augen zu wackeln, er weiß nicht wohin mit der Energie, er ist ganz bewegungslos. Er weiß nicht wohin mit sich. Das ist nicht die Paranoia, die manchmal beim Kiffen kommt, es ist etwas ganz anderes. Als würden alle Knoten in ihm einfach aufgelöst werden.
Er hört, wie Kamber auf eine Frage antwortet: Wieso? So fühle ich mich immer.
Das Nächste, woran er sich hinterher klar erinnert, ist, dass sie zu dritt auf der Bank am Spielplatz sitzen und Kamber vor ihnen auf und ab geht, während er selber redet. Als hätten sich die Worte jahrelang in ihm aufgestaut. Als würden sie jetzt alle wie von selbst in der richtigen Reihenfolge aus seinem Mund sprudeln.
Wie froh er ist, einen Bruder wie Kamber zu haben, eine Mutter wie Sevgi. Wie traurig er manchmal ist, weil er Sevgi so viel Kummer bereitet. Wie oft er sich wünscht, wie Kamber zu sein. Mutig. Unerschrocken. Draufgängerisch. Klug. Gewitzt.

Wie sich diese Sehnsucht nach Freiheit anfühlt. Eine blaue Sehnsucht, sagt er, blau wie der Himmel, blau wie das Meer. Er sieht die anderen an und sie nicken. Klar, blaue Sehnsucht, sie verstehen ihn genau. Er erzählt von dieser Angst, die ihn nie ganz loslässt, die Angst, dass alle einfach gehen könnten, dass Kamber auf einmal weg ist, dass Sevgi auf einmal weg ist, dass er allein ist.
Kamber geht immer noch auf und ab, manchmal hebt er einfach die Arme zum Himmel und schaut hoch. Er sagt, wie eifersüchtig er manchmal auf Nizar ist, obwohl er ihn liebt. Liebt, sagt er, er liebt Nizar und Nizar spürt dieses Wort in seinem ganzen Brustkorb.
Kamber erzählt, wie er das Gefühl hat, Mutter und Vater würden sich wünschen, er wäre jemand anderes. Jemand, der weniger Scheiße baut. Jemand, der ruhiger ist. Wie er manchmal einfach nur Scheiße baut, weil er ihre Aufmerksamkeit haben möchte. Wie sie ihn aber nie sehen, egal, wie sie gucken, sie sehen ihn einfach nicht. Und wie er auch deswegen Scheiße baut, weil er es liebt. Weil es Freiheit bedeutet. Dass Freiheit keine Farbe hat, weil man sich einfach jede nehmen kann, die man möchte. Dass nur Regeln eine feste Farbe haben. Die drei auf der Bank nicken. Auch ihn verstehen sie.
Wie froh er ist, solche Freunde wie die drei zu haben. Sie sollen doch aufstehen. Er will sie umarmen. Er gibt jedem einen Kuss auf die Stirn. Ohne euch wäre ich nichts, sagt er.
Am nächsten Tag wird er sagen: Ich fand, die Pillen waren scheiße. Davon bekommt man nur so schwule Gefühle.

10

Als ich in meine Straße einbog, sah ich den anabolen Muskelprotz im Hauseingang des Nachbarhauses warten. Glatze, zwei Köpfe größer als ich, zusammengewachsene Augenbrauen, schwarzer, eng anliegender Synthetik-Pullover. Ich hätte nach Westmarkt fahren sollen, gestern, nachdem ich Lesane in Sicherheit gebracht hatte, aber ich hatte mich davor gedrückt, ich wollte nicht in einer Samstagnacht nach Westmarkt und nach Dilovan fragen, ich brauch erst einen Plan, hatte ich mir eingeredet, ich muss nachdenken, ich brauche etwas Zeit. Jetzt sah der anabole Tätowierte mich und kam auf mich zu.

– Nizar, sagte er.

Das sah Dilovan ähnlich. Keine unüberlegten schnellen Aktionen, dafür mit gut informierten Leuten am Start.

– Ja.

– Wo ist Lesane?

– Ich weiß es nicht.

Er schüttelte nicht den Kopf, er zog nur leicht die Augenbrauen zusammen, um mir zu verstehen zu geben, dass das die falsche Antwort war.

– Der Junge hat Scheiße gebaut, sagte ich, bevor er auf die Idee kam, mich zu schlagen. Er wird seine Schulden zurückzahlen.

Er nickte.

– Mit Zinsen, sagte ich.

– Zehn Prozent. Pro Woche.

Ich nickte.

– Ich bürge für ihn, sagte ich. Hier, gib das Dilovan von mir. Als Zeichen meines guten Willens. Er soll uns noch Zeit lassen, bitte. Und was immer er zu klären hat, er soll es mit mir klären, nicht mehr mit Lesane.

Ich gab ihm vier 500er-Scheine. Der allerletzte Rest von der Ablöse, die ich für den Kiosk bekommen hatte. Meine gesamten Ersparnisse.

Er steckte sie wortlos ein.

– Wir finden dich, sagte er.

Er drehte sich um und ging.

– Wo ist Lesane jetzt?, fragte Fayaz.
Ich schüttelte den Kopf.
– Vielleicht besser, wenn du es nicht weißt.
– Was hätte ich tun sollen?, fragte er. Sieh mich an.
Beide Lippen aufgeplatzt, eine Augenbraue genäht, in einem Auge waren Adern geplatzt und das Weiße war rot geworden. Ich wusste, dass er im Krankenhaus gewesen war, dass er zwei gebrochene Rippen hatte und Kapselrisse in sieben Fingergelenken und ich wusste nicht, ob es Romantik war oder Nostalgie oder einfach nur ein schlechtes Gedächtnis, aber ich dachte: Von uns hätte niemand den Aufenthaltsort eines Freundes verraten. Vielleicht stimmte das auch. Aber vielleicht gab es damals einfach weniger Gewalt. Und es gab niemanden wie Dilovan.
– Woher kennt dich Lee?
Es störte mich, dass er mich so leichtfertig duzte. Ich wusste aber nicht, ob es mich genauso gestört hätte, wenn er mich gesiezt hätte.
– Was hat er denn erzählt?, fragte ich.
– Nichts.
Ich wusste nicht, wie gut sie befreundet waren, ich wusste nicht, worüber sie redeten und worüber nicht. Aber ich glaubte, Lesane sei in der Lage, den Mund zu halten, wenn es darauf ankam. Und noch länger. Ich sagte:
– Ich bin ein entfernter Bekannter seiner Mutter.
– Und woher kennst du Ayleen?
– Ich komme auch aus Westmarkt.
Er sah mich an, bei diesem arg lädierten Gesicht konnte ich den Blick nicht richtig deuten.
– Und dann bist du zu den Blondies hier?
Ich nickte.
– Wenn ich rausziehe, dann in eine Villa.
Ich nickte. Klar, er war Lesanes Freund, es erschien mir logisch, dass er genauso dumm war.
– Ich würde Lesane gerne helfen, sagte er.

Ich sagte nicht:
– Hast du ja schon.
Ich saß da und dachte: Du hast ihn verraten. Du willst dein Gewissen erleichtern. Ich weiß nicht, was du als Freund taugst. Ich wollte, dass er wieder ging, aber ich wollte nicht unfreundlich zu ihm sein. Ich wollte ihn nicht verletzen. Ich wusste nicht, warum. Vielleicht weil er Lesanes Freund war.
– Auch wenn du nicht weißt, wo er ist, kannst du ihm vielleicht das hier von mir geben.
Er zog Hunderter aus seiner Hosentasche, vier, vielleicht fünf und hielt sie mir hin.
– Ich weiß die Geste zu schätzen, sagte ich. Lesane bestimmt auch. Aber behalt das Geld. Mir egal, was du damit machst.
Ich sah den Schmerz, auch in diesem Gesicht sah ich den Schmerz der Ablehnung.
– Ich will mit diesem Geld nichts zu tun haben, sagte ich.
– Ich habe es beim Wetten gewonnen, sagte er.
– Gib es Lesane selber, wenn du ihn das nächste Mal siehst.
– Du kannst mir trauen, echt, vallah, ich schwöre. Ich will ihm nur helfen.
– Ich erzähle ihm davon.
Nachdem er weg war, ging ich ins Büro. Das Mephedron war schon gestern in der Post gewesen, ein kleiner Luftpolsterumschlag, meine Adresse ausgedruckt auf einem Adressaufkleber, das Ziplocktütchen im Umschlag war in grauer fester Folie vakuumiert und die dann noch mal in braunes Packpapier eingeschlagen, damit nicht ertastbar war, was drin sein mochte. Der Absender stand auf einem kleinen abgerundeten Aufkleber, eine Adresse in Kiel, die nicht existierte. Aufgegeben in Duisburg. Ich schüttete das Mephedron auf meinen Schreibtisch, daneben ein Post-it, auf dem stand: Bushwick, 5.9.2017, machte ein Foto und achtete darauf, dass man nur Tischplatte, Mephedron und Post-it sah. Auf dem Computer entfernte ich die Metadaten aus dem Bild. Jedes Handy hat GPS, man kann schnell herausbekommen, wann und wo ein Bild gemacht

wurde. Auf dem Bild, das Ergün mir geschickt hatte, waren keine Metadaten, die etwas über die Kamera oder den Standort verrieten.
Ich lud die beiden Bilder bei einem Hoster hoch, der in der Szene als sicher galt.
Ich schrieb Flexking: War ein paar Tage off, hier Bilder vom letzten Mephedron, Rest ist verkauft und Bild vom Labor.
Ergün hatte niemanden gefunden, der mir in das Bild vom Labor einen Proofzettel photoshopte, und mein Versuch hatte zu schlecht ausgesehen, also lud ich das Bild ohne Proof hoch und ließ das einfach unerwähnt. Ich musste abwarten, was als Nächstes geschah.
Dann war ich versucht, noch weiter am Rechner zu sitzen, im Forum von Dream Market oder bei einem der anderen einschlägigen Foren wie The Hub oder Darknet Avengers zu stöbern, um zu sehen, ob ich nicht noch einen Hinweis finden konnte. Aber ich musste los.
Es war nicht Zeitnot gewesen, die mich daran gehindert hatte, gestern Abend noch reinzugehen und eine Erklärung zu liefern, sondern Nervosität.
Auf dem Klingelschild stand Wesse/Rokbani. Ich kannte den Mann, mit dem sie zusammenlebte. Ich kannte ihn, seit ich sechzehn war. Er hatte BWL studiert und war jetzt Teilhaber einer Firma, die eine nachhaltige Klamottenkollektion vertrieb. T-Shirt für 80 Euro, Hoodie für 230 Euro, Hose 190, alles Biobaumwolle oder Biobambus oder Biohanf und fair gehandelt natürlich.
Sie waren nicht ins Grüne gezogen, sondern in einen riesigen Altbau. Der Blick, mit dem sie mich mit vor der Brust verschränkten Armen im Türrahmen erwartete, machte, dass ich mich jünger fühlte. Als sei ich ein Junge, der nach Hause kommt und keinen Zweifel darüber haben kann, dass schon alle Bescheid wissen, was er dieses Mal wieder verbockt hat. Sie sah mich an, als wäre ich ein hoffnungsloser Fall.
So hatte mich noch nie eine Frau angesehen. Aber ich kannte

den Blick. Vielleicht nur aus Filmen, in denen Frauen einen Mafiosi heiraten und ihm dann die ganze Zeit vorwerfen, dass sie sich nicht sicher fühlen.
Sevgi hatte weder Kamber noch mich je so angesehen.
– Danke, sagte ich noch auf den letzten Stufen. Ich weiß es zu schätzen.
Sie lächelte, öffnete die Arme und wir umarmten uns. Sie roch anders als früher, das war mir gestern Abend schon aufgefallen, aber ich hätte den Unterschied nicht benennen können. Vielleicht war es nur das Alter.
– Lesane schaut gerade einen Film auf Netflix, sagte sie. Komm.
Das Wohnzimmer war die vorletzte der sechs Türen, die links und rechts vom bestimmt zehn Meter langen Flur abgingen. Die Holzdielen sahen alt aus, quietschten aber nicht. Im Wohnzimmer war Parkettboden, ein niedriges Sofa, auf dem man die Beine ausstrecken konnte, ein riesiger Flatscreen, Bohse-Boxen. Lesane drehte kurz den Kopf in meine Richtung und sagte: Hallo.
– Ich rede kurz mit Rahel, dann fahren wir, okay?
Ich konnte sehen, wie er überlegte, ob er nicht etwas dazu sagen wollte, dass er den Film noch gerne zu Ende geschaut hätte, aber er ließ es und nickte bloß.
Sie führte mich in die Küche. Der große Gasherd stand unter einer Dunstabzugshaube in der Mitte des Raumes. Mein Blick blieb an einer Espressomaschine hängen.
– Faema E61, sagte sie, restauriert. Möchtest du einen Kaffee?
Es war ein wenig wie früher, als ich diese ganzen neuen Wörter von ihr gelernt hatte, aber heute fragte ich nicht, was das hieß, Faema E61, ich würde später nachschauen.
– Schöne Maschine, sagte ich nur. Ja, gerne einen Kaffee.
Sie mahlte Bohnen in einer elektrischen Mühle und spannte den Siebträger ein, stellte zwei Espressotassen darunter und drückte einen Hebel.

– Zucker?, fragte sie.
– Danke, nein.
Sie gab Zucker in ihre Tasse und rührte um. Ohne mich anzusehen, fragte sie:
– Sucht ihn die Polizei?
– Ich würde dich nicht bitten, dich strafbar zu machen. Das solltest du eigentlich wissen. Er hat Schulden bei einem …
Mir fehlte das Wort, mit dem ich Dilovan beschreiben konnte. Ich merkte, wie ich versuchte, mich in ihrer Gegenwart besser auszudrücken. Ich saß da und fragte mich, wo all die Stunden hin waren. Und ob es irgendwann Momente gegeben hatte, in denen sie verstand, wo ich herkam.
– Aha, sagte sie. Und möchtest du mir sagen, wer er ist?
– Der Sohn einer guten Freundin, sagte ich.
Sie sah mich skeptisch an.
Ich erinnerte mich daran, wie wir mal ganz am Anfang zu ihr gegangen waren, nachdem wir im Freibad waren. Das war das erste Mal gewesen, dass ich im Freibad Eintritt bezahlt hatte. Ihre Mutter hatte mir etwas von dem selbstgebackenen Hefezopf angeboten. Ich wusste nicht, was ein Hefezopf ist, aber ich sah ihn ja. Dann sagte sie: Genier dich nicht. Ich wusste nicht, was genieren heißt, ich hörte das Wort zum ersten Mal und ich lehnte ab.
Später habe ich noch viele neue Worte gelernt, Worte, von denen ich vorher glaubte, dass sie nur Spacken benutzen, um klug zu klingen, Worte, die niemand brauchte, temporär, intersubjektiv, relevant, veritabel, geringfügig, Skandalon. Und Worte für Dinge, die ich gar nicht kannte, Pesto, Parmesanreibe, Balsamico, Akkuschrauber, Souffleur, Abgießhilfe, Konvertit, Studienrat, Rendite. Bei Rahel zu Hause wurde ein ganz anderes Deutsch gesprochen, als ich es gelernt hatte, und ich hatte immer eine Zwei in Deutsch gehabt.
Rahel hatte mir ihre Taschenlexikonreihe geliehen, und bestimmt ein Jahr lang hatte ich jedes Wort nachgeschaut, das ich nicht kannte.

– Du hast eine gute Freundin, die in Westmarkt wohnt?, wollte Rahel wissen, und ich fragte mich, ob sie ahnte, was die Verbindung zwischen Lesane und mir war. Oder ob Lesane sich verplappert hatte, doch davon ging ich nicht aus.
– Eine Freundin von früher, ich war ihr noch einen Gefallen schuldig, sagte ich.
Wenn sie die Wahrheit ahnte, würde sie diese Lüge noch mehr verletzen? Es war nicht so, dass ich nicht zu Lesane stehen konnte. Ich wollte Rahel nur einen Schmerz ersparen, den sie vielleicht schon längst vergessen glaubte.
Keyhan kam rein und ich stand auf. Als *Doggystyle* rauskam, hatten wir das erste Mal zusammen auf dem Freiplatz gespielt. Dass er mich nicht an der Tür begrüßt hatte, konnte heißen, dass er mich nicht willkommen hieß. Oder dass er nichts mehr auf diese Konventionen seiner Herkunft gab.
Wir gaben uns die Hand.
– Nizar, sagte er, schön dich zu sehen.
– Keyhan, lange her. Wie läuft's?
– Gut, antwortete er und deutete einen Schlag gegen meine Schulter an. Ich tat ihm den Gefallen und wich aus, konterte mit einem ebenso angedeuteten Schlag gegen seine kurze Rippe, der aber nur die Deckung traf. Mit dem folgenden Cross hätte ich ihn voll am Kinn erwischt, doch ich ließ es bleiben, senkte die Arme und grinste.
Er setzte sich zu uns an den Küchentisch und wir redeten ein wenig über die alten Zeiten. Wie wir beim Streetballturnier im Halbfinale disqualifiziert worden waren, weil er einem der Gegner eine gelangt hatte. Weil der ihn Scheißausländer genannt hatte. Damals hatte ich gedacht, wir hätten viel gemeinsam, später hatte ich ihn aus den Augen verloren, bis Rahel ihn kennenlernte und ich alt genug war, um zu verstehen, dass die beiden mehr verband als ihn und mich. Dass ich ihn nicht mochte hatte nichts damit zu tun, dass er mit Rahel zusammen war. Ich mochte ihn nicht, weil er vorgab etwas zu sein, das er nie gewesen war.

Wir redeten. Reden konnte ich. Ich hatte mit meinen Klienten beim Training geredet, ich hatte im Kiosk geredet, ich redete jetzt mit meinen Klienten. Reden konnte ich, das hieß aber nicht, dass ich es gerne tat.

– Hübsch, deine Ex, sagte Lesane, als wir etwas später auf die Straße traten.

– Ja, sagte ich. Finde ich auch. Immer noch.

– Und der Mann?

– Was ist mit dem?

– Ist 'n Schwarzkopf, aber irgendwie …

Er zog das irgendwie in die Länge, fand aber nicht das richtige Adjektiv.

– Keyhan, sagte ich, den habe ich kennengelernt, da war ich ungefähr so alt wie du. Beim Basketballspielen. Ich dachte, das ist einer wie wir, nur dass er halt nicht in Westmarkt wohnt. Dann war ich mal bei ihm zu Hause. Das war das erste Mal, dass ich einen Kanaken gesehen habe, der in einem großen Haus wohnt. Er und seine zwei Schwestern hatten eigene Zimmer und nicht gerade klein. Sein Vater war Kieferorthopäde.

Er zögerte kurz, dann sagte er:

– Könnten wir nicht …

– Nein, unterbrach ich ihn. Würdest du dir vom Mann deiner Ex Geld leihen?

Er sah zu Boden.

11

Obwohl er sonst auskunftsfreudig schien, hatte Toni auf meine Anfrage nach einem Treffen wegen eines Deals nicht reagiert. Das hätte ich an seiner Stelle auch nicht getan, es zeigte nur, dass er wusste, wie man sich seine Energien einteilt und wann man einfach den Mund hält.

Flexking wollte wissen, wo denn mein Labor sei. Thüringen, schrieb ich zurück. Ich habe einen Koch für dich, schrieb er.

Woher weiß ich, dass er was davon versteht? Kann mir nicht leisten, dass er meinen Ausgangsstoff ruiniert. Kann jemand für ihn vouchen?
Welches ist der Ausgangsstoff?, wollte Flexking wissen.
Toluol, schrieb ich zurück.
Das Netz sagte, dass es ein gängiger Ausgangsstoff war und dass man in Deutschland für den Kauf einen Gewerbenachweis brauchte und eine Endverbleibserklärung.
Ich wartete eine Viertelstunde, doch Flexking schrieb mir nichts mehr. Er konnte alles Mögliche sein, jemand, der gerade trollte und mir die Zeit stahl, ein Abzocker, der gar keinen Chemiker kannte, jemand, der nach einer Toluolquelle suchte. Oder eben jemand, der den Chemiker von Toni kannte. Oder gar Toni selbst. Aber Flexkings Ton im Forum war überheblich und oft beleidigend. Er schien halbwegs viel Koks zu kaufen, auf jeden Fall hatte er eine Meinung zur Qualität des Pulvers von verschiedenen Händlern.
Ich schaute mir Flexkings Posts auf fraudsters noch mal genau an, auf die meisten davon hatte ich keinen Zugriff, da sie im 2nd-Level-Bereich waren, dafür musste man mehr als sechzig Tage registriert sein, über hundertfünfzig Posts und über fünfzig Likes haben. Ich war länger als sechzig Tage registriert, kam aber auf gerade mal neunundvierzig Posts. Und neun Likes.
Im allgemein zugänglichen Bereich konnte ich nur sehen, dass Flexking sich mit vielen Dingen ganz gut auskannte, aber am besten mit Kreditkartenbetrug, in der Szene carding genannt. Ich hielt es für unwahrscheinlich, dass ein Carder nebenbei auch noch einen funktionierenden Drogenhandel auf einer Tor-Plattform am Laufen hatte. Oder vielleicht waren er und Toni ein Team von zwei Leuten, die sich Aufgaben geteilt hatten. Ich wusste es nicht.
Ich schrieb Armbruster eine Mail, dass die Festplatten ausgewertet seien, dass ich Fynns Zugangsdaten zu Dream Market hatte finden können, dass ich mit Niklas gesprochen hatte und

dass sich alles vielversprechend anließ. Dass ich jetzt schon mit ziemlicher Sicherheit wusste, welcher Händler auf Dream Market es gewesen war, dass er aus Duisburg operierte, dass ich aber außer den 500 Euro Anzahlung, die er mir schon geleistet hatte, eine weitere Zahlung brauchte, um weiterarbeiten zu können. Ich hängte eine Rechnung über 2.000 Euro an. Nachdem die Miete von Wohnung und Büro bezahlt war und ein wenig Essen gekauft, würden vielleicht 900 übrig bleiben, kaum genug Geld, um ein wenig Geduld bei Dilovan zu kaufen.

Dann kam die Meldung rein, dass die Western Union, ein Unternehmen, das sich darauf spezialisiert hatte, weltweit Bargeld zu transferieren, einen Vergleich mit amerikanischen Behörden geschlossen hatte und nun 586 Millionen Dollar für die Entschädigung von Betrugsopfern zur Verfügung stellte, die per Western Union Geld überwiesen hatten für Leistungen, die sie nie erhalten hatten. Die Entschädigung war nicht allein auf US-Bürger beschränkt, aber die Antragspapiere mussten alle auf Englisch ausgefüllt werden.

Ich schaute in meinen Unterlagen nach, ich hatte achtundzwandzig Kunden, denen ich seinerzeit nicht hatte helfen können, weil das Geld schon per Western Union überwiesen worden war. Die schrieb ich jetzt an und stellte ihnen die Entschädigung in Aussicht. Im Erfolgsfall würde ich nur zwölf Prozent der Summe berechnen. Und ich fragte, ob sie vielleicht noch jemanden kannten, der damals geschädigt worden war. Allen konnte geholfen werden.

Dann gab es noch zwei, drei kleinere Fälle, an denen ich gerade saß, aber seit ich keinen Kiosk mehr hatte, kam nicht mehr regelmäßig Geld rein und es gab gute und weniger gute Zeiten, was den Kontostand betraf. In den weniger guten tröstete ich mich damit, dass ich jeden Abend allein zu Hause sitzen konnte.

Während ich mich auf der Suche nach Hinweisen auf Toni in einschlägigen Foren rumtrieb, posteten die ersten, dass ein Franzose namens Valerius auf dem Weg zu einem Bartwett-

bewerb in Austin, Texas, von den amerikanischen Einwanderungsbehörden festgenommen worden war, nachdem man die Festplatte seines Computers durchsucht und ihn als Oxymonster, einen Moderator und Verkäufer auf Dream Market, identifiziert hatte.
Ich schrieb Toni noch eine Nachricht: Kein RL-Treffen, kann ich verstehen. Aber ich traue Dream nicht mehr, nachdem Valerius gebusted wurde. Habe ich eine andere Möglichkeit, dich zu kontaktieren, außer hier?
Danach gab es nichts mehr zu tun und ich versuchte zu meditieren, aber es war zwecklos. Meine Gedanken ließen sich nicht beruhigen oder fokussieren, also nahm ich mir wieder das Seil und den Timer.
Nach einer Viertelstunde setzte ich mich schwitzend und außer Atem wieder an den Rechner, ohne zu wissen, was als Nächstes zu tun war. Ich fragte mich, ob es Beamten in den Sondereinheiten auch so ging, dass sie einfach vor dem Monitor saßen und ziellos umhersurften, weil sie nicht wussten, wie es weitergehen sollte. Während sie auf die Informationen warteten, die sie von der NSA angefragt hatten oder von der CIA, die das Tor-Netzwerk möglicherweise längst unterwandert hatte.
Ich wusste nicht, ob es mit dem Bust von Valerius zu tun hatte, aber im Forum von Dream Market häuften sich gerade Threads mit allerlei Spekulationen, Verschwörungstheorien und Warnungen vor einer bevorstehenden Beschlagnahmung. Offensichtlich ließen sie auch Toni nicht unberührt. Sowohl im Forum als auch auf seinem Profil postete er: Zeit für einen Umzug. Wir werden den Account hier nicht schließen, nehmen aber ab sofort keine Bestellungen mehr an. Wir sehen uns bei Tochka.
Ich erstellte mir ein Konto auf Tochka, was eine relativ neue Plattform mit noch wenigen Angeboten war. Toni_meow hatte bereits ein Verkäuferkonto, 0 Verkäufe, 0 Feedback, dasselbe Angebot und dieselben Preise wie auf Dream Market.
In der Vergangenheit hatten Strafverfolgungsbehörden die Kenn-

wörter von Verkäufern herausgefunden und sie aus ihren Konten ausgeschlossen. Beziehungsweise die Konten nur zum Schein weitergeführt. Ich wusste nicht, ob Toni vielleicht auch nicht mehr Herr über seinen Account war, ob nicht die Behörden vielleicht tatsächlich dran waren, Dream Market zu beschlagnahmen und dann über Tochka noch ein paar Käufer mehr drankriegen wollten.

Weil ich sonst nichts zu tun wusste, machte ich mir eine Textdatei mit allen Posts von Toni und las sie zweimal hintereinander auf der Suche nach einem Anhaltspunkt.

Roshi hatte gesagt, dass alles mit allem verbunden ist. Dass sich das ganze Universum in einem einzigen Atom spiegelt. Dass es nichts gibt, das von etwas anderem wirklich getrennt wäre. So gesehen gibt es keine Rätsel, nur einen Verstand, der nicht alles erfassen konnte. Vielleicht war irgendwo in diesen Posts der Schlüssel, der mir helfen würde zu sehen, wer Toni war.

Ich hatte eine Zeit lang viel über Roshis Worte nachgedacht. Warum ich mich abgetrennt fühlte, wenn doch alles verbunden war. Wie sich denn die ganze Welt in Westmarkt spiegeln konnte. Wo in Westmarkt war denn Reichtum? Wo in Westmarkt gab es Leute, die zufrieden waren? Was hieß das, wenn Bewerbungen mit unserer Postleitzahl im Absender direkt weniger wert waren? Wie konnte man auf Westmarkt blicken und davon ausgehen, dass alle Menschen gleich waren? Gab es Menschen außerhalb von Westmarkt, die die gleichen Träume hatten wie wir?

Ich hatte mich gefragt, ob denn nicht das Internet eine Metapher für diese Verbundenheitsphilosophie war. All diese verbundenen Rechner, die eine Welt gleichzeitig erschufen und spiegelten. Und dann dieses Darknet, in das man Ängste hineinprojizieren konnte, genauso wie man es mit Westmarkt machte.

Aber vielleicht war das alles Bullshit. Wir lebten in verschiedenen Welten, wir alle, wir verstanden die anderen nicht, wie sollten wir uns da verbunden fühlen?

Ich gab auf, fuhr den Rechner runter und ging. Es war erst Mittag. Lesane war nicht da. Als er eine halbe Stunde später kam, fragte ich ihn:

– Wo warst du?

– In der Schule.

Ich wusste nicht, ob es die Wahrheit war und wenn es die Wahrheit war, wusste ich nicht, ob er nur gegangen war, um mir einen Gefallen zu tun. Oder aus einem Schuldgefühl heraus, weil ich ihm geholfen hatte.

– Schau, Dilovan hat Aufschub gewährt, ich versuche das Geld für dich aufzutreiben, es gibt keinen Grund mehr sich zu verstecken. Möchtest du nicht nach Hause und die Sache mit Sami klären?

Er schüttelte den Kopf und sah zu Boden.

– Warum?

– Ich würde lieber hierbleiben, murmelte er.

Es gelang mir, meine Freude zu verstecken. Warum wollte er bei mir bleiben? Weil er glaubte, mich besser belügen zu können? Weil er hier mehr Freiheiten hatte? Weil er sich sicherer fühlte?

– Ich habe kein Internet, sagte ich, keinen Fernseher. Deine Freunde sind nicht um die Ecke. Du kannst hier nicht Fußball spielen. Du brauchst keine Angst mehr vor Dilovan zu haben. Warum solltest du hierbleiben wollen?

– Weil … weil du mein Vater bist.

Jetzt freute ich mich nicht. Jetzt war ich mir sicher, dass er log.

– Okay, sagte ich. Geh, entschuldige dich bei Sami, bring das in Ordnung und du kannst noch zwei, drei Tage bleiben.

– Aber …

– Nichts aber.

– Ich …

– Das ist die Bedingung, wenn du noch hierbleiben möchtest.

Er nahm sein Telefon, öffnete die Tür und zog die Jordans wieder an.

Nachdem ich ihn verabschiedet hatte, zögerte ich, bevor ich auf Ayleens Nummer tippte. In den letzten Tagen hatte ich ihr immer wieder mal getextet, dass es Lesane gut ging und dass ich versuchte mit ihm zu reden, was nicht einfach war, wie sie wohl wusste.
Jetzt hatte ich gemeinsam mit ihm ein Geheimnis vor ihr. Er würde ihr nicht von den Schulden erzählen. Und Dilovan und seine Jungs mochten viele Fehler haben, aber Geschwätzigkeit war keiner davon.
Es war falsch, mich mit Lesane gegen seine Mutter zu verbünden. Warum machte ich das? Weil ich ihn ausreichend schützen konnte? Nein, das war nicht der Fall. Weil ich ihm Ärger ersparen wollte? Nein. Er hatte mich gebeten, Ayleen nichts zu sagen, und ich hatte zugestimmt. Vielleicht weil uns dieses Geheimnis einander näherbringen konnte. Vielleicht war es aber auch einfach nur eine Art Nostalgie, ich fühlte mich ein wenig wie ich mich früher gefühlt hatte, als Kamber und ich Sevgi verschwiegen hatten, was zu verschweigen war. Was immer es war, das mich dazu trieb, es entfernte Lesane von Ayleen. Andererseits war sie die Mutter, sie hatte ihn jeden Tag gesehen, sie hätte doch mitbekommen müssen, dass ihr Sohn dealt. Ich konnte ihr nicht erzählen, was geschehen war, es wäre Verrat an Lesane gewesen. Ich holte Luft und tippte auf Anrufen.
– Ja?
– Hallo. Lesane ist auf dem Weg zu euch. Zumindest hat er das versprochen. Er möchte sich bei Sami entschuldigen. Aber er würde danach gerne noch ein paar Tage hierbleiben. Ich habe es ihm erlaubt.
– Ja? Toll. Und wie soll ich das Sami erklären?
Ich versuchte mich zu erinnern, ob sie früher auch so aufbrausend gewesen war. Ich wusste es nicht. Einen Moment lang tat sie mir leid. Sie hatte ihr Leben auf einer Lüge aufgebaut.
– Ich hätte dir nie erzählen sollen …
Sie beendete den Satz nicht.

Gerade hatte sie mir noch leidgetan, doch jetzt stieg Wut hoch. Besser spät als nie, wollte ich sagen, doch ich hielt den Mund. Wir schwiegen und ich dachte an dieses Gedicht von Bukowski, wo er sagt, dass es schlimmere Dinge gibt als allein zu sein, doch dass es meistens zu spät ist, wenn man das merkt. Und das Schlimmste ist, zu spät zu sein, heißt es dann. Bukowski, den bei Rahel in der Stufe fast alle Jungen gelesen hatten und toll fanden. Er verkörperte für sie etwas, das sie ehrlich fanden. Eine Ablehnung der Gesellschaft, die sie glaubten auch in sich zu entdecken. Ich sah nur einen Trinker, der sich in seinem Leid gefiel.

– Vielleicht hättest du mir viel früher davon erzählen sollen, sagte ich.

Ich wusste nicht, ob sie überhaupt noch dran war. Dann hörte ich sie Luft holen, als würde sie ansetzen, doch dann atmete sie wieder aus.

– Warum?, fragte ich, obwohl das keine Frage für ein Telefongespräch war. Warum hast du nichts gesagt?

– Nizar, sagte sie und es klang, als sei sie müde. Ein andermal. Ich muss versuchen, alles hier auf die Reihe zu kriegen.

Sie legte einfach auf.

Ich setzte mich mit einem Buch aufs Sofa, aber ich konnte nicht lesen, ich schaffte höchstens einen Satz, dann schweiften meine Gedanken ab. Wie konnte es sein, dass sie mir so lange einfach nichts gesagt hatte? Wie konnte ich das Geld zusammenkriegen? Wie viel Zeit blieb mir? Was würde Dilovan tun, wenn ich die Kohle nicht zusammenbrachte? Würde er sich nicht doch wieder an Lesane halten? Wäre alles anders gekommen, wenn ich mich damals in der Straßenbahn nicht so gefreut hätte, Kamber unverhofft wiederzusehen? Hätte ich dann vielleicht meine Ruhe gehabt? Hätte ich Ayleen nicht doch von den Schulden erzählen sollen? Oder war es völlig gerechtfertigt zu schweigen, weil auch sie so lange geschwiegen hatte?

Ich hatte angefangen zu lesen, als *Trunk Muzik* erschien und ich diese Detektei eröffnet hatte. Da saß ich abends oft allein zu Hause anstatt im Kiosk. Ab und an hatte ich Bücher erwischt, die mir richtig gut gefielen, ich hatte auch Bücher gelesen, deren Titel mir noch in Erinnerung waren, weil früher auf den WG-Partys öfter darüber geredet worden war. Nun hatte auch ich zu diesen Büchern eine Meinung. Meist keine besonders gute.

Seit bestimmt vier Jahren war ich nicht mehr bei der Meditation gewesen und davor auch nur unregelmäßig. Roshi war gestorben, kurz bevor *Distant Relatives* erschien, das war sieben Jahre her und seitdem hatte es nicht mehr viel gegeben, was mich ins Dojo zog, aber nun dachte ich, es würde mir vielleicht helfen, in einem Raum zu sitzen mit Menschen, die die Stille und die Einsicht suchten, den Frieden und die Harmonie. Ich dachte, ich könnte vielleicht etwas Klarheit gewinnen, über Ayleen, über Lesane, über Toni, über Rahel, über Keyhan, über Sevgi, über mich. Ich erinnerte mich, wie ich manchmal plötzlich Dinge verstanden hatte. Einfach so. Wie ich manchmal dort herausgekommen war und die Luft draußen hatte mich umfangen, als wollte sie mich umarmen. Wie ich das Gefühl gehabt hatte, die Welt würde mir offenstehen und ich könnte mir ein Glück schneidern, wie es mir passte, und es jeden Tag tragen. Wie ich es geschafft hatte, die Menschen auf der Straße mit Liebe anzusehen. Manchmal hatten die Nachwirkungen noch ein, zwei Tage angehalten. Bis ich wieder mit einem Klienten trainierte, der sich maximal anstrengte, mir auf die Nerven zu gehen, aber nicht bereit war, die gleiche Energie in seine Bewegungen zu stecken.

Ich wusste nicht, wann diese Wirkungen ganz verschwunden waren. Wann ich angefangen hatte, die anderen Meditierenden gut genug kennenzulernen, um eine Abneigung gegen sie zu entwickeln.

Gegen Markus, der eine Eventagentur leitete und in der Regel davon redete, wie er seinen Kindern ein Vorbild an Mitgefühl

sein wollte. Jürgen, der versuchte, jede Frau flachzulegen, die in der Gruppe war, und dem es häufig genug gelang. Marianne, die mit mir immer über Tunesien reden wollte. Frauke, die sich wünschte, im nächsten Leben mit Knien geboren zu werden, die besser für die Meditation geeignet wären. Jonas, der darüber klagte, dass er immer noch nicht im Westen angekommen war und unbedingt zurück nach Indien wollte. Oliver, der schlaflose Nächte hatte, als sein Zwölfjähriger beim Kaugummiklauen erwischt wurde. Ralf, der die Raten für das Haus irgendwie unterschätzt hatte. Paula, die seit Jahren unzufrieden mit ihrer Arbeit war, aber es einfach nicht schaffte zu kündigen. Sybille, die ständig davon redete, ihre Arbeitszeit zu verkürzen, damit sie mehr meditieren konnte, die aber fürchtete, das Geld würde dann nicht mehr reichen.
Vielleicht hätte ich in ein anderes Center gehen sollen, irgendwo anders wieder neu anfangen. Aber das war natürlich keine Lösung. Nicht mehr hinzugehen war auch keine. Hingehen und niemandem zuhören, schnell wieder gehen, war vielleicht eine. Wenig Kontakt.

Lesane saß an der Konsole und spielte Fußball.
– Hallo, sagte er ohne aufzuschauen.
– Hallo, sagte ich. Und?
– Moment, sagte er und schoss ein Tor. Dann drückte er auf Pause und legte den Controller weg.
– Ich habe mich entschuldigt.
Er sah so aus, als erwarte er Lob dafür.
– Und was hat er gesagt? Hat er die Entschuldigung angenommen? Was hast du gesagt, warum du so drauf warst an dem Abend? Was hast du gesagt, wo du die ganzen letzten Tage geschlafen hast?
Dieser Blick. Vielleicht hatte ich den auch, wenn die Menschen mir auf die Nerven gingen, hatte aber einfach nur gelernt ihn besser zu verbergen.
– Ich habe gesagt, dass ich bei Fayaz gepennt habe. Und dass

ich gesoffen hatte an dem Abend und dass ich unnötig aggressiv war.
– Und das hat er geglaubt?
– Denke schon.
– Und was hat er dazu gesagt, dass du immer noch nicht nach Hause kommst?
– Fand er scheiße. Aber Mama hat gesagt, dass es vielleicht besser ist, wenn wir noch mehr Gras drüber wachsen lassen … Ich will aber nicht zurück.
– Hier kannst du nicht auf Dauer wohnen, sagte ich, bereute es aber noch, während ich es sagte, weil es so abweisend klang.
– Ich weiß, antwortete er einfach.
Es war so. Er konnte nicht hierherziehen, das waren achtundzwanzig Quadratmeter.
Ich sah ihn an. Vielleicht war ich ihm das schuldig. Vielleicht war ich es mir schuldig. Vielleicht hatte ich mir mein ganzes Leben lang nur eingeredet, ich würde mich nach vorne bewegen, dabei war ich nur weggelaufen.
Aber wovor sollte ich weggelaufen sein? Ich hatte gar nicht gewusst, dass ich einen Sohn hatte.
Er hielt mir den zweiten Controller hin.
– Würdest du denn hier einziehen wollen?, fragte ich, als ich den Controller nahm und mich setzte.
Er sah mich nicht mal an.
– Was soll ich denn hier?, fragte er.
– Wie?
– Haste selber gesagt: Keine Freunde, kein Fußball. Und nur Blondies.
– Und warum bist du jetzt hier?
– Weil mir alle auf den Sack gehen.
Jetzt sah er zu mir rüber.
– Spielen?
– Spielen, sagte ich.
Ich verlor, natürlich verlor ich, aber ich ärgerte mich nicht. Und nachdem wir fertig waren, sagte ich:

– Ich würde gerne einen Film mit dir gucken. Eine Dokumentation.

– Dokumentarfilm? Weiß nicht, ob ich da Bock drauf hab.

– Xibit, Gang Starr, Sunz of Man, allein der Soundtrack ist schon geil.

Da war wenigstens ein wenig Interesse in seinen Augen. Ich holte den Rechner aus dem Büro und wir schlossen ihn an den Flatscreen an.

In dem Jahr, in dem *Supa Dupa Fly* rauskam, hatte ich *Soul in the Hole* einige Male gesehen, zusammen mit Kamber. Es war eine Doku über Streetball in New York.

Der Film schien ihm zu gefallen, doch als er zu Ende war, ging ich noch einmal an die Stelle ziemlich am Anfang, wo Booger, Star der Doku und seiner Streetballmannschaft, sagt, dass er entweder NBA-Spieler oder Drogendealer wird.

– Was glaubst du, was ist er geworden?, sagte ich.

Lesane hob die Schulter.

– Kenn mich nicht so aus im Basketball.

– Aber mit den Sneakern.

– Ja, mit den Sneakern, aber nicht mit den Spielern.

– Man muss sich nicht auskennen, sagte ich. Wenn du diese beiden Möglichkeiten für deine Zukunft siehst, wirst du nie NBA-Spieler werden.

Er hob wiederum die Schultern, als sei es ihm egal. Gleichzeitig sah ich, wie irgendetwas in ihm zumachte, weil er ahnte, wohin dieses Gespräch nun führte. Es war mir egal, ob er zumachte, ob es ihn nervte, es war mir egal, ob er es verstand oder auch nur versuchte zu verstehen. Ich würde versuchen zu erzählen und darauf hoffen, dass irgendetwas ankam.

– Drogendealer, das ist das Leben, das er schon hat.

– Weiß man nicht.

– Ja, weil sie ihn nicht beim Dealen zeigen. Aber es ist klar, dass er das macht. Schau, er hat genug Talent, um aus diesem Leben rauszukommen, aber es erfordert Mut. Dort zu bleiben, wo man alles schon kennt, erfordert keinen Mut. Man darf keine Angst haben, alles aufzugeben, nur weil man nicht weiß, was danach kommt. Wenn du vorwärts willst, gibt es nur eine Richtung: vorwärts. NBA ist vorwärts. Drogendealer ist die andere Richtung. Wenn du die Wahl hast zwischen vorwärts und nichtvorwärts, werden die meisten immer nichtvorwärts wählen. Du musst da raus wollen. Du darfst dir selber keine Wahl mehr lassen. Egal, wie anstrengend es wird. Egal wie schwer. Booger hat das Zeug dazu, er ist ein verdammt guter Spieler. Talent ist da. Aber Talent ist nicht alles. Er hatte die Wahl, aber er hat sich falsch entschieden.

– Profisportler, voll der harte Job, sagte Lesane. Da kannste nicht mal feiern gehen oder so. Hast keine Zeit für Frauen. Und wenn du irgendwann Zeit hast, biste schon alt. Und dein Körper ist kaputt.

– Er wird immer in Unsicherheit leben müssen, sagte ich. Das ist noch viel härter, auch wenn man das vielleicht nicht sofort merkt. Er wird schlecht schlafen. Er wird öfter Sorgen haben, dass man ihn erwischt. Er wird erwischt werden. Vielleicht wird er im Knast sitzen. Da ist auch nix mit Frauen.

– Ja, aber er tut nicht, was die anderen ihm sagen. Er ist ein freier Mann.

– Wie frei bist du, wenn du immer Angst vor den Bullen haben musst? Wie frei bist du, wenn du im Knast sitzt?

– Aber im Knast sitzt man nur, weil man frei war.

– Aha.

– Ja.

– Du willst also Drogendealer werden, weil du frei bist? Das ist dein Berufswunsch? Drogendealer?

– Nein.

– Was denn?

– Weiß ich nicht.

– Dann kannst du ja bei Drogendealer stehen bleiben, denn das bist du ja schon. Aber dann bleibt man da auch hängen. Verstehst du? Man kommt von dort nicht vorwärts. Und dann sitzt man auch im Knast, es sitzen immer alle auch im Knast. Es gibt

keine Kriminellen, die nicht sitzen. Ich habe keinen gesehen. Und wo Kriminalität ist, ist auch immer Gewalt, und wo Gewalt ist, tut es weh. Verdammt weh. Ich habe nur einmal im Jugendarrest gesessen, das hat mir gereicht. Da wollte ich nie wieder hin.
– Warum hast du gesessen?
– Weil ich Scheiße gebaut habe.
– Was für Scheiße?
– Scheiße eben.
– Aber sag doch mal was für Scheiße.
– Ich hab Haschisch verkauft.
Er lachte.
– Und du willst mir erzählen, ich soll das nicht machen?
– Ich habe aufgehört.
– Ich höre auch wieder auf.
– Und was machst du dann?
– Weiß ich noch nicht.
– Solange du es nicht weißt, hörst du nicht auf. Verstehst du? Du musst etwas anderes finden. Ich weiß nicht, was. Steh auf, such, schau, was dir gefallen könnte. Beweg dich. Aber beweg dich vorwärts. Nicht nur weg von Dilovan, weg von den Bullen. Beweg dich vorwärts, sonst werden alle traurig werden. Ayleen, Sami, ich, du, alle, verstehst du? Alle. Ich weiß, wovon ich spreche.
Er sah mich an. Dann verkabelte er die Playstation wieder mit dem Fernseher und legte einen Egoshooter ein. Er sagte nichts mehr. Und wenn er noch etwas gesagt hätte an diesem Abend, dann wäre es wohl das gewesen:
– Warum wollen mich alle immer nur abfucken?
Ich dachte an Savaş' Worte: *Aber ich habe nur versucht euch beizubringen, wie man nicht so wird wie ich. Und wie soll man seinen Söhnen so etwas beibringen?*
Wie hatte ich es aus Westmarkt rausgeschafft? Nicht, indem ich etwas fand, das mir gefiel. Ich hatte weg gewollt von dem Schmerz und ich hatte weg gewollt von der Gefahr, jemals

wieder im Arrest zu landen. Ich hatte nie jemandem davon erzählt. Nicht Kamber, nicht Rahel, niemandem. Wie ich in dieser Zelle gesessen hatte und wie groß diese Angst auf einmal gewesen war, dass da draußen vielleicht niemand mehr ist. Dass einfach alle verschwinden, Sevgi, Kamber, die Jungs, vielleicht sogar ganz Westmarkt. Dass ich rauskomme und nichts ist mehr da. Ich hatte Angst. Ich habe gedacht, ich würde ersticken vor Angst.

Klingt das seltsam für dich? Jemand, der versucht Abstand zu halten, hatte die größte Angst, als er den meisten Abstand hatte.

Es ist nicht seltsam, glaub mir.

12

Toni_meow von Dream kann für meinen Mann vouchen, Toni hat das beste Mephe am Start, dürfte wohl reichen, schrieb mir Flexking.

Woher weiß ich, dass es wirklich Toni_meow ist?, fragte ich.

Ich schicke dir eine Nachricht, die mit seinem PGP verschlüsselt ist, antwortete er.

Ok, ich warte, schrieb ich zurück.

Vier Stunden max, kam die Antwort.

Wenn Flexking mir eine Nachricht schickte, die sich mit dem öffentlichen Schlüssel von Toni entschlüsseln ließ, dann musste sie mit seinem privaten Schlüssel chiffriert sein, so konnte ich also fast sicher sein, dass es wirklich Toni_meow war.

Toni und Flexking kannten sich, ich war auf dem richtigen Weg, ich fühlte mich gut.

Eine Stunde später kam eine verschlüsselte Nachricht, willkürliche Buchstaben und Zahlenkombinationen, die sich mit Tonis öffentlichem Schlüssel in lesbare Form bringen ließen: Flexking kann man vertrauen. Der Koch, den er hat,

ist ein guter Freund von meinem Koch. Gute Zusammenarbeit.
Okay, schrieb ich an Flexking. Würde deinen Koch gerne an einem neutralen Ort treffen.
Vermittlungsgebühr 2.000 Euro, zahlbar in Monero oder Bitcoin, schrieb er zurück.
Ich gehe doch nicht mit 2.000 first, wenn ich nicht weiß, ob es diesen Koch wirklich gibt.
Toni voucht.
Das heißt nicht, dass ich Geld verbrenne. Was weiß ich, woher du Toni kennst.
1.000 first, zweite Rate, wenn ihr euch getroffen habt.
Treuhand, schlug ich vor.
Nein, schrieb er zurück. Kein Treuhand für Kontakte.
500 first, letztes Angebot schrieb ich.
800, schrieb er.
800, bestätigte ich. BTC-Adresse?
38gVtdkA5GqAKQt2KTCNYcSnVa83imAs5q, kam die Antwort.
Dauert einen Moment, sagte ich.
Ich hatte vielleicht noch 80 Euro in Bitcoin. Ich musste neue kaufen. Dafür benutzte ich die Kreditkarte, was zwar mehr Gebühren kostete, mir aber ein wenig Luft gab, bis Armbruster die Rechnung beglichen hatte.
800 Euro, das war nicht wenig Geld. Ich schrieb Armbruster eine Mail mit einer ausführlichen Erklärung dieses Teilerfolgs, belegte alles mit Screenshots und bat um Erstattung dieser Spesen. Ich schickte sie nicht ab. So kurz nach der letzten Rechnung würde er vielleicht das Gefühl bekommen, dass ich ihn nur melken wollte. Vielleicht würde er glauben, ich hätte diese Konversationen nur geführt, um ihm diese 800 Euro extra rauszuleiern. Ich speicherte die Mail im Entwürfeordner und entschied, dass es klüger war, Armbruster keine Gelegenheit zur Skepsis zu geben. Und auch nicht den Eindruck zu vermitteln, dass ich ein armer Schlucker war.

Drei Stunden, nachdem ich die Bitcoins überwiesen hatte, schrieb Flexking: BTC da, hab mit Koch gesprochen. Übermorgen, Ikea Erfurt, Restaurant, 14.00 Uhr.
OK.
Er trägt schwarzes Basecap, hellblaues Fred-Perry-Polo. Kaffee und Cola vor ihm aufm Tisch. Frag ihn, ob er immer Kaffee und Cola zusammen trinkt, damit er weiß, dass du es bist.
OK.
Ich war selber schuld. Ich hatte Thüringen gesagt. Warum auch immer. Ich schaute nach, was ein Mietwagen kostete. Und was der Zug. Gute 400 Kilometer eine Strecke, 800 Kilometer, das war an einem Tag zu schaffen. Und ich konnte laut Musik hören, wenn ich einen Mietwagen nahm, also wieder die Kreditkarte.
Als Lesane nach Hause kam, sagte ich:
– Ich muss kurzfristig beruflich weg, ich werde übermorgen nicht da sein.
Er sah mich verwirrt an.
– Beruflich?
– Ja.
– Internet ist überall.
– Ich muss jemanden treffen.
Er sah mich fragend an.
– Lange Geschichte, sagte ich.
– Du willst es nicht erzählen.
Ich war angenehm überrascht, dass er das sofort verstanden hatte.
– Heute nicht, sagte ich. Ist ein lukrativer Auftrag.
– Opfer mit Kohle?
– Kann man so sagen.
– Wie viel für dich?
Ich zögerte. Dann log ich:
– Knapp zweitausend.
Er pfiff anerkennend. Hakte aber nicht nach.

Um halb zwei war ich auf dem Parkplatz des Ikea in Erfurt. Die ganze Fahrt über liefen *Trial by Fire* und *Common Sense*, doch ich hörte nicht richtig zu, sondern versuchte mich vorzubereiten.
Früher waren wir den ganzen Tag auf dem Freiplatz gewesen. Wenn wir uns für Turniere anmeldeten, gab es nichts zu tun, wir waren vorbereitet. Ich hatte ständig trainiert und ich hatte Bücher aus der Bücherei gelesen, Ausdauertraining, Krafttraining, Schnellkraft. Ich hatte nie ein schlechtes Gewissen gehabt, mehr als ich tat, konnte man nicht tun.
Jetzt hatte ich das Gefühl, schlecht vorbereitet zu sein.
Ich würde dem Koch erklären müssen, warum wir nicht ins Labor konnten. Ich brauchte das ganze Yelawolf-Album, bis ich eine Geschichte zusammenhatte, die ich halbwegs glaubwürdig fand: Mein ursprünglicher Koch hatte nur für ein Wochenende nach Holland gewollt, einem alten Freund aushelfen, der MDMA herstellte. Danach war er spurlos verschwunden. Jetzt suchte ich einen neuen Koch, hatte aber das Labor in Tschechien zwischenzeitlich vermietet, dort wurde gerade Crystal hergestellt und die Jungs wollten keinen Besuch. Aber ich könnte ihm in einer Woche seinen Arbeitsplatz zeigen. Er solle sich bereithalten.
Ich dachte an Kamber. Er hatte immer gute Geschichten gehabt. Bessere als diese. Er hatte die Leute schwindelig geredet. Er konnte jedem das Gefühl geben, dass er ein guter Freund war. Fast alle hatten ihm vertraut und fast alle waren abgezogen worden, alle, die für ihn nicht zur Familie gehörten. Er hatte mit einer Leichtigkeit gelogen und aus dem Stegreif Geschichten erfunden, aber er hatte sich immer genau merken können, was er wem erzählte, er hatte sich fast nie verheddert. Vielleicht war das mein Training, sagte ich mir jetzt. Meine Jahre mit Kamber.
Ich wusste nicht, wann ich aufgehört hatte ihn zu bewundern und angefangen mir zu wünschen, er möge sich ändern. Vielleicht als ich begriff, wie sehr es Sevgi schmerzte, zu sehen,

was aus ihm wurde, vielleicht als sie begriff, dass er nicht mehr aufzuhalten war. Vielleicht schon viel früher, als Savaş sagte, dass er den Namen nicht mehr hören wollte.
Egal, ich musste sein wie Kamber früher, ich musste reden, ich musste freundlich sein, schmeicheln, manipulieren, wenn der Koch irgendetwas über Toni wusste, musste ich es ihm entlocken.
Did you see what I done? Came in a black Benz left in a white one, rappte J Hus, als ich parkte. Ich konnte es schaffen, ich konnte in ein, zwei Stunden mit einem Gefühl von Triumph wieder in diesen Wagen steigen.
Das Telefon klingelte, eine Frau Kantos hatte mich im Internet gefunden und wollte einen Termin haben, wir vereinbarten einen für Montag Nachmittag.
Um fünf vor zwei war ich im Restaurant, ich fühlte mich so, wie ich mich manchmal vor Spielen gefühlt hatte. Ich brauchte nicht an das Geld und an Lesanes Schulden zu denken, ich war motiviert, einfach in dieses Gespräch zu gehen und alles zu geben.
Um zehn nach stand ich mit einem Kaffee am Stehtisch und es war immer noch kein Mann da, auf den die Beschreibung passte. Zehn Minuten, das war nicht die Welt, zehn Minuten, das war ein kleiner Stau, ein paar rote Ampelphasen, zehn Minuten, nicht der Rede wert.
Zwanzig Minuten, die kamen auch schnell zusammen, wieso sollte ein zuverlässiger Koch ein pünktlicher Mensch sein müssen. Ich sah jeden Mann im Restaurant möglichst unauffällig an. Selbst wenn ich annahm, dass die Kappe eine andere Farbe hatte und das Polohemd eine andere Marke und eine andere Farbe, gab es niemanden, der in Frage kam. Ich wurde nervös. Natürlich wurde ich nervös. Eine halbe Stunde, naja, vielleicht war es Taktik, um mich zu zermürben, um mit einem Vorteil ins Gespräch zu gehen.
Nachdem ich eine Stunde dort gestanden hatte, schrieb ich Flexking bei fraudsters eine private Nachricht:

Bin da, dein Mann aber nicht.
Ich konnte sehen, dass er online war.
Moment, kam sofort die Antwort.
Fünf Minuten später folgte:
Koch hatte einen Unfall auf dem Weg. Liegt im Krankenhaus.
Melde mich bei dir, sobald er draußen ist.

1995, Return to the 36 Chambers: The Dirty Version, Ol' Dirty Bastard

Es beginnt an den Rändern. Die Umrisse der Gegenstände scheinen nicht mehr fest. Das Tetra Pak scheint zu atmen, sich zusammenzuziehen und dann wieder auszudehnen.
– Moruk, das ist ein ganz normaler Karton Orangensaft, sagt Kamber.
Er nickt und schaut seinen Bruder an.
– Aber nicht etwas, von dem man wieder so schwule Gefühle bekommt, hat der vorher gesagt.
– Nein, das ist anders, habe ich gehört, hat er geantwortet.
– Von wem gehört?
– Ich habe es gelesen.
– Gelesen?
– Ja, in einem Buch.
– Moruk, sowas nehmen Deutsche, so Hippie-Peace-Brüder, die Bücher lesen und schlau reden, warum haben wir das genommen?, fragt Kamber nun, lacht aber.
– Danke, dass wir das zusammen machen können, sagt er. Danke, dass du die Pappen besorgt hast.
Als er aufsteht, um an einen Baum zu pinkeln, fühlen seine Beine sich an wie Gummi, doch sie scheinen noch gut zu funktionieren, obwohl er nicht versteht warum. Unter dem Baum hat er das Gefühl, die Krone würde ihn beschützen. Der Baum ist immer für ihn da, er ist ein Freund und seine Pisse ist sein Dank für den Baum. Er hat das Gefühl, er würde stundenlang pinkeln und gleich wird Kamber fragen, wo er denn so lange war. Doch als er zurück ist, sagt Kamber: Das

Holz, schau mal das Holz, das Muster verändert sich, moruk, Alter, lan.
Er sieht auf das Holz und nickt, dann setzt er sich auf die Parkbank und schaut auf das Hochhaus am Rand von Westmarkt.
– Das atmet auch, sagt er. Mann, das Haus lebt. Und innen ist es ganz hohl und leer. Die Schränke und die Regale, die sind auch hohl, alles ist hohl gemacht. Voll hohl eigentlich.
Sie bekommen einen Lachanfall.
Alles ist leer, die Autos, die Fabriken, die Schule, alles ist leer und bleibt meistens leer. Alles ist ein Platzhalter. Das Auto hält einen Platz für den Fahrer frei. Die Schule für die Lehrer und Schüler. Alles ist wie ein Handtuch, das man irgendwo draufgelegt hat, damit nicht jemand anderes diesen leeren Platz wegnimmt.
Sie drehen sich um, sehen ein Eichhörnchen auf einem Ast, können aber nicht sagen, wo das Eichhörnchen aufhört und der Ast anfängt, die Ränder lösen sich auf, die Farben gleiten ineinander. Das Eichhörnchen lässt eine Nuss oder Kastanie oder Eichel fallen, die in tausend Farben explodiert, als sie auf dem Boden aufkommt.
– Hast du das gesehen?
– Ja.
– Die Farben.
– Hammer.
– Geiles Zeug.
Zwei Stunden später hat sich alles aufgelöst. Es gibt nichts mehr, woran man sich festhalten könnte. Der Boden in diesem kleinen Wäldchen ist in ständiger Bewegung und sie würden sich nicht trauen draufzutreten, wenn sie ihren Augen glaubten. Und wenn man die Augen schließt, ist es, als hätte jemand ein Licht angemacht. Farben und Muster, die keine Sekunde still stehen.
Alles zerfällt, man kann keinen Gedanken mehr festhalten. Er weiß nicht, wer er ist, wo er ist, was Zeit ist, aber da ist Dankbarkeit in ihm, Dankbarkeit ist das Einzige, was nicht zerfällt.

Dankbarkeit, ein Teil der Schöpfung zu sein. Vielleicht zum ersten Mal in seinem Leben hat er das Gefühl dazuzugehören, von nichts und niemandem abgelehnt zu werden, genau am richtigen Platz zu sein. Wo er immer schon war. Er kann Wunden sehen, Schmerzen, Trauer, aber alles ist an seinem Platz, alles ist genau dort, wo es hingehört und wird mühelos zusammengehalten von einer Kraft, einer Energie, einer Freude, einer Liebe, die überall ist, die er selber ist.
Als er wieder zusammenhängende Sätze bilden kann, möchte er Kamber gerne erklären, warum er Ecstasy so toll fand. Jetzt würde Kamber ihn verstehen, das weiß er. Aber Kamber ist woanders. Auch für ihn hat sich alles aufgelöst, aber übrig geblieben sind weder Dankbarkeit noch Freude, noch Energie, sondern nur Leere.
Alles ist hohl. Und in den nächsten Wochen wird Kamber sich fragen, wofür er eigentlich lebt, wenn alles leer ist.
– Nie wieder, wird er sagen.

13

There's no way I can pay you back, but the plan is to show you that I understand: you are appreciated.
– Wo ist er?, fragte sie in der Tür stehend, noch bevor ich die letzten Stufen genommen hatte.
– Er konnte doch nicht, ich hätte vorher anrufen sollen.
– Du versteckst ihn vor mir.
– Nein, das tue ich nicht.
Ich hätte ihn gerne versteckt, das war nicht die Frage. Ich hätte mich gerne davor gedrückt, mit Lesane zu Mutter zu gehen.
– Sie ist meistens in schlechter Stimmung in den letzten Jahren, hatte ich Lesane gesagt, damit er vorbereitet war, ihr Deutsch ist nicht perfekt, aber sie schert sich einen Dreck drum und redet einfach. Du wirst sie schon verstehen.
Ich hatte gehofft, dass Sevgi in Lesanes Gegenwart besser

gelaunt sein würde. Ich hatte mich daran erinnert, wie ich ihr Rahel vorgestellt hatte. Sie war die erste und einzige Frau, die sie kennengelernt hatte, und ich war überrascht gewesen, wie schnell Sevgi Rahels Herz gewonnen hatte, wie herzlich sie sie an jenem Tag willkommen geheißen hatte.
– Ich wünsche euch, dass ihr zusammenbleiben könnt, hatte sie gesagt. Und als es vorbei war, hatte sie gesagt:
– Sie hat immer etwas anderes gewollt, auch wenn sie das nicht wusste.
– Warum hast du mir das nicht gesagt?
– Was hätte es geändert?
– Ich wäre vorbereitet gewesen.
– Der Schmerz trifft dich immer gleich, hatte sie gesagt, ob du vorbereitet bist oder nicht. Der Schmerz kennt alle Wege in dein Herz, es bringt nichts, ihn irgendwo zu stauen.
Als hätte sie schon Dutzende Trennungen hinter sich.
Sie kennt die Menschen gut, dachte ich, als ich Lesane schon am Mittwoch bat, vor dem Essen nicht zu kiffen und einfach nicht zu viel zu reden, obwohl ich davon ausging, dass er ohnehin wortkarg sein würde.
Ich hatte Angst, dass er Mutter an Kamber erinnern würde, auch wenn es nicht viele Anhaltspunkte dafür gab. Lesane sah anders aus, bewegte sich anders, redete weniger, war weniger gewitzt und charmant.
Er hatte mitkommen wollen. Er wollte Sonntag Vormittag zu mir und dann wollten wir gemeinsam zu Sevgi. Doch er kam nicht. Und ging auch nicht ans Telefon.
Ich rief nicht Ayleen an, um nach ihm zu fragen, ich rief Fayaz an.
– Wir waren gestern Abend aus, sagte er verschlafen. Er ist mit einer Frau mit. Es war fast vier, als wir aus dem Laden sind, die werden noch pennen.
– Was für eine Frau?
– So ne krass tätowierte, Chucks und Jeans, kein bisschen gestylt, dünner Arsch, voll nicht unser Fall, aber gut drauf war

die. Und schon älter, bestimmt so dreiundzwanzig, vierundzwanzig.
– Und wo sind die hin?
– Zu ihr.
– Wo ist das?
– Keine Ahnung.
– Wo wart ihr feiern?
– In Dortmund.
– In Dortmund?
– Ja. Ruf ihn doch auf dem Handy an.
– Habe ich, mehrmals. Er geht nicht ran.
– Pennt bestimmt noch.
Er ging also am Vorabend, bevor ich ihn zu meiner Mutter mitnahm, in Dortmund feiern.
Kurz darauf schrieb Lesane: Tut mir leid. Ich setze mich jetzt in die Bahn.
Ich rief an, er ging ran und sagte:
– Ich sitze im Zug und hab kaum noch Akku.
– Wo sitzt du im Zug, in Dortmund?
– In Dortmund.
– Ich habe dir gesagt, es ist wichtig, warum verkackst du das?
– Es war nicht meine Schuld.
– Ach nein, wessen Schuld war es denn?
– Die von den Drecksbullen.
– Bitte?
Noch während er erzählte, was geschehen war, brach die Verbindung ab.
– Wo ist er denn?, fragte Sevgi nun.
Ich entschied mich für die Wahrheit. Vielleicht war sie so besser vorbereitet, wenn sie ihn dann kennenlernte.
– Er war feiern gestern, sagte ich, mit seinem Freund Fayaz. In Dortmund. Hat eine Frau kennengelernt, ist mit zu ihr gegangen. Morgens kam die Polizei mit einem Durchsuchungsbeschluss, sie haben Drogen in ihrer Wohnung gefunden, kiloweise. Und Lesane haben sie dann natürlich auch mitgenom-

men. Er kannte sie vorher gar nicht. Er ist auch schon wieder frei und sitzt im Zug. Ich glaube nicht, dass er es heute noch schafft, aber du siehst ihn nächste Woche.
Sie sah mich an.
– Wer weiß, ob ich nächste Woche überhaupt noch lebe? Meine Knochen schrumpfen und zerbröseln, mein Blut ist zu dick, meine Adern zu dünn und verstopft, die Knie sind kaputt, die Brüste bilden Knoten. Wer weiß, wie lange ich noch lebe. Hättest du nicht zwei Tage auf ihn achtgeben können?
Ich ging an ihr vorbei in die Wohnung. Sie sah meinen Rücken, an meinem Blick konnte es also nicht liegen, dass sie jetzt entschuldigend sagte:
– Nein, du hast es sicher versucht. Weißt du, wenn der Tod naht, schrumpft die Geduld.
– Glaubst du ihm die Geschichte?, fragte sie, als ich mich an den Tisch setzte.
– Er sagt nicht immer die Wahrheit, aber dieses Mal glaube ich ihm. Er war einfach zur falschen Zeit am falschen Ort.
Er hätte nie am Samstag ausgehen dürfen, wenn er am Sonntag hier sein wollte. Das sagte ich nicht.
– Wenn der Tod naht, ist keine Zeit mehr für leeres Gerede, sagte Sevgi. Ich kenne ihn nicht, aber ich weiß, die Menschen erkennen sich, sie ziehen sich gegenseitig an. Warum ist er denn mit zu dieser Frau? Die Scheiße bewegt sich nur deshalb nicht zu den Fliegen, weil sie keine Füße hat. Aber die Menschen, die zu viel da und dort herumlaufen, die treten natürlich in Scheiße. Und den Geruch bekommen sie nie wieder ab. Was ist das nur, Nizar? Warum zieht es alle immer nur in die Scheiße? Liegt es am Geld? Liegt es an den verdammten Drogen?
Sie atmete tief aus. Was ich in ihren Augen sah, *there is no way I can pay you back*. All dieser Schmerz.
– Es ist ja nicht so, dass bei uns früher nie jemand gesessen hat. Er hat vielleicht den Liebhaber seiner Frau umgebracht, er ist vielleicht mit dem Großgrundbesitzer aneinandergeraten, er hat vielleicht geklaut, weil er hungrig war, er hat sich vielleicht in

die falsche Frau verliebt. Aber es ging nie um Geld oder Drogen. Als wir damals in dieses Land gekommen sind, sind wir wegen des Geldes gekommen. Da erst ist Geld ein Grund geworden. Wir wussten nicht, was alles daran klebte. Jeder einzelne dieser Scheine riecht nach Gefängnis, nach Gram, nach Trauer, nach Leid. Die Eifersucht, die Liebe, die Ungerechtigkeit haben früher unseren Männern den Kopf verdreht und sie haben sich gedacht: Was kostet schon eine Kugel? Dann bringe ich ihn eben um. Die Gefühle vergehen, aber das Geld bleibt für immer, es wechselt nur den Besitzer. Man kann sich nicht für Geld ein Gefühl kaufen, das man nicht hat.
Sie sah mich an.
– Bring ihn nächste Woche mit, ja?
– Versprochen, sagte ich.
– Du weißt, versprich nichts, was du vielleicht nicht halten kannst. Ich will ihn gerne sehen. Ich verstehe was von Menschen, was gäbe ich darum, dass ich es nicht täte, aber ich verstehe was davon.
Sie erhob sich, um aufzutischen. Als sie sich wieder setzte, sagte sie:
– Ich bin froh, dass du immer kommst. So viele von euch sind schief ausgespuckt worden, aber du hast immer aufrecht gestanden.
– Nicht immer, sagte ich.
– Niemand kann das, sagte sie. Wie lange habe ich dir jetzt nicht gedankt, dass du hierher kommst? Deinen Füßen sei Dank, steh auf, lass dich küssen.
Ich verstand nicht, was mit ihr los war. Machte die Aussicht, jetzt doch noch unverhofft einen Enkel zu bekommen, sie so sprunghaft? Oder glaubte sie, dass ich Zuspruch brauchte? Merkte man mir die Probleme an? Die mit dem Fall, mit Lesane, mit dieser beschissenen Fahrt nach Erfurt, mit der Meditation, mit den Schulden, mit den Menschen? Vielleicht ging es mir schlechter als sonst und ich merkte es nicht. Vielleicht hatte sie aber auch einen Tumor wie Savaş und ahnte das.

Vielleicht sagte sie deswegen immer: Ich stehe mit einem Bein im Grab.
– Warum eigentlich Lesane, sagte sie. Was ist das für ein Name?
– Du erinnerst dich noch an Tupac?
– Was für ein Tupac?
– Dieser Rapper. Wir hatten ein Poster von ihm im Zimmer. Der mit diesem Tuch um den Kopf und dem tätowierten Bauch.
– Der, der erschossen wurde?
– Genau der. Lesane Parish Crooks hieß der, Tupac Shakur war sein Künstlername. Ayleen hat Lesane nach ihm benannt.
Sevgi schüttelte den Kopf.
– Ich weiß nicht, was ihr an dieser Musik findet, sagte sie. Siebzehn ist er, ja? 1999 habt ihr euch gesehen, ja? Warum? 1999, da warst du schon weggezogen.
– Ja. Ich war schon weg. Ich habe in der Straßenbahn … Freunde von früher getroffen, wir sind feiern gegangen, haben getrunken. Sie war auch da. Vielleicht war es Nostalgie.
Erneut schüttelte sie den Kopf.
– Männer, sagte sie. Immer dem Schwanz nach. Aber ein Kind … ein Kind bringt Leben ins Haus. Und Kummer und Sorgen. Manchmal glaubst du, es ist nicht anders als du, und dann wieder weißt du nicht, was du falsch gemacht hast. Aber du, du hast gar nichts gemacht. Vielleicht war das auch gut. Ist er ein wenig so wie du? Nein, sag nichts. Ich werde es ja selber sehen.
Sie erzählte von früher, von ihrem Dorf an der Schwarzmeerküste, wie Savaş sie entführt hatte, weil weder seine noch ihre Eltern das Geld für eine Hochzeit hatten, die man hätte halten müssen, wenn er offiziell um ihre Hand angehalten hätte.
Sie erzählte, wie die Männer ins Dorf gekommen waren, mit so einem Puzzle, wo man verschiedene geometrische Holzformen in die ausgestanzten Lücken in einem Brett legen musste und wie sie mit der Stoppuhr gemessen hätten, wer die schnellsten Männer waren. Sie hatte sich einfach auch an den Tisch gesetzt und war schneller gewesen als alle anderen.

– Warum sollte man so ein Spiel können?, fragte sie. Was beweist das? Ich war noch nie auf den Mund oder auf den Kopf gefallen und ich war so schnell, weil ich nach Deutschland wollte. Sie wollten keine Frauen, aber Savaş war immerhin vierter, den haben sie genommen. Und dann kamen wir hierher und niemand musste klug oder schnell sein, sondern nur stark und ausdauernd. Savaş hat Kohlen geschippt, ich habe Schuhe in Kartons gepackt, acht Stunden am Tag, manchmal neun oder zehn. Ah, was sind das für Zeiten gewesen, als wir in ihren Fabriken geschuftet haben. Wir waren abends so müde, uns blieben nur die Sonntage, um ein Kind zu machen. Und wie viele Sonntage haben wir es vergeblich versucht. Wie viele Sonntage.
Sie sah aus dem Fenster, zog an ihrer Zigarette, schwieg, hing ihren Erinnerungen nach und wechselte danach das Thema. Erzählte von den Hochzeiten, was für Feste das gewesen waren, dass sie es aber nicht bedauerte, nie Braut gewesen zu sein, weil man sich dann benehmen musste und nicht so ausgelassen feiern konnte.
Es war fast Abend, als ich mich schließlich verabschiedete. Lesane hatte sich nicht mehr gemeldet. Ich beschloss einen Umweg zu gehen, noch ein wenig das Licht zu genießen, Sevgis Worte noch ein wenig mit mir herumzutragen. Ich wusste nicht, warum es anders gewesen war als sonst, aber da war ein leiser Frieden in mir. Die Ruhe, die ich bei der Meditation gesucht hatte. Zumindest ein Ansatz von Zufriedenheit. Ich hätte fremde Menschen anlächeln können, aber ich schaute niemandem ins Gesicht. Ich wollte nicht Gefahr laufen, dass die Stimmung kaputt ging.
Ich fühlte mich in der Lage, etwas von dem, was ich gerade spürte, an Lesane weiterzugeben. Es fühlte sich an, als wäre ich etwas größer, stärker, etwas weicher, milder. Die ganze Stunde, die dieser Spaziergang dauerte.

14

– Drecksbullen, glauben einem kein Wort. Nie. Für die bist du immer nur ein Schwarzkopf und Schwarzkopf gehört eingelocht. Und man kriegt nicht mal eine Entschädigung, falscher Ort und falsche Zeit und so.
Es war später Abend, aber Lesane schien mir immer noch verstrahlt von der letzten Nacht.
– Es ist ja nicht nur falsche Zeit, falscher Ort, sagte ich, als die deine Personalien gecheckt haben, gab es da nicht auch Anzeigen?
– Was hat das eine denn mit dem anderen zu tun?
– Wenn sie die sehen, wissen sie, dass du schon mal das Gesetz gebrochen hast. Warum sollten sie dir dann glauben, dass du nichts mit all dem zu tun hast? Was für Anzeigen hast du denn bisher?
– Dreimal mit Gras erwischt, nur einmal mehr als Eigenkonsum und einmal Körperverletzung. Habe ich aber Sozialstunden für gemacht. Und der hatte das verdient.
– Ja?
– Ja. Der wollte mich abziehen. Aber nur weil der schneller laufen kann als ich, kommt der ja nicht davon. Hat sich mit nem Zwanni einen schönen Abend mit seinen Freunden gemacht und Lachkicks geschoben, weil er schneller rennen konnte als ich. Aber ich habe den gefunden.
– Wegen nem Zwanni Gras hast du eine Anzeige wegen Körperverletzung bekommen?
– Wenn einer dich abziehen kann, dann kann das jeder. Das spricht sich herum. Der spielt American Football, haben sie gesagt, der ist Wide Receiver, den kriegst du nicht. Wide Receiver am Arsch, natürlich habe ich den gekriegt.
– Aber du hast Dreck am Stecken. Das sehen Bullen schwarz auf weiß, wenn sie deine Personalien haben.

– Und wenn ich keine Anzeigen hätte? Ich heiße ja Lesane Özcan. Nicht Friedrich oder Lennart oder Hans Müller. *Du bist gefickt als Kanake in der deutschen Gesellschaft, Polizei ist nicht mein Freund und Helfer.*
Ich lächelte, weil ich das Zitat natürlich erkannte. Er lächelte auch, fühlte sich bestätigt.
– Du kennst doch Keyhan? Rahels Freund?
Lesane nickte.
– Keine Vorstrafen, keine Anzeigen. War ein guter Basketballspieler. Wir haben mit ihm fast mal ein Turnier gewonnen. Der hat auch einen ausländischen Namen und schwarze Haare, aber dem haben die Bullen immer geglaubt.
– Weil sein Vater Zahnarzt war. Das können die riechen. Was hat das mit der Wahrheit zu tun, was dein Vater für einen Beruf hat?
– Was sollen die denn da riechen können?
– Was weiß ich. Woher können die denn riechen, dass ich in Westmarkt wohne?
– Wegen der Adresse in deinem Perso.
– Und in seinem Perso steht die Adresse vom Vater. Die glauben der Adresse und nicht dem Menschen. Hat gar nix mit Schwarzkopf zu tun am Ende.
Vielleicht waren diese Zusammenhänge so klar, dass man nicht besonders helle sein musste, um sie zu verstehen. Vielleicht hatte ich Lesane aufgrund seiner Dummheiten bisher auch unterschätzt. Vielleicht hatte ich dieses Gespräch auch falsch angefangen.
– Jetzt bist du ja wieder draußen, sagte ich
– Ja, hat bis Mittag gedauert, bis die mich freigelassen haben. Wegen nichts. Und dann ist dieser Scheißzug liegen geblieben.
Ich war mir nicht sicher, ob das der Wahrheit entsprach und ich wollte auch nicht nachschauen, ob es heute Mittag einen liegen gebliebenen Regionalzug gegeben hatte. Ich war mir bei der ganzen Geschichte nicht sicher, ob sie der Wahrheit entsprach,

aber es klang halt nicht wie etwas, das Lesane sich ausdenken würde.
– Erzähl bitte Mama nichts davon, sagte Lesane.
Ich nickte. Noch ein Geheimnis. Aber was hättest du getan?
– Warum gehst du eigentlich Samstag weg, wenn du weißt, dass ich dich Sonntag zu meiner Mutter mitnehmen möchte?
– Weil der Cousin von Fayaz von dieser Party im Zoopera erzählt hat und wie geil das dort ist.
– Und da hast du diese Frau kennengelernt?
– Ja, Conny. Voll gut drauf und hübsche Augen. Nicht so eine gestylte Kahpa.
– Nicht so eine Kahpa, obwohl sie dich sofort mitgenommen hat?
– Ja, aber ohne so Spielchen. Hinsehen, wegsehen, scharf machen, links liegen lassen. Die Augen sagen, könnte sein, und die Frau sagt auch: könnte sein mit uns zwei.
Er schien sich seiner Wirkung auf Frauen bewusst zu sein. Ich in seinem Alter hatte mich schwerer getan, aber vielleicht auch nur, weil ich immer Kamber vor Augen hatte, der fast alle um den Finger wickeln konnte.
– Woher hattet ihr das Geld?
– Welches Geld?
– Um auszugehen. Club, Drinks …
– Fayaz hat sich etwas von seinem Cousin geliehen.
– Du gehst mit geliehenem Geld feiern?
Er zuckte mit den Schultern.
– Wenn du gleichzeitig Schulden hast, fügte ich hinzu.
– Boah, was sind schon zwei Hunnis, sagte er. Jetzt f…
Er unterbrach sich.
– Fuck mich nicht ab? Wolltest du das sagen? Zwei Hunnis für den Abend. Schulden sind Ehrensache. Die begleicht man. So schnell wie möglich. Wer Schulden hat, geht nicht feiern.
– Kann mir keiner verbieten.
– Nein. Aber deswegen ist es ja nicht richtig.
– Bist du früher nie feiern gegangen? Weil du einfach mal

alles vergessen wolltest? Konnte ich wissen, dass sie vier Kilo Speed zu Hause hat? Hat sie mir ja nicht erzählt. Und dann holen sich diese Bullen wegen Gefahr im Verzug Durchsuchungsbefehl für Sonntagmorgen. Mann, Sonntagmorgen, check das mal.

– Ja, sagte ich. Ist blöd gelaufen. Schulden sind trotzdem Ehrensache.

– Kannst du nicht rausfinden, wer das Gras gestohlen hat?

– Ich?

– Weil du doch Detektiv bist.

– Und dann? Wenn ich das herausfinde, was machen wir dann? Willst du hingehen und sagen: Eh, das ist meins. Also nicht meins, aber ich habs auf Kombi bekommen und will es jetzt zurück.

– Nein, wir klauen es dann zurück.

– Ja?

– Ja.

– Und wenn es jemand wie Dilovan ist? Willst du dann mit dem auch Ärger haben?

– Vielleicht war es Dilovan selber, sagte er langsam und man konnte sehen, dass ihm diese Idee jetzt erst kam.

– Vielleicht, sagte ich. Was ändert das? Es war ein Fehler, dieses Gras auf Kombi anzunehmen. Verstehst du? Ein Fehler. Man kann einen Fehler nicht durch einen anderen Fehler wiedergutmachen. Manchmal will man nicht, dass eine Lüge auffliegt. Und lügt deswegen noch mehr. Und dann verstrickt man sich in einem Netz aus Lügen und findet nicht mehr heraus. Wenn du ein sauberes Leben möchtest, ein ruhiges Gewissen, wenn du keine Angst haben möchtest, wenn du keine Gewalt um dich herum haben möchtest, dann darfst du zwar Fehler machen, aber du darfst Fehler nicht wiederholen. Verstehst du?

– In ein paar Jahren wird Gras legal sein. Dann werden irgendwelche Apotheker daran verdienen, die eh schon Porsche fahren. Die nehmen jetzt schon einen Dreißigerkurs für ein Gramm. Und niemand wird sagen: Wir haben früher diese

ganzen Schwarzköpfe zu Kriminellen gemacht wegen dem bisschen Gras.
– Wer sagt das?
– Ist doch egal, wer das sagt.
– Conny?
– Er reagierte nicht.
– Ist wirklich egal, sagte ich. Hier und jetzt ist es illegal. Und es war ein Fehler, so viel Gras auf Kombi zu besorgen. Punkt.
– Und du machst nie Fehler?
– Doch. Ich habe viele Fehler gemacht. Aber ich habe versucht, denselben Fehler nicht zweimal zu machen. Und wenn doch, dann vielleicht kein drittes oder viertes Mal. Das Leben ist voller Fehler, niemand weiß, wie man es in den Griff kriegt.
– Ja?, sagte er etwas ungläubig.
– Ja, sagte ich genervt. Es gibt keinen Platz, der der rechte wäre. Aber Gefängnis ist Scheiße.
– Ich habe keine Angst vor dem Knast.
Ich wusste nicht, was sie genommen hatten, E, Speed, von dem sie offenbar mehr als genug gehabt hatte, Koks, was auch immer, aber es dürfte reichlich gewesen sein, er war eindeutig noch verstrahlt, so einen Satz hätte er mir sonst nicht hingeknallt. So oder so war es besser gewesen, dass er nicht mit zu Sevgi gekommen war.
Ich war gereizt. Am liebsten hätte ich ihn geschlagen. Aus Hilflosigkeit, das war mir klar. Gewalt ist fast immer eine Folge der eigenen Ohnmacht. Aber eine kluge Erklärung zu haben, ändert wenig.
– Der Knast macht dich nicht zu einem Mann, sagte ich. Auch wenn das manche glauben. Er macht dich nicht hart, aber vielleicht angesehen irgendwo. Im Knast hast du einfach nur wenig Gelegenheit, Fehler zu machen. Und wenn du rauskommst, hast du einfach nur noch Bock, Fehler zu machen, weil du so lange keine mehr machen konntest. Und du machst Fehler, die dich wieder in den Knast bringen. Knast ist eine gute Sache, wenn du dich immer im Kreis drehen willst. Wenn du nie vor-

wärts kommen willst. Selbst Fußballer laufen nicht im Kreis, sondern von links nach rechts und wieder zurück.
– Ich will nicht in den Knast, sagte er. Ich will Kohle haben.
– Ja, aber so wie du es angehst, hast du keine Kohle gemacht, sondern einen Haufen Miese.
– Drecksbullen, wechselte er einfach das Thema, die kriegen auch mal aufs Maul. Dominik hat einem mal das Nasenbein gebrochen.
– Dominik?
– Einer von den Russen. Voll das Tier. Dem war immer alles egal. Die haben den abends kontrolliert. Und der Bulle hat ihm mit der Taschenlampe ins Gesicht geleuchtet und Dominik so: Nicht so ins Gesicht, das tut mir weh in den Augen. Und der Bulle: Dein Gesicht tut mir auch weh in den Augen. Und Dominik hat dem voll die Kopfnuss verpasst. Und genau getroffen. Nasenbein gebrochen. Der überlegt sich jetzt zweimal, ob er irgendwelche Kanaken beschimpft.
– Und Dominik? Was hat er bekommen für die Aktion? Hat einen hohen Preis gezahlt, jede Wette.
– Aber anders hätte der Bulle es nicht gelernt. Ganz Westmarkt hat davon gesprochen. Einfach Bullen die Ehre genommen.
– Wie lange ist das her?
– Fünf Jahre oder so.
– Und was macht Dominik jetzt?
– Der hat jetzt Frau und Kind, arbeitet als Paketbote. Ist viel ruhiger geworden.
Die Hoffnung vieler Eltern aus Westmarkt, dass sich das rauswächst. Dass der Sohn auch mal vernünftig wird. Dass er nicht sein ganzes Leben Lust hat auf Prügeleien, Messerstechereien, Baseballschläger, Schlagringe, Drogen, Angst, Paranoia, Rausch, Kater und überspielte Scham.
Aber es war nie abzusehen, wer erwachsen wurde und wer Gangster.

15

Koch hat Glück gehabt beim Unfall, Wagen Schrott, aber er selber hat nur ein leichtes Schleudertrauma. Neuer Versuch?, schrieb Flexking.

Ja, schrieb ich zurück. Gleicher Ort?

Ja, wieder Dienstag. Koch muss sich aber nen Mietwagen nehmen. Schick noch mal hundert Euro an die Adresse.

Meine Klienten fielen oft genug auf solche Maschen rein. Die Hoffnung, dass man das bekommen könnte, was man wollte, brachte einen immer wieder dazu, noch ein wenig mehr zu zahlen. Damit nicht alles vergeblich gewesen war. Man wähnte sich dem Ziel nah, man hatte ja das Foto gesehen, die Zeilen gelesen, einen Flug konnte man immer mal verpassen. Einen Unfall konnte man immer mal haben. Davor war niemand gefeit. Ich war nicht auf der Suche nach Liebe, ich war auf der Suche nach einem Dealer. Und ich sollte gemolken werden. Doch da war der private Schlüssel von Toni. Das war nicht wie ein Foto von irgendeiner Schönheit, das war kein Glücksversprechen, das keinen Inhalt hatte. Das war ein Schlüssel.

Es gab nicht so viele Möglichkeiten. Die erste: Flexking konnte den Schlüssel geklaut haben, was eher unwahrscheinlich war. Dafür müsste er irgendwie in den Rechner von Toni gelangt sein. Doch wenn das der Fall war, konnte Flexking sich überall im Netz als Toni ausgeben. Zum Beispiel auf Tochka.

Die zweite Möglichkeit war, dass Flexking mit Toni befreundet war und diesen Umstand dafür nutzte, um Geld aus mir herauszuholen.

Oder, die dritte Möglichkeit, er war selber Toni, der einfach nebenbei noch ein wenig Geld gemacht hatte. Doch Flexking drückte sich anders aus, seine Nachrichten und Posts waren kürzer, abgehackter, beleidigend. Vielleicht gehörte aber genau das zur Tarnung.

In allen drei Fällen war Flexking näher an Toni dran als ich. Die Frage war, wie ich genauso nah an ihn herankam. Wenn ich jetzt hundert Euro in Bitcoins überwies, würde ich wieder allein im Ikea in Erfurt sitzen. Daran hatte ich keinen Zweifel.
Mein Freund, schrieb ich Flexking zurück. So melkt man Kühe. Was soll das denn für ein Koch sein, der sich nicht mal einen Mietwagen leisten kann? Wahrscheinlich nicht der richtige Mann für mich.
Ich zögerte, bevor ich auf Absenden klickte, aber was sollte schon passieren? Er würde mich nicht einfach so gehen lassen.
In den nächsten fünf Minuten kam keine Antwort. Es war noch eine Viertelstunde bis zum Termin, genug Zeit, noch ein wenig Seil zu springen und dann Atmung und Puls wieder zu beruhigen.
Frau Kantos hatte blonde Haare, rote, ausgetretene Schuhe, die mal schick gewesen sein mussten, sie wirkte müde, als sei ihr Leben seit Jahren schon anstrengend. Sie sah ein wenig so aus wie jemand, der aus Westmarkt kam, aber sie sprach nicht so.
– Maurice, mein Sohn, er ist sechzehn und wird gemobbt, sagte sie. Nicht schon immer, sondern seit neuestem. Früher war er mehr oder weniger beliebt. Aber jetzt traut er sich nicht mehr in die Schule. Alle beschimpfen und bedrohen ihn, nicht nur in der Schule, sondern vor allem auf Facebook und anderen sozialen Medien. Sie beschuldigen ihn, Nacktfotos von seiner Freundin – Ex-Freundin, verbesserte sie sich – verbreitet zu haben. Dieses ganze Mobbing ist eine Art Racheaktion für das Verbreiten dieser Nacktfotos. Sie bedrohen und beschimpfen meinen Sohn, sie haben »Maurice Arschloch« auf den Gehsteig vor unserem Haus gesprüht.
– Und diese Bilder von seiner Ex-Freundin, die hat er gemacht?
– Ja.
– Aber er hat sie nicht weitergegeben?
– Nein.
– Auch nicht versehentlich oder an seinen besten Freund oder so?

– Nein.
– Wo waren die Fotos?
– Auf seinem Handy.
– Und wo sind sie als Erstes aufgetaucht?
– Ein paar Mädchen aus seiner Klasse haben sie als E-Mail-Anhang bekommen.
– Von wem?
– Angeblich von Maurice, aber es ist nicht sein E-Mail-Konto.
– Was erwarten Sie von mir?
– Wenn wir einen Beweis hätten, dass es nicht Maurice war, der die Bilder weitergegeben hat …
– Sie glauben ihm.
– Ja, sagte sie, er ist mein Sohn, ich kenne seine Fehler, wenn auch bestimmt nicht alle, aber ich weiß, dass er in diesem Fall nicht lügt.
– Wie soll ich beweisen, dass er die Fotos nicht weitergegeben hat?
– Das weiß ich nicht. Sie sind der Detektiv.
– Punkt geht an Sie. Wenn ich helfen soll, müsste ich mit Maurice mal allein sprechen. Ich müsste schauen, ob ich auch mit seinen Freunden reden kann.
– Er hat keine Freunde mehr.
– Auf welche Schule geht er?
– Friedrich-Wilhelm-Gymnasium.
– Und wenn er die Schule wechselt? Wäre das nicht eine Lösung?
– Daran haben wir auch schon gedacht, sagte die Mutter. Aber das wäre wie Weglaufen.
– Frau Kantos, es wird schwer bis unmöglich zu beweisen, dass er es nicht gewesen ist. Und selbst wenn wir es könnten, was würde es bewirken? Er wird ja nicht gemobbt, weil bewiesen ist, dass er schuldig ist, sondern weil es alle glauben.
– Das Internet hat alle religiös gemacht, sagte sie.
Ich legte fragend den Kopf schief.
– Alle finden genau das, woran sie glauben möchten … Ich will,

dass Maurice erhobenen Hauptes gehen kann, wenn er gehen möchte.
– Ich kann es versuchen, aber ich möchte Ihnen nicht allzu viel Hoffnung machen.
Sie sah mich an, abwartend. Ich begriff. Ich fragte mich, welche Summe ihr nicht wehtun würde.
– 300 bis 400, sagte ich dann.
– Ist eine Ratenzahlung möglich bei Ihnen?
Ich nickte.
Nachdem ich die Tür hinter ihr geschlossen hatte, sah ich nach, ob ich eine Nachricht von Flexking hatte, doch da war nichts. Dafür waren bei Tochka Käufer, die sich beschwerten, dass ihre Ware von Toni_meow nicht ankam.
Vielleicht war ihm also doch der private Schlüssel irgendwie geklaut worden und jetzt gab sich jemand auf Tochka als Toni aus. Andererseits waren seit den Bestellungen erst vier, fünf Tage vergangen, es konnte einfach sein, dass sich der Versand aus irgendeinem Grund verzögert hatte, doch es gab im Forum von Tochka bereits Spekulationen darüber, was mit Toni los war, der seit über vierunddreißig Stunden nicht in seinen Account eingeloggt gewesen war. Vierunddreißig Stunden off, das war ungewöhnlich für ihn, konnte aber einfach mal passieren. Doch sofort meinte jemand zu wissen, dass er geschnappt worden war, jemand anderes glaubte, dass Europol seinen Account übernommen hatte, wieder jemand anderes behauptete Informationen zu haben, dass Toni nicht freiwillig von Dream Market gegangen war, sondern die Betreiber ihn nicht mehr auf der Plattform haben wollten, weil aufgeflogen war, dass er zu viele Deals an Dream Market vorbei durchzog, um keine Prozente von seinem Gewinn abführen zu müssen.
FUD, das Internet war immer voller FUD – Fear, Uncertainty, Doubt. Angst, Unsicherheit und Zweifel. Man wusste nie, was es mit diesen Informationen auf sich hatte, die die anderen angeblich besaßen.
Als ich die Seite erneut lud, um zu sehen, ob es neue Posts gab,

hatte Toni gepostet: Chill. Weiß nicht, warum die Sendungen sich verzögert haben. Werde mich gleich darum kümmern. Wenn nötig gibt es Reships. Sind am Start und arbeiten, glaubt nicht den Hatern.
Ich sprang noch mal Seil. Als ich keuchend wieder am Schreibtisch saß, erinnerte ich mich daran, wie ich angefangen hatte zu rauchen. Als Letzter. Ich hörte *It was written*, ich muss neunzehn gewesen sein. Ich fing an, als klar wurde, dass ich kein Profi werden würde. Meine Trefferquote, mein Spielverständnis, mein Ballhandling, meine Sprungkraft, es war alles okay, ich war einer der Kleineren auf dem Feld, aber das machte die Sache nicht unmöglich. Doch egal wie hart ich trainierte, ich wurde einfach nicht schneller, und die Wahrheit war, dass ich einfach zu langsam war, um Profi zu werden. Das hatte ich zumindest damals geglaubt.
Hier und da mal kiffen, mal eine Pille, das hielt ich für nicht so schlimm, aber jeden Tag rauchen, jeden Tag gegen das eigene Training anarbeiten, das wollte ich nicht. Doch als ich dann frustriert anfing zu rauchen, hatte ich auch angefangen zu verstehen, warum die anderen rauchten. Und warum sie mehr Scheiße bauten als ich. Vorher hatte ich gedacht, ich würde mich Richtung Profi bewegen, doch jetzt war Stillstand. Sobald es sich so anfühlte, als würde man nicht von der Stelle kommen, konnte man sich eine Zigarette anzünden. Wenn das nicht reichte, konnte man eine Wand besprühen, einen Joint bauen, einen Deal aushecken, bei dem man viel Geld einstreichen konnte, man konnte einen Überfall auf eine Spielo planen oder ein paar reichen Anfangdreißigern überteuertes und gestrecktes Koks verkaufen. Man konnte sich vor einem Club prügeln oder drinnen, man konnte in einem Auto durch die Straßen fahren und die Musik bis zum Anschlag aufdrehen. Man konnte trinken und man konnte versuchen, möglichst viel von einem Mädchen zu bekommen, das auch nur versuchte, möglichst viel von einem selbst zu bekommen, ohne selber etwas zu investieren.

Wir rauchten, weil wir nichts mit uns anzufangen wussten, wir rauchten, damit hinterher mehr Platz in der Schachtel war, wir rauchten, weil es keinen Ort gab, zu dem wir uns hinbewegen konnten. Wir rauchten wie wir Scheiße bauten, einfach weil wir das Gefühl haben wollten uns zu bewegen, weg von dem, was gerade war.
Jetzt sprang ich Seil. Ich kam immer noch nicht von der Stelle.
Ich unterbrach, als eine Nachricht von Flexking reinkam.
Hab mit dem Koch gesprochen, er wollte nur seine Unkosten decken, trifft sich aber auch gerne so mit dir. Passt Frankfurt? Morgen. Kaiserstraße.
Passt.
Du erkennst ihn dieses Mal an der grünen Bauchtasche. 14.00 Uhr. Vor dem Rewe.
Okay, schrieb ich.
Ich lehnte mich zurück und versuchte zu verstehen, was er vorhatte. Ein Koch würde nicht kommen, da war ich mir sicher.

1996, The Resurrection, Geto Boys
Es ist das erste Mal, dass er allein ausgeht. Nachdem Kamber weder die Pillen noch die Pappen gefallen haben, möchte er ihn nicht fragen, obwohl er lieber jemanden dabei hätte. Wie jeder weiß er, dass es Techno-Partys gibt, aber das, was er im Fernsehen gesehen hat, schreckt ihn ab. Er möchte nicht stundenlang verkleidet zu einer Musik tanzen, die er nicht mag. Er weiß nicht genau, was er will, aber er hat aufgeschnappt, dass es in der Zeche Goa-Partys gibt. Anders als Techno-Partys. Etwas, wo Hippies hingehen, aber nicht diese alten von früher, sondern neue Hippies. Partys, wo es chilliger ist als beim Techno und wo Menschen candyflippen, LSD zusammen mit Ecstasy nehmen.
Er weiß nicht, was er sich erhofft, aber etwas zieht ihn dorthin. Als er vor der Tür die Gruppen von Leuten sieht, die reingehen wollen, möchte er zurück zum Bahnhof und wieder heimfahren. Er hat das Gefühl, nicht hierher zu gehören. Es ist eine völlig

fremde Welt. Die bunten Klamotten, die lachenden Menschen, die aussehen wie Gymnasiasten und Studenten, deren Leben leicht ist, die aussehen, als würden sie Taschengeld kriegen und das Auto von Papa.

Keiner trägt Jeans, Turnschuhe und Chevignon-Blouson. Er weiß nicht, ob sie ihn an der Tür reinlassen werden. Es könnte helfen, dass er allein ist. Er hat keine Drogen einstecken, hofft aber, dass man drinnen etwas kaufen kann.

Sein Herz klopft bis zur Halsschlagader, doch das würde er nicht zugeben. Als er zahlt, hat er das Gefühl, die Frau an der Kasse findet ihn komisch und lächelt nur, um ihn das nicht merken zu lassen.

Einmal ist er zu *Doggystyle*-Zeiten mit Kamber in die Sauna gegangen, weil man da nackte Weiber gucken kann. Diese ganzen Deutschen mit ihren hängenden Titten, die sich vorbeugen, um ihr Handtuch auf die Liege zu legen oder um etwas aus ihrer Tasche zu holen, und wenn du hinter ihnen stehst, kannst du ihnen einfach auf die Möse starren.

Damals hatte er Kamber das erste Mal kleinlaut erlebt und sie hatten es nie wieder gemacht. Und jetzt erinnert er sich daran. Eine fremde Welt. Er ist es, der sich nackt fühlt, während die anderen sich bewegen, als seien sie die schönsten Menschen der Welt.

Er geht an die Bar und bestellt sich ein Bier. Die Menschen tanzen, lachen, reden, einige sind eindeutig auf Drogen.

Er versucht cool zu wirken, obwohl er weiß, dass das nicht funktioniert. Wenn du anfängst es zu versuchen, hast du schon verloren. Wie Ergün immer.

Hier sind Menschen, über die er mit seinen Freunden lacht. Weißbrote, denen Mami und Papi nicht nur die Brötchen geben, sondern sie vorher auch noch mit Butter beschmieren. Hier sind Menschen, die sich aus irgendeinem Grund von denselben Drogen angezogen fühlen wie er.

Er hält Ausschau nach einem Dealer. Hier muss irgendwo ein Dealer sein, einer, der ihm ein, zwei Pillen verkaufen kann. Er

hat noch einen Fuffi in der Tasche, müsste locker reichen. Doch niemand sieht aus wie ein Dealer oder benimmt sich wie einer. Wie kommen diese Menschen an ihre Drogen? Noch während er in der Menge sucht, fällt ihm dieses Mädchen auf. Ihr Gesicht erinnert ihn ein wenig an Winona Ryder, doch ihre Pupillen sind riesig. Sie bleibt einen Moment an seinem Blick hängen. Irgendetwas passiert. Noch ehe er darüber nachdenken kann, löst er sich von der Theke und geht auf sie zu.
Hi, ich bin auf der Suche nach dem, was du genommen hast.
Ihre Augen sagen, dass sie ihm alles geben würde, und sie wird es die nächsten drei Jahre auch tun.

16

Ich stand noch keine fünf Minuten vor dem Rewe, als ein schwarzer 5er BMW in der zweiten Reihe hielt und der Beifahrer eine grüne Bauchtasche aus dem Fenster schwenkte und mir bedeutete, hinten einzusteigen.
Ich zögerte kurz, stieg aber ein. Ich hoffte, dass sie mein Zögern nicht bemerkt hatten und wenn doch, dass sie es für Vorsicht hielten und nicht für Angst. Ich sagte Hallo, aber weder Fahrer noch Beifahrer erwiderten etwas. Beides Schwarzköpfe, vielleicht zwanzig Jahre alt. Sie sahen für mich aus wie Araber, Libanesen vielleicht, aber sie hätten ebenso gut Kurden, Irakis, Syrer, Palästinenser oder Deutsche sein können.
– Wohin geht's?, fragte ich, obwohl ich bereits wusste, dass ich keine Antwort bekommen würde.
– Ihr seid also nur Soldaten, die Befehle entgegennehmen.
Der Beifahrer drehte sich um und sah mich an. Er machte das gut. Böse. Kalt. Starr. Ohne zu blinzeln. Ohne zu viel Aggression im Blick. Ich lehnte mich zurück und versuchte mich zu entspannen.
Nachdem wir den Main überquert hatten, stieg an einer Ampel ein Mann mit einer Motorradmaske über dem Gesicht ein.

Irgendetwas zwischen dreißig und vierzig, schwarze Jeans, schwarze Sneaker, schwarze Trainingsjacke von Unfair Athletics.
– Für wen arbeitest du?, fragte er.
– Für niemanden.
Seine Faust knallte mir gegen die Schläfe. Für einen Moment hatte ich das Gefühl, es wäre etwas in meinem Kopf explodiert.
– Laber keine Scheiße. Für wen?
– Für niemanden, wiederholte ich und machte keine Anstalten, mich vor dem nächsten Schlag zu schützen. Er schlug nicht.
– Woher hast du das Bild vom Labor?
– Es ist mein Labor.
– Das Labor ist längst busted, du Hund. Von wem hast du das Bild?
Auf dem Feld war ich oft zu langsam gewesen, das war mein Körper, der nicht schnell genug reagierte. Mit meinem Kopf war das nicht anders. Es gehörte nicht viel dazu, zu verstehen, dass er entweder Kontakte zu Bullen hatte oder selber einer sein musste. Wenn ich schnell gewesen wäre, hätte ich das sofort begriffen und hätte eine Strategie aus dem Ärmel geschüttelt und hätte nicht einfach mal mit einer Lüge begonnen, nur um Zeit zu gewinnen.
– Aus dem Internet, sagte ich. Aus dem Deep Web Forum, kurz bevor es hochgenommen wurde.
– Du hast also kein Labor, sagte er.
– Doch, sagte ich. Aber ich bin nicht so dumm, dir ein Foto davon zu schicken. Opsec.
– Opsec. Aha. Dafür sitzt du gerade ganz schön schutzlos in diesem Wagen, wa?
– Wenn du glaubst.
Ich glaube, er wusste, dass ich bluffte. Noch ein Schlag, aber er hatte im Auto wenig Platz um auszuholen. Er traf mich am Kiefer.

– Du hast keine Ahnung, mit wem du dich hier anlegst, blaffte er mich an.
Wortlos fuhren wir einige Zeit, während er flach und unregelmäßig atmete. Ich sollte Angst haben, das war klar. Und ich hatte Angst. Aber bestimmt nicht so viel, wie er wollte. Ich erinnerte mich an die Zeit im Arrest. Das hier war ein Klacks dagegen. Er wollte etwas von mir, er würde es nicht kriegen und schlimmstenfalls würde ich Prügel beziehen. Und das wäre es mir wert, wenn ich herausfand, warum er den Schlüssel von Toni hatte, doch meine Chancen standen nicht gut.
Schließlich hielten wir in einem Industriegebiet. Ich schaute kurz auf die Tür, aber wahrscheinlich war die Kindersicherung drin. Dann war da noch der Beifahrer. Und der Fahrer. Und ich war nie der Schnellste gewesen.
– Ich glaube dir nicht, sagte der Mann mit der Maske.
Ich zog die Schultern hoch. Dein Problem, wollte ich sagen, aber dafür hätte es wahrscheinlich nur noch einen von diesen Schlägen gegeben.
Es ist nicht leicht, jemanden mit Motorradmaske einzuschätzen. Er war drahtig, wirkte sportlich, wusste, wie man schlug. Aber niemand aus einem der sozialen Brennpunkte dieses Landes. Obwohl, was wusste ich schon von sozialen Brennpunkten in Frankfurt oder anderswo. Ich kannte nur Westmarkt. Und ich kannte Koks. Es war anzunehmen, dass dieser Mann welches genommen hatte.
Ich hatte ein wenig Zeit zum Nachdenken gehabt. Er hatte mich zunächst nur melken wollen, bevor er irgendwie gemerkt hatte, dass das Foto vom Labor ein Polizeifoto sein musste. Verdeckter Ermittler, tippte ich jetzt. Deswegen ist er sich sicher, dass es nicht mein Labor ist. Arbeitet im Home Office. Liefert ab und an ein paar Typen aus, macht sich sonst ein schönes Leben. Aber woher dann der Kontakt zu Toni? Hier schien für mich nicht viel mehr zu holen als noch ein paar Schläge. Schläge, für die ich 800 Euro bezahlt hatte.
Ich ballte die Fäuste. Ich war mir sicher, dass ich ihn mit einem

Schlag ausknocken konnte, sobald wir draußen waren. Aber was war dann mit den beiden anderen. Wie viel hatte er ihnen bezahlt? Trugen sie Waffen? Woher kannte er sie, wenn er tatsächlich verdeckter Ermittler war? Hatten sie etwas zu verlieren? Wenn nein, dann durfte man sich nicht mit ihnen anlegen.
– Für wen arbeitest du?, schrie er.
– Halt's Maul, sagte ich.
Er war zu überrascht, um zu reagieren.
– Uwe, sagte ich, du hast dich verraten. Du kannst mir gar nichts, außer vielleicht in die Fresse hauen. Aber du steckst ziemlich tief drin, mein Freund. Ich wäre ein bisschen vorsichtig, dass ich nicht auffliege.
– Uwe? Bei dir tickt es wohl nicht sauber?
Die beiden vorne drehten sich nicht um, aber sie hörten sehr aufmerksam zu, ich fragte mich, ob sie wussten, was mit Uwe gemeint war.
– Woher weißt du denn, dass das Labor busted ist?
– Weil ich was vom Job verstehe, du Affe. Weil ich überall Informanten sitzen habe. Sogar Ebola vertraut mir, du Hund. Von wem hast du das Foto?, schrie er wieder.
Ebola war der Admin von fraudsters. Ich sah Flexking in die Augen. Koks, ich war mir sicher. Ich fragte mich, ob ich noch viele Schläge einstecken würde, bevor ich gehen konnte. Und was Kamber wohl an meiner Stelle getan hätte. Das hatte ich mich schon lange nicht mehr gefragt. Sehr lange. Doch ich wusste, was er getan hätte: Er hätte zugeschlagen.
Uwe stieg aus. Es war keine Kindersicherung drin, nicht auf seiner Seite. Als ich meine Tür öffnen wollte, passierte nichts. Er riss sie von draußen auf und zog mich aus dem Wagen, während der Beifahrer ausstieg und vorne ums Auto herum zu uns kam.
– Durchsuchen, sagte Uwe und ich ließ mich bereitwillig vom Beifahrer durchsuchen. Er war massig, sicherlich noch langsamer als ich, aber mit Sicherheit stärker.

– Nichts, sagte er, als er fertig war.
– Nichts? Kein Handy, keine Geldbörse, kein Schlüssel?
Beifahrer schüttelte den Kopf.
– Du hältst dich wohl für clever, sagte Uwe und gab mir eine Ohrfeige. Die befriedigte ihn irgendwie nicht, also gab er mir noch zwei. Ich ballte die Fäuste. Ich konnte zuerst ihn und dann den Beifahrer ausknocken. Dann hätte ich noch etwas Vorsprung. Vielleicht nicht genug.
Uwe holte sein Handy raus und machte ein Foto von mir.
– Du wirst gefickt werden, sagte er. Du wirst so gefickt werden…
Dann machte er eine Kopfbewegung und der Beifahrer stieg hinten ein, er selber vorne und ich merkte mir noch das Kennzeichen, obwohl ich kaum glaubte, dass es mir weiterhelfen würde.
Als ich eine gute Stunde später am Bahnhof war, mit pochenden Wangen und einer Beule an der Schläfe, drehte ich noch drei, vier Runden, um sicherzugehen, dass mir niemand gefolgt war. Ich war nicht so clever, wäre ich wirklich clever gewesen, hätte ich den Schlüssel fürs Schließfach nicht einstecken gehabt. Dass der Beifahrer ihn nicht in meinem Strumpf ertastet hatte, war nicht mein Verdienst. Ich schloss das Schließfach auf, nahm mir meine Tasche, meine Geldbörse, mein Handy und setzte mich in den nächsten IC Richtung Heimat.
Als ich auf der Zugtoilette mein Gesicht sah, fragte ich mich, wie weit ich eigentlich gekommen war. Ich hatte aufgehört einen Kiosk zu betreiben, weil mir die Kunden mit ihren Geschichten und ihrem Gerede auf die Nerven gegangen waren. Weil ich mir nicht mehr anhören wollte, man sei ja Prekariat und aufs Vorglühen angewiesen, während man eine Playlist auf seinem iPod erstellte, die genau richtig fürs Vorglühen war. Weil ich aggressiv wurde, wenn die Leute klagten, dass die Raten für Fernseher, Küche und Sofa sie auffraßen, weil sie mir Fragen stellten zur Türkei, zu Tunesien, zur Migration, zur Leitkultur, weil sie wissen wollten, ob bei mir in der Familie auch Frauen

unterdrückt wurden und wo ich so gut Deutsch gelernt hatte. Ich war es leid zu hören, ich sei ganz anders als die anderen. Die anderen kannten sie nicht und es war leider mein Job, freundlich zu sein, ich hatte ein Geschäft am Laufen zu halten, in dem ich meistens von 6.30 bis 22.30 Uhr war, viel Zeit, um sich Scheiße anzuhören und eine gute Miene dazu zu machen. Ich hatte die Schnauze so vollgehabt von bla hier, bla da, Gelaber.

Und jetzt? Ich holte mir ein Bier im Bordbistro.

Ich kniete mich zu sehr hier rein, ich konnte einfach aufhören an diesem Fall zu arbeiten und mich mit dem Garantiehonorar zufrieden geben. Was ging mich irgendein Dealer im Netz an? Was ging es mich an, dass Armbruster einen Sohn gehabt hatte, der den Hals einfach nicht vollkriegte? Ich bekam nur die Spesen erstattet, aber kein Schmerzensgeld für diese Prügel. Ich war nicht rein und edel, ich konnte das einfach aussitzen und dann die 7.000 kassieren. Ich hätte es getan, ich bin mir sicher, ich hätte es getan, wenn nicht Lesane gewesen wäre. Für ihn, für seine Schulden musste ich einfach dranbleiben und alles versuchen, was ich konnte.

Als ich die Tür öffnete, sah ich Lesane auf der Couch.

– Was machst du denn hier?, fragte ich. Wolltest du nicht wieder nach Hause?

– Was ist denn mit dir passiert?, antwortete er, während er aufstand.

Ich zuckte mit den Schultern und wiederholte meine Frage.

– Boah, Sami macht mich wahnsinnig. Aber was ist mit dir? Welcher Hurensohn war das?

Er sah aus, als wolle er sofort aus der Tür, um dem Typen eine Abreibung zu verpassen, doch das verlor sich bei seinem nächsten Gedanken.

– Hat es etwas mit Dilovan zu tun?, fragte er und ich konnte seine Angst sehen.

Ich schüttelte den Kopf. Und fragte mich, ob er in Ayleens oder

Samis Gegenwart Worte wie Hurensohn benutzte. Ob ich mich darüber freuen sollte, dass sein erster Impuls gewesen war, mich zu verteidigen. Und ob ich denselben Impuls hätte, wenn ich ihn so sehen würde. Oder ob das alles egal war, weil ihm jede Ausrede recht war, rauszugehen und Leute zu schlagen. Doch das glaubte ich nicht.
– Es ist okay, sagte ich. Beruhig dich. Setz dich.
– Niemand darf ungestraft einen meiner Jungs schlagen, sagte er.
– Einen deiner Jungs, ja?
– Du weißt schon, sagte er.
– Es ist nicht immer klug zuzuschlagen. Dilovan weiß das. Dein Dominik wusste das nicht. Was haben sie ihm vor Gericht dafür aufgebrummt? Da bringt dich auch ein guter Anwalt nicht mehr weit.
– Ja, aber dieser Hurensohn von Bulle, der hatte das verdient. Der hat seine Lektion gelernt.
Ich schüttelte den Kopf.
– Wer war das?, fragte er jetzt noch mal. Wir können dem auflauern. Niemand wird das mit dir in Verbindung bringen.
– Ich weiß nicht, wer es war, sagte ich. Er hatte eine Maske.
– Aber warum? Wie …
Er machte eine Handbewegung.
– Ist eine lange Geschichte …
Er setzte sich.
– Erzähl.
Ich erinnerte mich an das Gespräch mit Kamber, *The Resurrection*-Zeiten, kurz nachdem ich mit Rahel zusammengekommen war.
– Es geht dir gut, hatte er gesagt.
– Ja, hatte ich geantwortet.
– Es ist diese neue Frau, oder?
– Ja.
– Willst die nicht mal mitbringen?, fragte er.
– Ich glaube nicht, sagte ich.

Er sah mich an und lächelte:
– Weißt du, sagte er, immer wenn die Bullen mich kassieren, halte ich den Mund. Ich gebe denen den Ausweis und sage nichts. Kein Wort. Immer wenn ich eine gute Idee habe, behalte ich sie für mich, damit niemand anderes das Ding drehen kann. Wenn ich mit einer von den Hoes bin, halte ich den Mund, weil du denen nicht trauen kannst, die tratschen alles ihren Freundinnen weiter. Sieh mich an, Bro, sagte er. Seh ich aus wie ein Bulle oder wie eine Hoe? Würde ich dir je eine Idee klauen, wenn du eine hättest? Bro, du musst mal reden. Weißt du noch, wie früher, als wir noch Kinder waren. Bro, so wie damals auf diesen schwulen Pillen. Du musst auch reden, Mann. Ich weiß überhaupt nicht, was bei dir abgeht.
Mit Rahel redete ich. Wir lagen nachts in ihrem Bett und redeten, redeten, bis wir die Vögel hörten und dann noch weiter.
– Wo wohnt sie?
– Oberhausen.
– Wo hast du die kennengelernt?
– In einem Laden in Essen. Zeche. Auf einer Goa-Party.
– Was ist das für eine, Deutsche?
– Ja. Deutsche. Vater ist Hausverwalter.
– So ne Art Hausmeister?
– Nee. Er besitzt Häuser, die er halt irgendwie verwaltet.
Ich konnte sehen, was in seinem Kopf geschah.
– Denk nicht mal dran, sagte ich.
– Niemand wird es mit dir in Verbindung bringen.
– Doch, sagte ich, sie werden es sofort mit mir in Verbindung bringen. Ihre Eltern sind freundlich zu mir, aber wenn ein Schlüssel verschwindet oder sonstwas passiert, wird der Verdacht auf mich fallen, auf wen denn sonst?
– Gut, gut, sagte er. Erzähl mir mehr von ihr.
Und ich hatte erzählt. Aber ich hatte erst Jahre später richtig verstanden, was er von mir wollte.
Jetzt holte ich tief Luft.

– Du musst mir versprechen, dass du es niemandem weitererzählst, sagte ich zu Lesane.
– Versprochen.
– Niemandem. Nicht mal Fayaz. Nicht mal, wenn du so betrunken bist, dass du nicht mehr weißt, was du tust.
– Wie soll ich das denn machen?
– Ist mir egal. Kein Wort.
Er nickte.
Ins Vertrauen ziehen. Ich zog an Lesane. Ich zog mit all meiner Kraft. Ich erzählte ihm die Geschichte von Fynn und Armbruster, aber nicht, wie viel es dabei zu verdienen gab und warum ich diese Kohle unbedingt wollte. Ich zog, aber ich wollte nicht, dass er sich schuldig fühlte oder schlecht. Ich erzählte von den Plattformen, auf denen man einkaufte, ich erzählte von Toni_meow und wie ich versuchte, seinen Koch ausfindig zu machen, ich erzählte von fraudsters, von meiner Fahrt nach Erfurt und von dieser Fahrt nach Frankfurt.
– Ein Bulle, sagte er. Siehste. Dominik hätte dem voll eine reingebrettert. Aber warum kaufen die Leute im Internet, wenn sie auf der Straße kaufen können?
– Hast du schon mal jemanden abgezogen beim Verkaufen? Ihm einen viel zu hohen Kurs genannt, weil er keine Ahnung hatte?
– Klar, sagte er. Opfer immer abziehen. Aber ich habe noch nie dreißig für ein Gramm genommen wie ein Apotheker.
– Können die Opfer sich wehren?
– Nee. Sind ja Opfer.
– Siehst du. Im Internet zahlt jeder denselben Kurs. Und wenn die Ware schlecht ist, siehst du das in den Bewertungen, gibt kein Vogelsand, kein Brix, kein Koka, das zur Hälfte aus Speed und zur Hälfte aus Lidocain besteht. Niemand kriegt aufs Maul, niemand wird in einer dunklen Ecke ausgeraubt.
– Internet also nur für Opfer.
– Nein. Keiner geht bei dir ein und aus, um zu kaufen, niemand kennt dein Gesicht, du kannst dich besser vor den Bullen verstecken, die wissen nicht, wo du bist. Brauchst nur nen Bunker

und nen Läufer, der für dich Briefe und Pakete zur Post bringt. Kein Verstecken auf Autoreifen und in Blumenkästen oder im Mund, niemand muss sich an Orten rumtreiben, die die Bullen ohnehin aufm Radar haben.
– Pussys.
– Pussy, wer sich gerne von der Polizei erwischen lässt.
Ich glaube, er sah die Vorteile, aber es war ihm wichtiger, einen Ruf auf der Straße zu haben. Er wollte etwas sein, etwas darstellen. Einem Bild entsprechen. Er war nicht clever genug, um es anders zu machen, und er würde es zu mühselig finden, sich damit zu beschäftigen, wie man im Netz dealte. Ich lieferte ihm keine Anleitung. Hoffte ich.
– Was für ein Zeug ist das denn, an dem er gestorben ist?, fragte er.
– Ein wenig wie Kokain. Nur dass es nicht so kalt ist, gefühlvoller, euphorischer irgendwie.
– Hast du das schon mal genommen?
Ich schüttelte den Kopf.
– Aber Kokain hast du schon mal genommen?
– Ja, sagte ich. Aber es hat mir nicht gefallen.
– Und wie willst du jetzt diesen Toni finden?
– Keine Ahnung.

Als ich mich später bei fraudsters einloggte, sah ich, dass Flexking gepostet hatte, er habe versucht, mir einen Koch zu vermitteln, aber er sei sich mittlerweile sicher, dass ich ein verdeckter Ermittler sei, weil er einen Maulwurf beim BKA habe. Er war viel länger dabei als ich, er hatte einen Ruf. Zweiundvierzig User hatten sich bei ihm bedankt. Mein Name war jetzt quasi verbrannt in diesem Forum. Cybermobbing.
Für wen Flexking auch immer arbeitete, LKA, BKA, irgendeine SoKo Cybercrime, er schien selber gut zu konsumieren, nebenbei ein paar Euro zu machen. Was ihn von einem Kriminellen unterschied, war also nur der Beruf und die Sicherheit, dass er schlimmstenfalls mit Bewährung davonkommen würde,

sollte das mal auffliegen. Wahrscheinlich wäre es aber schon mit einem Disziplinarverfahren gefressen. In diesem Land konnte man als Polizist auch Mitglied des Ku-Klux-Klan sein und kam mit einer Rüge davon. Das konnte mir für den Fall egal sein, alles, was mich interessierte, war, warum Flexking den Schlüssel von Toni hatte. Kannte er ihn? Oder war er ihm auf den Fersen? Und brauchte er noch mehr Beweismaterial um ihn festzunehmen? Wenn ja, durfte er mir nicht zuvorkommen.
Mir kam die Idee, dass Flexking vielleicht nur clever gewesen war und sich in Tonis Account gehackt hatte. Ich machte eine Liste mit möglichen Passwörtern und versuchte, mich dann in den Account einzuloggen, indem ich die Passwörter kopierte und dann einsetzte, um ein Vertippen zu verhindern. Tonymontana, TonyMontana, Tony_Montana, Scarface, Al_Pacino, Scarfacebesterfilm, Scarfacemontana, Scarfacemontana_meow, Pacino_meow, Scarfacemeow, scarfaceMeow und so weiter. Und alle möglichen Kombinationen mit Groß- und Kleinbuchstaben, mit 1 und 01 hinten, mit oder ohne Unterstrich, ich saß über drei Stunden da. Ich wusste nicht, wie man ein Skript für so etwas programmiert, aber ich musste ohnehin jedes Mal ein Captcha lösen und irgendwann gab ich auf. Vielleicht hatte er sich auch gar nicht wegen Scarface Toni genannt, sondern wegen Sopranos oder aus einem ganz anderen Grund. Genauso gut konnte man versuchen, einen Ball in einen Korb zu werfen, von dem man nicht wusste, wo er war.

17

Bei Tochka häuften sich im Forum die Beschwerden über Toni, die meisten Bestellungen der letzten Tage waren nicht angekommen. FUD. Theorien gab es viele, aber Fakt war, dass Leute ihre Ware nicht bekamen. Vielleicht hatte jemand mit Tonis privatem Schlüssel ein Verkäuferkonto auf Tochka eröffnet und nutzte nun Tonis guten Ruf, um Leute zu betrügen. Doch jemand, der Tonis Schlüssel hatte und vorgehabt hatte zu betrügen, hätte genauso gut bei Dream Market bleiben können. Selbst wenn jemand Tonis Schlüssel hatte, hätte Toni selbst dann nicht etwas unternommen, im Forum gepostet, dass ihm der Schlüssel geklaut worden war? Und wer auch immer Tonis Posts schrieb: Er klang wie Toni. Es sprach nichts dafür, dass jemand seinen Account gekapert hatte.

Im Moment wurde niemand um sein Geld betrogen, weil die Bitcoins im Escrowsystem waren, aber irgendetwas schien komisch. Leute vermuteten, dass Toni geschnappt worden war, obwohl er erst gestern noch gepostet hatte, Leute vermuteten, dass die Behörden ihm auf die Schliche gekommen waren und die Post jetzt seine Sendungen abfing. Leute, die auf ihre Hausadresse bestellt hatten, bekamen Angst, dass die Polizei mit einem Durchsuchungsbeschluss aufkreuzen konnte, Leute editierten, wo möglich, vergangene Lieferungen und bewerteten sie mit weniger Sternen, weil sie Toni zeigen wollten, dass sie unzufrieden waren.

Chill, schrieb er wieder. An alle, die ihre Bewertungen geändert und uns keine fünf Sterne gegeben haben: Ist noch alles klar bei euch? Wir haben den besten Service, wir liefern die beste Ware, es hat noch nie Ausfälle gegeben. Bei der ersten Verspätung spuckt ihr auf uns? Wenn ihr nicht zurückändert, schließen wir euch für immer aus unserem Service aus. Wir sitzen an dem Problem. Noch ein wenig Geduld. Keine Dispute eröffnen wegen der Ware und euer Geld zurückfordern. Wir kümmern uns. Versprochen.

Zwei Stunden später der nächste Post:

Postfiliale wird gerade renoviert, die sind in einen Container gezogen und haben da irgendein Computerproblem, scheint's. Sendungen von sechs Tagen sind komplett nicht vom Tracking erfasst. Läufer hat nachgefragt, sollte sich in den nächsten zwei Tagen von allein klären. Sonst gibt es hier Reships für die volle Bestellmenge. Also chill.

Ich saß da und starrte auf den Monitor. Mein Herz schlug

schneller. Er hatte einen Fehler gemacht. Wer immer da saß, hatte einen Fehler gemacht.
Ich suchte nach der Postfiliale in Duisburg, die gerade renoviert wurde. Postfiliale, Container, Duisburg, drei Worte in die Suchmaschine eingeben und schon war man da. Ich wollte am liebsten losfahren und mir den Container ansehen, als würde das etwas bringen. Ich refreshte die Seite im Forum. Und sah, dass Toni ziemlich schnell verstanden hatte, dass es ein Fehler gewesen war, diese Information zu posten. Er hatte seinen Post editiert.
Jetzt stand da nur noch: Probleme bei der Post, Sendungen von sechs Tagen sind komplett nicht vom Tracking erfasst. Sollte sich alles in den nächsten zwei Tagen von allein klären. Sonst gibt es hier Reships für die volle Bestellmenge. Also chill.
Ich fühlte mich zunächst bestätigt. Das war eine Information, die man nicht herausgeben sollte. Doch dann kam auf einmal der Zweifel. Hatte ich einfach viel zu lange am Rechner gesessen und mir das nur eingebildet, dass er das geschrieben hatte? Hatte das vorhin wirklich da gestanden? Hatte ich einen Beweis dafür außer meinem Gedächtnis? Wie lange hatte es da gestanden? Kaum fünf Minuten wahrscheinlich.
Wenn der Zweifel einmal anfängt, hört er nicht mehr auf, und wer zu viel zweifelt, verliert einfach an Boden. Ich konnte dem Zweifel keinen Einhalt gebieten.
Als ich den Kiosk übernommen hatte, hatte ich nicht gezweifelt, ich wollte meine Ruhe und Kunden, die nicht glaubten, einen Anspruch auf mich zu haben, nur weil sie achtzig Euro die Stunde bezahlten. Aber irgendwann kam der Zweifel, ob es die richtige Entscheidung war. Und mit dem Zweifel wurde es jeden Tag schwerer aufzustehen. Und dann denkt man: Nur einmal. Einmal nur Snoozetaste drücken. Und dann macht man es am nächsten oder übernächsten Morgen um 5.30 Uhr noch mal. Und am nächsten noch mal. Man schlittert rein, bis man es täglich tut, und irgendwann drückt man sie zweimal nacheinander.

Der Mensch ist nicht stark und edel und seine Zweifel schwächen ihn weiter. Entfernen ihn von allem. Ich wusste nicht, wann Rahel angefangen hatte an unserer Beziehung zu zweifeln. Vielleicht als sie gemerkt hatte, dass ich gar nichts anderes wollte außer Mietwagen zu überführen. Vielleicht schon viel früher.
Kamber hatte nicht gezweifelt. Vielleicht mal an einem Plan, den er ausgeheckt hatte, aber nicht an seiner Wahrnehmung und an seinem Leben. Nie. Vielleicht hat uns das so fasziniert. Dass er sich nie die Frage zu stellen schien, ob es nicht auch anders sein konnte. Ob es das ganze Risiko wert war oder nicht. Mutter hatte ihm leidgetan und er hatte ihr jede Menge Versprechungen gemacht, aber er hatte nie vorgehabt etwas zu ändern. Die Zeiten im Knast gehörten für ihn einfach dazu, so wie der Schlaf zum Leben gehört, das Essen und das Scheißen. Kamber hatte eine Entschlossenheit, die mir fehlte.
Ich konnte den Zweifel nicht ausschalten, aber ich konnte etwas tun. Ich fuhr zum Bahnhof.
Etwas über eine Stunde später stand ich vor dem Postcontainer und fragte mich, was ich hier eigentlich wollte. Ich ging rein, zwei offene Schalter, vor mir waren nur drei ältere Leute.
– Tut mir leid, sagte die Mitarbeiterin an einem Schalter zum Kunden, der Computer funktioniert heute schon wieder nicht.
– Aber gestern ging er doch noch.
– Richtig. Es ist zum Heulen.
Sie sah wirklich traurig aus. Und müde. Als sei es eine Strafe hier zu arbeiten. Ihr Mitarbeiter an dem Nachbarschalter nahm es mit Humor.
– Ich bin nicht der Fahrer, sagte er, ich sortiere die Pakete nicht und ich werfe die Benachrichtigungen nicht ein, aber ich gebe es gerne weiter. Alles, was wir kriegen, geben wir ja weiter, Geld, Krankheiten, Beschwerden, Essen. Nur die Kalorien behalten wir.
– Sie nehmen mich nicht ernst.

– Doch, doch. Nur weil ich Sie nicht anlüge, brauchen Sie nicht zu glauben, ich nehme Sie nicht ernst.
Als ich dran war, kaufte ich zehn Briefmarken zu 70 Cent und bekam keine Quittung, weil irgendetwas mit dem Thermopapier nicht stimmte.
Ich ging raus, setzte mich auf den Rand eines Betonhochbeets und hätte mir gerne eine Zigarette angezündet. Vielleicht kamen Tonis Läufer tatsächlich hierher, um die Pakete und Briefe aufzugeben. Aber würden sie das jetzt weiterhin tun oder würden sie eher auf eine Postfiliale in der Nähe ausweichen? Ich konnte stundenlang hier sitzen und warten, bis ich jemanden sah, der mir wie ein Läufer vorkommen würde. Dabei konnte jeder ein Läufer sein. Ein Rentner, ein Schüler, eine Hausfrau, eine Sprechstundenhilfe, eine junge Mutter mit Kinderwagen. Man konnte jedem eine Summe dafür versprechen, einfach nur ein paar Briefe per Einschreiben aufzugeben, eine Summe, die wie leicht verdientes Geld aussah und die man vielleicht mehr als dringend brauchte. Man konnte auch einfach jemanden schicken, dem die Ware, die er auf Kombi gekauft hatte, abhanden gekommen war, damit er seine Schulden abarbeiten konnte. Quasi jeder, auch der Mann mit Rollator, der gerade reinging und in dessen Korb ein Flachmann lag, konnte ein Läufer sein.
Ich konnte hier oder an einer benachbarten Filiale sitzen, warten, gucken, hoffen. Geduld.
Nichts, was du tust, wird vergeblich sein, war das Versprechen, als ich anfing zu meditieren. Alles wird sich in deinem Karma spiegeln und wenn du in diesem Leben keine Erfolge siehst, wird dir das im nächsten Leben angeschrieben. Aber so lange musst du nicht warten, alles wird hier sichtbar werden, und sei es nur die Ruhe, die du erlangst. Nichts wird vergeblich sein.
Dabei hatten sie keine Ahnung, was vergeblich hieß. Roshi da vorne wusste es nicht und die Schüler wussten es auch nicht. Keiner von ihnen hatte schon mal wegen einer einzelnen Tafel Schokolade Hausverbot im Supermarkt bekommen. Wenn sie

so etwas gemacht hatten, war es ein Dummejungenstreich gewesen. Sie bekamen kein Hausverbot und Hauptgrund dafür war: Bei ihnen zu Hause gab es im Schrank Schokolade. Ich bekam Hausverbot, weil es zu Hause keine Schokolade gab und manchmal nicht mal Nudeln.
Wir hatten uns vergeblich gestreckt nach den Dingen, Savaş' Lunge war dabei draufgegangen, Sevgis Gesundheit, dort kam ich her, die Menschen hatten sich gestreckt, weil sie auch einen Teil von diesem Reichtum haben wollten, aber es war vergeblich gewesen. Sie hatten geschwitzt auf der Arbeit, aber was war der Lohn gewesen? Vergeblich.
Ich musste hier sitzen. Einen Tag hier, einen Tag an der nächstgelegenen Filiale und vielleicht an noch einer anderen, ich wusste ja nicht, von wo der Läufer kam. Ich musste sitzen. Nicht wie früher bei der Meditation, nicht weil ich wollte, dass dieser Schmerz nachließ, nicht weil ich glaubte, dass da jemand war, der mich sehen konnte, wie ich war, nicht, weil ich mich nach Sinn sehnte und Frieden, nicht weil ich raus wollte aus allem, sondern für Lesane. Nur für Lesane.
Die nächsten Stunden wurden mir nicht zu lang. Ich sah mir die Menschen an, die in den Container reingingen und wieder herauskamen. Die gebeugten alten Frauen, denen man ansah, dass sie allein wohnten, die Männer mit den dünnen Beinen und dem riesigen Bauch und der fahlen Haut, die hustend an einem Zigarillo zogen, der nur dürftig von ihrem Körpergeruch ablenkte. Die jungen Mütter in Jogginghosen mit gefärbten Haaren und gepiercten Lippen, kaum zwanzig, manchmal mit ihren Müttern, die in meinem Alter waren und einfach nur dicker und müder als ihre Töchter, aber nicht gebrochen. Die Jugendlichen, die dreißig, vierzig Bewerbungen auf einmal verschickten, weil sie wussten, dass sie kaum Chancen hatten, die Väter und Mütter, die den Namen, das Geburtsdatum oder den Fußabdruck ihrer Kinder auf die Unterarme tätowiert hatten, die Alten, die seit Jahrzehnten ihr Konto oder ein Sparbuch bei der Post hatten, die Leute, die Geld in ihre Heimat überwiesen und sich wun-

derten, wie hoch die Gebühren dafür waren. Wer von diesen Menschen hätte nicht ein wenig mehr Geld gebrauchen können und wie viel Überredungskunst hätte es gekostet, sie dazu zu bringen, ein paar Briefe aufzugeben?

Damit es nicht so aussah, als würde ich dort sitzen und Leute beobachten, holte ich mir eine Flasche Bier am Kiosk. Ich war einfach nur ein weiterer Mann, der tagsüber nichts Besseres zu tun hatte als in der Sonne zu sitzen und langsam sein Bier zu süffeln.

Eine Gruppe Roma kam vorbei, Männer, Frauen, Kinder. Sie sprachen Türkisch mit einem eigenen Akzent, und ich wusste nicht, ob sie zwischendurch in eine andere Sprache wechselten oder einfach nur dem Türkischen neue Worte zugefügt hatten. Klug wäre es, die als Läufer zu nehmen, dachte ich. Da konnte jeden Tag jemand anderes auf die Post gehen und es wäre schwerer ein Muster zu erkennen. Doch keiner von ihnen ging in den Container.

Was für ein Mensch mochte Toni wohl sein? Wahrscheinlich war er nicht allzu jung. Gras konnte auch jemand in Lesanes Alter dealen, auch Koks, Heroin, Ecstasy, was auch immer, alles, dafür gab es reichlich Bezugsquellen. Aber der einzige Mephedronhändler Deutschlands zu sein, das brauchte einiges an Wissen und Kontakten, die kamen nicht über Nacht, Toni musste einige Jahre Erfahrung mit Kriminalität haben, aber wer konnte schon sagen, ob er die im Internet gemacht hatte oder im echten Leben. Jemand, dessen kriminelle Karriere hinter dem Monitor begonnen hatte, würde kaum diese Roma als Läufer anheuern können. Aber er könnte vielleicht ahnungslose Mütterchen dazu bekommen, ein paar Luftpolsterumschläge mit Tracking zu verschicken.

Ich saß auf dem Rand dieses Hochbeets, bis die Filiale schloss. Am Bahnhof holte ich mir noch ein Bier und trank es dann im Zug. Ich ging nicht sofort nach Hause, sondern ins Büro, um nach Neuigkeiten im Internet zu schauen. Ein Darknethändler aus Wuppertal war festgenommen worden. Die Presseerklärung gab nicht viel her, außer dass 200 Kilogramm Drogen im Wert von drei Millionen Euro sichergestellt worden seien. Ich suchte ein paar Minuten, bis ich einen Artikel fand, in dem beschrieben wurde, dass man den Niederländer gefasst hatte, weil er dabei beobachtet worden war, wie er täglich vierzig, fünfzig Versandtaschen in zwei verschiedene Briefkästen eingeworfen hatte. Als man die Versandtaschen öffnete, fand man DVD-Hüllen, in denen die vakuumverpackten Drogen waren.

Bereits im August letzten Jahres hatte der Zoll mehrere dieser Sendungen sichergestellt, hieß es in dem Artikel, und dann sei man dem Hinweis nachgegangen, dass der Händler aus Wuppertal agierte. Sie hatten also wahrscheinlich über den Poststempel des Briefzentrums die Anzahl der Briefkästen einengen können und diese dann beobachtet. Der Leiter der Ermittlungskommission erklärte, die Kunden hätten die Ware im Darknet bestellt: Dort gibt es Internetshops, die wie im richtigen Internet funktionieren.

Das richtige Internet. Und das falsche Internet. Im August letzten Jahres. Sie hatten über ein Jahr gebraucht, um diesen Typen zu schnappen. Mit wie vielen Leuten? Ich war allein.

Ich war immer allein gewesen. Das stimmte natürlich nicht. Zwischen *The Message* und *Da Real World* war ich nicht allein. Fast siebzehn Jahre. Ich war dankbar, für jedes einzelne war ich dankbar. Siebzehn Jahre. Ohne die hätte ich nicht überlebt. Aber den Rest der Zeit war ich allein gewesen. Über die Hälfte meiner Zeit und es würde wohl noch mehr werden. Und wenn ich nicht allein war, hatte ich Angst gehabt, dass ich bald wieder allein sein könnte.

Das Bier machte mich weinerlich. Oder melancholisch. Oder einfach nur schwul, wie Kamber gesagt hätte.

Ich hatte ja allein sein wollen. Ich wollte ja meine Ruhe haben. Vielleicht hatte ich es einfach nicht drauf. Vielleicht fehlte mir einfach das Vertrauen ins Leben. Vielleicht hatten mich diese ersten fünf Jahre meines Lebens, aus denen ich noch etliche Bilder hatte, einfach verdorben.

Ich goss mir einen Wodka ins Wasserglas, halbvoll. Ich trank nicht oft, aber das hier war meine Kreation. Ich kaufte eine Flasche Absolut und legte ein paar Lemon Drop Chilischoten hinein und vergaß das Ganze dann meist monatelang.
Ich schaute, was man bei fraudsters zu dieser Festnahme sagte. Die meisten waren nicht solidarisch, wie man vielleicht hätte glauben können, sie waren überheblich. locopizza schrieb: Unser System ist unschlagbar, daran können sich die Bullen die Zähne ausbeißen. Schöne Grüße ans BKA, schon zwei Jahre erfolgreich am Dealen, ihr Versager.
Sie ließen sich darüber aus, wie dumm es war, immer dieselben Briefkästen zu benutzen, wie dumm es war, nicht auf Läufer zu setzen, sondern selber einzuwerfen, wie hohl es war, immer dieselben Muster zu wiederholen, bis auch der dümmste Bulle sie vorhersagen konnte. Und wie viele in dieser Szene es einfach nicht draufhatten. Juniorgong erinnerte daran, dass Shiny Flakes und Chemical Love auch laut getönt hatten, sie würden nie erwischt werden, aber jetzt einsaßen. Beides waren deutsche Webshops aus dem richtigen Internet gewesen, die Drogen verkauften.
Wir sind keine Pisser, die ihre Drogen unterm Bett verstecken und noch bei Muttern wohnen, schrieb locopizza. Wir sind anders als die anderen Vendoren hier, weil wir von der Straße kommen und genau wissen, wie die Bullen arbeiten. Wir sind keine pickligen Bengel, die hinterm PC ein paar Gramm pushen und früher oder später draufgehen, weil sie leichtsinnig geworden sind.
Ich lehnte mich zurück und nahm einen großen Schluck. Sobald der kalte Wodka die Kehle heruntergeflossen war, wärmte er den Magen. Dann spürte man das Feuer der Chilis im Mund. Behaglich war nicht das Wort, aber irgendetwas musste wärmen.
Ich starrte auf den Monitor und auf einmal, ohne dass ich hätte begründen können wieso, war ich mir sicher, dass Toni von der Straße kam.

18

Er war nervös. Viel nervöser, als er gewirkt hatte, als wir uns das erste Mal gesehen hatten. Vielleicht lag es daran, dass er heute noch nicht gekifft hatte, vielleicht war es auch nur meine Nervosität, die sich übertrug.
Sevgi stand vor der Tür, gab mir flüchtig Küsse auf die Wange und schob mich dann zur Seite. Sie sah Lesane ein, zwei Sekunden lang an und er wusste nicht, was er tun sollte. Sie umarmte ihn. Sie umarmte ihn, wie man einen geliebten Menschen umarmt, den man lange nicht mehr gesehen hat. Als sie sich von ihm löste, hatte sie Tränen in den Augen.
– Dem Herrn sei's gedankt, sagte sie auf Türkisch, und dann sagte sie auf Deutsch zu Lesane:
– Du kannst Oma zu mir sagen oder Sevgi Teyze oder Sevgi Abla, wie du möchtest. Meine Tür ist offen für dich und du hast einen Platz auf meinem Kopf, immer.
– Ich bin Lesane, murmelte er etwas verunsichert.
Ich hatte Sevgi schon lange nicht mehr Deutsch sprechen hören, ich hatte fast vergessen, wie hemmungslos sie war, wie wenig sie sich um Fehler scherte und wie selbstverständlich sie türkische Redewendungen wörtlich übersetzte, ohne ein Gefühl dafür zu haben, ob der andere verstehen konnte, was sie damit sagen wollte.
Als wir saßen, entspannte Lesane sich schnell. Ich erinnerte mich wieder daran, wie ich Rahel das erste Mal mitgenommen hatte. Ich war damals schon etliche Male bei ihr gewesen, hatte mit ihren Eltern aber kaum gesprochen. Einmal hatte Rahel gesagt, ihre Eltern wollten mich mal zum Essen einladen, aber sie habe keinen Bock auf dieses steife Beisammensitzen, bei dem sie mich voll peinlich ausfragen würden. Ich hatte auf ihren Wunsch hin die Einladung abgelehnt. Damals schien so viel in Ordnung, dass ich mir keine weiteren Gedanken darüber ge-

macht hatte. Erst viel später verstand ich, wie ich den Schmerz beiseite geschoben hatte und was ich alles hätte sehen können, wenn ich nur hingeschaut hätte.

Sevgi hatte Rahel nicht offiziell eingeladen, sie hatte einfach gesagt: Bring sie doch mal mit, damit ich sie kennenlernen kann. Da waren wir schon über neun Monate zusammen, ich hatte nicht viel von ihr erzählt, aber Sevgi bekam mit, wie oft ich bei ihr war. Im Gegensatz zu mir hatte Rahel ein eigenes Zimmer, oben unterm Dach, wo uns niemand störte. Rahel war neugierig, ich hatte viel erzählt von Sevgi und Kamber.

Das dunkle Treppenhaus mit den ausgetretenen Stufen, in dem immer mindestens eine der nackten Glühbirnen kaputt war und wo die Farbe vom hölzernen Handlauf blätterte, die alten Teppiche in der Wohnung, die blauen Glasaugen an den Wänden, die den bösen Blick fernhalten sollten, die gestärkten Häkeldeckchen überall, das durchgesessene Sofa aus den Siebzigern, die quietschenden Holzdielen, die Porzellanfiguren in der Vitrine, die gerahmten Fotos an der Wand, die nicht so alt waren wie sie aussahen, die kleinen Zimmer, ich fragte mich, wie das alles auf Rahel wirken würde. Ob sie so etwas überhaupt schon mal gesehen hatte, ob sie es abschreckend oder befremdlich finden würde.

Doch Sevgi hatte Rahel auf die Wangen geküsst und Rahel muss verstanden haben, dass sie immer einen Platz im Herzen dieser Frau haben würde. Einfach weil ich sie mitgebracht hatte. Das war als Grund völlig ausreichend.

Ich erinnerte mich daran, wie vorbehaltlos sie Rahel akzeptiert hatte. Mit wie viel Liebe sie einem fremden Menschen begegnen konnte. Ich wusste nur nicht, wo diese Liebe versteckt war, wenn ich Woche für Woche hier saß.

– Nizar hat viele Dummheiten gemacht in dein Alter, sagte sie zu Lesane beim Essen. Hat lange gedauert, bis ein wenig Verstand in seinen Kopf. Aber er ist guter Junge, ich habe immer gesagt aufrecht, aufrecht, Rest kommt von allein. Ich war hinter ihm. Ich war ihm immer Rücken. Jetzt ist Nizar hinter dir.

Du brauchst keine Angst, wenn Nizar dein Rücken hat. Aber du musst aufrecht. Immer aufrechte Weg. Wer nicht aufrecht, der nicht mein Kind.
Ich hielt die Luft an. Doch sie schüttelte einfach den Kopf, als würde so die Vergangenheit rausfallen, und lächelte.
– Du isst gut. Essen ist wichtig, sagte sie. Schmeckt?
– Ja, vielen Dank. Ich glaube, das ist das beste Essen, das ich je gegessen habe.
– Du gut essen, du bist jung. Fleisch ist gut.
Es gab Fleisch, natürlich gab es Fleisch. Der Duft der Frikadellen erinnerte mich an meine Kindheit, aber wenn ich jetzt einfach eine aß, weil mir danach war, würde ich die nächsten Sonntage damit verbringen zu erklären, dass ich nicht jede Woche eine Ausnahme machen konnte.
Ich sah Lesane an und wusste nicht, ob er darauf aus war Sevgi zu schmeicheln oder ob es ihm ernst war. Manchmal wusste ich genau, dass er log, aber es gab kaum einen Moment, wo ich mir genauso sicher war, dass er die Wahrheit sagte.
– Meine Mutter kann nicht so gut kochen, sagte er. Bei uns gibt es immer Pizza und Nuggets und dazu Paprika, wegen der Vitamine.
– Du kannst jeden Tag herkommen, essen. Ich koche gerne für dich, sagte Sevgi.
– Danke, sagte Lesane. Şahane, vallah.
Er küsste seine Finger und schaufelte noch eine Frikadelle in sich rein. Ich fand ihn auf eine unschuldige Art charmant, so hatte ich ihn noch nicht gesehen. Ich hatte überhaupt noch nicht gesehen, wie er mit anderen Menschen war.
Ich hatte mich entspannt, ich hatte mich so sehr entspannt, dass ich schon gar nicht mehr wusste, wann ich hier das letzte Mal so entspannt gewesen war. Es fühlte sich fast so an, als wären wir eine Familie. Als könnten wir zu dritt Probleme einfach ausblenden und die, die sich nicht ausblenden ließen, die konnten wir vielleicht sogar angehen. Vielleicht fehlte Sevgi genau das: Ein Mensch, um den sie sich kümmern konnte. Ich war einfach

nicht mehr dieser Mensch. Ich kam klar. Da half es nichts, wenn ich für zwei aß, für zwei zuhörte, für zwei redete. Ich konnte ihr nicht geben, was sie verloren hatte, aber ich sah ihre alte Kraft wieder aufblitzen, wenn sie Lesane ansah.

Nachdem Lesane seinen zweiten Teller leer gegessen hatte, zündete sie sich eine Zigarette an und lehnte sich zurück. Lesane sah mich fragend an und ich versuchte ihm mit Augen und kleiner Kopfbewegung zu verstehen zu geben, dass er hier nicht rauchen konnte. Er verstand. Aber Sevgi auch, ich befürchtete sie könne sagen:

– Rauch, wenn du möchtest.

Und ging davon aus, dass Lesane das dann tatsächlich als Einladung nehmen würde. Doch Sevgi forderte ihn nicht zum Rauchen auf.

Sie redete nicht davon, wie schlecht alles geworden war, sie sprach von früher, erzählte wieder diese Geschichten mit den Deutschen im Dorf und dem Puzzle.

– Zähne mussten gut sein, sagte sie, beim Kinderspiel musstest du gut sein, aber dann kamen wir hierher und Savaş hat einfach ohne Licht gearbeitet, unter in Erde, Kohle. Später hat er Kohle ins Feuer schaufeln, weil mehr Geld gab. Niemand wollte wissen, wie gut man puzzelt oder ob man abends noch Kraft seine Frau zu küssen oder Kinder umarmen. Sie haben gesagt, sie wollen Kluge, aber sie waren die Klugen, sie haben einfach jedem Kraft ausgesaugt. Wir sind von Schwarzmeer, wir haben immer hart gearbeitet, wir haben keine Angst vor Arbeit. Wir haben das Blau des Meeres verlassen, das Grün des Tees, wir haben verlassen die Berge, verlassen die Musik. Hier, wir haben aber Angst vor Schwarz bekommen und Angst vor Grau. Wir haben Mütter und Väter verlassen, wir haben Oma und Opa nicht mehr gehört, wir haben ihr Körper nicht mehr gerochen, wir hierher, weil wir haben geglaubt an Geld. Wer ist reich? Der, der Geld hat oder der, der jeden Tag seine Mutter riecht? Wenn Mutter nicht da, dann heute gutes Essen, wie zu Hause. Damals kein Knoblauch, keine richtige Tee, kein Paprikamark.

Aber Nutella. Weißt du, wo die Haselnüsse in Nutella kommen? Aus der Türkei. Von Schwarzmeer. Wir kommen aus eine Land, in dem Haselnüsse an Sträuchern wachsen und dann essen hier Nutella. Zu Hause frei, hier eingesperrt. Hier alles eng. Wenn müde, dann nicht viel Liebe. Aber wir anfangen mit zwei Stuhl und Tisch und dann ganze Wohnung. Möbel. Haus in Türkei. Jetzt Geld, aber alle Träume weg. Wenn du jung, dann viele Träume. Jetzt alle Träume weg. Was du machst nach der Schule?

Lesane grinste und ich hielt die Luft an.

– Ich weiß noch nicht genau, sagte er. Ich glaube, ich würde gerne einen eigenen Laden haben.

Ich sah Sevgis Blick, diese Mischung aus Strenge, Wohlwollen und Liebe, und ich fühlte mich schuldig, aber ich hätte ihr nicht die Wahrheit über Lesane erzählen können.

– Vielleicht zu viele Wege heute, sagte sie. Man kann nicht auf zu vielen Wegen auf den Berg. Man muss immer nur einen laufen.

Lesane nickte und sagte:

– Ich bin noch jung, vielleicht brauche ich noch ein bisschen, um herauszufinden, was ich will. Friseur wäre vielleicht auch cool, jeden Tag mit Kunden reden und Tee ausgeben. Aber dafür gibt es nicht genug Geld. Para, sagte er, herşey para. Ihr seid damals für Geld gekommen. Man will ein paar Scheine, aber man bekommt Bullerei und Schwarzkopf-Hater.

Immerhin bemerkte er selber, dass sie ihm so vielleicht nicht folgen konnte und sagte:

– Du weißt doch, Polizei, die kontrolliert dich, weil du schwarze Haare hast, du bist immer nur Ausländer, Schwarzkopf. Immer nur Arbeitskraft, Arbeitskraft, die wollen uns hier nur auslutschen und ausspucken. Wir sind hier 2.-Klasse-Menschen, die wollen uns nur als Diener in Deutschland.

– Jeder muss einen Weg gehen, sagte Sevgi, ein aufrechter Weg.

– Nach deren Regeln. Die dürfen immer die Regeln bestimmen.

– Regeln für alle Menschen gleich. Nicht lügen, nicht stehlen,

nicht wehtun, helfen, wenn kann, Hilfe nehmen, nur wenn braucht. Menschen überall gleich.
– Manchmal musst du lügen, sagte Lesane. Niemand will die Wahrheit hören. Du kannst nicht einfach sagen: Ich hatte keine Lust Hausaufgaben zu machen, ich habe lieber Fußball gespielt.
Sevgi schüttelte den Kopf.
– Nein, sagte sie. Hausaufgaben wichtig. Immer Hausaufgaben machen. Wer viel liest, wird ein Mann.
Es war ein seltsames Gespräch und ich sah sie an und fragte mich, ob sie sich an die Zeit erinnerte, in der Kamber so viel gelesen hatte. *Der Minus-Mann*, *Der Todestrieb*, *Der Mann, der aus dem Fenster sprang*, *Pimp: The Story of My Life*, *The Ice Opinion – Who Gives a Fuck?*, *Einer von der Straße*, *Junkie*, *Monster Kody*, er las jede Verbrecherbiografie, die er in die Hände bekommen konnte, jede Gangstergeschichte, jeden Abend vor dem Einschlafen las er, bestimmt zwei Jahre lang, manche Bücher wieder und wieder und wieder.
– Lesen ist für Studenten, sagte Lesane. Für Stubenhocker.
– Lesen oder nicht, wichtig ist, du bist Mensch. Früher gab Menschen, heute alle lügen für Vorteil, alle verraten für Geld. Heute verkauft Mensch eigene Mutter.
– Nizar würde dich nie verkaufen, er ist ein Ehrenmann, sagte Lesane.
– Nizar mein Sohn, sagte sie. Nizar hat Sorgen gemacht, hat Kummer gemacht, aber Nizar ist Mann geworden. Viele haben versucht, aber manche nicht geschafft.
Dann schüttelte sie den Kopf.
– Sie haben nicht versucht, sagte sie. Ich weiß nicht warum, vielleicht Angst vor Arbeit.
– Ich hustle hart, sagte Lesane.
Sevgi sah ihn an und ich wusste nicht, ob das Liebe war in ihrem Blick oder Schmerz oder beides.
Ich stand auf und zog sie hoch, um sie zu umarmen. Wie lange hatten wir uns nicht mehr umarmt außer bei Begrüßung und

Abschied. Ich drückte sie an mich und atmete ihren Geruch ein. Es schien mir, als könnten alle Sonntage ab jetzt weicher werden.
Sevgi küsste mich auf die Stirn und wir setzten uns wieder. Lesane schien diese Umarmung nicht berührt zu haben.
– Wenn du Hunger hast, wenn du Ruhe willst, wenn du reden, du kannst immer hierher kommen, sagte Sevgi später beim Abschied zu ihm. Meine Tür steht dir immer auf.
– Danke, sagte Lesane.
– Nicht lange warten, sagte sie dann, mit einem Bein ich schon im Grab steh. Wenn zu lange wartest, siehst du vielleicht nicht mehr. Nächste Woche wieder mit Nizar.
– Ich versuchs, sagte Lesane. Und danke für das Essen. Und alles. Es war super. Echt jetzt. Vallah.
Später fragte ich mich, ob Lesane Sevgi nicht so oder so an Kamber erinnerte und ob sie Lesane vielleicht als Chance begriff, irgendetwas besser zu machen als damals.

1996, Future Rhythm, Digital Underground
Er erzählt ihr, wie Savaş und Sevgi das Stockbett gekauft haben. Er muss sechs gewesen sein, das Jahr, in dem *The Message* erschien. Auf einmal konnten Kamber und er abends vor dem Einschlafen miteinander reden. Sie redeten viel. Kamber oben, er unten. Heute scheint es ihm, als hätten diese Nächte sein Leben verändert. Als hätten diese Nächte ihn gerettet. Und jetzt sei es, als würde er ein zweites Mal gerettet werden, als seien die Worte ein See, auf dem man bis zum Morgengrauen laufen kann und noch viel weiter.
Er liegt da, spürt ihre Haut an seiner, sein Atem geht in ihren über, ihre Worte vermischen sich, sie reden, sie hören zu, sie verstehen, sie tauchen ein in das Leben des anderen, in seine Gedanken, Gefühle und Geheimnisse, sie schaffen ein Band zwischen sich.
Sie ist nicht die erste Frau, mit der er zusammen ist, aber mit Rahel ist es anders. Der Sex ist gut, besser als mit jeder ande-

ren, auch wenn sie leise ist und irgendetwas an ihr ihm hart erscheint. Trotzdem kommt ihm alles leicht vor. Als hätte er sich das Gewicht des Lebens bisher nur eingebildet. Dauernd hat er das Bedürfnis, ihr etwas zu schenken, ihr zu sagen, wie schön er sie findet, wie gerne er mit ihr zusammen ist. Selten hat er Geld, ihr etwas zu kaufen, nicht allzu oft macht er ihr Komplimente, nie spricht er von Liebe, genauso wenig wie sie. Aber all die anderen Worte scheinen das aufzuwiegen, scheinen auch das zu sagen, was nicht über ihre Lippen kommt.
Dieses Glück, wenn man all die Worte mischt und sie eine Höhle sind, ein Mantel für zwei, ein Feuer. Aus den Worten und den Fingern auf der Haut des anderen erschaffen sie Geborgenheit in der Nacht, und manchmal hat er Tränen in den Augen, weil das alles so schön ist. Und weil er Angst hat, dass es von einem Tag auf den anderen vorbei sein könnte.
Sie sind sich einig, dass die anderen in einem Irrsinn leben, dass sie es sich zu schwer machen, dass sie den falschen Dingen nachjagen, dem Geld, dem Ruhm, der Karriere, dem Ego, dem Erfolg, dem Ansehen. Sie sind sich einig, dass diese Gesellschaft krank ist und dass sie alle krank macht und dass sie versucht, jeden ins System zu pressen.
Und diese Nächte, in denen sie gemeinsam Pillen nehmen, noch mehr und schneller reden, Nächte, in denen sie das sagen, was Kamber gesagt hatte: Wieso? So fühle ich mich immer.

II

19

Seine Mutter hatte lange gebraucht, ihn zu überreden, sich mit mir zu treffen. Er wollte nicht raus, er wollte keine Menschen sehen, sie hatten einen Arzt gefunden, der ihn krankgeschrieben hat, aber das half nicht viel, denn zu Hause gab es Internet. Frau Kantos hatte mit ihm eine Vereinbarung getroffen, das WLAN stundenweise abzustellen, aber Maurice hatte Wege gefunden, das zu umgehen. Er musste lesen, wie sie ihn feige nannten, weil er zu Hause blieb, wie sie ihn bedrohten, beschimpften, er musste die Bilder von sich sehen, die sie durch Photoshop gejagt hatten, er musste die Memes sehen, die gebastelt wurden. Er musste mitbekommen, wie alles abzuebben schien, aber dann doch wieder von vorne anfing, als wäre da jemand, der es ständig befeuerte. Er musste die Gerüchte aushalten, dass es Videos von den beiden beim Sex gab, die demnächst auch online gestellt werden würden. Er musste sich das alles ansehen, weil es ja irgendwie mit ihm zu tun hatte. Wärst du anders gewesen?

Man konnte nicht den Dingen den Rücken kehren und gehen. Ich wusste das nur zu gut. Wir alle wissen es. Man fängt nicht eines Tages neu an. Man nimmt sich selber mit, überall wo man hingeht.

Maurice hatte schwarze glatte Haare, die über die Ohren gingen, und sah die meiste Zeit zu Boden. Er sah für mich nicht aus wie ein typisches Mobbingopfer, das Gesicht war ein wenig rundlich, die Haltung war etwas eingesunken, aber das konnte nicht verbergen, dass er sonst anscheinend gern in diesem Körper war. Lederarmband, Sneakers, Jeans, an einer Pinnwand Konzertkarten, Trettmann, Kraftklub, Ok Kid.

Doch er wirkte auf mich nicht wie jemand, der gut mit Mädchen konnte, und erst als ich ihn sah, fragte ich mich, was für eine seine Exfreundin wohl sein mochte.

Sein Zimmer war klein, aber die ganze Wohnung war klein, und wenn ich das richtig sah, schlief seine Mutter auf der ausziehbaren Couch im Wohnzimmer.

– Deine Mutter hat mir alles erzählt, sagte ich. Ich will ehrlich sein, es wird schwer dir zu helfen. Und wenn du mir nicht die Wahrheit sagst, wird es unmöglich. Aber du kannst mir vertrauen. Ich werde niemandem etwas sagen. Nicht mal deiner Mutter, die mich bezahlt. Also, du hast Nacktfotos von deiner Freundin gemacht?

– Ex, berichtigte er mich, ohne mich anzusehen.

– Hast du?

– Ja.

– Wessen Idee war das?

– Ihre.

– Wie lange wart ihr da zusammen?

– Sechs Wochen.

– Und dann?

Er sah immer noch nicht hoch.

– Dann ging es noch fünfeinhalb Wochen, dann tauchten die Nacktfotos auf.

– Und sie hat sich getrennt wegen der Fotos?

– Ja.

Seine Augen wurden glasig.

– Du warst verliebt.

– Ja.

– Das tut weh, sagte ich. Ich weiß. Es ist immer Scheiße, verlassen zu werden, aber noch beschissener als verlassen zu werden ist, wenn man nichts dafür kann. Die Fotos waren auf deinem Handy?

– Ja.

– Keine Cloud?

– Nein.

– Auch keine automatische, irgendwann mal angeklickt?

– Nein.

– Kein Backup aufm Rechner?

– Nein.

– Du hast die Fotos nicht rausgegeben? Versehentlich vielleicht?
Jetzt hob er den Kopf und sah mir in die Augen.
– Nein. Auf keinen Fall.
Ich glaubte ihm, aber ich wollte sichergehen.
– Maurice, du musst mir die Wahrheit sagen. Ich bin nicht die Polizei, ich bin nicht deine Mutter. Ich bin eine Art Anwalt für dich.
– Ich lüge nicht, sagte er erstaunlich selbstsicher.
Es kam mir glaubwürdig vor. Es war mir auch glaubwürdig vorgekommen, als seine Mutter gesagt hatte, sie wisse, dass er die Wahrheit sage. Aber woher sollte ich mir sicher sein, dass er nicht einfach nur ein viel besserer Lügner als zum Beispiel Lesane war? Kamber hatte auch immer glaubwürdig geklungen. Woher sollte ich wissen, dass er die Bilder nicht nach einem Streit verschickt hatte? Oder nur seinem besten Freund, um damit anzugeben?
– Hast du eine PIN auf dem Telefon?
– Ja.
– Kennt die jemand?
– Nein.
– Auch sie nicht?
– Nein.
– Deine Mutter?
– Nein.
– Hast du das Telefon irgendwo verloren? Liegen lassen? War es einige Zeit unbeaufsichtigt?
– Nein.
– Wo sind die Bilder zuerst aufgetaucht?
– Ein paar aus der Klasse haben sie per E-Mail bekommen und dann wurden sie überall geteilt.
– E-Mail?
– Ja.
– Nicht per WhatsApp, Snapchat, Insta oder sonstwie?
– Nein, E-Mail.

– Was für eine Adresse?
– Maurice2001@mail.ru, aber ich würde ja nicht, wenn ich leaken will, eine E-Mail auf meinen Namen einrichten.
– Natürlich nicht, sagte ich. Externe Speicherkarte auf deinem Handy?
– Nein.
– Kann ich es mal sehen?
– Nein, sagte er.
– Ok, sagte ich. Was hast du da?
– Samsung Galaxy. S4.
– Verkaufst du Drogen? Oder machst sonst irgendetwas Illegales mit deinem Handy?
– Nein, antwortete er überrascht.
– Wir gehen nicht davon aus, dass dieses Handy gehackt wurde. Das Bild hat aber einen Weg da rausgefunden.
– Ich habe es nicht verschickt.
– Nutzt du Bluetooth?
– Manchmal zum Musikhören.
– Schau mal in die Liste der Bluetoothgeräte, die mit deinem Telefon gekoppelt wurden.
– Wo mache ich das?
– Bluetooth und Freigeben. Welche Geräte stehen da?
– SRS-XB10 und Xperia Z3.
– SRS-XB10 dürfte deine Box sein. Das andere ein Sony-Handy. Weißt du, wem es gehört?
Er schüttelte den Kopf.
– Jemand hat dein Handy ohne dein Wissen mit dem anderen gekoppelt?
– Niemand kennt die PIN.
– Halt dein Handy mal schräg und sieh, wie sich die Fingerabdrücke abzeichnen. An vier Stellen besonders, den vier Ziffern deiner PIN. Wie viele Versuche braucht man, wenn man weiß, welche vier Ziffern es sind?
Er zögerte.
– Sechzehn?

– Mehr, sagte ich, aber wir sind hier nicht im Matheunterricht. Es kann theoretisch sein, dass jemand deine PIN herausgefunden hat. Er oder sie kann die Bilder per WhatsApp verschickt und die Nachricht danach wieder gelöscht haben. Oder sein Handy mit deinem gekoppelt und sich selber die Bilder per Bluetooth geschickt. Wenn das der Fall ist, haben wir eine Chance, wir müssen schauen, wer alles in deinem Umfeld ein Sony Xperia hat und am besten würdest du dich in seine Nähe begeben und die Geräte würden sich verkoppeln. Ich gehe davon aus, es ist jemand von deiner Schule.
– Ich bin krankgeschrieben, sagte er leise. Ich gehe nicht in die Schule. Außerdem sind Herbstferien gerade.
Ich sagte nichts, sondern sah ihn nur an.
– Sie wissen nicht, wie das ist, sagte er. Alle hassen mich. Alle. Es gibt eine Facebookgruppe gegen mich. Lenja bekommt hundert Likes auf jeden Hasspost. Ich…
Seine Stimme erstickte.
Er tat mir leid. Doch ich ahnte, dass ich alles noch schlimmer gemacht hätte, wenn ich jetzt versucht hätte zu erklären, dass Lenja wahrscheinlich verletzt war, dass Rache ein normaler Impuls war, wenn man sich verraten fühlte. Dass manche Menschen Impulse nicht kontrollieren konnten. Dass leider alles gegen ihn sprach. Dass er vielleicht eines Tages über all das hier lachen würde.
– Ich werde versuchen die Wahrheit herauszufinden, sagte ich. Aber das geht nur mit deiner Hilfe. Manchmal muss man durch einen Haufen Scheiße waten, so ist das Leben, ich will dir nichts vormachen. Ich war noch nie in so einer Situation wie du, aber ich weiß, Schmerz lauert an jeder Ecke. Und man kann sich nicht wegducken. So sehr man es auch versucht, man kann sich nicht wegducken.
Er sah mich an und ich konnte sehen, dass er mich für schräg hielt.
– Schmerz ist an jeder Ecke und man steht verdammt oft allein, aber fast niemand redet darüber, sagte ich.

Er nickte, aber er schien zu glauben, dass ich bloß leere Worte sprach.
– Ich werde versuchen dir zu helfen, versprach ich ihm. Wenn du die Wahrheit sagst, werde ich versuchen zu beweisen, dass du die Bilder nicht geleakt hast.
Er sah nicht aus, als hätte er viel Hoffnung, als ich ihm die Hand gab, doch er sah mir in die Augen und sagte:
– Ich lüge nicht.
Sobald ich draußen war, rief ich Lesane an. Er ging nicht dran. Also schrieb ich: Wo bist du? Er schrieb zurück: Schule.
Lass dich nicht erwischen, antwortete ich.
?, war seine Reaktion.
Grundsätzlich schrieb er lieber als zu telefonieren. Ich rief noch mal an. Er ging ran.
– Ich bin gerade …, fing er an.
– Ich will's nicht wissen, unterbrach ich ihn. Es sind Herbstferien. Es ist mir scheißegal, wo du bist und was du gerade tust. Du gehst jetzt zum Bahnhof und fährst mit mir nach Duisburg.
– Warum?
– Weil du wahrscheinlich nur Scheiß machst, wenn du dich rumtreibst und weil ich Hilfe gebrauchen kann bei der Arbeit. Wann kannst du am Bahnhof sein?
– Stunde.
– Halbe, sagte ich.
Die letzten fünf Wochen hatte ich damit verbracht, zwei Postfilialen und drei DHL-Paketshops in Duisburg zu beobachten, war immer wieder Personen gefolgt, die mir verdächtig vorkamen, weil sie an vier bis fünf Tagen in der Woche in die Filiale gingen. Die meisten von denen arbeiteten für eingetragene Unternehmen, stellte sich heraus. Ich begriff, dass es quasi unmöglich werden würde, einen Läufer ausfindig zu machen, wenn sie einen Büroangestellten, der eh regelmäßig zur Post musste, für diesen Job gefunden hätten.
In diesen fünf Wochen war ich jeden Abend vom Bahnhof ins

Büro gefahren, hatte weiterhin das Dream Market Forum beobachtet, hatte bei The Hub den Mephedron-Thread gelesen, dasselbe bei Darknet Avengers, hatte bei fraudsters reingeschaut, hatte mitverfolgt, wie Tonis Sendungen deutlich verspätet bei den Käufern ankamen und wie er auf Tochka beste Bewertungen erhielt und immer mehr Kunden rekrutierte, das Geschäft schien bestens zu laufen. Wenn er weiterhin aus dieser Ecke von Duisburg verschickte, musste mir irgendwann ein Läufer auffallen, früher oder später. Konnte mir auffallen. Sollte mir auffallen. Müsste mir auffallen. Aber ich konnte ihn auch übersehen.

Dilovans Mann, der wieder vor meiner Tür gestanden hatte, hatte ich weitere 1500 gegeben, mein Dispo war bis zum Anschlag ausgereizt.

– Willste in Münzen bezahlen oder watt?, hatte der Anabolika-Riese gefragt, hatte das Geld eingesteckt und den Kopf geschüttelt: Nur die Zinsen, das ist zu wenig. Nächstes Mal mindestens fünf Scheine. Zwei Wochen.

– Drei, hatte ich gesagt.

Er hatte mir in die Augen geschaut, mit diesem Blick, den er aus Filmen haben musste, aber die hatte ich ja auch gesehen. Dann hatte er sich umgedreht und war gegangen.

Lesane schlief wieder zu Hause, hatte aber immer wieder mal ein, zwei Nächte bei mir übernachtet, weil es mit Sami immer noch nicht lief, und auch wenn er nie gesprächig war, freute ich mich über die Abwechslung. Der Fernseher und die Konsole waren weg, wir gingen ins Kino, um uns einen Film anzuschauen und ich sagte nichts, wenn Lesane während des Films Textnachrichten schrieb. Er hörte gerne Geschichten über Kamber, aber ich versuchte so wenig wie möglich über meinen Bruder zu erzählen.

Die besten Abende waren die, an denen wir einfach Musik hörten. Er fand Trettmann whack, Haiyti whack, Montez whack, Tua langweilig, er feierte Gzuz und ich konnte ihm nicht so richtig begreiflich machen, warum das nichts mit seinem oder

irgendeinem anderen Leben zu tun hatte, warum das alles nur eine Romantisierung war und warum das nichts mit Schwarzkopf und Ghetto zu tun hatte, wenn man am Ende doch nur das wollte, was Banker auch wollten: dicke Autos fahren, Frauen haben, Haus haben. Zum Gangster wurde man dadurch, dass man zusätzlich Gras rauchte und gerne mit Knarren posierte, viel mehr Unterschied war da nicht. Ich versuchte ihm zu erklären, dass man so im Grunde nichts gegen das System hatte, sondern nur die Sonnenseite wollte. Dass man ein Verlierer sein musste, um solche Machtphantasien zu haben. Ich erzählte, dass Gzuz mit bürgerlichem Namen Kristoffer Jonas Klauß hieß, aber das schien ihn nicht zu stören.
– Der hat ja echt gesessen, sagte Lesane. Der labert ja nicht nur. Der ist auf jeden Fall hart drauf.
– Es gibt auch Banker, die gesessen haben, sagte ich. Das heißt nur, dass du dumm genug bist, für Geld alles zu tun, und nicht, dass du hart bist.
– Vor Bankern hat keiner Respekt. Die würden nur aufs Maul kriegen, wenn die mal nach Westmarkt kommen.
– Ja, aber wenn jemand aus Westmarkt in die Bank kommt, muss er schon ne Knarre am Start haben, damit man ihn ernst nimmt.
– Gibt genug Leute in Westmarkt, die Para machen, sagte er. Ich entgegnete nichts.
Ich erzählte, dass Dres Mutter damals entsetzt davon gewesen war, als sie hörte, worüber ihr Sohn und die anderen bei N.W.A da rappten, weil sie ihren Jungen nie so sprechen hörte. Ich versuchte ihm zu erzählen, dass da zuerst nur dieses Bild eines Gangsters gewesen war, das sie gezeichnet hatten, um Platten zu verkaufen. Dass danach erst Menschen versucht hatten, diesem Bild zu entsprechen. Ich versuchte ihm zu erklären, warum Ice-T eines seiner Alben *Home Invasion* genannt hatte: Millionen von weißen Mittelschichtkids saßen auf einmal in ihren Kinderzimmern und sehnten sich danach, schwarze Gangster zu sein. Der Weg in diese Gesellschaft hatte den Rappern nicht

offengestanden, aber sie waren dennoch reingekommen, über die Musikanlage.
Ich langweilte ihn, das konnte ich sehen, ich dozierte, ich war ein Besserwisser, aber ich hoffte, dass etwas von dem hängenblieb, was ich sagte.
Wahrscheinlich hätten wir damals auch auf so etwas gestanden, wenn es das gegeben hätte, doch damals war deutscher Rap von Strebern bevölkert, die auf Kasper machten, Weißbrote, die uns nichts über unser Leben erzählen konnten. Rap hatte in Deutschland nicht an den Rändern angefangen, sondern in der Mittelschicht, Rap hatte in Deutschland in den ersten Jahren keine Wut gehabt. Das änderte sich für uns erst mit dem Rödelheim Hartreim Projekt und mit dem *Cartel*-Album.
Ich verschwieg, dass auch wir auf diese Bilder reingefallen waren. Dass wir gedacht hatten, es wäre cool, ein Gangster zu sein. Es hätte keinen Sinn gemacht zu erzählen, dass wir Englisch gelernt hatten mit den Texten, die wir hörten. Das war eine Not gewesen, weil wir mit den deutschen Sachen nichts anfangen konnten.
Kamber und ich hatten mit dem Wörterbuch dagesessen, hatten Stellen, die wir nicht genau verstanden, wieder und wieder gehört, hatten versucht uns einen Reim auf den ganzen Slang zu machen. Noch heute schaute ich mal bei Genius rein, weil es Zeilen gab, die ich nie richtig verstanden hatte. Und jedes Mal, wenn ich nachsah, fragte ich mich, ob Kamber das auch machte.
Die Musik hatte uns auch geholfen zu träumen, davon, dass es besser sein konnte. In dieser Musik, welche Bilder auch immer an ihr dranhingen, was sie auch immer bedeuten mochte, zu welchen Illusionen und Glorifizierungen sie auch führte, da war eine Energie, die wir gespürt hatten, ein Aufbegehren, ein Aufstehen und Aufschreien. Ein Gefühl davon, zu wenig bekommen zu haben, und dann erhob man seine Stimme, um mehr einzufordern.
Und genau darüber konnte ich mich auch mit Lesane verbinden. Und außerdem konnten wir über Flow und Technik spre-

chen, über Doubletime und Trap, über Afrobeats und Grime. Er war ein ganz passabler Rapper, deutlich besser als ich. Es fühlte sich an wie Glück, wenn Lesanes Kopf nickte und er aufstand, um sich zu bewegen, wenn ihm ein Stück besonders gut gefiel. Es war mehr als die ganzen Abende im Chronic zusammen.

Ich war mir nicht sicher, ob er überhaupt kommen würde, aber er wartete schon an den Treppen zum Gleis auf mich.
– Was soll ich machen?, fragte er.
– Seit Wochen beobachte ich abwechselnd drei Postfilialen in Duisburg, weil ich glaube, dass Toni seine Läufer dorthin schickt. Bisher habe ich aber niemanden gefunden, der tatsächlich ein Läufer ist. Du musst nichts weiter tun, als zu schauen, ob für dich jemand wie ein Läufer aussieht. Jemand, der dafür bezahlt wird, am Tag so an die zwanzig, dreißig Versandtaschen aufzugeben. Wenn du jemanden siehst, schreibst du mir. Auf wickr. Zeig ich dir gleich.
Er zog die Augenbrauen zusammen und sagte verächtlich:
– Ich bin doch kein Cop.
Ich packte ihn unterm Kinn und zog ihn zu mir. Ich sah den Schrecken in seinem Gesicht und etwas anderes, das Angst sein mochte.
Vielleicht lag es am aussichtslosen Rumsitzen der letzten Wochen, an der Tatsache, dass ich das Gefühl hatte, auf der Stelle zu treten, dass ich ihn im Verdacht hatte, im kleineren Stil zu dealen, ohne die Absicht, seine Schulden zu bezahlen, die Tatsache, dass ich das alles für ihn tat und es ihm egal zu sein schien, vielleicht lag es daran, dass die nächste Frist Dilovans in zwei Wochen abgelaufen sein würde. Ich war erschrocken über meinen Impuls, ihn so hart anzugehen, über die Aggressivität, die ich von früher kannte, aus Zeiten, in denen ich mich unbedingt beweisen wollte.
– Hör mir zu, sagte ich und ließ ihn bereits los, ich mache das hier für dich. Damit ich deine Schulden zurückbezahlen kann.

Ich bin dein Vater, ich erwarte keinen Dank. Aber auch keine Klugscheißerei.
– Ich wollte doch nur einen Witz machen, reg dich ab, sagte er. Jesse-Pinkman-Style.
– Du musst noch an der Witzigkeit von deinen Witzen arbeiten, sagte ich. Er lächelte nicht mal.
Wir redeten nicht, bis der Zug kam, und als wir saßen, luden wir ihm wickr runter, eine Messenger-App, ähnlich wie WhatsApp, nur dass die Nachrichten verschlüsselt und vor den Augen der Strafverfolgungsbehörden sicher waren. Im Gegensatz zu Threema oder Signal, die Ähnliches leisteten, konnte man sich bei wickr ohne Telefonnummer oder E-Mail anmelden und es war ein bevorzugter Kommunikationsweg für Kriminelle im Internet.
– Du schreibst mir über wickr, wenn etwas sein sollte, sagte ich.
– Glaubst du, wir werden abgehört?
– Kann schon sein.
Es tat mir leid, so hart zu ihm gewesen zu sein, aber ich glaubte, es wäre falsch sich zu entschuldigen. Ich hatte den Eindruck, er hätte etwas verstanden. Vielleicht war er aber auch nur eingeschüchtert. Ich hatte nie versucht, Menschen zu erziehen, ich hatte immer nur versucht zu fliehen. Mich fernzuhalten von Schlägereien, vom Knast, von Problemen, aus Westmarkt.
In Duisburg setzten wir uns in die Straßenbahn und fuhren unter dem Rhein durch.
– Schreib mir mal, sagte ich, nur um zu sehen, dass es funktioniert.
Hey, yo, schrieb er.
Legen wir los, antwortete ich ihm und schrieb ihm auch noch die Adresse der Filiale.
Als er aussteigen musste, sagte ich:
– Schreib mir, wenn du jemanden siehst, und mach keinen Scheiß.
Er hob die Hand und lächelte nur.
Ich fragte mich, was er dachte, abends bevor er einschlief. Wie

er sich fühlte. Wo er hinwollte. Wie ich mit ihm reden konnte, ohne dass er log. Der Wahrheit kamen wir nur nahe, wenn wir uns über Musik unterhielten. Wie stellte man es an, dass das ganze Leben wie Musik war? Wie lange stellte ich mir diese Frage schon? Seit der ersten Pappe?

Ich fragte mich, ob ich gewusst hatte, wie Kamber sich abends fühlte. Das hatte ich, das hatte ich ganz sicher, aber vielleicht nur bis *No More Mr. Nice Guy*, bis Gang Starr ihr erstes Album rausbrachten. Wie viel hatte ich gewusst, nachdem wir keine kleinen Kinder mehr waren? Kamber war ein viel besserer Lügner gewesen als Lesane und er war bereit gewesen, die Einsamkeit eines Mannes zu ertragen, der einfach seine eigenen Regeln macht und danach lebt.

Ich saß noch keine Stunde vor meiner Filiale, da schrieb Lesane: Läufer, hundertpro. Soll ich folgen?

Ja, schrieb ich zurück, aber unauffällig.

Ich überlegte, ob ich hinfahren sollte. In den letzten Wochen war ich mir so oft sicher gewesen, den Richtigen zu haben, ich glaubte nicht, dass Lesane ihn jetzt hatte. Ich war mir nicht mal sicher, ob er sich einfach nur wichtig machen wollte.

Er ist in ein Haus gegangen, schrieb Lesane eine Viertelstunde später.

Mit dem Schlüssel aufgeschlossen?

Ja.

Adresse?

Es dauerte, bis er schrieb:

Wahlenstraße 17.

Fotografier Haus und Klingelschild unauffällig und hau ab.

20

Ich hatte den Termin auf den Abend gelegt, damit ich den ganzen Tag eine Filiale beobachten konnte. Der Mann, der mir geschrieben hatte, dass er kein Wort Deutsch sprach, war gut

einsneunzig groß, kurze schwarze Haare, Geheimratsecken, schwarze Lederjacke, schwarze Levi's Jeans, vielleicht Anfang dreißig.
– Mein Name ist Cengiz, ich komme aus Istanbul, sagte er, wir sind Kollegen, ich bin auch Detektiv. Ich arbeite oft für reiche Leute, die ihre Kinder beschatten lassen. Die jungen Männer haben ja schon mal das Problem, dass er ihnen vor Aufregung nicht steht. Und dann nehmen sie Viagra. Ohne sich dessen bewusst zu sein, dass sie dann mit dreißig, vierzig ihren ersten Herzinfarkt haben können. Ich finde heraus, ob sie Viagra nehmen, ob sie Drogen nehmen, woher sie sie bekommen. Ich sorge für die Gesundheit der Kinder.
Ganz schön viel Informationen für den Anfang, ich war gespannt, was er wollte.
– Mein Türkisch ist leider nicht besonders gut, wie Sie hören können, sagte ich. Woher haben Sie erfahren, dass ich Türkisch kann?
– Wie gesagt, wir sind Kollegen. Es war nicht schwer.
– Wie kann ich Ihnen behilflich sein?
– Ihr Türkisch ist gut genug. Wo haben Sie es denn gelernt?
– Lange Geschichte, sagte ich.
– Ich höre sie mir gerne an, sagte er. Aber vielleicht ein anderes Mal. Ich brauche jemanden, der Deutsch kann und etwas von diesem Job versteht. Ich werde Ihnen heute nicht alles erzählen, Sie werden noch verstehen, warum. Sehen Sie es mir nach. In den späten achtziger Jahren hat Deutschland eine große Menge Bargeld in die Türkei gebracht, um türkische Politiker zu bestechen. Das Geld ist damals unter mysteriösen Umständen verschwunden. Man glaubt, Necmetin Erbakan habe es sich damals unter den Nagel gerissen. Ich kenne hohe Militärs in der Türkei, aber niemand von denen würde es wagen, in der Öffentlichkeit über diese Gelder zu reden, die sitzen wegen weit geringerer Vergehen, die sie nicht mal begangen haben. Und der deutschen Regierung wäre es natürlich auch nicht angenehm, wenn herauskäme, wie sie auf die türkische Politik Einfluss nehmen

wollten. Das Geld ist jetzt zurück nach Deutschland geschmuggelt worden, man munkelt, dass Erdoğan dahintersteckt. Es soll hier nach und nach gegen Euro eingetauscht werden. Sie wissen, in wie viele Korruptionsaffären der Präsident verwickelt ist.
Er lehnte sich zurück und schien eine Reaktion abzuwarten. Er hatte eine tiefe dunkle Stimme und eine langsame, unaufgeregte, aber eindringliche Art zu sprechen. Er wirkte ein wenig wie jemand, der mehr weiß als andere. So hatte Roshi auch immer gewirkt. Ich tat ihm nicht den Gefallen, eine Frage zu stellen. Er lächelte mich an.
– Ich möchte dieses Geld klauen, sagte er, als würde er sagen: Ich würde morgen gerne ausschlafen. Doch dafür muss ich herausfinden, wo es genau ist, fügte er hinzu. Und dafür wäre es hilfreich jemanden zu haben, der Deutsch kann.
– Ich verstehe, sagte ich.
Er holte sein Handy aus der Jacke, tippte darauf herum und gab es mir mit den Worten: Davon spreche ich.
Es war ein Bild, auf dem man braune Scheine sah, etwa hüfthoch auf einer Palette gestapelt.
– 500er, sagte er.
Ich hatte schon lange keine 500-Mark-Scheine mehr gesehen, vielleicht kamen sie mir deswegen so fremd vor. Noch bevor ich das Bild zoomen konnte, streckte Cengiz seine Hand aus und ich gab ihm das Telefon zurück.
– So viel vielleicht für heute. Natürlich würden Sie so etwas nicht weitererzählen, nicht bei Ihrem Beruf. Vielen Dank für Ihre Zeit. Ich melde mich wieder bei Ihnen, dieses Mal per Telefon.
Er stand auf und ich ging um den Tisch, gab ihm die Hand, schloss die Tür hinter ihm. Dann gab ich »500 Mark Schein« in die Suchmaschine ein, doch auch wenn da eine Ähnlichkeit war, das waren nicht die Scheine, die auf der Palette gelegen hatten. Es dauerte kaum zwei Minuten, bis ich die Scheine fand, die ich auf dem Bild gesehen hatte. Es waren 500 Ostmark. Diese Scheine waren kurz vor der Wende gedruckt und nie herausgegeben

worden. Man hatte sie in einem Sandsteinstollen gelagert, doch von dort war ein Teil gestohlen worden, und um weiterem Diebstahl vorzubeugen, waren die Scheine schließlich verbrannt worden. Wenn diese Scheine auf der Palette echt waren, hatten sie also bestenfalls Sammlerwert.

Glaubte Cengiz, was er mir da erzählt hatte? Oder war das nur ein Test, um herauszufinden, wie geldgeil ich war, um mich dann erst mit dem richtigen Geschäft zu beauftragen?

Der Gedanke erschien mir plausibel, doch nicht alles, was plausibel schien, stimmte auch.

Ich habe in meiner Einsamkeit viele klare Dinge gesehen, die nicht wahr sind, hieß es in einem Gedicht von Antonio Machado. Rahel hatte es mir vorgelesen, als sie studierte. Sie hatte gesagt, dass es darum ging, dass der Mensch nicht für das Alleinsein geschaffen war, dass er den Austausch brauchte. Ich tauschte mich mit ihr aus, ständig. Später, als ich glaubte, die Zeilen besser zu verstehen, hatte ich mich schlecht gefühlt. Nicht weil ich allein war. Sondern weil ich in der Einsamkeit nicht mal die Illusion einer Klarheit fand.

Vielleicht lagen die Dinge anders. Vielleicht hatte Flexking meine Identität herausbekommen und nahm sich einfach Zeit, mich fertigzumachen. Egal, wie sehr man nachdachte, man fand immer Theorien, die stabil und belastbar wirkten. Aber das hieß gar nichts.

Auf Tochka postete Toni: Noch mal Entschuldigung für die Warterei letzten Monat, war nicht unser Fehler, aber alle, die davon betroffen waren, bekommen 10% Rabatt auf die nächste Bestellung. Schreibt uns hier eine Nachricht. 10% gelten auch für dieses Special: 14 gr Mephedron für 111 Euro. Nur noch bis Samstag. Außerdem liegen JEDER Bestellung bis Samstag 2gr Gorilla Glue gratis bei. Auf, auf.

Ich textete Lesane: Rufe gleich an.

Er nahm das Gespräch nach dem ersten Klingeln an.

– Möchtest du mir morgen noch einmal helfen?, fragte ich.

– Ja, sagte er.

– 8.56 Uhr, Gleis 3.
– 8.56 Uhr?
– Ja. Du gehst zur Filiale, an der ich heute war, und ich schaue nach deinem Mann in der Wahlenstraße.
– Das ist mein Läufer, sagte er.
– Ja, sagte ich. Aber es ist mein Job. Was glaubst du, was ein Läufer tut, wenn er merkt, dass er verfolgt wird? Bestimmt nicht in den Bunker gehen und Zeug abpacken.
– Das ist mein Läufer, wiederholte er etwas hilflos. Du weißt gar nicht, wie der aussieht.
– Du wirst ihn mir beschreiben.
Einige Sekunden war es still in der Leitung.
– Dich wird er eher für einen Zivi halten als mich. Ich mein, sieh mich an, ich bin niemals ein Bulle.
Ich hatte gerade einen Schluck Wasser trinken wollen, ließ das Glas aber wieder sinken.
– Wie soll ich dir vertrauen?, sagte ich. Schau mal, wie oft du mich schon belogen hast.
– Warum sollte ich dich bei so einer Sache belügen? Ich hätte ja nichts davon.
Ich setzte mich aufs Sofa und trank einen Schluck. Und noch einen. Ich hörte ihn atmen. Er schien mir nicht ungeduldig.
Wenn der Mann, den Lesane gestern verfolgt hatte, tatsächlich ein Läufer für Toni war, dann konnte es gefährlich werden. Doch dann wiederum stimmte es, was Lesane gesagt hatte, mich würde man eher für einen Zivilbullen halten. Doch man konnte Lesane nicht trauen.
– Nizar?
– Moment noch, sagte ich.
Ich wusste, wie es war, wenn einem nichts zugetraut wurde. Wer hätte je behauptet, dass uns alle Wege offenstanden? Hatten die Lehrer in der Grundschule damals nicht ausnahmslos Hauptschulempfehlungen ausgesprochen für jeden Schwarzkopf? Gab es nicht die Untersuchungen, die bewiesen, dass es mit unseren Namen schwerer war, einen Ausbildungsplatz und eine Woh-

nung zu bekommen? Wer außer Sevgi hatte jemals Vertrauen gezeigt? War es allein Lesanes Schuld, dass er dealen als eine gute Möglichkeit ansah, um Geld zu verdienen? Christian Lindner hatte in seinem Alter Unternehmer beraten. Lesane war nicht clever genug für so etwas, das war mir klar, aber niemand aus Westmarkt, nicht mal Kamber, der der Schlaueste war, und auch kein einziger Deutscher aus Westmarkt hätte einen Unternehmer beraten können. Nicht, weil es uns an Grips fehlte, sondern weil wir nicht sprechen konnten wie die. Weil wir nie diese Sprache gelernt hatten. Weil nicht vorgesehen war, dass wir uns außerhalb von Westmarkt bewegten und dabei Beachtung fanden, es sei denn im Sport.
Das klang nach einer Entschuldigung für diese Art von Lebenswegen wie Kambers einer war, das war mir klar. Aber ich wusste, wie schwer es war, da rauszukommen, der Weg war immer schwerer zu finden als die Entschuldigung. Und wenn du erst mal draußen warst, sahst du dich um, und siehe da, du hattest keinen einzigen Freund mehr.
– Okay, sagte ich. Okay, du gehst zum Läufer, aber du musst vorsichtig sein. Versprich mir das. Folge ihm, finde heraus, wo er hingeht, ob er die Versandtaschen schon zu Hause hat oder aus einem Bunker holt. Finde heraus, mit wem er sich trifft, mit wem er spricht, pass aber auf, dass er dich nicht sieht.
Ich konnte ihn nicht sehen, aber etwas in seinem Atem veränderte sich. Ich glaube, er lächelte. Er sagte nicht Danke, er sagte einfach:
– Cool.
Aber es klang so … ich weiß auch nicht. Etwas von dem Gefühl schwappte zu mir rüber. Ich glaube, es war Freude.

21

Er kam von hinten, ich bemerkte ihn nicht, bis er schon neben mir stand. Ich saß da und schaute hoch und es war, als würde etwas in meiner Magengrube auseinanderfallen und kaputt gehen. Das linke Augenlid war angeschwollen, beide Lippen geplatzt, eine Schramme am Kinn, als wäre er auf dem Asphalt aufgekommen.
Ich konnte sofort aufstehen, aber ich konnte nicht atmen und nicht sprechen. Meine Knie wurden weich. Es war, als würde sich eine Falltür auftun und ich verlor allen Halt unter den Füßen, die Welt schien größer und größer zu werden, als würde man ins All hineinfallen. Allein. Als sei da ein Schlund aus Schmerz und Angst und Schuld, der mich verschlucken wollte. Leben war unaufhaltsam.
Er zog entschuldigend die Schultern hoch. Als würde ein Programm anspringen, blickte ich mich um, ob ihm jemand gefolgt war. Sofort schämte ich mich dafür, dass ich so geistesgegenwärtig sein konnte in dieser Situation. Warum hast du mir nicht geschrieben, wollte ich sagen, aber ich legte ihm einfach den Arm um die Schulter und ging mit ihm weg von der Filiale.
– Krankenhaus?, war das Erste, was ich sagte.
– Nein, geht schon.
– Doch, gehen wir.
– Nein.
– Vielleicht ist etwas gebrochen.
– Ich will nach Hause, sagte er, in seinen Augen konnte man nichts sehen, aber seine Stimme klang nach Tränen.
Ich zögerte kurz, holte das Handy raus und rief uns ein Taxi. Dann legte ich wieder meinen Arm um Lesanes Schulter. Wir sagten nichts. Sehr bald hielt das Taxi und wir stiegen hinten ein. Der Fahrer drehte sich um, sah Lesane an, sagte aber nichts.
– Zum Bahnhof, sagte ich.

Als wir saßen, glaubte ich, Lesane würden gleich die Tränen runterlaufen, doch er konnte sich beherrschen. Ich legte meine Hand auf seinen Unterarm.
– Tut mir leid, sagte ich. Es war mein Fehler, ich hätte dich da nicht allein lassen dürfen.
– Schon okay, sagte er. Dann drehte er den Kopf, sah mich an. Das Grinsen tat ihm weh und sah wahrscheinlich nur deshalb ein wenig gequält aus.
– Ich glaube, ich weiß, wo der Bunker ist.
Ich sah den Blick des Fahrers im Rückspiegel und nickte nur.
– Ich hab …, fing Lesane an, aber ich machte eine Kopfbewegung Richtung Fahrer und wir schwiegen bis zum Bahnhof.
Nachdem ich bezahlt hatte und wir ausgestiegen waren, fragte ich:
– Also, was ist passiert?
– Er kam aus dem Haus, ich bin ihm gefolgt. Er ist in einen Kiosk und kam erst nach zehn Minuten wieder raus, danach ist er zur Post. Aber irgendwie muss er mich bemerkt haben. Als er aus der Post rauskam, ist er direkt auf mich zu und dann kamen auf einmal noch zwei von hinten. Haben mich gefragt, was ich denn hier will, und als ich gesagt habe, ich hänge einfach nur vor der Post rum, sie sollen sich verpissen, haben sie direkt losgeschlagen.
Ich sah ihn an. Ich fühlte mich schlecht, ich fühlte mich schlecht und ich fühlte mich schuldig, vielleicht lag es daran, dass ich nicht sofort zweifelte.
– Tut mir leid, sagte ich. Komm, lass uns die Wunden auf der Toilette auswaschen und nach Hause fahren.
– Willst du gar nicht wissen, wo der Kiosk ist?, fragte er, als wir schließlich im Zug saßen.
Ich hatte ein wenig Zeit gehabt um nachzudenken und sagte nun:
– Ich will lieber wissen, warum die dich geschlagen haben.
– Damit ich nicht noch einmal wiederkomme, wahrscheinlich.
– Ja? Was haben die genau gesagt?
– Was hast du hier eigentlich zu suchen?

– Und du?
– Ich habe geantwortet: Ich hänge hier einfach nur ab. Verpiss dich, wenn es dir nicht passt.
– Und dann haben sie direkt zugeschlagen?
– Ja. Sofort.
– Glaubst du, der Läufer hat bemerkt, dass du ihm folgst?
– Ja.
– Er ist nur der Läufer, er ist vielleicht nicht der Hellste, aber was bringt es ihm, zwei seiner Freunde anzurufen und dich auf Verdacht zu verprügeln?
Zuerst hob er die Schultern, dann sagte er:
– Damit ich halt nicht noch mal komme.
– Wenn du Läufer wärst, sagte ich nun, und du hättest jemanden im Verdacht, deinen Bunker zu kennen, was würdest du tun?
– Ihm klarmachen, dass er am Bunker nichts verloren hat.
– Würdest du den Bunker behalten?
– Kommt drauf an.
– Kommt drauf an, ob du clever bist oder nicht. Wenn du nur halbwegs clever bist, würdest du den Bunker nicht halten. Wenn du Recht hast und dieser Kiosk der Bunker ist, werden sie ihn leerräumen.
– Dann lass uns hin und gucken, wohin sie das Zeug schaffen.
– Dich würden sie mit dieser Fresse ja nicht mehr wiedererkennen, du siehst ja ganz anders aus. Und vorsichtig wären sie auch nicht. Meinst du, ich soll mich da hinstellen und auch ein paar aufs Maul riskieren?
Er schaute aus dem Fenster. Mittlerweile war ich mir sicher, dass er log, auch wenn ich nicht hätte sagen können, warum. Doch ich fühlte mich immer noch schuldig. Und ich wusste nicht, welcher Weg zur Wahrheit führte. Ich wusste auch nicht, was ich Ayleen erzählen sollte: Ich finde mich so langsam in diese Vaterrolle rein, ich stecke ihn einfach in Situationen, wo er aufs Maul bekommt und dann hinterher lügt.
Bis Essen sah er aus dem Fenster und sagte kein Wort. Dann brach ich das Schweigen:

– Ich habe dir gesagt, du sollst aufpassen. Ich habe dir gesagt, lass dich nicht erwischen, ich habe gesagt, es ist gefährlich, aber du wolltest eine Chance und ich habe dir eine gegeben. Wenn du Recht hast, wenn das wirklich der Läufer war, dann werden die den Bunker wechseln und vielleicht den Läufer gleich mit, wenn sie clever sind. Das sind fünf Wochen Arbeit einfach fürn Arsch.

Es fiel mir schwer, ihn so anzugehen, weil ich mich verantwortlich für diese Schläge fühlte, weil ich in diesen fünf Wochen nichts, aber auch gar nichts erreicht hatte, aber ich war mir sicher, dass er log. Er sah runter auf seine Hände:

– Du darfst nicht sauer werden, sagte er.

– Ich werde es versuchen.

– Ich habe dich angelogen, sagte er. Der weiß nicht, dass ich ihm gefolgt bin. Bestimmt nicht. Und dieser Kiosk ist der Bunker, vallah.

Er schwieg so lange, dass ich fragte:

– Was ist passiert?

– Ich habe ihn gesehen, Kiosk, Post, dies, das, dann war ich schon auf dem Weg zu dir. Dann habe ich zufällig gesehen, wo diese Jungs, die auf der Straße Gras tickten, ihren Bunker haben. Und dann dachte ich: Hier kennt mich ja eh keiner. Also habe ich das Gras aus dem Blumenkasten geholt und bin losgelaufen. … Aber die waren schneller als ich. Die Hurensöhne, wegen läppischen zehn Gramm oder was das war.

Ich wusste nicht, ob ich mich freuen oder ärgern sollte. Man konnte ihm nicht trauen. Und vielleicht log er auch jetzt noch. Und da waren immer noch Schuld und Scham. Wie man es auch drehte und wendete, ich hatte meinen Teil dazu beigetragen, dass er in diese Situation gekommen war.

– Das war dumm, sagte ich.

– Ich war nur zu langsam, sagte er.

– Wir müssen uns vielleicht noch länger in der Gegend aufhalten, sagte ich. Das war dumm.

– Ja, sagte er, wäre ja auch was Neues, wenn mich jemand

für klug halten würde. Du hast versprochen, nicht sauer zu werden.
– Ich versuchs, habe ich gesagt. Und ich bin nicht sauer, ich sage dir nur, dass du dich nicht besonders klug verhalten hast.
– Ich bin …
Er murmelte irgendetwas, das ich nicht verstand, und als ich nachfragte, machte er nur eine Handbewegung, die heißen sollte, dass es egal war. Der Schaffner kam und wollte die Fahrkarten sehen. Nachdem er weg war, fragte ich:
– Was wirst du Ayleen erzählen?
– Prügelei.
– Weiß sie, dass du mit mir unterwegs warst?
– Ne, hab nix gesagt.
– Gibt das Ärger zu Hause?
– Ja. Werde sagen, dass das dumm von mir war. Hab jemand provoziert.
– Sollen wir noch ins Büro fahren? Trinken einen Schluck Wodka zusammen. Kaufen noch eine Arnikasalbe in der Apotheke.
Er sah mich an und nickte. Er schien erfreut.
– Weißt du, sagte ich, das fühlt sich nicht gut an, dass du mir so selten die Wahrheit erzählst.
– Die Wahrheit kommt selten serviert auf einem Goldtablett, sagte er.
Ich schüttelte fragend den Kopf.
– Marvin Game mit Bausa, kennst du nicht? Cooler Track.
Als ich nicht reagierte, sagte er:
– Der Kiosk ist in der Overbeckstraße. Der in der Mitte, nicht der am Ende. Und hier ist ein Bild vom Läufer.
Ich nickte nur. Ich hatte nichts getan, aber ich fühlte mich erschöpft.

Nachdem ich seine Wunden versorgt hatte, goss ich ihm ein Glas ein. Er verzog das Gesicht, als er trank. Ihm traten Tränen in die Augen.
– Was ist das?

– Wodka mit Chili.
– Das ist doch was für Penner, oder? Hast du nicht ein Redbull da zum Mixen?
– Nein, aber ich habe noch etwas gegen die Schmerzen. Aber drüben in der Wohnung.
Wir nahmen die Flasche mit. Als ich ihm eine Neo Codion aus der Packung drückte, fragte ich.
– Was war das eigentlich für ein Gras, das dir geklaut worden ist?
– Hä?
– Was für eine Sorte Gras?
– Gorilla Glue.
Das musste natürlich nichts heißen und ich hätte nicht mal sagen können, warum ich gefragt hatte, aber ich war irritiert. Auch wenn das nichts zu sagen hatte, es war genug Gorilla Glue im Umlauf. Von jeder beliebigen Sorte wurden Zentner von hier nach da geschmuggelt und vertickt. Dilovan mochte das Gras selber geklaut haben, aber ich hielt es für unwahrscheinlich, dass er nebenbei im Netz noch Mephedron verkaufte. Vielleicht hatte er jemandem einen günstigen Preis gemacht und dafür gesorgt, dass es nicht in den Straßen der Stadt auftauchte, damit niemand auf komische Gedanken kam. Ne, dafür war einfach zu viel Gras jeglicher Sorte überall am Start.
Nach seinem zweiten Drink legte Lesane sich hin und schlief auf der Couch ein. Ich deckte ihn zu und weckte ihn erst nach einer Stunde.
– Mir tut alles weh, sagte er, als ich ihn verabschiedete.
Nachdem er weg war, stellte ich fest, dass er den Blister mit den Tabletten eingesteckt haben musste.

1997, Tru 2 da Game, Tru

Es sind vier braune Scheine. Sie liegen einfach unter seinem Kopfkissen. Er nimmt sie und versteckt sie. Erst zwei Tage später kommt Kamber nach Hause. Seit Savaş' Tod bleibt er häufig mehrere Nächte hintereinander weg und meist weiß nicht mal

er, wo sein Bruder ist. Sevgi klagt dann lauthals, dass sie den einen an den Krebs verloren hat und jetzt im Begriff ist, den anderen an die Nacht zu verlieren, an die dunkle Seite, an die Drogen, ans Gefängnis.
Er weiß von den Drogen, der Dealerei, den Einbrüchen, doch er versucht sie zu beruhigen, so gut er kann. Aber zwei, drei Mal weint er dann plötzlich in ihren Armen, vielleicht weil Savaş weg ist, vielleicht, weil er Kamber nicht mehr jeden Tag sieht, vielleicht, weil er verstanden hat, dass er nie Profi werden wird, vielleicht, weil er in Rahels Armen nicht so weinen kann.
Als Kamber und er allein im Zimmer sind, gibt er ihm das Geld zurück und sagt: Das kann ich nicht nehmen.
– Doch, sagt Kamber, nimm. Mit der Fahrerei wirst du nie genug Kohle machen, um mit ihr wegzufahren. Ihr gehört zusammen.
– Ich kann das nicht annehmen.
– Doch. Du wirst es mir irgendwann einfach zurückzahlen.
Er schüttelt den Kopf, es ist dunkel im Zimmer, er glaubt, dass man seine Tränen nicht sieht.
– Das Geld ist für die Liebe, sagt Kamber. Nicht für dich. Nicht für mich. Für die Liebe, verstehst du? Du kannst dieses Geld nicht ablehnen, Bro.
Er drückt ihm das Geld wieder in die Hand, steht auf, stellt sich ans Fenster und blickt unbewegt raus auf die Lichter der Nacht.

22

Im Zug fragte ich mich, ob ich zuerst zur Wohnung in der Wahlenstraße oder direkt zum Kiosk wollte. Die Versuchung, direkt zu diesem Bunker zu fahren, war groß. Wenn Lesane Recht hatte, würde der Läufer ohnehin zum Kiosk kommen. Doch meine Zweifel waren größer und es schadete nicht, noch einmal von ganz vorne anzufangen. Um halb zehn stand ich vor dem Haus in der Wahlenstraße und verstand, dass es für Lesane nicht leicht gewesen sein konnte. Ich musste auf den Läufer warten, doch es gab keine Stelle, an der man unauffällig den Hauseingang im Blick behalten konnte. Es hatte einen Grund, warum Fahnder häufig in Autos saßen. Aber ich konnte mir ja schlecht einen Mietwagen nehmen. Ich sah auf der Karte nach, wo der Kiosk war und ging in die Richtung. Ich fand einen Hauseingang mit ein paar Treppenstufen davor, setzte mich, machte die Flasche Bier auf, die ich mitgebracht hatte, stand noch mal auf, schaute mich um, ob vielleicht jemand aus einem Fenster auf die Straße sah. Dann goss ich ein Drittel der Flasche in den Gully und setzte mich wieder.

Ich wartete. Das ist das, womit die meisten viel Zeit verbringen, aber die Leute können es nicht besonders gut. Warten auf das Ende der Schulstunde, auf das Ende der Gardinenpredigt, warten, bis der Joint die Runde gemacht hat, warten, dass die Bullen bei ihrer Streife vorbeifahren, damit man weiß, man hat einige Minuten Ruhe, warten auf einen Kuss, auf eine Frau, auf den nächsten Sex. Warten, dass man gefragt wird, ob man nicht auf die Ersatzbank von einem Profiverein möchte, warten auf den Kunden, warten, bis er mit seinem Gelaber fertig ist, warten, bis er endlich den nächsten Satz absolviert hat, warten, dass die Rechnung beglichen wird, warten auf einen Anschlusszug, warten auf das Ende des Monats, warten, bis der Bus kommt, warten, bis die Bahn endlich weiterfährt, warten auf den Feierabend, warten, bis der Kunde, der ohnehin nur Weingummis für 75 Cent kauft, seiner Meinung zu Hartz IV ausreichend Ausdruck gegeben hat, warten, bis *Detox* von Dre endlich rauskommt.

Und sich dann eine Disziplin aussuchen, bei der man sitzt und gelegentlich auf den Gong wartet, der zum Ende der Meditationssitzung erklingt. Roshi hatte immer gesagt: Wartet nicht auf den Gong, der die Sitzung beendet. Wartet nicht auf den Gong. Es hört nie auf.

Wie viele Stunden hatte ich in Stille gesessen und etwas erhofft. Ein Gefühl von Ankommen. Einen besseren Kontakt zu mir und zu den anderen Menschen.

Ich hatte viel gewartet in den letzten Wochen und ich war auch genervt davon gewesen, da machte ich mir nichts vor, aber ich war ganz gut darin. Das Warten war nicht wirklich das Problem. Das Problem waren die Zinsen, die Dilovan aufschlug, das Problem war seine Geduld, die ein Ende haben würde, das Problem war die Zeit, die drängte.
Er mochte Anfang zwanzig sein, schwarze Haare, mit etwas Gel frisiert, eine beige Nylonsteppjacke mit Kapuze, schwarze Jeans, schmal gebaut mit langen, schlaksigen Gliedern, kein Arsch in der Hose, einen schwarzen Rucksack über einer Schulter, vielleicht Araber, aber ziemlich hellhäutig. Ich wusste nicht, warum Lesane ihn für einen Läufer gehalten hatte, er sah für mich nicht aus wie ein Kleinkrimineller, sondern eher wie ein Maschinenbaustudent.
Sobald ich ihn sah, stand ich auf und ging vor in Richtung Kiosk. Mein Herz pochte, als gäbe es Grund für Aufregung. Erst als ich gut zwanzig Meter an der Bude vorbeigegangen war, drehte ich mich um. Gutes Timing. Er ging gerade in den Kiosk rein. Ich kippte die Flasche aus, wartete gute drei Minuten, in denen er nicht rauskam. Dann ging ich rein.
Es war ein kleiner Laden, vielleicht acht Quadratmeter. Aus einem Hinterzimmer kam ein Mann hinter die Verkaufstheke und sagte:
– Tach.
– Tach, sagte ich, während ich mir ein Bier aus dem Kühlschrank nahm.
Der Mann mochte Ende vierzig sein, Halbglatze, kurze graue Haare an den Seiten, rundlicher, fester Körper, gut einen halben Kopf größer als ich. Ich stellte die leere Flasche auf die Theke und bezahlte die andere mit kleinen Münzen, die ich langsam abzählte, während er mit völlig unbewegter Miene dastand. Vom vermeintlichen Läufer keine Spur. Das Hinterzimmer war von keiner Seite des Kiosks einsichtig, man musste schon hinter der Ladentheke sein.
Ich verabschiedete mich und ging. Drei Minuten nach mir kam

auch der Läufer raus. Ich folgte ihm, immer darauf bedacht, den Abstand so groß wie möglich zu halten. Er ging Richtung Post, die Filiale, vor der Lesane ihn gesehen hatte. Es war kaum zu glauben, wie leicht alles schien, wenn es mal passte.
Er warf einige Umschläge in den Briefkasten vor der Filiale und ging dann rein. Ich konnte sehen, dass drinnen eine Schlange war, und wartete noch zwei weitere Leute ab, die reingingen, bevor ich mich auch anstellte.
Als der Läufer dran war, zog er ein gutes Dutzend Luftpolstertaschen aus dem Rucksack, vier Inlandssendungen gingen als Einwurfeinschreiben raus, der Rest als Paket.
– Ach, Scheiße, murmelte ich, als hätte ich etwas vergessen, gab meinen Platz in der Schlange auf und ging raus.
Da war Freude. Etwas, das sich wie Erfolg anfühlte. Und nach ein, zwei Minuten wich die Freude dem Zweifel. Wie immer alles dem Zweifel wich.
Es sah verdammt noch mal danach aus, als sei das ein Läufer. Es sah danach aus, als sei der Kiosk ein Bunker. Das hieß aber noch lange nicht, dass es Tonis Läufer war und dass Mephedron versendet wurde. Es konnte mehrere Internetdealer in Duisburg geben, wieso auch nicht, und in so einer Luftpolstertasche konnte jede mögliche Droge sein.
Die Bullen hatten es leichter als ich. Sie hatten mehr Personal und sie konnten jeden Fang feiern. Sie waren nicht darauf angewiesen, einen bestimmten Menschen festzunehmen, jeder Kriminelle zählte.
Als Alpha Bay und Hansa Market hochgenommen worden waren, hatte es ausgesehen, als wäre ein großer Schlag gelungen. Für die Bullen sah immer alles nach Erfolg aus. Dass über neunzig Prozent der Dealer auf andere Plattformen oder auf direkte Kontakte auswichen, interessierte nicht.
Andererseits hörte Kriminalität nie auf, nur weil einer erwischt wurde. Kriminalität hörte aber auf, wenn Gesetze sich änderten, wenn die gültige Wahrheit einfach umgeschrieben wurde. Jahrelang war es kriminell, schwul zu sein, und dann auf einmal

nicht mehr. Es war nicht abwegig, dass auch der Freizeitkonsum von Gras in einigen Jahren legal sein würde. Aber wenn diese Wahrheit umgeschrieben wurde, dann hätte Kamber immer noch fast sechs Jahre gesessen, weil er zum falschen Zeitpunkt verkauft hatte. Würde sein Führungszeugnis dann bereinigt werden? Würde er rehabilitiert werden wie Homosexuelle? 1500 Euro pro Jahr, das er im Gefängnis gewesen war? 9000 Euro? Was wollte man schon mit 9000 Euro?

Für die Bullen war alles leicht. Die Wahrheit interessierte sie nicht, sie standen immer auf der richtigen Seite.

Ich hatte die Bierflasche immer noch in der Hand, es war mittlerweile Mittag, ich drehte eine Runde um den Block, weil ich mich nicht entscheiden konnte, doch dann kippte ich das Bier aus und ging zurück zum Kiosk.

Als ich die alte Holztür öffnete, hörte ich, wie jemand im Hinterzimmer aufstand. Derselbe Mann wie vorhin erschien hinter der Theke. Dieses Mal grüßte ich auf Türkisch und er grüßte auf Türkisch zurück. Ich stellte die leere Flasche auf die Theke, nahm mir eine volle aus dem Kühlschrank und holte Münzen heraus.

– Gibt ja oft ein Kleingeldproblem in so einem Kiosk, sagte ich, weiterhin türkisch sprechend.

– Hier zahlen nicht so viele mit großen Scheinen, antwortete er.

– Ich trinke nicht jeden Tag so früh schon Bier, sagte ich. Aber heute bin ich ein wenig … wie soll ich sagen?

– Kopf voll Sorgen, sagte er.

– Ja, genau.

– Passiert jedem mal. Wo kommst du her?, fragte er nach einer kleinen Pause.

Ich konnte nicht sagen, ob er tatsächlich reden wollte, ob er so war wie ich früher und nur redete, weil er wusste, dass es gut fürs Geschäft war und sich insgeheim wünschte, ich würde die Fresse halten.

– Aus Essen, sagte ich. Der Eigentümer hat Eigenbedarf angemeldet, ich musste raus aus der Wohnung und dann habe ich

auch noch den Job verloren, die Zeiten sind ein wenig hart gerade. Ich bin für ein paar Tage zu meinem Bruder hier gezogen. Das Wort für Eigenbedarf kannte ich nicht auf Türkisch, vielleicht gab es das auch gar nicht, ich sagte es auf Deutsch und ich hoffte, dass er mich nicht über meinen Bruder ausfragen würde.
– Möge es vorbei sein, sagte er. Das Leben ist eins der schwersten. Ich wollte eigentlich wissen, wo aus der Türkei du herkommst. Du siehst gar nicht aus wie ein Türke.
– Meine Eltern kommen aus Tunesien, sagte ich. Aber ich bin unter Türken aufgewachsen.
– Maşallah, du sprichst besser Türkisch als mein Sohn.
– Ich bin wahrscheinlich auch älter, sagte ich und er lachte.
Als ich zwanzig Minuten später den Laden verließ, wusste ich, dass er Kurtuluş Buldak hieß, mit zwanzig nach Deutschland gekommen war, aus politischen Gründen, wie er sagte, dass seine Frau hier geboren war, sein Sohn früher immer im Laden ausgeholfen hatte, sich aber jetzt nur noch herumtrieb, dass er Erdoğan-Gegner war, aus Denizli stammte und gerne ein Bier trank, wenn er um halb zwölf nach Hause kam, aber meistens darauf verzichtete, weil es ihm dann morgens schwerer fiel aufzustehen.
Auf dem Weg zum Bahnhof kam die Nachricht von Ergün:
Habibi, morgen 12.30 Uhr Essen, Trinacria.
Ich hatte keine Ahnung, was er von mir wollte, aber ich dachte: Das trifft sich gut, da kann ich auch gleich noch nach Kurtuluş Buldak fragen, vielleicht ist er ja polizeilich bekannt.
Erst im Zug fiel mir auf, dass er eigentlich nie etwas von mir wollte, sondern wenn überhaupt, dann immer nur ich etwas von ihm. Vielleicht war es kein gutes Zeichen, dass er mich sehen wollte.
Ich döste ein und sah Bilder, die sich irgendwie übereinanderschoben, als würde jemand an einem Tresorschloss drehen, und irgendwann rastete etwas ein und alle meine Glieder schienen loszulassen, damit sich Zufriedenheit breitmachen konnte.

Ich schreckte auf, als der Zug hielt, und sah panisch nach draußen. Ich musste erst beim nächsten Halt aussteigen.

23

Ich ging ins Büro und schrieb Armbruster eine Mail, dass ich eine vielversprechende Spur hatte, nachdem seine Geduld in den letzten Wochen auf die Probe gestellt worden sei. Ich unterrichtete ihn in dieser verquasten Formsprache über den Lauf und den derzeitigen Stand der Ermittlungen und hängte eine Spesenrechnung für die ganzen Fahrten nach Duisburg an und eine Rechnung über weitere 2.000 Euro.

Dann erst gab ich »Kurtuluş Buldak« in die Suchmaschine ein, aber ohne relevante Ergebnisse.

Bei fraudsters war Flexking zum Moderator aufgestiegen und hatte nun einen noch härteren Ton drauf. Es gab einen Reportbereich, wo man Ripper, also Leute, die einen um Daten oder Ware betrogen hatten, melden konnte. Die Report-Threads waren in der Regel voller gegenseitiger Beschimpfungen und Beleidigungen, der eine hatte die Ware losgeschickt, der andere sie aber nicht bekommen, die Post oder die Packstation waren schuld, die Kreditkartennummern waren noch nicht gesperrt gewesen, der Kunde hatte nur zu lange gewartet, die Zugangsdaten zum Onlinebanking stimmten, obwohl das Gegenteil behauptet wurde. Der Bettnässer sollte sich nicht so anstellen wegen drei Gramm Gras, die er ohnehin nur auf dem Schulklo geraucht hätte, weil es im Kinderzimmer zu stark stank. 300 Euro Miese seien einfach normales Risiko für einen Filler. Es wurden Screenshots als Beweise für dies oder das gepostet, die Gegenpartei wurde lächerlich gemacht und es war als Moderator sicherlich nicht leicht, den Überblick zu behalten und zu verstehen, wer nun Recht haben mochte.

Man konnte sich aber auch die Auszeichnung Premium Vendor kaufen, so zeigte die Leitung des Forums, dass man diesen

Leuten vertrauen konnte. Dieser Titel konnte einem wieder aberkannt werden, man konnte gesperrt werden und man konnte auch mit dem Titel noch Leute betrügen, indem man einen Exitscam hinlegte. Vor allem Drogendealer mit einem breiten Angebot verschwanden von einem Tag auf den anderen, meist, nachdem sie sich ein gewisses Vertrauen und einen Ruf erarbeitet hatten. Mit Angeboten und Sonderaktionen generierten sie dann in kurzer Zeit viele Bestellungen, die sie nicht mehr verschickten. Möglicherweise fingen sie drei Wochen später unter anderem Namen wieder an. Diese Möglichkeit bot nur das Netz.
Flexking sprach in den Report-Threads schnell Drohungen aus, empfahl allen die Fresse zu halten, wenn sie nicht gesperrt werden oder den Vendortitel verlieren wollten. Ich bin voll genervt von eurem Scheißkindergarten, haltet mal alle das Maul, ich entscheide, wie das hier läuft, war sein Ansatz. Er schien Freude an dieser Rolle zu haben. Aber was will man schon mit Macht, wenn man nicht vorhat, sie zu missbrauchen?
Tonis Geschäfte bei Tochka liefen noch besser als vor wenigen Wochen bei Dream Market.
Das Telefon klingelte. Lesane. Das war das dritte oder vierte Mal, dass er sofort anrief und nicht erst textete.
– Alles gut? Wie geht's dem Auge?
– Zugeschwollen, blau. Lippen sehen jetzt besser aus. Und?, fragte er. Ist ein Bunker, oder?
– Ja, sagte ich. Sieht ganz danach aus. Hast du gut gemacht.
– Hab ich doch gesagt. Ich habe es gewusst. Siehst du? Man braucht Köpfchen, man braucht ein bisschen Köpfchen. Wie viele Wochen hast du da gestanden? Ich, gleich am ersten Tag erkannt. Bääm. Und jetzt?
– Was sagt Ayleen zu deinem Aussehen?
– Ach, sagte er. Ruhe bewahren, klüger sein, dies, das.
Es war falsch, mit ihm Geheimnisse zu haben, das war mir klar, aber ich wusste nicht, was ich sonst machen sollte. Es schien mir auch nicht geschickt, fast nie darüber zu sprechen, dass er offensichtlich dealte. Aber es hätte auch nichts gebracht es zu

tun. Sevgi hatte es bei Kamber versucht, später hatte ich es auch versucht. Man konnte niemanden von einem Weg abbringen, den er sich selber in den Kopf gesetzt hatte.
– Was passiert jetzt?, fragte er.
– Wir reden nicht mehr weiter über dieses Thema, sagte ich.
– Werden wir abgehört?
– Kann sein, habe ich dir schonmal gesagt.
Ich legte einfach auf und schrieb ihm auf wickr: Wir müssen herausfinden, wer den Stoff in den Kiosk schafft und wem der Stoff gehört. Ist noch ein weiter Weg und nicht mal gesagt, dass wir den richtigen haben. Wir müssen noch herausfinden, was für ein Stoff das überhaupt ist. Vielleicht wird etwas anderes dort gebunkert.
Kann ich mitkommen?, antwortete er.
Wohin.
Nach Duisburg.
Du hast noch Schmerzen, oder?
Ohne mich hättest du den Läufer nie gefunden.
Ohne mich würdest du dir wünschen, Dilovan wäre auch so zärtlich mit dir umgegangen wie die Jungs aus Duisburg.
Ich sendete und bereute es sofort.
Morgen 8.12 Uhr, Gleis 6, schrieb ich einfach hinterher.
tmm, kam zurück.
Ich brauchte einen Moment, bis ich verstand, *tamam*, in Ordnung auf Türkisch.
Ich wollte freundlich sein, ich wollte ihm Selbstvertrauen geben, Mut, Liebe. Aber oft wurde ich einfach wütend, ich fand ihn stur, dumm, bockig und verlogen. Manchmal ertappte ich mich dabei, wie ich mir wünschte, Ayleen hätte mir nie die Wahrheit erzählt.
Du gehst in Resonanz mit der Welt um dich herum, hatte Roshi gesagt, jedes Mal, wenn du heftig auf etwas reagierst, hat das mehr mit dir zu tun als mit der Person, die es auslöst. Sie spiegelt nur deinen eigenen Schatten, den du nicht sehen möchtest.
Mein Schatten. War ich auch stur, dumm, bockig und verlogen?

Oder war ich eher schnell urteilend. Überheblich. Unverbindlich. Immer auf Distanz bedacht. Ohne Mitgefühl für die anderen, vor allem für diese Mittelschichtswichser, denen ich nie hatte erklären können, wo ich herkam. War das auch nur ein Spiegel für mich selbst? Hatte ich kein Mitgefühl mit mir selbst? Weil ich Rahel nicht hatte halten können? Weil ich es fast unmöglich fand, eine Ecke zu finden, in der ich in Ruhe einfach leben konnte?

Oder war es einfach nur so, dass ich insgeheim immer noch das Gefühl hatte nichts wert zu sein? Ein Gefühl, das bestimmt jeder kannte, der in Westmarkt aufgewachsen war. Von klein auf siehst du, was für Jobs es für die Leute in deinem Viertel gibt, du kriegst mit, dass da niemand ist ohne Geldsorgen, du siehst, dass da niemand ist, der sich um dich und die Deinen kümmert, du siehst, dass es fast keiner rausschafft aus dem Viertel und wenn doch, dann nur bis in den Knast. Und denen, die es anders rausschaffen, gönnt es meistens keiner, vielleicht weil man sich dann selbst noch kleiner fühlt.

Danach hatt' ich nur noch Vater Staat, für ihn war ich aber nur ein kleiner Sklave auf dem Arbeitsmarkt, wie Lesane Bausa zitiert hatte. Wir waren die Söhne und Töchter der Sklaven, wir hatten die Ängste schon mit der Muttermilch aufgesogen. Die Ängste und die Energie.

Aber ich habe nur versucht euch beizubringen, wie man nicht so wird wie ich. Und wie soll man seinen Söhnen so etwas beibringen?

Lesane wollte vielleicht nur etwas bewegen, und wenn man sonst nichts fand, versuchte man eben, Kilos zu bewegen. Vielleicht wollte ich auch etwas bewegen, aber ich fand es einfacher, mich von allem fernzuhalten.

Wenn du anfängst zu verstehen, dass alles, was der andere tut, ein Ausdruck seiner Beziehung zu sich selbst ist, dann wirst du aufhören, auf ihn zu reagieren, hatte Roshi gesagt. Aber wenn ich nicht auf Lesane reagierte, wie konnte ich ihm helfen?

Ergün rutschte bereits nervös auf seinem Stuhl herum, als ich reinkam. Er erinnerte mich viel stärker an den Ergün von früher als an den gönnerhaften Bullen und zufriedenen Familienvater, als den ich ihn letztes Mal erlebt hatte.
Nachdem wir uns die Hand gegeben und uns irgendwie so halb umarmt hatten, setzten wir uns, und noch bevor ich fragen konnte, wie es ihm ging, beugte er sich vor und flüsterte:
– Was hast du mit dem Foto vom Labor gemacht, das ich dir geschickt habe?
– Nur einem einzigen Typen gezeigt.
– Chef hat mich ins Büro gerufen und gefragt, warum ich dieses Foto auf meinen Rechner geladen habe.
– Was hast du erzählt?
– Dass ich einfach privat ein bisschen angeben wollte, was für Labore die Polizei hochnimmt. Dass das kindisch war von mir und dass ich das nicht mehr tun werde.
Ich sah ihn an.
– Mir ist so schnell nichts anderes eingefallen, sagte er.
– Ich würde es dir glauben, sagte ich.
– Woher weiß er, dass ich das Foto rausgegeben habe?
Wir verstummten, weil der Kellner kam.
– Prego, habe schon gewählt?
– Funghi, sagte ich, und ein Wasser.
– Prosciutto für mich, sagte Ergün, und ein kleines Pils.
– Prosciutto?, fragte ich, nachdem der Kellner weg war.
– Aus Trotz vielleicht, sagte er. Meine Söhne treiben mich in den Wahnsinn, haram dies, haram das. Als hätten wir sie religiös erzogen. Wir können nicht mal in einen anständigen Burgerladen gehen und Rindfleischburger essen, weil sie gesehen haben, wie auf demselben Grill Bacon gebraten wird. Ich weiß nicht, was mit denen ist. Wir waren doch früher auch nicht so. Die trinken beide, wahrscheinlich kiffen sie sogar, aber die haben keine deutschen Freunde mehr und hängen nur noch mit Türken ab, die sie aus der Schule kennen. Ich habe Angst, dass der Tag kommt, an dem ich sie festnehmen muss. Nizar, alles, was ich

wollte, war raus da. Bei uns wohnen gar keine Schwarzköpfe, die Kinder haben Möglichkeiten, aber irgendwie finden sie es cool, Underdog zu sein und Scheiße zu bauen. Und dann dieses Foto. Warum habe ich dir das nur gegeben?
– Um der alten Zeiten willen, sagte ich. Als wir alle noch Salami gegessen haben und nicht jedes zweite Wort haram oder hak war.
– Ich habe versucht, ihnen etwas anderes zu bieten, sagte er. Diese Jungs … Und dieses Foto, warum suchen die danach?
– Tut mir leid, sagte ich. Mein Fehler. Der Typ, dem ich es geschickt habe, ist wohl verdeckter Ermittler und hat irgendwie herausgefunden, dass das Bild von der Polizei ist. Jetzt glaubt er natürlich, es gibt einen Maulwurf in ihren Reihen.
– Ja, mich, sagte er betreten.
Er tat mir leid. Sein Leben lang hatte er einfach nur versucht, irgendwo dazuzugehören. Dafür hatte er in Kauf genommen, dass wir ihn alle als Verräter ansahen. Und nun hatten ihn wieder die eigenen Leute in Verdacht, auf der falschen Seite zu stehen.
– Seit wann weißt du von dem Ermittler?
– Seit ein paar Wochen.
– Warum hast du mir nichts gesagt?
– So weit habe ich nicht gedacht.
– Nizar, wenn ich jetzt ein Disziplinarver…
– Bleib mal ruhig, unterbrach ich ihn, bleib bei deiner Geschichte. Du bist ein Bulle. Eine Krähe hackt der anderen kein Auge aus. Das weißt du doch. Keiner von denen will dir was. Dir wird nichts passieren. Bleib einfach bei deiner Geschichte.
– Wenn die herauskriegen, dass ich es…
– Du hast es von zu Hause aus bei dropfile hochgeladen?
– Ja.
– Vom Link hast du nur ein Foto gemacht, mir das Foto per wickr geschickt, wie ich es dir gesagt habe, die können dir nichts nachweisen.
– Ich will keinen Ärger, sagte er.
– Das wollen wir alle nicht. Aber Ärger kommt und findet uns,

sagte ich. Ich dachte, ich habe ein gutes Versteck, aber den Ärger schert dein Versteck einen Dreck.
– Nizar …
– Habibi, da kommt schon dein Schweinefleisch. Beruhig dich. Du bist auf der sicheren Seite. Versprochen. Ich habe deinen Rücken, die werden dir nichts nachweisen können. Aber ich habe noch eine Bitte, könntest du für mich nachschauen, ob du etwas über einen Kurtuluş Buldak findest …

24

Gras hat ein gewisses Volumen. Fünf, sechs Kilo Gras lassen sich nicht einfach so in einen kleinen Rucksack packen, zehn Kilo Mephedron aber schon. Wie sollte ich herausfinden, wer das Mephedron in den Kiosk brachte, wenn man größere Mengen davon in jede kleinere Tasche bekam? Ich ging davon aus, dass es frühmorgens oder spätabends passieren würde, wenn nicht mit so viel Kundschaft zu rechnen war. Aber letztlich konnte jeder diese Theke hochklappen und ins Hinterzimmer gehen. Jeder, der einen Deal mit dem Besitzer hatte.
Da es nicht sinnvoll war, zu zweit vor diesem Kiosk abzuhängen, und da ich einerseits nicht Gefahr laufen wollte, noch einen Fehler Lesanes ausbügeln zu müssen, und andererseits absolute Gewissheit haben wollte, ließ ich Lesane noch drei Tage lang den Läufer beschatten. Auch auf die Gefahr hin, dass er mit dieser ramponierten Fresse Aufmerksamkeit auf sich zog.
Der Läufer ging tatsächlich jeden Tag zum Kiosk und von dort zur Post, oft zweimal am Tag, einmal vormittags und einmal am späten Nachmittag. Kein Wunder, dass die Kunden die schnellen Lieferungen lobten. Bei McPaper kaufte er große Mengen an Luftpolsterversandtaschen. Es blieben kaum Zweifel, er war ein Läufer. Aber das half nicht weiter, denn man konnte nicht mal wissen, ob er selber wusste, wer sein Auftraggeber war.

Vielleicht kannte er den Auftraggeber nur als jemanden, der ihm Adressen und Mengenangaben über irgendeinen sicheren Messenger schickte und ihm irgendwie Geld zukommen ließ.
Ich kaufte mir einige Biere am Kiosk, die ich nur sehr langsam oder bestenfalls gar nicht trank, ich redete viel mit Kurtuluş, lernte auch seinen Sohn Celal kennen, Anfang zwanzig, keine Ausbildung, hatte eine Zeit lang als Paketfahrer gearbeitet und davor am Band Brötchen geschmiert. Das wusste ich von Kurtuluş, der oft klagte, der Junge würde ihm viele Probleme machen. Ich hätte keine Vorstellung davon, in was für Schwierigkeiten er sich brachte.
Manchmal war ich versucht, ihm zu erzählen, dass auch ich Vater war, dass auch ich einen Sohn hatte, der mir Sorgen bereitete, dass auch ich nicht wusste, wohin das alles führen sollte. Aber ich hatte einen Job zu erledigen.
Es hatte mich Überredungskunst gekostet, bis Ergün Kurtuluş überprüft hatte, er war einmal betrunken Auto gefahren, 1,2 Promille, das war gute zehn Jahre her. Es kostete mich später noch mehr Überredungskunst, auch den Sohn checken zu lassen, und mein Verdacht, welcher Art seine Schwierigkeiten sein mochten, bestätigte sich: Celal war dreimal wegen Drogenbesitzes aufgefallen, einmal 25 Gramm Gras und zweimal Kokain, einmal 3 Gramm und einmal 5. Eine nicht unerhebliche Menge.

Am ersten Samstag der Herbstferien ging der Läufer wie gewohnt in den Kiosk, kam aber nach ungewohnt kurzer Zeit wieder raus. Er blieb vor dem Kiosk stehen und tippte etwas in sein Handy.
Versuch die Briefe zu zählen, die er aufgibt, schrieb ich Lesane.
tmm.
Eine Viertelstunde später kam die Antwort: 3.
Ich fand online den nächsten Mietwagenverleih, reservierte mir ein Auto und bestellte Lesane vor den Kiosk. Ich bat ihn, den Kiosk im Auge zu behalten, während ich den Wagen holte.
Lesane sah aus wie jemand, der an einer Straßenecke abhängt,

auch mit dem noch nicht abgeheilten Gesicht war er wahrscheinlich unauffälliger als ich.
Roter Fiesta, die Straße runter, komm und steig ein, textete ich wenig später.
– Was machen wir mit dem Auto?
– Wirst sehen. Die Bullen arbeiten auch nicht viel anders als ich, aber mit viel mehr Leuten. Früher oder später kriegen sie einen, lass dir das eine Lehre sein. Wenn wir Bullen wären, könnten wir das Handy des Läufers abhören, seinen Internetverkehr sichten, wir könnten ihn rund um die Uhr beschatten, wir könnten herausfinden, wie er bezahlt wird und versuchen, der Spur des Geldes zu folgen. Aber sogar ohne das Ganze sieht es aus, als würden wir heute einen Weg zur Quelle finden.
– Die Quelle hat zu wenig Läufer, sagte Lesane. Der macht jeden Tag dasselbe. Wer versteht, wie die Bullen ticken, hat drei oder vier Läufer am Start, die auch einfach mal mit der Straßenbahn ins nächste Viertel fahren. Die wiederholen zu oft das gleiche Muster.
– Zuverlässige Läufer sind nicht so leicht zu finden, sagte ich. Und zweifelte. Zweifelte, ob ich ihm nicht gerade das Gegenteil von dem beibrachte, was ich eigentlich wollte. Und ich fragte mich, ob er nicht doch klüger war, als ich glaubte. Eine Intelligenz, die sich bemerkbar machte, wenn es darum ging, Drogen zu dealen. Aber wenn die wirklich da gewesen wäre, hätte er sich das Gras nicht klauen lassen, oder?
– Und warum jetzt der Wagen?
– Ich glaube, die Vorräte im Kiosk gehen zur Neige. Tonis Geschäft läuft gut, drei Briefe sind ein bisschen wenig.
– Ja, aber er hat bestimmt noch mal sechs in den Briefkasten geschmissen.
– Warum hast du mir nichts davon geschrieben?
– Du hast nicht gefragt.
Ich schüttelte den Kopf.
– Immer noch wenig, sagte ich, sah für mich so aus, als hätte

er eine neue Lieferung angefordert. Wahrscheinlich wiegen und vakuumieren sie es vorher schon. Damit schließen sie auch aus, dass der Läufer etwas abzwackt. Die kleinen Mengen, die, die sie in den Briefkasten schmeißen, sind vielleicht noch da und die größeren Mengen, die die Käufer gerne per Tracking bestellen, sind ausverkauft.

Wir saßen im Wagen, Lesane war zu jung, man würde uns nicht für Zivilbullen halten, und Kurtuluş kannte in erster Linie die Welt in seinem Kiosk, nicht vor seinem Kiosk. Er würde kaum raustreten und mich dann zehn Meter weiter in einem roten Fiesta sehen. Und wenn doch, konnte ich immer noch sagen, es sei der Mietwagen meines Bruders, dessen Auto gerade in der Werkstatt war.

Stundenlang saßen wir im Wagen und hörten Musik. Jeder durfte abwechselnd ein Stück spielen. Lesane mochte die druckvollen Beats, er mochte Pathos, er mochte Rapper, die flowen konnten, er machte sich nicht viel aus R'n'B, aber gesungene Hooks funktionierten für ihn.

Ich erzählte ihm, dass es ein offenes Geheimnis war, dass Bushido seine Texte nicht selber schrieb, dass schon Eazy-E seine Texte nicht selber geschrieben hatte, dass man nicht alles glauben sollte, was sie da so rappten, aber ich wusste auch, dass mich die Texte immer mitgenommen hatten, aber mehr als die Texte war es diese Wut von Menschen, die nicht dort bleiben wollten, wo sie hineingeboren worden waren, die aber nichts anderes hatten, worauf sie stolz sein konnten.

Wir hörten einzelne Tracks und ich dachte daran, wie es früher gewesen war. Kamber hatte bestimmt, was für Musik in unserem Zimmer lief. Monatelang hatte er dasselbe Album auf Repeat laufen lassen. Damals hatte es mich manchmal genervt, aber später hatte ich es selber auch so gemacht. Ein Album, das einem gefiel. Jeden Tag. Mehrmals. Immer wieder. Bis es ein Teil des Alltags wurde. Bis man später genau dieses Album im Ohr hatte, wenn man sich an die Zeit zurückerinnerte. Ein Album, auf dem man jeden Ton kannte. Wie Snoop *eheh* sagt,

wenn Dre rappt *Still don't love the police*. Wie Kerim von Cartel die Luft zwischen den Zähnen ansaugt, bevor sein Part beginnt. Was die Frauen im Hintergrund reden, wenn Ol' Dirty Bastard *Somewhere Over The Rainbow* singt.
Von April 1996 bis August 1996 hatten wir *The Resurrection* jeden Tag gehört. Kamber hatte die CD geklaut an dem Tag, an dem sie erschienen war, und wir hatten in unserem Zimmer gesessen und sie das erste Mal durchgehört ohne ein Wort zu sprechen.
Name a section in your city where minorities group
And I'ma show you prostitutes, dope and hard times
Bushwick meinte uns, er sprach aus Fifth Ward, Houston, direkt zu Westmarkt. Er verstand uns besser als die Lehrer, als die Ärzte, als die Bullen, als Leute beim Amt, verstand uns besser als ganz Deutschland.
My pockets ain't hurting that's for certain
You see a broke muthafucker it's a burden
I'm the first muthafucker on the block for the cheese
And I'm the last muthafucker to leave
Das war Kamber, immer Geld auf der Tasche, das musste man haben, wenn man niemandem zur Last fallen wollte. Er hätte achtzig CDs kaufen können im Laden, aber er fand es geiler, das Album zu klauen. Kamber, der immer bereit war zu teilen, der sich um alles kümmerte, der nie Angst zu haben schien. Kamber, der mir das Gefühl gegeben hatte, er würde immer für mich da sein.
Jetzt hörte ich einzelne Stücke mit Lesane, aber wenn ich allein Musik hörte, waren es höchstens zwei Alben, die parallel liefen.
It ain't my motherfucki'n fault niggas ain't learnin', We in too deep and ain't no returnin', rappte Scarface und ich wusste nicht, wie wir eine Lieferung zweifelsfrei erkennen sollten. Es war wie mit dem Läufer, es konnte jeder sein. Zwei, drei Kilo Pulver konnte man zur Not auch unter der Jacke verstecken, man brauchte nicht mal eine Tasche. Ich sagte Lesane, er solle die

Augen offenhalten, aber ich wusste nicht, ob seine Intuition, oder was immer es gewesen war, uns noch mal weiterhelfen würde.
Um halb elf war es nicht Lesane, sondern ich, der auf einmal hellwach war, als ein schwarzer BMW X1 hielt, ich drehte die Musik leiser. Der Fahrer beugte sich herunter und holte unter dem Beifahrersitz einen Rucksack hervor, bevor er ausstieg. Ein junger Mann, vielleicht Mitte zwanzig, schwarze Lederjacke, schwarze Jogginghosen, weiße Adidas Sneaker. Er wirkte seriös, in einem Anzug hätte man ihn für einen Geschäftsmann halten können, trotz der Tätowierungen an seinen Handrücken und an seinem Hals, die man im Schein der Straßenlaterne erkennen konnte.
Lesane sah mich an und grinste. Nur zwei Minuten später kam der Mann wieder aus dem Laden, dieses Mal ohne Rucksack, setzte sich ins Auto und fuhr los.
Auf die Autobahn Richtung Essen, ich folgte ihm im Abstand von zwei, drei Autos, hochkonzentriert.
– Du musst näher dran, sonst verlieren wir ihn.
– Dann kriegen wir vielleicht eine zweite Chance. Wenn er uns entdeckt, dann nicht.
Er fuhr am Centro in Oberhausen raus und dann durch eine Siedlung mit Häusern, die für Arbeiter gebaut worden waren, immer wieder das gleiche Haus, drei Stockwerke, sechs Mietparteien, großer Hinterhof. Dann kamen wir in eine Gegend mit schmaleren Straßen, flacheren Häusern, Vorgärten, viel Grünflächen, viele neuere Einfamilienhäuser, sonst Doppelhaushälften.
Der BMW parkte vor der Garage eines Hauses neben einem Ford Focus, der Fahrer stieg aus, ging drei Stufen zur Tür hoch, klingelte, sprach kurz mit jemandem, den wir nicht sehen konnten, ging dann wieder zurück. Er stieg jetzt in den Ford und fuhr los.
Wir standen gut dreißig Meter weiter weg, genau zwischen zwei Straßenlaternen, die Lichter aus.
– Hinterher, sagte Lesane jetzt.
Ich schüttelte den Kopf.

– Er ist auch nur ein Läufer, sagte ich. Der Typ, den wir wollen, ist vielleicht der in dem Haus, der, dem möglicherweise der BMW gehört.
Nach drei, vier Minuten fragte Lesane:
– Warum stehen wir jetzt noch hier?
– Vielleicht kommt der Mann raus und fährt noch irgendwohin.
– Um diese Uhrzeit?
– Unwahrscheinlich, gab ich zu. Aber es ist Wochenende.
Weitere fünf Minuten später ging die Tür auf. Als würden meine Hände auf einmal am Lenkrad festkleben. Als würde die Luft in meinen Lungen feststecken. Als würde mein Herz vergessen, was es zu tun hatte. Als würde die Welt auseinanderfallen. Als würde alle Freude einfach abblättern. Und nur noch Schmerz bleiben. Und unter dem Schmerz noch mehr Schmerz.
Als wärst du in einem Spiegelkabinett gefangen, überall wo du hinblickst, siehst du nur dich, verloren hinter all den Spiegeln.
Dieser Impuls, aus dem Auto zu steigen und innerhalb von Sekunden zu vergessen, wie schwer es gewesen war, das alles zu vergessen. Diese plötzlich explodierende Aussicht auf Halt, dass da jemand war, jemand, der nie weglief, jemand, der sein Wort hielt, jemand, dessen Schultern immer breit genug gewesen waren.
Gleichzeitig dieser Drang zu fliehen, loszufahren, wegzukommen.
Erstarren wie ein Kaninchen im Scheinwerferlicht, unfähig, eine Entscheidung zu treffen. Konnte man sich vor lauter Panik einfach auflösen?
Eine Zeit, die sich endlos dehnte, in der alle Regeln aufgehoben schienen und man sich nur noch wundern konnte, dass so viele verschiedene Impulse, Reize und Verlangen an einem ziehen konnten, ohne dass es einen zerriss, ohne dass das Herz einfach aus dem Körper flog und der Magen sich in eine andere Richtung auf und davon machte und die Leber einfach zu Boden fiel und die Milz platzte.

Diese Angst, sich nicht wieder so fühlen zu können wie damals im Stockbett. Diese Nächte, in denen ich heil gewesen war und die ich nie vergessen würde, egal aus wie vielen Stücken ich bestand und egal, wie schlecht sie zusammenpassten.
Ich weiß nicht, wie ich es schaffte, den Motor zu starten, den Gang einzulegen und loszufahren.
– Wohin?, fragte Lesane, als ich anfuhr, während Kamber in den BMW einstieg und den Rückwärtsgang einlegte.
Ich antwortete nicht. Als hättest du die Stimme verloren. Als gäbe es nichts mehr zu sagen.
Meine Hände zitterten, aber ich ließ sie auf dem Lenkrad, meine Oberschenkel zitterten, doch ich konnte noch fahren. Lesane hielt den Mund. Vielleicht verstand er, dass hier irgendetwas passierte, bei dem er besser den Mund halten sollte.
Nachdem wir schon ein ganzes Stück Autobahn gefahren waren, setzte er an, etwas zu sagen, doch vielleicht glänzte eine Träne auf meinem Gesicht oder der Kiefermuskel stand hervor oder sonst was. Er schwieg.
Erst als ich einfach am Rand von Westmarkt hielt und ihm bedeutete auszusteigen, fragte er:
– Wer war das?
– Jemand, den ich von früher kenne.

1997, Take a Look Over Your Shoulder, Warren G
Alle kommen sich toll vor. Weil sie Rucksäcke haben. Weil sie sich treiben lassen, anstatt zu planen. Weil sie in billigen Unterkünften schlafen statt in teuren Hotels. Weil sie Kontakt zur Bevölkerung haben und ohne Angst an Straßenständen essen. Weil sie feilschen. Weil sie staunen. Weil sie offen sind.
Sie scheinen ihm alle gleich, die Deutschen, die Engländer, die Australier, die Amerikaner, die Spanier. Sie haben Geld, alle, auch wenn sie nicht müde werden, das Gegenteil zu behaupten. Sie glauben, sie würden aufbrechen in eine Freiheit und die Enge zu Hause verlassen. Dabei ist ihnen nur vor Langeweile so eng geworden. Sie wollen etwas erleben, etwas, das sie größer, reicher,

weltgewandter, erfahrener machen soll. Sie wollen eine Überlegenheit, die sich als Demut tarnt.
Sie bewundern das Lächeln im Angesicht der Armut. Die Verbundenheit mit allem. Die gelebte Spiritualität. Die Philosophie. Die Leerheit aller Phänomene. Die Dankbarkeit der Menschen. Die Gita. Sie sagen immer: Die Gita. Er weiß nicht, ob Inder die Bhagavad Gita auch so nennen. Das Lächeln. Immer wieder das Lächeln. Die Liebe zu jedem Stein, jeder Pflanze, jedem Menschen.
Alle versuchen, nicht über den Tisch gezogen zu werden, und erzählen, dass sie zu Hause nur arme Schlucker sind. Und sie glauben es wirklich. Niemand von ihnen kennt die Armut zu Hause, wie er sie kennt. Niemand kommt aus einer Familie, die das Geld für die Klassenfahrt nicht hatte. Aus einer Familie, der der Strom abgestellt wurde. Aus einer Familie, in der die Mutter ein System hat, wie das Geld bis zum Monatsende reicht, ein System, das zusammenbricht, wenn man einen Zehner verliert.
Doch es scheint ihm, er ist erschrockener über die Armut hier als die anderen. Vielleicht gerade deswegen, weil er sie kennt. Weil er sieht, wie viel schlimmer sie hier ist als zu Hause. Weil er sich hier nicht wie ein armer Schlucker fühlt, sondern unglaublich reich.
Er schämt sich. Er schämt sich, als hätte er sich einen Vorteil erschlichen, indem er in Westmarkt geboren wurde von einer Mutter, die völlig überfordert war.
Doch Rahel und er sind Tag und Nacht zusammen, sie reden, sie lernen Menschen kennen, sie machen Yoga, sie meditieren, sie sitzen bei Gurus und Sadhus und er beginnt zu verstehen, warum Rahel ausgerechnet hier diesen Frieden sucht, den sie vom LSD kennt.
Er redet mit vielen anderen Reisenden, doch vor allem unter den Deutschen fühlt er sich fremd. Mittlerweile kann er reden wie sie, auch wenn er immer noch nicht alle Fremdwörter kann, aber das ist es nicht. Sie versuchen Indien zu verstehen, zu erklären, doch jemanden wie ihn haben sie noch nie kennengelernt.

Jemanden, dem nie in den Sinn kommen würde, nach Indien zu fahren.
Gierig saugt er alles auf, weil er bereits ahnt, dass es seine einzige Reise dieser Art bleiben wird.
In Bodhgaya sitzt er in einem Restaurant, Rahel ist auf der Toilette und er sieht auf den Tisch, denkt an die Zeit im Jugendarrest zurück. Daran, wie viel Angst er hatte. Als er aufblickt, steht da nicht Rahel, sondern ein buddhistischer Mönch. Ostasiatische Gesichtszüge, vielleicht Japaner, wird er hinterher denken. Da ist etwas Warmes in seinen Augen.
Du hast Angst bekommen, als du so allein warst, sagt er. Aber die Angst ist leer.
Der Mann lächelt nicht, sieht ihm aber in die Augen, und obwohl er das Gefühl hat, der Boden würde sich auftun unter ihm, wird er gehalten von diesem Blick. Fest und sicher. Dann dreht sich der Mann um und geht.
Er konnte alles sehen, denkt er, er konnte alles sehen und er konnte mich mit seinen Augen halten.
Rahel merkt, dass etwas passiert ist, aber er erzählt ihr nicht von dem Mönch. Denn dann müsste er auch erzählen, was er im Arrest gefühlt hat.
Sieben Jahre später erst wird er Roshi kennenlernen und sich auch so gehalten fühlen.

25

– Kennst du Meliha noch?
– Meliha? Weiß gerade nicht.
– Die in der Chamissostraße gewohnt hat. Vorne im ersten Block. Ihr Vater kann nicht mehr arbeiten, weil sie ihm das Bein amputiert haben.
– Ah, die, sagte ich und erinnerte mich tatsächlich an ein kleines Mädchen mit Zöpfen und Sommersprossen.
– Die kommt nicht mehr zu ihren Eltern. Hat studiert, ist jetzt

Anwältin. Und hat einen Freund, einen Deutschen, mit dem sie auch zusammenwohnt. Ihre Eltern haben nichts dagegen, nein, vielmehr flehen sie sie an, ihn doch mal mitzubringen. Welche junge türkische Frau hat schon solche Eltern? Aber Meliha erfindet jeden Tag neue Ausreden. Die will den nicht nach Westmarkt in eine Zweizimmerwohnung bringen. Sie hält sich für etwas Besseres jetzt. Studieren bildet, sagen sie, aber die Menschen vergessen, wo sie herkommen. Drei Tage ist sie auf die Universität gegangen, schon trägt sie die Nase so hoch, als wäre ihre Mutter nie putzen gegangen. Was hat sie gelernt? Herabschauen auf ihre Eltern? Lernt man das an der Uni? Lernt man, die eigenen Eltern zu verachten? Und den Schweiß der Arbeit? Auf einmal ist ihr das Essen nur noch gut genug, wenn es Bio ist. Auf einmal schmeckt ihr der Filterkaffee nicht mehr. Und der türkische auch nicht. Nein, es muss ein Pappbecher sein, auf dem ihr Name steht und der sie glatt einen Zehner kostet. Die kann gerne mal zu mir kommen und ich kann auch ihren Namen auf einen Becher schreiben und ihr dafür einen Stundenlohn abnehmen. Als wäre Kaffee irgendeine seltene Seide, von Raupen, die sich nur von Rosenknospen ernähren. Seit wann ist sie denn so eine feine Dame geworden, als sei sie bei Hof aufgewachsen? Wer dreht sich heute noch mal um und sagt: Danke. Alle rennen dem Geld und dem Ansehen hinterher und ihre Eltern sehen nur Melihas Rücken. Was ist so schlecht an ihrem Leben gewesen? Hat sie so gelitten unter ihren Eltern? Wie kann man sich für die eigenen Eltern schämen? Und wenn ihre Mutter eine Nutte wäre, sie wäre immer noch ihre Mutter und eine Mutter liebt ihr Kind, egal welche Fehler es hat und welche sie selber hat.

Es war nicht eine ihrer üblichen Tiraden. Auch sonst regte sie sich auf über Undankbarkeit, über Lügen, über Masken, über Falschheit, aber sie überschritt nie eine Grenze. Sie sagte nie irgendetwas, das mich hätte verletzen können. Und jetzt hielt sie zwar inne, aber sie schien über etwas anderes nachzudenken, über etwas Ernsteres.

– Wo?, fragte sie dann.
– Wie wo?
– Wo habe ich einen Fehler gemacht? Wo hat das angefangen? Die Sachen sind ja nicht so einfach. Niemand macht alles richtig. Niemand macht alles falsch. Wo habe ich einen Fehler gemacht, Nizar, wo?
Es schien mir eine ernste Frage, sie wollte keine Antwort, die ihr Treibstoff für ihr Selbstmitleid gab, sie wollte wirklich etwas wissen. Warum ausgerechnet jetzt? Hatte sie eine Ahnung? Merkte sie, wie die Hitze über mich kam und ich aufhörte zu atmen? Spürte sie, was meine Augen gesehen hatten? Jahrelang hatte sie Kamber nicht erwähnt und auch jetzt wollte sie mit Sicherheit nicht, dass ich seinen Namen aussprach.
– Ehrlich, sagte sie. Wo?
– Vielleicht … ist es kein Fehler, sagte ich. Vielleicht sind die Dinge nicht so. Weißt du, Menschen werden mit Talenten geboren und vielleicht haben sie es schwer, wenn sie zu wenig haben. Oder zu viel. Wenn du jemand bist, den alle immer mögen, wenn immer alle Jungs so sein wollen wie du, alle Mädchen dich toll finden, die Erwachsenen beeindruckt sind von deinem Mut und deinem Willen und deiner Intelligenz. Wenn du gut bist im Sport, in der Schule, wenn du charmant bist und Menschen für dich einnehmen kannst.
– Belügen, sagte Sevgi. Belügen.
– Wenn du sogar gut im Lügen bist. Gut im Basketball. Wenn du dich irgendwie reich fühlst und das Leben dir leicht scheint. Und gleichzeitig hat Gott dir einen Hunger gegeben, Hunger aufs Leben. Und dich in eine Umgebung gesteckt … Vielleicht braucht es nicht mehr. Vielleicht ist es nicht das Resultat eines Fehlers. Sondern ein Zusammenspiel von so vielen Sachen …
Sie sah mich an.
– Du bist ein guter Junge, sagte sie. Du glaubst selber nicht, was du sagst, aber du bist ein guter Junge. Schau, aus wie vielen Brunnen du Wasser holst, damit kein bitteres dabei ist. Was du

dir einfallen lässt, damit du mich nicht kränkst. Aber ich will es wissen. Wo, Nizar, wo haben wir den ersten Fehler gemacht?
Ich schaute auf die Tischdecke, zog die Schultern hoch, ein winziges bisschen nur, aber ich war mir sicher, dass sie es sah.
Was meinst du? Was hätte ich sagen sollen? Was war die andere Hälfte der Wahrheit? Dass es schwer war, in diesem Viertel sauberzubleiben? Dass wir inmitten von Kriminalität aufgewachsen waren? Dass sie hätten umziehen müssen? Dass sie zu lange versucht hatte, ihn zu beschützen? Dass wir Savaş immer nur mit Härte, mit Stolz, mit Kraft, mit Energie, mit Kompromisslosigkeit beeindrucken konnten? Dass für Kamber alles zusammengebrochen war, noch bevor Savaş starb, weil er verstanden hatte, dass sein Vater nicht mehr an ihn glaubte? Dass sie ihm zu oft das Gefühl gegeben hatten, es sei nicht in Ordnung, so zu sein, wie er war. So wild. So unberechenbar. So laut. So darauf aus, Regeln zu brechen. Dass sie ihm das Gefühl gegeben hatten, dass sie sich eigentlich einen anderen Sohn wünschten.
Wieso kam sie jetzt mit dieser Frage? Was war passiert? Wieso schafften wir es nicht, ihn aus unserem Leben zu bekommen?
– Vielleicht war es die falsche Umgebung für ihn, sagte sie. Aber selbst wenn es so war, was hätten wir tun sollen? Ihn hier einfach rausreißen? Er wäre zurückgekommen. Habe ich ihn nicht genug geliebt? Nizar, glaubst du, ich habe nicht genug geliebt? Belüg mich nicht.
Ich fühlte mich in die Ecke gedrängt. Es lag etwas auf meinem Brustkorb, ich bekam kaum noch Luft. Natürlich hatte sie genug geliebt. Ihre Liebe hatte mir ein ganzes Leben geschenkt. *There's no way I can pay you back.*
Natürlich hatte sie nicht genug geliebt. Aber vielleicht tat man das nie. Andere Gefühle standen einem dabei im Weg. Der Stolz, der Schmerz, die eigene Verwundbarkeit. Eine Mutter liebt ihr Kind, das wusste sie, aber sie hatte sich losgesagt von ihrem Sohn. Weil er nie sein Wort hielt, weil er immer wieder erwischt wurde, weil er immer wieder einsaß, weil er immer wie-

der Drogen nahm. Jahrelang hatte er ihr immer wieder Geld geklaut, bis er mit Summen hantierte, gegen die ihre Geldbörse nur Kleingeld war.
Sie hatte gesagt, sie habe keinen Sohn mehr, der Kamber heißt. Wahrscheinlich um sich selbst zu schützen. Vielleicht hatte sie alles Recht der Welt dazu. Aber sie hatte nicht aufgehört ihn zu lieben. Was änderte es an ihrer Liebe, wenn sie sie für sich behielt?
Und ich? Was war mit mir? Wie hatte ich es geschafft, so lange ohne meinen Bruder zu leben? Ihm hatte ich ebenso viel zu verdanken wie ihr. Ohne ihn wäre ich nie nach Indien gefahren. Wäre nie so lange mit Rahel zusammen gewesen. Hätte nie nach jemandem wie Roshi gesucht. Vergessen all die Male, die er mich draußen beschützt hatte. Vergessen, dass sich niemand traute, mir ein Haar zu krümmen, weil sie wussten, dass er mein Bruder war. Vergessen, dass ich mit ihm gelernt hatte, was es hieß zu teilen. Vergessen die Nacht, in der wir die Pillen geschmissen hatten, nur weil ich es wollte. Vergessen all die Nächte im Stockbett. Vergessen, dass ich jahrelang vergessen hatte, was Einsamkeit hieß. Vergessen, alles vergessen, weil man sich bewegen musste, weil man irgendwohin kommen wollte, weil mit ihm zu sein immer auch Ärger und Schmerz bedeutete.
Wann hatte ich angefangen, an den Besuchstagen ohne Sevgis Wissen in den Knast zu gehen? Wann hatte Kamber aufgehört, auf meine Briefe zu antworten? Warum hatte ich ihm nicht mehr geschrieben? Warum hatte ich nicht wissen wollen, wohin er zog, nachdem er entlassen wurde? Weil ich mich wie ein Versager fühlte? Weil ich keine Richtung fand und Angst vor der hatte, in die er sich bewegen würde? Weil ich raus war aus Westmarkt und auch draußen bleiben wollte? Weil ich verstanden hatte, dass es ein Leben gab, in dem ich weniger Angst und mehr Ruhe hatte?
Ich wusste es nicht, kurz nach der Nacht im Chronic hatten sie ihn mit drei Kilo Gras erwischt, *Geschäfte, ich muss los.* Ich hatte ihm im ersten Jahr noch geschrieben und ihn auch besucht.

Doch in seinem zweiten Jahr im Knast war unser Kontakt weniger geworden und dann ganz abgebrochen.
– Was glaubst du, Nizar?, hakte sie nach.
– Vielleicht bin ich es, der nicht genug geliebt hat. Vielleicht versagen wir alle. Wir sind keine Helden. Unsere Geschichten werden nicht weitergetragen werden. Das bisschen Leben, das wir haben, wird einfach mit uns sterben.
– Ich wollte nie eine Liebe, die weiter geht als bis zum Grab, sagte sie. Was zählt ist das hier. Geschichten sind nur zum Trösten. Ich will keinen Trost. Ich will …
Sie brach ab. Ich hatte das Gefühl, mich übergeben zu müssen. Ich stand auf, ich glaube, da war Schweiß auf meiner Stirn und mir war schwindelig.
– Entschuldige, sagte ich.
Im Bad ließ ich das Wasser laufen und würgte einige Male, doch es kam nichts. Ich war kurz davor rauszugehen und Sevgi die Wahrheit zu erzählen. Ich sah in den Spiegel, aber ich sah mich nicht, ich sah eine Filmszene, ein Klischee, einen Mann, der in einem Badezimmer versucht durchzuatmen und eine Entscheidung zu treffen.
Filme. Wir hatten alle zu viele Filme gesehen. *Scarface, Blood In, Blood Out, Menace II Society, Boyz n the Hood, Above the Rim* und wie sie alle hießen. Kamber hatte außerdem all diese Bücher gelesen. Irgendwie hatte uns das gesagt, dass es okay war. Man wurde drogensüchtig, größenwahnsinnig, man kam ins Gefängnis, man verlor seine Freunde, seine Frau, das Vertrauen, man stand im Kugelhagel und starb, aber irgendetwas schien man damit bewiesen zu haben. Irgendeine Form von Größe. Irgendetwas mit Romantik. Mit Ehrlichkeit. Mit Authentizität. Mit Reinheit. Mit echtem Leben. Mit Geschichte. Mit Trost.
Unterhaltung. Das war alles zur Unterhaltung gedacht gewesen. Unsere Leben aber nicht. Diese Abbildungen hatten alle nichts mit uns zu tun, aber wir versuchten irgendetwas nachzumachen, was wir dort gesehen hatten, etwas, das wir auf den

Alben hörten. Wir wollten Bedeutung. In der Welt, in der wir gerade lebten.
Rahels Freunde hatten andere Träume von Größe und Bedeutung gehabt.
Und jetzt stand ich am Waschbecken und wusste nicht, wie ich mich verhalten sollte, Sevgi gegenüber, Lesane gegenüber, Ayleen gegenüber.
Ich konnte nicht. Ich konnte nicht einfach die Wahrheit erzählen. Ich konnte nicht mal herausfinden, ob sie einen Teil davon schon ahnte, weil sie mich so gut kannte.
Als ich wiederkam, saß sie am Tisch und rauchte.
– Komisch, sagte sie aus dem Fenster schauend, komisch, wie sehr man etwas vermissen kann, das einem so wehtut. … Zwei Kugeln, fügte sie hinzu.
Ich kannte sie gut genug, ich ahnte, was sie sagen wollte, doch ich fragte nach:
– Zwei Kugeln?
– Mit zwei Kugeln könnte man diesen Schmerz ein für alle Mal aus der Welt schaffen. Zwei Kugeln, was kosten die schon?
Sie zündete nicht eine Zigarette an der anderen an, sie drückte eine aus und griff dann nach der Schachtel und dem Feuerzeug. Drehte den Kopf zu mir. Nahm einen Zug.
– Wie ich mich verrenne, sagte sie. Wie ich mich verloren habe, als sei ich ein Boot, das dem offenen Meer ausgeliefert ist. Zwei Kugeln? Was bringt das schon? Vergessen wir das alles. Ich habe Fehler gemacht, du hast Fehler gemacht, das ist das Leben, wir machen alle Fehler, straucheln, fallen hin, stehen auf. Niemand von uns wird hier zum Helden, es ist eine vergängliche Welt und selbst die Helden sterben und es bleibt nichts.
Sie drehte den Kopf weg und nahm noch einen Zug. Wenn mich nicht alles täuschte, war ihr eng um den Hals.
– Du bist ja hier, sagte sie. Du kommst immer, und wie oft habe ich schon Danke gesagt? Komm her …
Sie legte die Zigarette in den Ascher, stand auf und schloss mich in ihre Arme. Ich roch den Tabak in ihrem Atem, ich roch das

Shampoo in ihren Haaren, die fast zur Hälfte grau waren, ich roch etwas, das mich an Meerwasser erinnerte, an Gischt an den Felsen. Als würde etwas in ihr zurückgehen in ihre Kindheit und dabei gleichzeitig härter werden.
Früher hatte sie weicher gerochen, fruchtiger, nach Zitrone, nach Butter, nach Kuchen, nach Vanille.
Vielleicht war es ja nur ihr Shampoo. Doch es gab ja einen Grund, warum sie jetzt ein anderes nahm.
Wir hielten uns und es war anders als früher. Früher hatte ich mich geborgen gefühlt, beschützt, geliebt. Jetzt war es so, als würde der Lärm der Welt kurz verstummen. Ein Lärm, den ich als Kind nie gehört hatte, obwohl er da gewesen sein musste.

26

Es blieb keine Zeit, vor dem Termin einfach mal durchzuatmen, dazusitzen, auf den ausgeschalteten Monitor zu starren und in Ruhe Möglichkeiten durchzuspielen, um sich vorzubereiten. Warum wollte er ausgerechnet am Sonntag Nachmittag kommen? Und warum rief Ayleen dauernd an? Ich drückte ihre Anrufe weg, aber auch dem würde ich mich noch stellen müssen.
Cengiz kam pünktlich um vier, wieder ganz in schwarz, wieder mit diesem Lächeln, als wüsste er etwas, das anderen Menschen entgeht. Er gab mir die Hand, setzte sich und sagte erst mal nichts. Ich musste dieses Spiel nicht gewinnen und fragte ihn nach einer guten Minute:
– Wie kann ich behilflich sein?
– Haben Sie sich mit den Scheinen beschäftigt, die ich Ihnen letztes Mal gezeigt habe?
– Ja. Irgendetwas an Ihrer Geschichte stimmt nicht. Das sind Ostmark, nie im Umlauf gewesen. Kein Wert, außer für Sammler.
Er lächelte noch breiter.

– Aber von Wert für Sammler, sagte er, holte aus der Innentasche seiner Jacke einen Schein und legte ihn vor mir auf den Tisch.
Ich nahm den Schein und betrachtete ihn. Ich hatte natürlich noch nie einen in der Hand gehabt, aber er schien mir echt zu sein.
– Sie können mir vertrauen, sagte er. Was ich hier mache, sind nicht nur leere Worte. Angenommen, ich hätte die Scheine schon gefunden und verkauft. Angenommen, ich würde jetzt auf einem Haufen Bargeld sitzen, das ich nicht zurück in die Türkei schaffen möchte. Das ich hier aber auch nicht gebrauchen kann, weil es ein Schuhkarton voller Scheine ist.
Er lächelte mich an und sprach nicht weiter.
– Angenommen, sagte ich, ich wäre ein reicher Mann, der aus irgendeinem Grund in Deutschland Geld waschen möchte: Gäbe es nicht viel bessere Kandidaten als mich? Hätte so ein reicher Geschäftsmann nicht viel bessere Verbindungen, auf die er zurückgreifen kann, als einen Privatdetektiv, der zufällig ein wenig Türkisch kann?
– Angenommen, der Geschäftsmann möchte nicht auf seine Verbindungen zurückgreifen, weil sie zu ihm zurückverfolgt werden könnten, oder weil sie dazu neigen, mit dem Gesetz in Konflikt zu kommen. Und die Gesetze in Deutschland sind streng, hören wir. Vielleicht sucht der Geschäftsmann jemanden, der sich früher in bestimmten Kreisen bewegt hat, sie aber dann verlassen hat, jemanden, der ein wenig Geld gut gebrauchen könnte, und dass dieser jemand Türkisch kann, ist nur ein zu vernachlässigender Glücksfall.
Ich war mir sicher, dass er mir nichts anmerken konnte, aber ich wurde unruhig. Er wusste viel. Das war mit einer einfachen Internetrecherche nicht herauszukriegen. Vielleicht bluffte er, vielleicht konnte man jedem sagen, dass er gerade ein wenig Geld gut gebrauchen könnte. Etwas mehr Geld konnten immer alle gut gebrauchen, deswegen gab es Offshore-Firmen, Steuerhinterziehung, deswegen gab es Spielotheken, Lotto, Raubüber-

fälle, Dealerei, deswegen gab es Aktien und Börsen und die Möglichkeit, auf Kursverläufe zu wetten.

Aber ich wusste nicht, was man tun musste, um herauszufinden, wo ich herkam und wie ich meine Jugend, in der es noch kein Internet gab, verbracht hatte. Vielleicht konnte man das auch raten? Jemand mit diesem Namen, wo sollte der herkommen?

– Ich bin nicht der, für den Sie mich halten, sagte ich. Mein Vater war Kieferorthopäde.

Sein Grinsen wurde breiter.

– Reden wir doch wie Männer, sagte er. Ihr Vater war kein Kieferorthopäde. Ihr Vater war ein Schürzenjäger, den Sie kaum zu Gesicht bekommen haben.

Ich sagte nichts und sah ihm in die Augen.

– Ihre Mutter…, fing er an, doch ich hob die Hand, um ihm zu signalisieren, dass ich nichts über meine Mutter hören wollte, und er brach ab. Er lächelte nicht mehr. Anständig von ihm.

– Was möchten Sie?, fragte ich.

– Geld waschen.

– Was bekomme ich dafür?

– 10 Prozent.

– Wie viel Geld?

– So 3000 im Monat. Aber über Jahre.

– Ich mache so etwas nicht.

Er nickte.

– Sie verdienen nicht wirklich gut, sagte er. Sie scheinen jemand zu sein, der seine Ruhe haben möchte. Vielleicht ist Ihnen mit 300 Euro im Monat nicht geholfen. Was sagen Sie zu 12 Prozent?

Ich schüttelte den Kopf.

– Mein letztes Angebot ist 15.

Wieder schüttelte ich den Kopf.

– Dieser junge Mann, mit dem Sie öfter unterwegs sind…

– Ja?, sagte ich, weil er den Satz nicht beendete.

– Ich weiß nicht genau, in was für einer Beziehung Sie zueinander stehen, aber er hat einen gewissen Ruf.

– Kann sein.
– Sind Sie sich sicher, dass Sie nicht mehr verdienen wollen?
– Ja.
– Gut, aber Sie könnten ja jemanden kennen, der so etwas macht. Jemand, der vielleicht einen Kiosk hat oder als Personal Trainer arbeitet oder Handys repariert. Jemand, der vertrauenswürdig ist.
– Wenn Sie so gut sind, warum finden sie ihn dann nicht selbst?
– Vorsichtsmaßnahme meines Arbeitgebers. Und mangelnde Sprachkenntnisse.
– Die mangelnden Sprachkenntnisse haben Sie ja auch nicht davon abgehalten, meine Lebensgeschichte herauszukriegen.
Er zog die Schultern hoch.
– In Westmarkt können viele Türkisch, sagte er. Und die Menschen reden gern. Ich bin auf der Suche nach jemandem, der nicht so gerne redet. So fiel die Wahl auf Sie. Ich werde mich wieder melden. Es freut mich, dass Sie es nicht machen wollen, aber ich würde mich noch mehr freuen, wenn Sie jemanden finden, der sich dafür eignet. Mein Auftraggeber würde natürlich eine Vermittlungsgebühr zahlen. Sie sind frei in Ihrer Suche und in Ihren Entscheidungen. Ich wünsche Ihnen noch einen gesegneten Tag.
Er stand auf und gab mir die Hand.
– Darf ich noch etwas fragen? Warum kommen Sie ausgerechnet am Sonntag?
– Sonntag?, fragte er. Was soll sein mit Sonntag? Freitag ist der heilige Tag.
Er lachte. Nachdem ich die Tür hinter ihm geschlossen hatte, versuchte ich durchzuatmen. Tief. Es gelang mir mehrere Male nicht. Das Telefon klingelte. Ayleen.
– Hallo, bitte gib mir fünf Minuten, ich rufe dich zurück.
– Du drückst mich seit Tagen weg. Bist du sicher, dass fünf Minuten reichen?
– Lass uns treffen, sagte ich. In 45 Minuten im Adana? Passt dir das?

– Glaubst du, du kannst mich einfach irgendwohin bestellen, wenn du willst? Wer bin ich denn?
– Es tut mir leid, sagte ich. Es war nicht richtig, dich wegzudrücken. Ich habe dir geschrieben, dass ich viel um die Ohren habe. Schau, es ist ein Angebot. Lass uns treffen, lass uns in Ruhe reden.
– Ich habe noch etwas anderes zu tun als zu springen, wenn du zufällig Zeit hast.
– Ich rufe dich in fünf Minuten wieder an, okay?
– Adana, sagte sie. Und wage es nicht, zu spät zu kommen.
– Ich werde pünktlich sein wie ein Deutscher, sagte ich, und sie legte auf.
Ich schloss ab, ging zur U-Bahn und fuhr die sieben Stationen bis an den Rand von Westmarkt. Jede Haltestelle brachte mich Dingen näher, vor denen ich lieber weglaufen wollte. Solange die Bahn in Bewegung war, konnte ich meine Gedanken nicht ordnen. Nachdem ich ausgestiegen war, setzte ich mich auf die hässliche stahlmatt glänzende Bank und schloss die Augen. Ich hatte noch Zeit.
– Jemand, den ich von früher kenne, hatte ich Lesane geantwortet, als er gefragt hatte, wer das war. Wir halten die Füße still, ich melde mich wieder, hatte ich gesagt.
Es war ja nicht gesagt, dass er Toni_meow war. Es gab keinen Beweis. Nur Indizien. Aber ich konnte ihn nicht beschatten. Er hätte mich gesehen, er würde mich erkennen, sofort.
Ich kannte niemanden, den ich bitten konnte, ihn zu beschatten. Die Einzigen, die mir eingefallen wären, waren Jungs von früher, und die kannte er auch. Ich hatte nicht genug Geld, um jemanden zu bezahlen, damit er Kamber überwachte. Und Lesane konnte ich nicht in Gefahr bringen.
Und selbst wenn ich einen Beweis fand, dass Kamber Toni war. Ich konnte ihn nicht ausliefern. Ich konnte auch nicht zu Kamber gehen und ihn um Geld bitten, um Lesanes Schulden zu begleichen. Ich konnte nicht einfach aufkreuzen und etwas von

meinen Problemen erzählen, auch wenn ich nicht daran zweifelte, dass er mir das Geld gegeben hätte.
Ich hatte mit Engelszungen auf Ergün einreden müssen, damit er nachschaute, auf wen der BMW zugelassen war. Ein Veysel Matarcı, der einen Gebrauchtwagenhandel hatte. Das Haus, aus dem Kamber gekommen war, gehörte einem Matthias Richter, der Elektriker mit eigenem Betrieb war. Kamber war seit seiner letzten Entlassung vor sechs Jahren nicht mehr auffällig geworden und wohnte offiziell in Oberhausen.
Vielleicht wohnte er nicht dort, wo ich ihn gesehen hatte, vielleicht war der Wagen nur geliehen, vielleicht versuchte er es auf irgendeinem legalen Weg. Aber wahrscheinlicher schien mir, dass er verdammt vorsichtig war. Wie sollte ich jetzt Lesanes Schulden bezahlen? Indem ich mir einen Strohmann als Teilhaber der Detektei reinholte und Geld wusch?
Ich hatte alles getan, um mich von dieser Art von Geschichten fernzuhalten. Zumindest hatte ich mir das eingebildet. Einmal war keinmal. Doch wer oder was einen dazu bringen konnte, es einmal zu tun, konnte das auch häufiger. Man konnte diese Grenzen, die man einmal überschritten hatten, nicht einfach wieder neu ziehen. Genauso wenig wie man die Verbindungen zur Vergangenheit kappen konnte. Siehe Ayleen. Siehe Sevgi. Siehe mich. Siehe Westmarkt. Siehe das Leben.
Wenn man einmal angefangen hatte mit irgendetwas, war man gefangen, man konnte nicht einfach sagen: Scheiß drauf, ich steig da wieder aus. Ich hatte es schon so oft gesagt, aber irgendwie war ich hängengeblieben.
Welche Richtung? Welche Richtung gab es von hier aus noch? Ich sah auf die Uhr. Ich würde pünktlich sein. Man kann nicht immer auf alle Arten anständig sein und dann klammert man sich an die, die man im Griff hat.

27

Das Adana hieß jetzt Mangal, aus dem etwas schäbigen Laden mit den dunklen Backsteinen und den Kupfertabletts an den Wänden war ein helles Restaurant mit weißem Fliesenboden geworden, Stühlen mit hohen Lehnen und cremefarbenem Kunstlederbezug. Ein Chic, den ich nur von Türken kannte, eine Sehnsucht nach modern und hochwertig, die einfach nur billig und geschmacklos wirkte. Dafür hatten sie Cağ Kebabı, eine Spezialität aus Erzurum, wie in der Speisekarte stand, ein Döner, der horizontal auf einem Holzkohlegrill gebraten wurde.

Als klar wurde, dass Ayleen sich deutlich verspäten würde, bestellte ich Lavaş und Antep Ezmesi, dünnes Fladenbrot und scharfe Tomatenpaste. Ich überlegte, ob ich ihr eine Nachricht schreiben sollte, aber das hier war das alte Adana, sie würde wahrscheinlich demnächst hier aufkreuzen, vielleicht genervt, weil sie sich verspätet hatte. Ich wollte nicht Gefahr laufen, sie irgendwie zu reizen. Ich überlegte, mir ein Bier zu bestellen, entschloss mich dann aber doch, lieber einen zweiten Ayran zu nehmen.

Ayleen kam zwanzig Minuten zu spät, schwarze Stretchjeans, silberglänzende Sneaker, Bluse irgendwo zwischen mauve und pink, kurze schwarze Jacke.

Sie betrat den Laden ohne sichtbare Eile, blickte sich um, sah mich und lächelte, kurz nur. Dann kam sie mit einem etwas steifen Gesichtsausdruck in meine Richtung. Ich stand auf, gab ihr die Hand, wollte sie auf die Wangen küssen, bemerkte ihr Zögern, doch sie verweigerte das Ritual nicht.

– Was möchtest du trinken?

Da war Wut in ihrem Blick, aber auch irgendetwas, das ich nicht benennen konnte. Außer Wimperntusche trug sie kein Make-up.

Der Kellner kam schon und Ayleen wandte ihren Blick kaum von mir ab, während sie bestellte.
– Was soll das?, fragte sie dann. Ich hatte gedacht, es würde helfen. Ich hätte dir nie erzählen sollen, dass er dein Sohn ist. Mein Fehler, sagte sie.
Aber sie meinte es natürlich nicht so.
– Hat er sich vorher nie geprügelt?
– Können wir mit dem Scheiß aufhören? Ich bin nicht blöd. Er hat sich nicht geprügelt. Er hat aufs Maul bekommen. Und das wahrscheinlich wegen einer Sache, in die du ihn reingezogen hast.
– Wie kommst du drauf?
– So ein Gefühl.
– Du bist sauer auf mich, weil du so ein Gefühl hast?
– Nein, ich bin sauer auf mich, weil ich gedacht habe, du könntest Lesane eine Hilfe sein. Ich habe gedacht, du würdest ihm helfen, sich aus dieser Scheiße rauszuhalten. Ich bin sauer auf mich, weil ich geglaubt habe, es würde ihm helfen zu sehen, dass sein Vater anders ist. Ich bin sauer, weil ich geglaubt habe, er würde aufhören, ewig gegen Sami zu sein. Stattdessen kommt er nach Hause und gibt ihm ne Kopfnuss. Ich weiß gar nicht, wieso ich mich mit dir treffe. Wieso solltest du der bessere Vater sein?
– Das ist also alles meine Schuld, ja? Wie hätte ich denn lernen sollen, ein Vater zu sein, wenn ich nie erfahre, dass ich einen Sohn habe? Es ist meine Schuld, dass du mir nie etwas erzählt hast. Es ist meine Schuld, dass du und Sami es in siebzehn Jahren nicht geschafft habt, ihn zu erziehen. Aber jetzt soll ich das in acht Wochen wieder ausbügeln. Ich bin hier derjenige, der versagt hat, ja? Du hast allen Grund, stolz auf dich zu sein. Warum hast du mir nie etwas erzählt?
Ich merkte, wie die Leute von den Nebentischen zu mir sahen und verstummten. Gut, dass ich mir kein Bier bestellt hatte.
Ayleen sah mich an und jetzt sah ich, dass neben der Wut in ihrem Blick auch Schmerz war und noch etwas, eine Kraft, die

ich nicht benennen konnte, aber die mich wahrscheinlich schon in jener Nacht angezogen hatte. Der Kellner brachte ihr Bier und sie trank gut die Hälfte davon in einem Zug.
Ich betrachtete die Rosenranken auf ihrem Unterarm und die verschnörkelten Zahlen an der Innenseite ihres Handgelenks: 23.05.2000. Ich fragte mich einen kurzen Moment lang, warum sie das Erscheinungsdatum vom *Slim-Shady*-Album tätowiert hatte. Dann begriff ich und schämte mich. Vielleicht hatte sie Recht. Ich taugte nicht als Vater. Mein Blick wanderte zu ihren weiß lackierten langen Fingernägeln. Dann beugte ich mich vor und sprach leise weiter.
– Meinst du nicht, ich hätte ein Recht darauf gehabt zu erfahren, dass ich Vater geworden bin? Meinst du nicht, dass du mir einfach seine gesamte Kindheit geklaut hast? Solange alles gut für dich lief, hast du die Fresse gehalten. Aber wenn die Kacke am Dampfen ist, dann kann man mich einfach mal aus dem Hut zaubern und schauen, ob es etwas bringt. Wenn nicht, kann man mich dafür zur Verantwortung ziehen. Ich mein, tickst du noch ganz sauber?
Sie trank die zweite Hälfte des Glases und sah mich an. Mit weniger Wut.
– Du hast gesagt, du verhütest, schob ich noch hinterher.
Da war dieser Drang ihr eine zu knallen, aufzustehen und zu gehen. Diese absolute Hilflosigkeit. Du kannst jahrelang meditieren, jahrelang auf deine Worte achten, rechtes Denken, rechtes Handeln, rechte Gesinnung, Achtsamkeit und all das, und in weniger als einer Sekunde legt sich ein Schalter um und irgendetwas in dir läuft einfach auf Autopilot und du bist kaum in der Lage, dich dagegenzustemmen. Ich atmete tief durch, versuchte, wenigstens einen Teil dieser Anspannung loszulassen.
Ayleen suchte die Aufmerksamkeit des Kellners und hielt dann ihr Glas hoch.
– Ich habe verhütet, sagte sie. Weißt du, wie das ist, wenn der Arzt dir sagt, dass du schwanger bist? Obwohl du genau weißt, dass du keinen einzigen verschissenen Tag diese Pille vergessen

hast? Wenn du schwanger wirst, ohne es zu wollen, denken die Leute: Zu dumm zum Verhüten. Mich halten ja eh alle für dumm, da macht das auch nichts mehr.
– Warum hast du nichts gesagt?
Sie lächelte ein wenig gequält. Ein Lächeln, das mich irgendwie an das Lächeln von Cengiz erinnerte.
– Wärst du geblieben? Hättest du bleiben wollen? Ganz ehrlich.
Ich zog die Schultern hoch.
– Aber ich hätte eine Chance gehabt.
– Alle glauben, ich bin dumm, sagte sie. Du auch. Was soll ich mit einem Mann, der mich für dumm hält? Sag. Du wärst nicht geblieben. Du warst längst weg von hier, du wolltest nichts mehr mit uns zu tun haben. Und ich hätte dir folgen müssen. Aber ich bin keine Frau, die folgt. Du hast dich für etwas Besseres gehalten, schon immer. Das hier war dir alles nicht gut genug. Du wolltest mehr für dich. Du wolltest Frauen wie diese Reichenschlampe, die dich dann verlassen hat. Und ich wollte keinen Mann, der glaubt, er sei ein Prinz. Einen Mann, der nicht ehrlich ist.
– Wo bin ich denn nicht ehrlich?
– Du hast mir in der Nacht in einer Viertelstunde mehr über dich erzählt als du in den ganzen Jahren vorher gesprochen hast. Du behältst immer alles für dich. Ich bin nicht blöd. Ich weiß genau, dass du weißt, warum Lesane aufs Maul bekommen hat. Du weißt wahrscheinlich auch, warum er Sami die Kopfnuss gegeben hat. Aber du würdest eher sterben als mir zu erzählen, was da los ist.
Ich hielt ihrem Blick stand. Ich sah ihren Schmerz. Und ich fühlte mich ertappt. Ich verstand, dass ich nicht der Vater gewesen wäre, den sie sich gewünscht hätte. Und ich verstand, dass ich vielleicht etwas mehr erzählen musste, über Lesane. Aber ich konnte ihn nicht verraten.
– Du hast nichts dazu zu sagen?
– Nein, sagte ich. Ich bin kein kleiner Junge, den du hier zur

Rede stellst. Du glaubst mir nicht. Du hast mir nicht auch nur die kleinste Chance gegeben.
Ihr Bier kam und sie trank einen ordentlichen Schluck. Dann sah sie mir wieder in die Augen. Als könnte sie mich zwingen wegzusehen. Sie schien vergessen zu haben, wo ich herkam.
– Weißt du, sagte sie, meine Mutter hat alles getan, um meinen Stiefvater zu halten. Sie hat mich und Helin vernachlässigt und mir Schuldgefühle eingeredet. Ich wollte nie so werden wie sie. Ich habe alles getan, um diesem Kind eine Zukunft zu bieten. Sami mag nicht der Hellste sein, aber er ist ein ehrlicher Mann. Wer von euch, die hiergeblieben sind, ist denn ehrlich? Die Hälfte sitzt im Knast. Bei der anderen Hälfte kann man sich nie sicher sein, ob nicht morgen die Bullen mit einem Durchsuchungsbefehl vor der Tür stehen. Und Leute wie du haben sich einfach verzogen. Helin auch. Rechtsanwaltsgehilfin. Hat sich einen von der Sparkasse geangelt. Den sie nicht halten konnte. Mich halten alle für dumm, weil meine Stimme so klingt. Und weil man hört, wo ich herkomme, sobald ich nur die Fresse aufmache. Aber ich bin nicht dumm. Du wärst nicht geblieben und dann wäre ich unter Menschen gewesen, die mich für noch dümmer halten, weil sie ja so klug sind. Leute, die sich für was Besseres halten, weil sie keine Fertiggerichte essen, nicht zum Lidl gehen, sondern in den Biomarkt. Leute, die sich ein Biobaumwollshirt für 50 Euro kaufen, weil sie nicht irgendeinen Scheiß unterstützen wollen irgendwo in Bahrain. Die auf mich herabschauen, weil ich bei Kik kaufe. So klug. Wenn ich nur mal reich wäre und nicht den Billigkram kaufen würde, würden sich die Probleme der Welt lösen lassen. Aber wie soll ich denn reich werden? Wer soll die Regale auffüllen und die Böden wischen, wenn ich reich bin? Diese klugen Arschlöcher, die glauben, jeder könnte reich werden, dann gibt es keine Probleme mehr? Aber so ist es nicht, die brauchen die Armen. Die brauchen uns, damit sie sich als etwas Besseres fühlen können. Ich wollte nicht, dass dieser Junge zu dem wird, was er jetzt ist. Ich habe alles dafür getan. Ich habe ihm ein sicheres Zuhause

gegeben, wir haben zu zweit gearbeitet, für ihn. Wir haben kein zweites Kind bekommen, obwohl wir wollten. Wir haben Lesane nicht verwöhnt, aber er hat immer alles gehabt. Er ist nicht der Klügste. Wie Sami, aber das ist mir egal. Aber mir ist nicht egal, dass er dealt.
Wahrscheinlich konnte ich meine Überraschung nicht verbergen.
– Dachtest du, ich weiß das nicht? Hältst du mich wirklich für so dumm?
Ich ließ mir nichts anmerken. Glaubte ich. Nichts von diesem verknoteten Schiffstau in meinem Magen. Und gleichzeitig wusste ich auf einmal um ihren Schmerz, so wie ich von Sevgis Schmerz gewusst hatte. Ich kannte diese Verzweiflung, dieses Gefühl von Versagen. Und ich hatte Sevgi schon nicht helfen können.
– Du hältst schön den Mund, sagte sie. So warst du immer. Bloß nichts erzählen. Ich weiß gar nicht, ob ich gewollt hätte, dass Lesane dich jeden Tag sieht. Der Mann, der immer nur weg will, aber keine Ahnung hat wohin.
Ja, ich hatte nicht gewusst wohin, und wo war ich gelandet? Warum hatte ich nicht sehen können, was sie sah? Warum hatte ich nicht geahnt, dass ich mich nicht wohlfühlen würde? Diese Bioproduktekäufer, die zu jedem Scheißproblem nicht nur eine Meinung, sondern auch eine Lösung parat hatten. Die kaum in der Lage waren, ihre eigenen Privilegien zu erkennen, die auch logen und betrogen und hintergingen, nur geschickter als in Westmarkt. Ich wusste von den gestohlenen Meditationsbänken, von den Handtüchern und Trinkflaschen, die in Fitnesscentern verschwanden, die 120 Euro Mitgliedschaft im Monat kosteten, von den Dyson-Föns, bei denen einfach die Kabel durchgeschnitten wurden, weil die Stecker hinter einer Verkleidung waren. Warum hatte ich in all den Jahren niemanden gefunden, den ich Freund nennen konnte? Ich hatte gelernt, ihre Sprache zu sprechen, aber sie, sie hielten mich ja trotzdem zunächst für dumm. So wie jeder Ayleen für dumm hielt wegen

ihrer Stimme. Wie oft hatten Rahels Studentenfreunde sich erstaunt darüber gezeigt, wie reflektiert ich war. Für jemanden aus Westmarkt. Das hatten sie nie gesagt, aber genau das meinten sie. Als wären dort keine Menschen, die nachdenken, als hätte Sevgi nicht versucht, mir ein, zwei Dinge über das Leben und die Menschen beizubringen. Und bei denen, die ich später im Dojo kennenlernte, war ich immer der Exot, egal, wie lang meine Sätze waren und wie viele Fremdworte ich reinpacken konnte: Leute wie du meditieren ja sonst nicht.
Ich sah Ayleens Schmerz. Ich hörte ihre Schreie. Ich hörte Lesanes Schreie. Ich hatte Sevgis Schreie gehört. Wir schrien, weil wir Träume hatten. Träume von einem leichteren Leben. Irgendwo. Irgendwann. Träume davon, auch etwas wert zu sein. Wir träumten, wir alle. Ich konnte uns träumen hören, weil wir im Traum schrien. Nur Kambers Schreie hatte ich nie gehört.
Niemandem, den ich hörte, konnte ich helfen. Ich hatte einfach nicht genug Liebe in mir.
Ayleen knallte einen Zehner auf den Tisch, stand auf und ging.

1998, Moment of Truth, Gang Starr
Die letzten drei Wochen ihrer Indienreise verbringen sie in Benares, wo auch Rahels Cousin Achim ist. Achim scheint ihm anders als die anderen, übermütiger, mutiger, kifft mehr, ist charmant, legt viele Frauen flach und scheint vor nichts Angst zu haben, wird in den drei Wochen zweimal bestohlen, lacht aber nur darüber.
Er fragt sich, ob Kamber auch so geworden wäre, wenn er in einer anderen Gegend aufgewachsen wäre. Erst als sie zurück in Deutschland sind, freunden er und Achim sich richtig an und verbringen viel Zeit zusammen, auf dem Freiplatz, beim Billard, in der Kneipe, an der Playstation. Er glaubt, einen Freund gefunden zu haben. Die Welt scheint ihm offenzustehen. Es ist eine Sache, eine Frau begeistern zu können, aber es ist eine andere, einen Freund zu finden.

Eines Nachts fahren sie mit dem Fahrrad bei Rot über die Straße, kein Auto weit und breit. Denken sie. Die Linksabbiegerspur, die von einem bepflanzten Mittelstreifen etwas verborgen ist, hat Grün und der Fahrer muss eine Vollbremsung machen, als er um die Kurve kommt. Sie haben ihn nicht kommen sehen, bleiben aber nun beide erschrocken stehen. Der Fahrer steigt aus, Anfang dreißig, hochgegelte hellbraune Haare, Jeans, Rip-Curl-T-Shirt.

– Es ist rot, ihr Arschlöcher, brüllt er. Das nächste Mal gibt es etwas auf die Kauleisten.

– Wen nennst du hier Arschloch, du Hurensohn?

– Willste frech werden, oder wat?

Er steigt ab, klappt den Ständer runter und geht zwei Schritte auf den Fahrer zu, um dann demonstrativ stehen zu bleiben. Zu weit weg für einen Schlag oder einen Tritt. Er rechnet nicht mit diesem schnellen Schritt nach vorn, gefolgt von einer eleganten Drehung um die eigene Achse, mit erhobenem Bein. Der Fuß trifft ihn am Ohr, nicht an der Schläfe oder am Kiefer.

Taumelnd reißt er die Arme hoch in Erwartung des nächsten Tritts oder Schlages. Als der nicht kommt, versucht er selber, einen Schlag zu landen, trifft aber nur die Deckung, obwohl der Fahrer die Arme unten hatte, als er ansetzte. Zu langsam. Der nächste Tritt trifft ihn am Knie, die nächsten vier oder fünf Schläge sind keine sauberen Treffer, schicken ihn aber zu Boden. Er hört ein Hupen, sieht, wie der Fahrer in sein Auto steigt und weiterfährt. Er sieht Achim an, der nicht von seinem Rad abgestiegen ist.

– Ich habe das Kennzeichen, sagt er.

– Hattest du Schiss?

Achim schüttelt den Kopf.

– Warum hilfst du mir dann nicht?

Achim sieht ihn nur hilflos an.

Er steigt auf sein Rad. Es ist nicht das erste Mal, dass er aufs Maul bekommen hat. Und das ist auch nicht der Grund dafür, dass er heulen könnte.

28

Er schrieb keine Textnachricht. Das hatte er schon gestern getan. Ein Wort. Morgen? Ich hatte nicht geantwortet. Jetzt rief er an, um acht, obwohl er Ferien hatte.

– Fahren wir nach Duisburg?

– Nein.

– Nach Oberhausen?

– Nein.

– Bist du schon da?

– Nein.

– Hast du jetzt Beweise?

– Nein.

Es entstand eine Pause.

– Lass mich mitfahren, sagte er. Ich nerve nicht. Ich stelle auch keine Fragen. Ich mache keinen Scheiß.

– Ich weiß nicht, ob ich fahre.

– Warum?

– Ich dachte, du stellst keine Fragen.

– Ja, aber … Sagst du mir Bescheid, wenn du fährst?

– Ich rufe dich an.

Ich saß da und starrte auf den schwarzen Monitor. Gestern war ich zu Fuß nach Hause gegangen und hatte unterwegs eine Flasche Bier getrunken. Dann hatte ich daheim so viel von dem Critical Mass geraucht, bis ich keinen klaren Gedanken mehr fassen konnte und nur noch apathisch auf dem Sofa saß, während Joyner Lucas rappte: *I don't wanna get drunk and high, and spend all my time in the strip club, Look, I don't wanna ever go to jail and shit, Serve time and get bail and shit, be a bum and start stealing shit, fuck around and die and go to hell and shit, Yo, I don't wanna be jobless and I don't wanna be heartless*

Am Ende des Lichts war wieder ein Tunnel. Das wusste ich

schon lange. Aber jetzt konnte ich nicht nur kein Licht, sondern auch keinen Tunnel sehen. Ein Tunnel hat eine Richtung. Ich hatte keine.
Die Welt war nur eine Illusion, von der wir eines Tages erwachen würden, hatte Roshi gesagt. Es lag Trost in dieser Idee. Die Dinge und die Personen stiegen aus der Leere auf und verschwanden wieder in der Leere. Aus Angst und Ignoranz klammerte man sich an Objekte und Menschen, an einen Film, der ablief, der aber nur eine Projektion war. Innerhalb dieser Projektion schien es wahrscheinlich, dass Toni_meow Kamber war. Aber es konnte auch alles ganz anders sein. Ein anderer Film, in dem der Fahrer des BMW nur eine Festplatte abgeliefert hatte im Kiosk oder Kaugummi gekauft hatte oder sonst was. Ein Film, in dem der Fahrer den Wagen nur aus Duisburg nach Oberhausen gebracht hatte, weil Kamber ihn betrunken dort hatte stehen lassen. Es konnte sein, dass Kamber nicht mal dort wohnte, wo ich ihn gesehen hatte. Es konnte sein, dass all diese Indizien zusammenbrachen, wenn ich mal das richtige Bild zu sehen bekam.
Aber wie sollte ich das sehen? Was konnte ich von hier aus jetzt noch tun? Ich fuhr den Rechner hoch. Auf Tochka nichts Neues, auf The Hub nichts Neues, auf fraudsters nichts Neues, Darknet Avengers das gleiche. Ich sah auf die Uhr. Kurz vor neun. Ich rief Lesane an.
– Duisburg, sagte ich. Wir treffen uns am Bahnhof.
– Nicht Oberhausen?
– Keine Fragen.

In Duisburg fuhren wir zu Veysel Matarcı, ein gemütlich wirkender stark behaarter Mann, der weiche Gesichtszüge hatte und viel lächelte. Ich gab vor, mich für einen X1 oder vergleichbaren SUV zu interessieren und er zeigte uns die zwei, drei Wagen, die in Frage kamen. Er war höflich und redete gerne, erzählte uns von seinem Sohn, der erst vier war, sich aber bereits selber Englisch beibrachte, weil er so viele YouTube-

Videos guckte. Ansonsten war er ein Rabauke, den man nicht bändigen konnte. Dreimal war er schon verloren gegangen, obwohl er und seine Frau aufgepasst hatten, zweimal im Supermarkt und einmal am Flughafen.
Ich sah zu Lesane und spürte diesen Stich. Ich fragte mich, wie er wohl als Kind gewesen war und ob es ihm vielleicht auch auf irgendeine Art wehtat, solche Geschichten zu hören. Und ob ich ihn besser verstehen würde, wenn ich ihn von klein auf gekannt hätte.
– Hast du einen Führerschein?, fragte Veysel Lesane.
Lesane schüttelte den Kopf.
– Ist teuer, so ein Führerschein, sagte er.
– Wahrscheinlich bekommt er ja einen zum Achtzehnten geschenkt, sagte ich, und Lesane warf mir einen verständnislosen Blick zu, hielt aber den Mund.
– Beim Schuster guckt man ja auch immer auf die Schuhe, sagte ich, als wir uns schließlich verabschiedeten. Was für einen Wagen fährst du denn?
– Einen Ford Taunus TC, sagte er. Für mich braucht es überhaupt keine anderen Autos zu geben. Frag mich nicht, was das ist. Wie meine Frau, als ich sie gesehen habe, dachte ich: Die ist es. Und da war ich schon fast dreißig. Aber in den Taunus habe ich mich verliebt, weil mein Vater früher einen gefahren ist.
Erst an der Straßenbahnhaltestelle sah Lesane mich fragend an. Ich zog die Schultern hoch.
– Der BMW ist auf ihn zugelassen, aber wir haben nichts von Wert erfahren, sagte ich. Ich habe eine Rolle gespielt. Wer genug Geld hat, sich einen SUV zu kaufen, kann seinem Sohn auch einen Führerschein schenken.
Er nickte.
– Und jetzt?
– Mittag essen.
– Fahren wir nicht nach Oberhausen?
– Wenn du noch einmal damit anfängst, fährst du nach Hause.

– Aber …
Er sah meinen Blick und verstummte. Ich verstand es, ich wäre auch neugierig gewesen, aber ich wollte nicht lügen und ich wollte ihm nicht die Wahrheit erzählen.
– Döner?
– Wir haben uns letzte Woche fast nur von Döner, Salatsandwich und Ciğ Köfte ernährt, sagte ich.
– Ja, und?
– Nicht die beste Ernährung. Wir gehen zum Inder.
– Döner schmeckt aber besser, sagte er eine halbe Stunde später. Willst du lieber hundert werden und immer so was hier essen?
– Mir schmeckt es.
– Können wir nicht noch einen Döner kaufen hinterher?
– Und dann lässt du deinen Reis und dein Lamm stehen? Nein.
– Was soll das?, fragte er. Wieso indisch? Ist dir türkisch nicht gut genug?
– Man kann ja auch mal was anderes ausprobieren.
– Ich bin ganz zufrieden mit Döner. Ich brauche nichts anderes.
– Iss.
– Du kochst ja auch immer so komisches Zeug.
Ich atmete durch, ich glaube, er merkte, dass ich gereizt war und hielt den Mund.
– Und jetzt?, fragte er, als wir draußen standen.
– Du gehst noch mal nach dem Läufer schauen.
– Schon wieder?
– Zur Sicherheit.
– Der ist der Läufer, hundertpro. Wie viel Sicherheit willst du?
Ich schüttelte den Kopf.
– Okay, sagte er mit einem leichten Anklang von Stöhnen. Und du?
– Ich gehe noch mal zum Kiosk.

– Wir haben den Spielstand abgespeichert, sagte er. Und du willst wieder ganz von vorne anfangen?
– Ja, sagte ich. Vielleicht haben wir irgendein Detail übersehen.

Ich redete lange mit Kurtuluş, erzählte, wie ich von Tür zu Tür Handy- und Internetverträge verkauft hatte, wie ich versucht hatte ehrlich zu sein, was für ein dreckiges Geschäft das war, was sich die sogenannten Teamleiter an Provisionen in die eigenen Taschen schaufelten, wie ich Schulden angehäuft hatte, weil ich meinem Sohn etwas bieten wollte, nichts Großes, eine Playstation, ein Paar Turnschuhe, eine Hose, ein Handy. Wie ich jetzt alles verloren hatte, wie schwer das Leben manchmal sein konnte.
Wenn ich Kurtuluş gewesen wäre, hätte ich mich gehasst, aber er schien besser für diese Arbeit geeignet zu sein. Vielleicht war er aber auch ein guter Schauspieler.
– Schulden sind etwas Schweres, sagte er. Sie beugen deinen Rücken, ob du willst oder nicht. Du kannst selber so geschickt sein wie du willst mit dem Geld, man kann es nicht seinen Kindern beibringen. Schau, ich habe einen Sohn, Celal, du hast ihn ja kennengelernt, und zwei Töchter. Die Mädchen können mit Geld umgehen, Celal aber nicht. Die Mädchen können sich von Scheiße fernhalten, für Celal ist das unmöglich. Aber so ist es, dieses Leben ist bergauf, wir spucken in die Hände und packen es an, was sollen wir auch sonst tun?
Ich wusste nicht, ob meine Ahnung richtig war oder ob dieser Mann einfach Zeit seines Lebens geschickt genug gewesen war, um unter dem Radar zu fliegen. Ob er aus einer Notlage heraus als Bunker für Toni diente oder ob er schon immer gerne ein paar Euro mehr gemacht hatte, als der Laden abwarf.
Es war fast sechs, als Lesane textete: Kein Läufer.
Treffen in einer halben Stunde am Bahnhof, schrieb ich zurück.
– Was jetzt?, fragte er, als wir uns am Gleis trafen.
– Nach Hause, sagte ich. Vielleicht ist heute etwas dazwi-

schengekommen. Vielleicht hat er einen neuen Läufer. Keine Ahnung.
Im Zug fragte er mich:
– Warum fahren wir da nicht hin?
Ich sah ihn an. Mir gefiel die Hartnäckigkeit. Mir gefiel das Interesse.
– Weil ich ihn von früher kenne, das habe ich dir gesagt. Er würde mich erkennen. Und dann würde es Probleme geben.
– Mich würde er nicht erkennen.
– Er ist gefährlich.
– Ich bin vorsichtig. Versprochen.
– Nein, sagte ich. Ich möchte das nicht.
Als wir uns später verabschiedeten, sah ich ihn prüfend an, aber entweder hatte er es vergessen oder er überspielte geschickt, dass er wusste, was für ein Tag heute war.
Zahltag. Und ich war nicht in Westmarkt gewesen.
Der Anabolikariese stand im Hauseingang und wartete. Ich lächelte ihn an und gab ihm die Hand, die er nicht ablehnte.
– Ich habe Dilovan nicht vergessen, sagte ich. Es hat nur länger gedauert mit einer Überweisung. Und jetzt haben die Banken schon zu. Ich kann tausend Euro am Automaten abheben. Und nach 12 Uhr noch mal tausend. Ich bring es dann vorbei.
– Zweitausend?, fragte er.
– Ja.
– Willst du mich verarschen?
– Nein, nur guten Willen zeigen. Nur noch ein paar Tage, dann habe ich das Geld zusammen. Ich zahle.
– Ich habe dir letztes Mal schon gesagt, dass ich nicht für Kleingeld herkomme.
– Ja. Du hast Recht. Noch eine Woche. Dann bekommst du alles. Ich zahle zweitausend für diese eine Woche. Du hast mein Wort. Ich werde …
– Halt's Maul, sagte er. Geldautomat. Yallah.
Die Geheimzahl interessierte ihn nicht, die Scheine steckte er achtlos ein, und bevor er sich abwendete, verpasste er mir eine

Ohrfeige, die so schnell und so beiläufig war, dass ich sie nicht kommen sah, die aber so viel Wumms hatte, dass mir schwarz vor Augen wurde.
Ich stand da und das Schlimme war nicht der Schmerz. Oder die Angst. Es war die Demütigung. Ich war seine Faust nicht wert. Er nahm mich genauso wenig ernst wie die tausend Euro. Und ich konnte ihn sogar verstehen.

29

– Sie sollten mal nach Istanbul kommen, sagte Cengiz, ich bin da in einer Gruppe von Mystikern, es würde Ihnen sicher gefallen, Sie würden neue Kraft schöpfen.
Das türkische Wort, das er benutzte, war *tasavvuf*. Das hatte ich noch nie gehört, also fragte ich nach:
– Was heißt tasavvuf?
– Alles hinter sich lassen, was einen von Gott entfernt, sagte er. Das, was sich mit der Essenz des Menschen beschäftigt. Sufismus ist vielleicht ein Wort, das Sie kennen.
Ich nickte.
– Hier im Westen ist ja alles nur Yoga und Buddha, aber wir kommen ja nicht aus Fernost, das ist nichts für uns. Das ist so weit von unserer Kultur und unserem Glauben entfernt, wir finden da nur schwer rein. Außerdem ist das nur etwas Schickes für gelangweilte Oberschichtsangehörige, die mit ihrem Leben einfach nicht glücklich werden, aber nicht bei so einem Gott Zuflucht suchen, den auch der Pöbel anbetet. In meiner Gruppe sitzen Bauern aus Anatolien, Taxifahrer aus Istanbul, Schrotthändler, PKK-Kämpfer, Bankangestellte. Wir sind offen für alle. Rufen Sie mich an, wenn Sie mal in Istanbul sein sollten.
Ich war anderer Meinung, es war nichts Schickes. Zumindest war es nicht so gedacht. Buddha hatte sich nicht vor Jahrhunderten gesagt: Schauen wir mal, was für ein Handwerkszeug wir gestressten Mittelschichtlern geben können, für die Geld keine

Hürde mehr darstellt. Aber genau dazu hatten sie es gemacht. Und dann taten sie so, als würde Sehnsucht Grenzen kennen und zeigten sich überrascht, dass jemand wie ich auch gerne sitzen wollte.
Ich sagte nichts zum Thema, ich war erschöpft, gestresst, verzweifelt. Es störte mich, dass Cengiz nicht im Geringsten neugierig zu sein schien, warum ich um ein Treffen gebeten hatte. Vielleicht war ich nur neidisch. Er schien einen ähnlichen Weg beschritten zu haben wie ich. Aber verdiente offensichtlich deutlich mehr. Andererseits schien es ihm egal zu sein, auf welcher Seite er stand. Oder seine Auftraggeber. Er mochte versuchen, mir diese spirituelle Gemeinschaft schmackhaft zu machen, doch ich versuchte aufrichtig zu sein, auch wenn mir das nicht gelang.
– Ich habe vielleicht jemanden, der das Geld für Sie waschen könnte.
Er lächelte und nickte bedächtig.
– Man müsste sehr geschickt vorgehen, er weiß von nichts. Er hat einen Kiosk, er hat Schulden, er ist noch nicht auffällig geworden und im Moment lagert er Drogen in seinem Hinterzimmer. Man müsste ihn davon überzeugen, dass Geldwäsche das bessere Geschäft ist. Das weniger gefährliche. Ich würde mich um den Mann kümmern, der seine Drogen dort lagert, damit er nicht zum Problem wird.
– Nichts mit Drogen, sagte er.
– Nichts mit Drogen, sagte ich. Ich kümmere mich um den Teil.
– Dreitausend?, fragte er.
– Was?
– Vermittlungsgebühr, wenn es klappt.
– Keine Vermittlungsgebühr, sagte ich, lehnte mich zurück und lächelte nicht. Ich sah ihn einfach nur an.
– Ich kann Ihnen also irgendwie eine Hilfe sein?
Ich nickte. Es konnte klappen. Es war nicht wie ein Spiel, bei dem man zwei Minuten vor Schluss die Hoffnung aufgab, weil zwanzig Punkte Rückstand unmöglich aufzuholen waren. Es

war mehr wie ein Dreier, den du mit der Schlusssirene nimmst, und wenn er reingeht, gibt es wenigstens Verlängerung wegen Gleichstand.
Auf einmal erinnerte ich mich an den Moment. Nachdem ich Roshi gefunden hatte, hatte ich viel gesessen und meditiert. Und manchmal hatte ich schlagartig Dinge begriffen. Zum Beispiel, dass ich nicht zu langsam gewesen war, um Profi zu werden. Ich war langsam, ja, aber mir hatte etwas anderes gefehlt. Kamber war so gut gewesen, weil er sich traute, weil er die Verantwortung übernahm, das Spiel zu drehen. Weil er entschlossen war. Weil er bereit war, alles zu geben. Wenn wir am Ende knapp zurücklagen, wollte ich, dass die anderen den Ball reinmachten, und glaubte auch noch, ich sei deswegen ein guter Teamplayer.
Jetzt musste ich alles auf meine Schultern nehmen.
– Ich brauche jemanden, der einen Mann beschattet, sagte ich. Zu irgendeinem Zeitpunkt wird dieser Mann mit Drogen in Kontakt kommen, weißes Pulver. Davon brauche ich Fotos. Vielleicht geht er in ein Labor, dann am besten auch Fotos von diesem Labor. Nicht viel anders als reiche Jugendliche beschatten.
– Ich nehme an, er ist gefährlicher als reiche Jugendliche.
– Ja, gab ich zu.
– Also nicht wie reiche Jugendliche beschatten. Warum machen Sie es nicht selber?
– Er kennt mein Gesicht.
– Sie könnten auf Abstand bleiben. Guter Zoom.
– Zu viel Risiko.
– Wie sicher ist das mit dem Kiosk?
– Wenn das nicht klappt, zahle ich für die Beschattung.
– 3.000 also, sagte er und ich nickte, als hätte ich Geld.
Dann schüttelte er den Kopf.
– Warum nehmen Sie nicht die 3.000 und engagieren jemand anderen? Vielleicht jemanden, der Deutsch kann und sich etwas sicherer hier bewegt?

– Ich würde es vorziehen, wenn Sie es machen.
– Weil Sie mir vertrauen?
– Weil ich das Gefühl habe, Sie verstehen etwas davon. Ich vertraue Ihnen nicht. Genauso wenig wie Sie mir.
– Ich melde mich bei Ihnen, sagte er und stand auf.
– Wie bald?
– Zwei, drei Stunden.
Als wir uns die Hand gaben, sagte ich:
– Sie haben sicher gehört von diesem Iraner, der in Amerika vor Gericht steht.
– Ja.
– Diese Geschichte, bei der höchste Instanzen in der Türkei an einem Goldschmuggel beteiligt sind, mit dem das Ölembargo umgangen wurde.
– Ja, sagte er.
– Eine Menge Leute in der Türkei sind in eine Menge Dinge verwickelt, sagte ich. Vielleicht gibt es mehr Schwarzgeld im Land als sauberes. Mit so einem kleinen Kiosk ist nicht viel zu reißen für Ihren Auftraggeber.
Für vielleicht eine Zehntelsekunde war da Irritation in seinem Gesicht. Er mochte sich fragen, wie viel ich wusste und was ich ahnte und erriet.
– Mein Auftraggeber ist ein ehrenwerter Mann, sagte er. Machen Sie sich über den keine Gedanken. Sie werden ihn nie kennenlernen und er ist bescheiden in seinen Ansprüchen, so ein Kiosk wird ihm reichen. Einen schönen Tag noch.
Der Ball war in der Luft. Wenn er nicht reinging, war das Spiel verloren. Damit das nicht geschah, brauchte ich einen Plan B. Beziehungsweise etwas, das mehr nach Plan aussah als das, was ich gerade tat.
Scheitern war keine Option. Ich konnte Lesane nicht vor eine Wand laufen lassen.
Zwei Stunden saß ich im Büro und surfte hin und her, Tochka, The Hub, fraudsters, Darknet Avengers. Flexking beschimpfte User als Schwachmaten, als Kinder, als Spacken, und mir fiel

nichts ein, was ich tun konnte, um ihn zu enttarnen. Mir fiel nichts ein, was ich tun konnte, um Maurice zu helfen. Ich wusste nicht, was jemanden wie Kamber dazu gebracht haben könnte, mit Mephedron und MDMA zu dealen und nicht nur mit Gras. Mein Kopf sprang von einem Thema zum nächsten und ich war kaum fähig zu logischen Schlussfolgerungen oder schlüssigen Theorien.

Nach zwei Stunden kam die Nachricht, ein Privnote-Link. Guten Tag, ich übernehme Auftrag, schicken Sie die Daten auf diesem Weg.

Mit Privnote konnte man Nachrichten in ein Textfeld im Browser schreiben. Der Text wurde verschlüsselt und man gab den Link dazu weiter. Klickte man den Link, öffnete sich eine Seite im Browser, die Nachricht wurde entschlüsselt und gleichzeitig vernichtet. Nachricht und Link waren kein zweites Mal abrufbar. So konnte man sichergehen, dass nur eine Person die Informationen zu lesen bekam. Ich schrieb Kambers Adresse auf Privnote auf, scannte ein altes Foto ein und lud es bei einem anonymen Anbieter hoch, kopierte den Link zu dem Foto, schrieb dazu, dass es ein altes Bild war, aber dass er sich wenig verändert hatte.

Ich klickte auf create note, die Nachricht wurde verschlüsselt, ein Link zum Teilen erstellt, den ich per Mail an Cengiz schickte.

Dann lehnte ich mich zurück und versuchte, mich auf meinen Atem zu konzentrieren. Nach ein paar Minuten auf dem Stuhl setzte ich mich mit gekreuzten Beinen auf den Boden und schloss die Augen.

Ich saß da und versuchte alle Varianten durchzuspielen, die mir einfielen, Licht in alle Ecken von jedem Zukunftsszenario zu bringen, das mir einfiel. Doch mein Geist schweifte ab. Ich dachte an Thriller und Krimis, an Oberschichtsdramen voller Intrigen, aber so war das Leben nicht. Das Leben war nicht *Seven* oder *Mord im Orient-Express* oder *Game of Thrones*. Das Leben war viel unberechenbarer und es wirkte fast nie konstruiert,

dafür aber oft unglaubwürdig. Man konnte nicht das Gerüst der Handlung erkennen, wenn man genauer hinsah, weil das Leben sich nicht an Erzählmuster hielt.
Ich dachte an diese Geschichten, die davon lebten, dass sie so taten, als wäre der Mensch eine Maschine. Wenn man sich die ganzen Rädchen und Knöpfe nur in Ruhe ansah, würde man herausfinden, wo das alles hinführte. Diese Geschichten, in denen alles nach Logik aussah, aber keiner erklären konnte, warum der eine sich entschloss, mit dem Gesetz in Konflikt zu geraten, und der andere nicht.
Wir hatten alle gegen Gesetze verstoßen, als wir jung waren. Das war unser Umfeld, wir waren so aufgewachsen, wir hatten es täglich gesehen, wir betrachteten es als normal. Den einen oder anderen hatte dann ein dummer Fehler reingeritten, und nachdem man aus dem Knast war, wollte man etwas anfangen mit dem, was man drinnen gelernt hatte, und mit seiner Freiheit. Etwas, das einen wieder reinbrachte. Mich hatte die Angst im Jugendarrest da rausgeholt. Danach erst hatte ich es mir in den Kopf gesetzt, Profi zu werden.
Aber es waren auch die Drogen, die mich da rausgeholt, die mich in eine andere Richtung gezogen hatten, zu Goa-Partys, zu Rahel, zu Menschen, die anders waren.
Kamber hatte sich für dieses Leben entschieden. Oder die kriminelle Energie, die in ihm war, hatte für ihn entschieden, dass es ein Leben auf der anderen Seite des Gesetzes sein musste. Aber niemand verstand, woher diese Energie kam.
Was halfen diese Gedanken, die ich nicht mal vernünftig ordnen konnte. Intellektuellen-Scheiße. Die Fähigkeit, Dinge von außen zu betrachten, war meistens davon getragen, dass man nicht drinsteckte. Stecktest du erst mal drin, war es schwer, sich einen Überblick zu verschaffen. Aber du wusstest verdammt genau, wie es war, drinzustecken, besser als alle, die einen Überblick hatten.
The blind leading the blind, hieß es bei den Geto Boys, keiner hatte eine Ahnung, *in a world of wars I search for peace of mind.*

Ich musste mal raus aus diesem Kopf. Ich musste raus und Luft holen. Ich musste alles mal vergessen. Ich rief erowid.org auf, die verlässlichste Quelle zu Drogenkonsum im Netz, wo sämtliche Drogen mit Wirkungen, Nebenwirkungen, Dosierungen und Gefahren aufgelistet waren. Eine starke Dosis Mephedron war laut erowid 75-125 mg nasal mit einer Wirkdauer von zwei bis fünf Stunden. Es konnten Einschlafschwierigkeiten auftreten, aber wenn man nicht wiederholt nachlegte, gab es kaum einen Kater. Dass der Nachlegedrang enorm groß war, wusste ich ja bereits, ich ging davon aus, ich würde mich beherrschen können.

Ich hatte keine Waage, zwei, drei kleine Nasen würde ich mir genehmigen. Zwei, drei Nasen, nicht mehr.

Ich wollte einfach weg. Weg zu den guten Gefühlen. Es war nicht immer schlecht, weg zu wollen. Manchmal wirst du so müde, manchmal fühlst du dich so sehr gefangen, dass du einen Ort zum Luftholen brauchst.

Einmal auftauchen und den Kopf aus der ganzen Scheiße rausstrecken. Die Schiffe sehen. Die Menschen, die sich sonnen in irgendeinem Glück, und sei es noch so sehr Lüge.

Wer hätte mir jetzt noch einflüstern können, dass alles irgendwie schon in Ordnung war, wenn nicht ein weißes Pulver.

Ich zog den Stuhl heran und stellte mich drauf. Das Tütchen mit dem Mephedron war nicht mehr auf dem Küchenschrank, wo ich es mit etwas Gaffa festgeklebt hatte. Es war weg.

Ich versuchte den Ärger wegzuschieben. Ich setzte mich auf den Boden. Es gab keine Atempause, es gab keine kleine Flucht. Ich musste sitzen und mich konzentrieren und denken.

Es dauerte, es dauerte lange, doch irgendwann konnte ich den Ärger, den Wunsch nach Erleichterung, die Theorien, das Verstehenwollen von mir schieben und so tun, als würde ich Schach spielen. Ich sah die Figuren auf dem Feld, mich, Flexking, Kamber, Lesane, Dilovan, Toni, und ich versuchte, die nächsten sieben oder acht Züge vorherzusehen und alle Möglichkeiten durchzuspielen.

Über eine Stunde später stand ich auf, meine Beine waren eingeschlafen, dass ich kein Gefühl mehr in ihnen hatte und etwas wackelig stand. Als das Blut wieder zurück war, sprang ich zwei Runden Seil, dann setzte ich mich an den Rechner und schrieb eine Nachricht per Privnote. Flexking war schnell reizbar, ich konnte versuchen, das zu meinem Vorteil zu nutzen.

Du bist aufgeflogen, Wichser, schrieb ich. Dummer Move, dass du die undichte Stelle bei euch gesucht hast. Ich weiß, wer du bist, aber du hast keine Ahnung, wer ich bin.

Ich überlegte, ob Uwe besser war als Wichser oder ob ich nicht beides unterbringen wollte, aber dann entschied ich mich für Wichser, weil ich glaubte, dass es ihn stärker provozieren würde. Ich machte ein Screenvideo davon, wie ich die Nachricht verschlüsselte und dann der einmalige Privnote-Link erschien. Den Link schickte ich per privater Nachricht an Flexking, machte davon auch einen Screenshot.

Eine halbe Stunde später war ich gesperrt. Ich lud Video und Screenshot hoch. Ich meldete mich mit einer neuen E-Mail-Adresse und neuer IP erneut bei fraudsters an. Ich schrieb Flexking eine neue Nachricht. Hi, hier Bushwick, wir haben uns in Frankfurt gesehen. Du hast mich gesperrt, aber ich habe ein Video, wie ich den Privnote-Link erstellt habe, und einen Screenshot von der Nachricht. Dass du mich sofort sperrst, wirkt verdächtig, oder? Meinst du, ich soll mit dem Material mal Admin eine Nachricht schreiben? Du kannst ihm dann ja erklären, warum man mich gleich sperren musste.

Er war online, er las die Nachricht, aber er reagierte nicht. Mein Account wurde auch nicht wieder gesperrt. Das konnte alles Mögliche heißen. Ich ging davon aus, dass er nicht noch einmal überstürzt handeln wollte. Vielleicht war ihm aber auch nur das Koks ausgegangen und er kam gerade fies runter und konnte sich damit nicht beschäftigen.

30

Cengiz hatte den Anbieter gewechselt und schrieb jetzt per temp.pm. Ein sehr ähnliches Konzept wie Privnote, nur dass sich die Nachrichten automatisch nach einer vorher eingestellten Zeit auch dann löschten, wenn sie nicht gelesen worden waren. Er kannte sich also aus, wenn es um OpSec im Netz ging. Das entspannte mich. Der Inhalt der Nachricht entspannte mich nicht. Im Gegenteil.

Da sind zwei Kinder, die versuchen Kamber zu beschatten, aber nichts davon verstehen. Wenn er nur ein bisschen aufpasst, weiß er jetzt, dass er beschattet wird. Das erschwert meine Arbeit. Einen von den beiden kennst du.

Ich schrie. Ich stand auf, schrie und trat gegen den Schreibtisch. Ich hatte keinen Sandsack im Büro, so viel Platz gab es nicht, ich war zu beherrscht, um den Stuhl gegen die Wand zu hauen, aber ich schrie, bis mein Hals schmerzte. Ich schrie, weil ich gedacht hatte, ich spielte Schach, aber ich war zu dumm gewesen, um die einfachsten Züge vorherzusehen.

Ich rief nicht an. Vielleicht war sein Telefon nicht auf lautlos und das Klingeln würde unnötige Aufmerksamkeit auf ihn lenken. Ich wusste nicht, ob er die Push-Nachrichten auf wickr noch auf aktiv hatte. Ich öffnete WhatsApp. Beweg deinen Arsch hierher. Sofort. Ich löschte es wieder. Könnte eine Gegenreaktion auslösen. Lass es bitte, es verursacht unnötige Probleme. Ich löschte es wieder. Nicht dringlich genug. Ich hatte dich gebeten, es nicht zu tun. Lass es bitte und komm hierher. Sofort. Ich löschte es wieder. Ruf mich an, schrieb ich, so schnell wie möglich. Nach einer Viertelstunde schrieb ich noch mal: Ruf mich an. Sofort. Weitere zehn Minuten später klingelte endlich das Telefon. Lesane klang entspannt.

– Was gibt's?

– Wo bist du gerade?

Meine Stimmbänder schmerzten beim Sprechen.
– Fußball spielen.
– Stehst du im Tor?
– Nein, wieso?
– Weil du gar nicht außer Puste bist.
– Lunge wie ein Pferd, sagte er.
– Seit wann spielst du in Oberhausen?
Er zögerte kurz und sagte dann:
– Ich bin nicht in Oberhausen.
– Gut, sagte ich. Wie schnell kannst du hier sein?
– Anderthalb Stunden vielleicht?
– So lange?
– Ich wollte noch zu Ende spielen.
– Beweg dich hierher, sagte ich. Sofort. Ich weiß, dass du Toni beschattest. Wahrscheinlich zusammen mit Fayaz, weil der ja ein Auto hat.
– Nein, ich …
– Tu dir einen Gefallen und halt einfach die Fresse, sagte ich. Aus Sackgassen kommt man nicht raus, indem man noch mehr lügt.
Es lag mir auf der Zunge zu sagen: Ich habe dir vertraut.
– So können wir nicht zusammen arbeiten, sagte ich. Wenn ich dich noch einmal, noch ein einziges Mal dabei erwische, wie du in dieser Sache etwas auf eigene Faust machst oder mich anlügst, kannst du zusehen, wie du mit Dilovan quitt wirst. Das ist mein Ernst.
Ich glaube, er kaufte es mir ab.
– Hast du verstanden?
– Ja, sagte er kleinlaut.
– In anderthalb Stunden hier. Ohne Fayaz.
– Okay.
Sevgis Drohungen, Versprechen und offene Arme, die Vereinbarungen, alles Reden, Bitten und Weinen hatten Kamber nicht dazu gebracht, einen anderen Weg einzuschlagen. Sollte ich da glauben, ich hätte mehr Kraft als Sevgi? Mehr Geduld, mehr

Liebe? Wusste nicht irgendetwas in Lesane, dass meine Drohung leer war? Interessierte sie ihn überhaupt?
Man konnte Menschen nicht helfen, wenn sie es nicht selber wollten. Aber wenn man jemandem nahestand, konnte man ihn auch nicht einfach so fallenlassen. Gab es irgendetwas, das ich tun konnte, um Unheil abzuwenden? Würde irgendetwas, das ich tat, dazu führen, dass er einen anderen Weg einschlug? Hatte ich eine Chance? Oder versuchte ich etwas auszubügeln, was Ayleen und Sami versäumt hatten? Aber was sollten sie versäumt haben? Was hatten Sevgi und Savaş versäumt? Was bedeutete es, wenn ich die Hoffnung aufgab? Wie sollte sich jemand fühlen, den man spüren ließ, dass er ein hoffnungsloser Fall war?
Komm, komm, wer immer du auch sein magst, unser Orden ist kein Orden der Hoffnungslosigkeit, selbst wenn du tausend Eide gebrochen hast, komm, wir säen keine Samen außer Liebe. So hieß es bei Rumi.
Sevgi hatte irgendwann genug gehabt. Vielleicht hatte jeder irgendwann genug. Aber wie konnte man aufgeben? Wie konnte man brechen? Wie konnte man glauben, der eigene Schmerz würde weniger werden, wenn man sich umdrehte und ging? Jeder musste gehen, doch keiner von uns kam jemals irgendwo an.
Ich wurde melancholisch, das musste ich verhindern. Ich musste klar im Kopf sein, nur noch fünf Tage, dann war die Zahlung fällig. Zahlung oder Krankenhaus.
Ich fragte mich, ob Rahel mir etwas leihen würde. Ob ich mich überwinden könnte, sie zu fragen. Ich fragte mich, wie ich das Geld dann zurückzahlen sollte. Einen Kredit würde keine Bank der Welt mir geben. Nicht mit den Umsatzzahlen, die ich vorzuweisen hatte.
Als Lesane kam, nahm ich ihn in den Arm. Er war überrascht, es war ihm unangenehm, aber irgendetwas in ihm musste spüren, was mein Körper seinem Körper sagen wollte.
– Ich wollte nur helfen, sagte er, als er sich setzte.

– Das ist nicht das Problem, sagte ich. Das Problem ist, dass du es heimlich gemacht hast. Und nicht besonders gut.
– Aber ich habe den Läufer entdeckt.
– Ja, richtig. Aber wenn wir als Team arbeiten wollen, darf keiner etwas heimlich machen.
– Du erzählst mir ja auch nicht, wer das war, den wir da gesehen haben.
– Ja, aber ich verheimliche dir nicht, was wir hier tun.
– Aber du verheimlichst.
– Okay, sagte ich, der Mann, den wir in Oberhausen gesehen haben …
Mein Telefon klingelte. Es war mein Onkel. Der rief fast nie an.
– Moment, sagte ich und ging dran.
– Was ist?, fragte Lesane, als ich aufgelegt hatte.
– Meine Mutter ist gestorben.

1998, Tical 2000: Judgement Day, Method Man
Sie liegen in ihrem Bett in der WG, in Dortmund, wo sie studiert:
– Ich will Kinder mit dir haben, sagt er.
Er hat nie bewusst darüber nachgedacht, da sind keine Bilder der Zukunft, die er sich ausgemalt hat. Den Wunsch muss er schon länger irgendwo in sich getragen haben, und jetzt, nach stundenlangem Tanzen, Reden, Trinken, nach einigen Joints, nach dem Sex in den frühen Morgenstunden, kommt der Wunsch einfach an die Oberfläche.
Es ist Winter, draußen zwitschern keine Vögel, ihr Haar riecht nach Rauch, da ist der Geruch ihrer Achseln und der weichere Geruch an ihrem Hals. Sie versteift sich nicht. Doch es passiert etwas, das er wahrnehmen kann. Müde sagt sie dann nach einer guten halben Minute:
– Ich glaube nicht, dass ich Kinder will. Frühestens nach dem Studium. Aber wahrscheinlich auch dann nicht.
Bald darauf dreht sie sich um und schläft ein. Er liegt wach. Genauso wie der Wunsch die ganze Zeit in ihm gewesen sein muss,

taucht jetzt etwas anderes auf, das offensichtlich auch da war. Er dreht sich von ihr weg und starrt an die Wand. Diese ganzen neuen Leute, die sie kennenlernt. Die Partys. Die Gespräche, die oft anfangen mit der Frage: Und was studierst du? Rahels Frage, ob er denn nicht endlich ausziehen möchte, eine eigene Wohnung haben. Ob er sich nicht eine richtige Arbeit suchen will.

Was soll falsch daran sein, Mietwagen zu überführen, fragt er dann. Allein am Steuer sitzen, ein Album einschieben, laut aufdrehen und dafür bezahlt werden. *Da Real World.*

Was soll falsch daran sein, für UPS Pakete auszuliefern? Oder in einem Imbiss zu arbeiten? Es gibt so viele Möglichkeiten, auf ehrliche Art sein Geld zu verdienen, aber sie scheinen für Rahel nicht richtig zu sein.

Er liegt da und denkt: Ich könnte mein Abi vielleicht an einer Abendschule nachholen. Ich könnte auch studieren. Ich könnte mit Rahel Kinder kriegen.

Aber da ist dieses Gefühl, dass eines Tages alles anders sein wird. Dass er an die Wand starren wird ohne jemanden, dessen Geruch ihn in den Schlaf begleitet, ohne einen zweiten Atem neben sich.

31

Kontakt über jabber, schrieb Flexking per privater Nachricht auf fraudsters. T.Monero@exploit.im

Er wollte also nicht Gefahr laufen, dass ich in den privaten Nachrichten Screenshots machte, die man ihm zuordnen konnte. Selbst wenn ich diese Nachricht screenshottete, konnte er immer noch leugnen, unter dem angegebenen Namen mit mir gechattet zu haben. Ich fügte ihn bei Pidgin, einem Programm für verschiedene Chatdienste, meinen Kontakten hinzu, und siehe da, er war online. Ich klickte auf das Kästchen OTR, off the record, damit war die Unterhaltung verschlüsselt.

T.Montana@xmpp.org, schrieb er und loggte sich dann aus.
Es gab keine vollständige Anonymität im Netz, man versuchte sich nur hinter so vielen Schichten wie möglich zu verstecken. Jetzt konnte er noch glaubwürdiger leugnen, mit mir gechattet zu haben. Auch diese Adresse fügte ich meinen Kontakten hinzu. Wieder OTR.
Was willst du?, schrieb er. Vergiss nicht, ich habe dein Bild. Ich find dich noch. Und dann gibt's keine Gnade. Für wen arbeitest du?
Wieder auf Koks, nahm ich an.
Tut nichts zur Sache, für wen ich arbeite. Will nicht viel. Nur einen direkten Kontakt zu Toni_meow. Dann lasse ich dich nicht auffliegen.
Habe keinen Kontakt.
?
Hab kein Kontakt.
Ich konnte nicht anders, als ihn mir koksend in einer Junggesellenbude vorzustellen. Ein Bulle, der es genoss, seinem Job in Unterhosen nachzugehen und niemanden zu haben, der ihm auf die Finger sah, wenn er eine neue Line legte.
Er hat für dich gevoucht, erinnerte ich ihn.
Und?
Du hast einen Kontakt.
Kein Kontakt. Er ist die No. 1, wenn es in Deutschland um Mephe geht. Hab ihm bei Dream geschrieben und ihm nen Deal angeboten. 300 Euro fürs Verschlüsseln einer Nachricht. Leicht verdientes Geld.
Das mochte stimmen oder nicht, ich konnte nichts tun.
Was ist mit den übrigen 500, schrieb ich. Alles eigene Tasche?
Er antwortete nicht.
Ich habe genug Material, um dich dranzukriegen, schrieb ich. Check mein Gesicht noch mal genau, vielleicht arbeiten wir für denselben Laden.
Dann loggte ich mich aus.

Lesane hatte die letzte Viertelstunde unbeweglich auf dem Stuhl gesessen, ohne auch nur auf sein Handy zu sehen.
Als er jetzt merkte, dass ich hochschaute, sagte er:
– Du hast gesagt: Wir gehen zu meiner Mutter.
– Als wir essen gegangen sind? Ja.
– Du hast gelogen.
Ich schüttelte den Kopf. Ich fragte mich, ob ich ihn daran erinnern sollte, wie oft er mich schon angelogen hatte.
– Was hast du denn gedacht?, sagte ich. Schau, wie ich aussehe.
– Wie siehst du aus?
– Sehe ich aus wie ein Türke?
– Was weiß denn ich? Ich seh, ob jemand ein Schwarzkopf ist oder nicht. Wo der Schwarzkopf herkommt, ist mir egal. Kommt mehr drauf an, mit wem du abhängst. Vallah, jeder Schwarzkopf spricht ein bisschen Türkisch, ein bisschen Arabisch, ein bisschen Albanisch, ein bisschen Serbisch. *Es ist wie Billard in meinem Block, am Ende wird der Schwarze vom Weißen eingelocht*, rappte er.
– Und du, sagte er dann, du siehst zwar aus wie ein Schwarzkopf, du bewegst dich manchmal wie ein Schwarzkopf, aber du redest nicht so.
– Wie rede ich denn?
– Wie so ein deutsch Nachrichtensprecher oder so. Oder so ein Student oder so was. Vallah, yani.
– Nizar Benali, sagte ich. Kein türkischer Name, oder?
– Ne, Mann, sagte er.
– Warum glaubst du dann, Sevgi Başkan könnte meine Mutter sein?
– Weil du gesagt hast, meine Mutter will dich kennenlernen. Weiß ich, dass du lügst?
– Sie ist meine Mutter. Nicht meine leibliche, aber sie ist meine Mutter. Ohne Sevgi wäre ich heute nicht hier. Sie hat mir morgens Frühstück gemacht, sie hat dafür gesorgt, dass ich etwas zum Anziehen habe, dass ich jeden Tag satt werde, sie hat

mich in den Arm genommen, gelobt, getröstet, gerügt. Sie hat keinen Unterschied gemacht zwischen mir und ihrem eigenen Sohn. Ich habe bei ihnen gewohnt, seit ich fünf war. Sie waren meine Familie. Ich habe mir ein Zimmer mit ihrem Sohn geteilt, wir hatten ein Stockbett. Meine wirkliche Mutter hat zwei Stockwerke über uns gewohnt, aber ich habe sie oft tagelang nicht gesehen.

– Warum hat sich deine Mutter nicht um dich gekümmert? War sie Junkie, oder was?

– Nein. Sie war … Keine Ahnung. Sie war achtzehn, als sie schwanger geworden ist, und an ihrem neunzehnten Geburtstag hat sie mich bekommen. Ihre Eltern hatten sie hierher geschickt, weil sie die Älteste war, weil sie Geld verdienen sollte, und dann hat sie sich nach nur sechs Wochen von meinem Vater schwängern lassen. Sie hat versucht das geheim zu halten, aber gleichzeitig konnte sie kein Geld mehr nach Hause schicken oder nur unregelmäßig. Sie war total überfordert. Und sie hat wohl ein wenig gebraucht, bis sie verstanden hat, dass mein Vater nur Frauen flachlegen und saufen wollte. Alles andere hat ihn nicht interessiert. Wenn ich an sie denke …

Ich holte Luft. Versuchte, irgendetwas in mir zu sammeln, zusammenzuhalten.

– Wenn ich an sie denke, dann sehe ich sie immer in dieser winzigen Küche am Küchentisch sitzen, rauchen und aus dem Fenster blicken. Nicht nachdenklich, nicht traurig, sondern auf so eine komische Art hektisch, obwohl sie sich nie viel bewegt hat. Die Stirn in Falten, versunken in etwas, das Sorgen gewesen sein mögen oder auch nur Kraftlosigkeit. Sie konnte nicht … Sie konnte nicht aufstehen und Dinge tun. Sie hat geraucht. Sevgi sagt, dass ich fast zwei war, als wir eingezogen sind. Ich weiß nicht, wo meine Mutter und mein Vater vorher waren. Vielleicht in einem Wohnheim. Die ersten zwei Jahre, die wir dort gewohnt haben, scheint es noch irgendwie okay gewesen zu sein, aber danach hat sie eigentlich nur noch gesessen und geraucht. Ihr Vater hat mit ihr gebrochen, als er erfahren hat, dass

sie hier schwanger geworden ist. Und jetzt möchte er nicht, dass sie in Tunesien beerdigt wird. Er sagt, er hat keine Tochter, die Fairuz heißt. Er hat sie Fairuz genannt, nach einer Sängerin, und Fairuz hat mich Nizar genannt, nach einem Dichter. Ihr Leben war ein trauriges Lied. Und meines ist ein Gedicht, das wahrscheinlich besser in einer Schublade geblieben wäre.
– Was soll das heißen?
– Ich weiß auch nicht, sagte ich. Als ich neun wurde, ist mein Onkel, ihr Bruder, nach Europa gekommen, nach Rotterdam zuerst, wo er ein Jahr war. Keine Ahnung, wie er das dann gemacht hat, eine Aufenthaltsgenehmigung für Deutschland zu kriegen, die brauchten ja keine Arbeiter mehr. Irgendwie hat er irgendetwas gedreht und ist nach Hamburg und hat seine Frau und seine Kinder nachgeholt. Mutter ist dann auch zu ihm gezogen, da war ich vierzehn, sie hat auf einer Ausziehcouch im Wohnzimmer geschlafen.
Ich hörte selber die Trauer in meiner Stimme, aber gleichzeitig wurde irgendetwas leicht in mir. Ich wusste gar nicht, warum.
– Bam, Hirnblutung, einfach tot. Zu krass, sagte Lesane.
Dann sah er mich an.
– Nimmst du mich mit?
– Wohin?
– Zur Beerdigung.
Ich musste erstaunt ausgesehen haben.
– War immerhin meine Oma, sagte er.

32

Der Himmel war blau ohne die kleinste Wolke, die Sonne schien, das Licht war warm und weich und schien allen Konturen die Schärfe zu nehmen. Lesane trug schwarze Jeans, den Jordan Jumpman Hustle in schwarz, schwarze Jordan-Wings-Jacke, darunter ein weißes T-Shirt ohne Aufdruck, das er sich geliehen hatte, wie er erzählte.

Morgens am Bahnhof, als er mich gesehen hatte, hatte er gesagt: Du bist nicht schwarz angezogen.
Sandfarbene Chinos, dunkelgrüne Jacke, graues Shirt, farbenfroh konnte man das auch nicht nennen.
Ist keine christliche Beerdigung, hatte ich gesagt, es gibt keine Kleidervorschrift.
Ich war mir immer noch nicht sicher, ob ich überhaupt fahren sollte. Lesane hatte mich mehr oder weniger überredet. Es ist deine Mutter, so oder so, hatte er gesagt. Es ist besser du bereust gefahren zu sein, als du bereust nicht gefahren zu sein. Es ist Familie, hatte er gesagt. Das ist Blut, hatte er gesagt. Es ist deine einzige Chance, hatte er gesagt. Er hatte lauter Dinge gesagt, die ich wahrscheinlich auch gesagt hätte.
Und jetzt, wo wir hier im Sonnenschein standen, war ich froh gefahren zu sein. Ich hatte meinen Onkel und seine Frau nur wenige Male gesehen. Er hatte mir damals angeboten, dass ich bei ihnen wohnen könnte, aber ich hatte abgelehnt. Sevgi hatte mir zugeredet, dass ich es einfach mal probieren könnte. Ich könne ja jederzeit zurück, ihre Tür stünde mir immer offen. Es sei Familie. Ich mochte meinen Onkel, er lachte viel und schien ein fröhlicher Mensch zu sein. Ich konnte kaum Arabisch, aber er konnte ganz gut Deutsch und sprach ohne Hemmungen. Er lachte über seine eigenen Witze, auch wenn niemand sonst sie verstanden hatte.
Ich erinnerte mich noch an das blau-rot karierte Hemd, das er trug, als ich ihn zum ersten Mal sah. Er scheint ein anständiger Mann, hatte Sevgi gesagt, geh ruhig. Es hatte nicht an meinem Onkel Amir gelegen, dass ich nicht gegangen war. Und auch nicht an Sevgi. Ich hatte mir nicht vorstellen können, ohne Kamber zu sein.
Amir hatte gut zwanzig Kilo zugelegt seit damals, die Haare waren ihm ausgegangen und seinen dunklen Augen sah man an, dass er viel geweint haben musste, aber da war immer noch ein Glanz, ein leises Leuchten, eine Kraft, die ich bei meiner Mutter nie gesehen hatte. Aber sie konnte ja nicht immer so

gewesen sein, so still, so unbeteiligt, nicht als Kind. Die Person, die sie nach Deutschland geschickt hatten, musste doch eine andere gewesen sein.
Khalid und Adnan, die Zwillinge, die an der FH studierten, schienen nicht besonders mitgenommen vom Tod ihrer Tante, während ihre ältere Schwester Sumaia, die mit ihrem irakischen Verlobten da war, immer wieder in Tränen ausbrach.
War da Trauer in mir? Mir war nach Weinen zumute. Aus Reue, glaubte ich. Ich war nie in Tunesien gewesen. Der uneheliche Sohn der verstoßenen Tochter, was hätte ich dort schon zu suchen gehabt? Doch ich war selten bei meinem Onkel gewesen, seine Kinder hätte ich auf der Straße nicht erkannt. Ich war davongelaufen vor diesem Schmerz und ich hatte mir dabei eingeredet, dass es richtig war, dass ich das alles hinter mir lassen musste.
Aber man konnte sich nicht von seinem Blut freimachen. Ich war verbunden mit diesen Menschen, ob ich wollte oder nicht. Ob ich es glaubte oder nicht. Ich hatte nicht gewusst, dass die Söhne studierten, dass die Tochter Kopftuch trug, obwohl meine Tante keines hatte. Das Band, was uns einte, war mir als Last erschienen, aber es war keine Last, keine Pflicht, kein Geschenk. Es war ein Band. Unabhängig davon, wie ich es wertete. Mein Versuch, mich davon frei zu machen, war vergeblich gewesen. Ich hatte frei sein wollen. Aber das waren wir nicht. Niemand von uns. Wir waren gemeinsam hier, auf dieser Seite des Atems. Es gab keinen Schutz vor dem Leben, solange man noch hier war.
Es gab niemanden mehr, der mit mir so sprechen würde wie Kamber im Stockbett, wie Rahel in ihrem Kinderzimmer, wie Sevgi früher. Es gab keinen Ort, an dem ich sicher war. Jeder, der kam und sich kümmerte, ging auch wieder. Auch Sevgi war gegangen, in ihren Schmerz hinein, und hatte die Tür hinter sich geschlossen.
Früher oder später stand man auf einem Friedhof bei Sonnenschein und musste sich die Frage stellen, was man eigentlich

wollte, bevor man selber in einem Leintuch oder Sarg lag und es ein paar letzte Worte gab.

– Kommt, wir gehen noch etwas essen, sagte mein Onkel hinterher. Die Zwillinge sagten, sie müssten zur Uni, meine Tante Nema klagte über ihren Hexenschuss und wollte sich ausruhen, meine Cousine musste zurück zu ihrer Arbeit in einem muslimischen Kindergarten.

Kurz darauf saßen Onkel Amir, Lesane und ich bei einem Libanesen, eher Imbiss als Restaurant, wir aßen Falafel, Hummus, Baba ghanoush, Foul, Tabouleh, Pommes, arabisches Fladenbrot, Amir und Lesane auch Schawarma. Lesane hielt den Mund, ich wusste nicht so recht, was ich sagen sollte, und mein Onkel schien ganz beansprucht von seinem Essen. Er war als Erster fertig, schob den Teller von sich und sah mich dann an:

– Nizar, sagte er. Du weißt, dass sie dich nach Qabbani benannt hat, dem Dichter?

Ich schloss als Bejahung kurz die Augen.

– Ich weiß noch, wie ich sie als Kind oft mit einem Gedichtband irgendwo sitzen gesehen habe. Sie hatte zwei, keine Ahnung woher, sie hat sie wieder und wieder gelesen. Sie hat sich vor der Arbeit gedrückt, wenn sie konnte, Mutter hat geschimpft, Vater hat sie geschlagen. Aber sie sah immer friedlich aus, wenn sie Gedichte gelesen hat. Ich war elf, als sie dann weg ist. In dieses Deutschland, das ich mir nicht vorstellen konnte. Und dann durften wir auf einmal nicht mehr über sie sprechen. Also haben wir es heimlich getan. Als ich sie dann endlich gesehen habe, war sie nicht mehr der Mensch, an den ich mich erinnerte. Sie rauchte Zigaretten, als würde sie Gedichte lesen, die ihr nicht richtig gefallen. Vorher hatte ich immer geglaubt, dass sie irgendwie allein war, aber jetzt sah ich, wie traurig sie war. Es hat mir das Herz gebrochen, sie so zu sehen. Mir ist unser Großvater eingefallen. Er saß auch immer nur da. Solange ich ihn kannte, saß er immer nur da und hat kaum geredet. Vielleicht ist das irgendetwas mit den Genen. Aber Großvater hatte alles erledigt und ist dann erst so geworden, sagen sie. Fairuz hat sich

geschämt, dass sie nicht das getan hat, was die Familie von ihr erwartet hat. Und dann hat sie sich gefühlt, als könnte sie diesen Fehler nie wiedergutmachen. … Entschuldigung, ich wollte nicht sagen, dass du ein Fehler warst…
– Schon gut.
– Sie ist meine große Schwester. Ich konnte ihr nicht den Rücken kehren, auch wenn Vater das verlangt hat. Vielleicht…
Er sah auf die Tischplatte mit den bunten Mosaiksteinchen und schüttelte den Kopf.
– Vielleicht wird es jetzt besser, sagte er und seine Stimme klang nach Tränen und Trauer, aber man konnte es nicht in seinem Gesicht sehen. Es war nicht leicht, sie jeden Tag so zu sehen, sagte er, so ein Leben wünscht man nicht mal seinen Feinden.
Ich schwieg, ich wusste nichts zu sagen. Sie hatte mich nicht aus mangelnder Liebe vernachlässigt. Wahrscheinlich hatte sie es bereut, mich bekommen zu haben, doch sie war in einem Schmerz gefangen gewesen, aus dem sie sich nicht befreien konnte. Vielleicht hatte sie einfach nur eine Einsamkeit an mich weitergegeben, die sie auch gelebt hatte. Eine Einsamkeit und eine Empfindlichkeit und die Unfähigkeit, die ganze Verantwortung zu schultern.
Immer wenn ich in Selbstmitleid zu versinken drohte, wenn ich das Gefühl hatte, dass jeder Atemzug sich wie schwarze Farbe in mein Inneres klebte, wenn ich das Gefühl hatte, ich würde von außen zwar wie ein Mensch aussehen, drinnen aber ein bodenloses Dunkel beherbergen, hatte ich mir gesagt, dass das Schicksal mir Sevgi gegeben hatte, Kamber und Rahel. Aber ich fand dann nichts in mir, dass das auch glaubte.
Ich hatte meditiert. Ich hatte Roshi zugehört. Ich kann den Körper beobachten und der Körper verändert sich, also bin ich nicht dieser Körper. Ich kann die Gedanken beobachten und die Gedanken kommen und gehen, also bin ich nicht meine Gedanken. Ich kann meine Gefühle beobachten und auch sie kommen und gehen. Auch wenn einige sich in mir festzufressen scheinen, bin ich nicht meine Gefühle. Ich bin etwas, das über all das hinaus-

geht. Ich bin niemand. Alle Phänomene steigen aus der Leere auf und versinken wieder in ihr.
Ich hatte nur den einen Kopf und den einen Körper und mein Magen zog sich gerade zusammen, als wollte er alles Essen wieder nach draußen befördern. Ich hatte nur diese beiden Augen, die brannten, als würde ein Lösungsmittel in der Luft liegen.
Ich hatte versucht, aus all diesen Gedanken, Gefühlen und Erfahrungen schlau zu werden. Aber ich war es nicht geworden.
Ich hatte versucht, ein Versteck zu finden, ein Versteck, wo der Schmerz mich nicht fand. Alles nur, um dann an einem Grab zu stehen und hinterher auf Falafel rumzukauen, die in meinem Mund größer und größer wurden, trockener und trockener.
Ich spürte den Schweiß am Haaransatz und hatte das Gefühl, meine Beine würden mich nicht tragen, wenn ich jetzt aufstand, um mir auf der Toilette das Gesicht zu waschen.
Ich bemerkte, dass Lesane mich ansah. Ich hätte nicht mal sagen können, ob besorgt, verängstigt, mitleidig oder sonst was. Er sah mich an, wie er mich wahrscheinlich noch nie angesehen hatte, und mir war bewusst, dass ich ohne ihn nicht hierher gekommen wäre.
– Drück, drück, einen schaffst du noch, hatte ich früher Klienten beim Bankdrücken angefeuert. Ich hatte am Kopfende der Bank gestanden und ihnen mit zwei Fingern so viel Gewicht abgenommen, dass sie es gerade noch ein letztes Mal schafften, die Hantelstange hochzudrücken.
Lesane stand halb auf, die Knie noch gebeugt, die Oberschenkel an der Tischkante, beugte sich rüber und legte seinen Arm um meine Schulter und drückte seine Stirn gegen meine Schläfe. Er blieb zwei, drei Sekunden so, bevor er sich wieder setzte.
Amir sah ihn an. Dann sagte er:
– Meine Tür steht euch immer sperrangelweit offen, egal, was passiert. In meinem Haus ist für jeden Platz, egal welche Fehler er hat. Ich esse viel, ich schreie viel, ich werde schnell wütend, ich höre oft nicht zu, aber da ist Platz.

– Danke, sagte ich, und dann: Moment.
Ich stand auf, da war genug Kraft in meinen Beinen, ich ging auf die Toilette, wo es beißend nach Duftsteinen roch. Unterwegs schluckte ich ein wenig saure Spucke runter. Drinnen setzte ich mich ohne die Hose runterzulassen auf die Klobrille und atmete sachte gegen den Druck auf der Brust.
Nach zwei, drei Minuten ging es wieder. Ich stand auf, wusch mir das Gesicht und schaffte es tief einzuatmen.
Als Amir und ich uns später verabschiedeten, hielt er mich lange und es war, als würde irgendetwas in mir weich werden und nachgeben. Er hielt mich im Arm, als würde er immer für mich da sein. Er hielt mich im Arm, als könnte man Schmerz teilen und Kraft verdoppeln.
Später im Zug sagte Lesane unvermittelt:
– Könnten wir ihn nicht fragen?
– Nach Geld? Nein. Er hat schon mehr als genug getan.

33

– Ich habe eine Aufgabe für dich, sagte ich.
Er sah mich erwartungsvoll an und ich erzählte von Maurice, dem Handy, den geleakten Nudes, dem Mobbing, der Geschichte mit dem Bluetooth und dem Xperia. Lesane hörte aufmerksam zu, doch als ich fertig war, fragte er:
– Und was hat das mit Toni zu tun?
– Nichts.
– Ah. Und was soll ich tun?
– Wir gehen zu Maurice, er zeigt dir seine Klassenkameraden, die ein Xperia haben. Du bekommst sein Handy, gehst damit auf den Schulhof und schaust, mit welchem Handy sich Maurices Handy verbindet.
– Und dann?
– Dann können wir davon ausgehen, dass es diese Person war, die sich selbst die Bilder von Maurices Handy geschickt hat.

– Warum machst du das nicht?
– Weil ich auf dem Schulhof sofort auffalle. Ich bin kein Lehrer, kein Referendar. Ein Vater würde sich dort nicht so rumtreiben, wäre schwierig, irgendetwas Glaubwürdiges zu erzählen, warum ich da so abhänge.
– Wenn mich jemand fragt, was ich da mache?
– Kannst du sagen, dass du dir überlegst, die Schule zu wechseln und einfach mal die Atmosphäre checken wolltest. Wird aber wahrscheinlich nicht passieren.
– Welche Schule?
– Friedrich-Wilhelm-Gymnasium.
Er sah mich an und schüttelte den Kopf, als würde er das für die schlechteste Idee halten, die ich je hatte.
– Du willst mich auf ne Schule voller Weißbrotbonzen schicken und glaubst, ich würde da nicht auffallen?
– Nicht so sehr wie ich.
– Ist da ein einziger Schwarzkopf auf der Schule?
– Ja, so einige.
Er überlegte.
– Eine Art Aushilfsjob, sagte er. Was zahlste denn dafür?
Ich wusste nicht mal, ob er es ernst meinte.
– Fuffi, sagte ich.
– Hunni, sagte er.
– Hunni, sagte ich, Deal.
Ich ließ ihm zwei Sekunden der Freude, dann sagte ich:
– Zieh ich dir von den 4.000 ab, die ich Dilovan schon gezahlt habe. Bleiben nur 3.900.
Er holte Luft, hob die Hände, die Brust wölbte sich vor, er riss die Augen auf, zog die Augenbrauen hoch, doch dann atmete er einfach wieder aus und die Spannung wich aus seinem Körper.
– Bist du dabei?, fragte ich.
– Dafür muss ich Schule schwänzen, sagte er.
Ich nickte.
– Ja, dafür musst du schwänzen. Und für dieses eine Mal übernehme ich die Verantwortung. Für alle anderen Male musst du

selber geradestehen. Komm, wir fahren zu Maurice. Überlass mir das Reden, solange seine Mutter dabei ist.
Er sah mich an, vorwurfsvoll.
– Nichts gegen dich, sagte ich. Schau, ein Kiffer würde dir vertrauen, Fayaz vertraut dir, deine Mutter vertraut dir, aber es gibt eben Menschen, die vertrauen dir nicht, wenn sie dich sehen und hören, wie du redest. Das hat nicht unbedingt etwas mit dir zu tun, sondern mit diesen Menschen.
Ich hatte den Eindruck, dass er nicht wusste, ob ich ihm nur etwas schönreden wollte.
– Es ist mein Ernst. Man muss Köpfchen haben, um Para zu machen. Man muss mit den Menschen in der Sprache sprechen, die sie verstehen. Dafür ist es gut, mehr als nur einen Style draufzuhaben. Ich werde dich einfach als einen Freund meines Neffen vorstellen. Nicht, weil ich nicht zu dir stehe, sondern damit Frau Kantos sieht: Ich habe dich extra für diesen Job ausgesucht. Manchmal muss man den Menschen einfach erzählen, was sie brauchen.
– Lügen.
– Ja … Aber nur im Job.
– Was machen wir mit Toni?, wechselte er das Thema.
– Den beobachtet jemand anderes. Wir müssen Geduld haben.
– Und wo wohnt dieser Maurice?
– Nicht sehr weit von dir.

Ich stellte Lesane mit seinem richtigen Namen vor, aber wie angekündigt als einen guten Freund meines Neffen. Er war ein gewitzter Junge, geschickt und findig. Direkt am Montag, wenn die Schule wieder anfing, würde er helfen, das fragliche Handy zu finden. Ich erklärte Frau Kantos, wie wir vorgehen wollten.
Lesane hatte ihr die Hand gegeben und guten Tag gesagt, aber sonst den Mund gehalten. Frau Kantos war mit allem einverstanden, solange es nur ihrem Sohn half. Lesane checkte Maurice genau ab, während Maurice kein Interesse für Lesane auf-

brachte. Er sah noch schlechter aus als beim letzten Mal. Seine Mutter hatte mittlerweile die Morddrohungen gemeldet, sowohl bei Facebook selbst als auch bei der Polizei. Doch sie ahnte wohl, dass das nur ein Ausdruck von Hilflosigkeit war. Facebook hatte die Leute zeitweilig gesperrt, mittlerweile konnten sie ihre Accounts wieder uneingeschränkt benutzen.

Da den Router auszuschalten Maurices Internetzeit nicht erfolgreich begrenzt hatte, hatte Frau Kantos ihn zu einer Freundin gebracht. Doch Maurice hatte noch Datenvolumen auf seinem Handy und hatte zudem den Zugang der Nachbarn erfragt. Er fand Wege ins Netz. Alle fanden immer Wege ins Netz. Und wenn es beim Rewe war.

Es war eine Wunde, in der Maurice stocherte. Aus einem Zwang, dem er sich nicht entziehen konnte. Er stocherte. Wühlte. Man konnte sich nicht umdrehen und gehen. Es war der eigene Schmerz, man konnte ihn nicht einfach loslassen.

Als ich glaubte zu verstehen, dass ich für einen Profi immer zu langsam sein würde, hatte ich noch mehr trainiert, auch mit Gewichten an den Fußgelenken. Sprints. Siebzig Meter, hundert Meter, oder auch nur dreißig, obwohl das Feld gerade mal achtundzwanzig lang war. Manchmal stoppte Kamber die Zeiten für mich und ich bewies mir immer wieder und wieder, dass ich zu langsam war. Es wurde nicht besser, egal wie ich mich anstrengte, das hatte ich begriffen, aber ich brauchte die Enttäuschung, jedes Mal aufs Neue. Wenn du nicht verstehst, woher ein Schmerz kommt, musst du ihn wieder und wieder fühlen. Nur werden deine Schultern davon kein bisschen breiter.

Maurice wusste, wie die anderen ihn sahen. Klar war es eine hehre Idee, in sich selbst zu ruhen. Aber nicht mit sechzehn. Nicht, wenn da niemand mehr an deiner Seite blieb. Nicht, wenn alles, was du zu lesen bekamst, Beleidigungen, Beschimpfungen und Drohungen waren.

Man konnte sich nicht umdrehen und gehen. Hättest du es gekonnt? Alle schienen zu glauben, das sei einfach. Weglaufen war nicht dasselbe wie sich Umdrehen und Gehen. Jemandem oder etwas den Rücken zu kehren und zu gehen, ohne das Gefühl, dass einem noch etwas im Nacken saß, war schwerer als zu bleiben. Weglaufen, da konntest du so weit laufen wie du wolltest, da klebte ein Rucksack auf deinem Rücken, in dem alles drin war, wovor du weg wolltest.

– Wir brauchen also dein Handy für diese Aktion, sagte ich zu Maurice, als wir ohne seine Mutter in seinem Zimmer waren. Man konnte sehen, wie ihn die Idee, sein Handy aus der Hand zu geben, entsetzte. Aber mittlerweile war er wohl verzweifelt genug, um sich darauf einzulassen.

Einen Moment lang zweifelte ich an meiner Idee. Oder vielmehr an Lesane. Ich wusste nicht, ob er sich Gesichter merken konnte, ob er ein Gedächtnis für Details hatte, wie aufmerksam er sein würde, wie geschickt.

Dilovan mochte unberechenbar sein, wenn es um Gewalt ging, doch er war kein Dummkopf. Es war nicht unwahrscheinlich, dass er das Gras selber geklaut hatte, obwohl er wusste, dass bei Lesane nichts zu holen war. Außer ihn für lau für sich arbeiten zu lassen, bis die Schulden beglichen waren. Aber selbst dafür musste er irgendein Talent in Lesane gesehen haben, eine Fähigkeit, die mir bisher entgangen war.

Maurice hatte niemanden im Verdacht, er zeigte uns alle Klassenkameraden, die ein Xperia hatten.

Bei jedem Bild, bei jedem Facebookprofil, bei jedem Video, bei jedem Instagramselfie, das er uns zeigte, sprach er in der Vergangenheit, als sei das alles Jahre her: Das war mein Freund Marc, das war mein Freund Joshua, das war Lennart, mit dem ich Hockey gespielt habe, das war Natalie, mit der ich schon in der Grundschule war. Hin und wieder klang es so, als würde er gleich in Tränen ausbrechen, und ich versuchte mir nicht anmerken zu lassen, wie hilflos ich mich fühlte.

– Ist scheiße, sagte Lesane. Aber andererseits kannste froh sein. Echt. Erst wenn es hart auf hart kommt, kannste sehen, wer deinen Rücken hat. Und ich sag dir: Wer deinen Rücken hat, lässt

dich nicht im Stich, nur weil du Nudes geleakt hast. Hurensöhne alles. Kein einziger Ehrenmann. Und was stellt die Kahpa sich auch an, das Netz ist voll geleakter Nudes.
Ich hielt die Luft an, sah nicht zu Maurice, versuchte aber, seine Reaktion wahrzunehmen. Er schien überrascht. Wahrscheinlich hatte bisher niemand so mit ihm gesprochen. Er sah Lesane an, dann blickte er wieder auf den Bildschirm und sagte:
– Ich hab's nicht getan.
– Das reicht nicht, sagte Lesane. Du brauchst auch noch jemanden, der dir glaubt. Oder nen Anwalt. Aber ein Freund steht zu dir, auch wenn du geleakt hast.
Vielleicht war das seine Fähigkeit, Loyalität.
Die beiden saßen nebeneinander und Maurice verlagerte jetzt sein Gewicht so, dass etwas mehr Abstand zwischen den beiden war.
Als wir uns etwas später verabschiedeten, gaben sich die beiden die Hand und ich glaubte, in Maurices Augen eine Art Neugier zu sehen. Schon im Treppenhaus sagte Lesane:
– Boah, sieht gar nicht richtig aus wie ein Opfer. Der hat mir leidgetan.
Ich zuckte mit den Schultern. Vor der Tür sagte er dann:
– Die haben keine Kohle.
– Ja, bestätigte ich, die haben wenig Geld.
– Warum arbeitest du dann für die?
– Weil seine Mutter mir leidgetan hat.
– Findest du die heiß?
– Nein.
– Warum tut sie dir leid?
– Weil sie kein Geld hat, aber alles für ihren Sohn tut, was sie kann.
– Warum ist er auf dem FWG, wenn die keine Kohle haben?
– Vielleicht ist er gut in der Schule.
– Der sieht nicht aus wie so ein Streber.
– Es ist nichts Schlechtes, gut in der Schule zu sein. Man braucht

ein bisschen Köpfchen, muss regelmäßig hingehen und verstehen, was die von einem wollen. Und abliefern.
Er nickte.
– Kriegst du das morgen hin?
Ohne mich anzusehen, sagte er:
– Klar, Schulhof, rein, Abhängen, raus. Kein Problem.
Er grinste dabei und ich wusste nicht, was ich davon halten sollte, aber wenigstens traute er es sich zu.

2003, Boy in da Corner, Dizzee Rascal
Was ihn schmerzt, ist nicht, dass Rahel ihm eines Tages sagt: Ich habe jemand anderen kennengelernt. Irgendetwas in ihm hat die ganze Zeit damit gerechnet, dass sie irgendwann gehen würde. Was ihn schmerzt, ist nicht, dass es ausgerechnet Keyhan ist, mit dem er früher Basketball gespielt hat und der nun sein BWL-Studium abschließt. Was ihn schmerzt, ist nicht, dass sie jemanden gefunden hat, dessen Eltern auch Geld haben. Was ihn schmerzt, ist nicht, dass es nach über drei Jahren von einem Tag auf den anderen vorbei ist. Oder doch. Das alles schmerzt, keine Frage. Aber damit hat er gerechnet. Doch er ist nicht vorbereitet auf den anderen Schmerz. Den, der sich von hinten anzuschleichen scheint. Dabei ist nur er es, der langsam ist.
Er sieht Rahel und Keyhan immer wieder auf den Partys, zu denen er weiterhin eingeladen wird, auch wenn er nicht sofort versteht warum. Zunächst glaubt er, die anderen wollen ihm zeigen, dass sie ihn nicht nur als Partner von Rahel gesehen haben, sondern als eigenen Menschen. Erst nach und nach begreift er, dass sie sich mit ihm schmücken. Dass sie es schick finden, mit einem aus Westmarkt befreundet zu sein, auch wenn er schon längst nicht mehr da wohnt. Ein Asi, aber einer, der freundlich ist, vor dem man keine Angst haben muss, der sich ausdrücken kann, einer, der immer Gras einstecken hat, der immer ein wenig Pep oder ein paar Pillen mitbringen kann, wenn man ihn bittet, jemand, der nichts auf den Preis aufschlägt, jemand, der Geschichten erzählen kann, die faszinieren, jemand, der nur Hip-

Hop hört und von Tomte nicht mal den Namen kennt. Jemand, der einem irgendwie hilft bei diesem Unbehagen, das man hat, weil man behütet groß geworden ist. Jemand, über den man sagen kann: Klar kenne ich Leute mit Migrationshintergrund persönlich. Ich bin mit einem befreundet.
Er geht zu den Partys, die ersten beenden ihr Studium, ziehen aus den WGs aus und in gemeinsame Wohnungen, bekommen Kinder. Auch Rahel und Keyhan ziehen zusammen.
Dann steht er dabei, als Viola ein Bier ablehnt und Nicole scherzhaft fragt, ob sie schwanger ist und Viola nicht verbergen kann, dass das die Wahrheit ist. Er sieht, wie Rahel sich abwendet und Minuten später mit Tränen in den Augen die Party verlässt. Er versteht: Keyhan und sie versuchen vergeblich, ein Kind zu bekommen.
Er hört auf, für UPS zu fahren, und macht sich selbstständig als Personal Trainer. Im Transporter hat er das Gefühl, in seinem Schmerz zu ersticken. Er muss raus.

34

Toni schrieb im Forum von Tochka, dass er vorhatte zu expandieren, um den Kunden noch bessere Preise und noch besseren Service zu bieten. Doch dafür brauchte er Geld, das er reinvestieren wollte, und bat alle, ihre Bestellungen früh zu finalisieren, also den Erhalt der Ware schon bei der Bestellung zu bestätigen, damit das Geld nicht im Treuhandsystem zwischengeparkt wurde. Dasselbe schrieb er noch mal in seinem Profil und kündigte für die nächsten Tage Veränderungen und Überraschungen an.
Möglicherweise erklärte das, warum der Läufer nicht mehr aufgetaucht war. Vielleicht wollte er die gesamten Versandstrukturen ändern, doch das konnte mir ja egal sein. Vielleicht. Ich wusste es nicht. Von Cengiz hatte ich nichts mehr gehört. Ich war unruhig. Eine Unruhe, die einfach nicht wegging.

Seilspringen half nicht, sitzen und atmen half nicht, sinnlos surfen half nicht, versuchen einen Film zu sehen half nicht. Als würden vierzig Füchse in dir umherstreifen und ihre Schwänze sich nie berühren. So hatte Sevgi früher immer gesagt. Meist wenn Kamber unruhig war.
Lesane war mit Maurices Handy in der Schule, was mir mehr Sorgen bereitete, als ich angenommen hatte. Noch drei Tage bis zum Zahltag. Die Zeit lief davon. Und ich saß vor dem Rechner und half Menschen, 400, 500 Euro wiederzukriegen, die sie vor Jahren für Waren oder Leistungen bezahlt hatten, die sie nie bekommen hatten, und kassierte zwölf Prozent Provision plus Mehrwertsteuer.
Ich wusste nicht, was ich hätte tun sollen. Bei Hunter Thompson hatte ich gelesen, dass er zu leben gelernt hatte, als er verstand, dass er nie dauerhaft Glück oder Frieden finden würde. Und solange die Chance bestand, dass er das eine oder das andere von Zeit zu Zeit fand, würde er zwischen diesen Augenblicken sein Bestes geben.
Mein Bestes waren Tatenlosigkeit und Einsamkeit vor dem Rechner. Es hörte sich klug an, was Schreiber von sich gaben. Aber wie gab man sein Bestes? Wie schaffte man es, Dinge zu tun und sich nicht einfach irgendwo zu verstecken, einen Platz tief in sich drin zu suchen, wo man sich sicher fühlte?
Ich schickte Cengiz eine WhatsApp mit einem temp.pm-Link, in dem nur stand: Neuigkeiten?
Innerhalb von zehn Minuten schrieb er zurück: Geduld. Und eine weitere Viertelstunde später kam noch eine Nachricht: Sie werden wahrscheinlich genau das bekommen, wonach Sie suchen.
Vielleicht hätte mich das freuen sollen. Doch das, was ich wollte, war vielleicht gar nicht das, was ich wollte. Vielleicht war genau das das Dilemma meines Lebens. Wenn ich mir sicher gewesen war, dass ich etwas wollte, hatte es nie geklappt. Ich war nicht Profi geworden, ich war nicht mit Rahel zusammen-

geblieben. Die Dinge klappten, wenn ich zweifelte. Ich hatte daran gezweifelt, ob ich wirklich aus Westmarkt rauswollte. Ich hatte daran gezweifelt, ob ich mit einem Kiosk besser fahren würde als als Personal Trainer. Ich hatte daran gezweifelt, ob ich mit einer Detektei tatsächlich mehr Ruhe haben würde als in einem Kiosk. Jetzt zweifelte ich, ob ich diese Beweise wirklich haben wollte. Und wahrscheinlich würde ich sie bekommen. Aber was würde ich dann tun?

Ich konnte Kamber nicht verraten. Ich konnte nicht der Grund dafür sein, dass er wieder in den Knast ging. Selbst wenn er nie erfuhr, dass ich der Grund dafür gewesen war.

Es war kein Gras, das er da dealte. Ein Mensch war gestorben. Wollte ich mitverantwortlich dafür sein, dass noch mehr starben? War sein Leben mehr wert als das Leben von jemandem, der seine Drogen im Internet kaufte? Wäre es nicht richtig, die Welt vor Dealern wie Kamber zu schützen? Aber was hatten Drogen für mich geleistet? Was für Welten hatten sie mir eröffnet? Und war diese Drogengesetzgebung mein Fehler? War es mein Fehler, dass der Staat sich weigerte, diesen Markt zu regulieren, um die Gesundheit der Bürger zu schützen?

Ich erinnerte mich, dass ich am Anfang kaum dokumentierte Todesfälle durch Mephedron gefunden hatte, und sah noch mal genauer nach. Die meisten Tode durch Mephedronüberdosis hatten sich im Nachhinein als Fälle von Mischkonsum herausgestellt, bei einigen war überhaupt kein Mephedron im Blut nachweisbar. Dokumentierte Fälle, bei denen der Tod eine direkte Folge einer Mephedronüberdosis war, gab es gerade mal zwei. Ich überlegte, Armbruster anzumailen und zu fragen, ob eine Obduktion gemacht worden war. Vielleicht war auch Fynn nicht an Mephedron gestorben. Aber was änderte das? Würde es mein Gewissen irgendwie beruhigen?

Und wie sollte ich Lesane freikaufen? Konnte ich einen Bruder gegen einen Sohn tauschen? Und was würde es schon helfen, wenn ich Lesane dieses Mal aus der Scheiße zog? Er würde

wahrscheinlich schneller wieder einen Weg dort hineinfinden, als ich Honorar sagen konnte. Was würde es Lesane helfen, wenn Kamber saß?
Vielleicht wäre alles einfacher gewesen, wenn ich selber nie Drogen genommen hätte. Vielleicht wäre alles einfacher gewesen, wenn ich nicht verstanden hätte, dass dieses Darknet ein besserer Ort zum Drogenkaufen war als die Straße. Und meistens auch noch besser als der Dealer deines Vertrauens. Der ja auch nicht unbedingt wusste, was er da verkaufte. Der dir auch unwillentlich Scheiße andrehen konnte und seine anderen Kunden konnten dich nicht warnen.
Vielleicht wäre alles anders gewesen, wenn sie sich schon vor ein paar Jahren hätten dazu durchringen können, wenigstens Cannabis zu legalisieren.
Es gab so viele Gedanken, mit denen man sich ablenken konnte, aber es gab nur eine Wahrheit. Ein rechtes Handeln. Aber ich konnte nicht sehen, welches das sein sollte. Es hatte so lange gedauert, bis ich gesehen hatte, dass dieser achtfache Pfad des Buddha, rechte Einsicht, rechte Absicht, rechte Rede, rechtes Handeln, rechte Arbeit, rechtes Streben, rechte Achtsamkeit, rechte Konzentration, nichts anderes war als das, was Sevgi mir hatte beibringen wollen. Lerne, hatte sie gesagt, hege keine bösen Absichten, sprich nicht verletzend, lüge nicht, finde eine ehrliche Arbeit, nimm, wenn du musst und gib, wenn du kannst, und mache nicht zwei Sachen gleichzeitig. Jahrzehntelang hatte ich gelernt, zugehört, gelesen, gesessen, geatmet, manchmal geliebt, aber ich hatte keine Ahnung, was jetzt zu tun war.
Habe Handy von der Kahpa, die hat bestimmt selber geleakt, schrieb Lesane auf wickr.
Was?, schrieb ich zurück. Woher hast du ihr Handy?
Geliehen, antwortete er.
Treffen Russentor, komme so schnell wie möglich, schrieb ich zurück.
Das war in der Nähe der Schule. Während ich zur Bahn lief, war

ich versucht ihn anzurufen. Geliehen. Davon war nie die Rede gewesen. Wann würde ich lernen, dass man ihm nicht trauen konnte? Er hatte Scheiße gebaut, davon ging ich aus. Was ich wissen wollte war nur, was für eine Scheiße genau. Es war möglich, dass sein Handy abgehört wurde. Schließlich verkaufte er Gras oder hatte Gras verkauft. Ich wusste nicht, ob die jetzige Scheiße relevant für die Bullen war.
In der Straßenbahn setzte ich mich nicht, doch direkt neben mir saß ein Typ, dessen Knie unentwegt auf und ab wippte. Ich lächelte. Weil ich mich so fühlte. Wie jemand, dessen Knie sich nervös bewegt, ohne dass er es unter Kontrolle bekommt. Ich wusste, dass ich trotzdem nicht so aussah. Vielleicht war es bei ihm ja genau umgekehrt.
Die 200 Meter von der Haltestelle zum Russentor rannte ich.
Lesane stand dort und grinste.
– Hier, sagte er und hielt mir das Handy hin.
– Was ist passiert?, fragte ich leise.
Er antwortete genauso leise, immerhin.
– Ich bin in der Pause auf den Schulhof. Habe die Kahpa in der Ecke gesehen, wo Maurice gesagt hat. Bin hin, das Handy hat sich verbunden, aber ich war mir nicht sicher, ob es von ihr ist oder von einer ihrer Freundinnen da. Die hat gerade gelästert, was für ein Arschloch Maurice ist. Und ich hin und sag: Maurice, das ist doch der Typ, der Nudes leakt. Und sie so: Wer bist du denn? Und ich: Hab gehört, hier auf der Schule soll eine sein, die ihn echt hatet. Und sie: Das bin ich. Und ich: Dann sind wir zwei: Mit meiner Schwester hat er dasselbe gemacht. Sie so komisch geguckt, aber ich hab gelächelt. Wo kommst du überhaupt her, hat sie gesagt. Kahpa, aber die steht auf Typen wie mich. Und als die Pause zu Ende war, hatte ich ihre Zunge im Hals. Und ich dachte immer, die Frauen auf dem FWG sind alle verklemmt. Und dann hab ich ihr Handy eingesteckt.
Ich sah ihn an.
– Die hat nichts gemerkt, sagte er.
– Und wie lange wird es dauern, bis sie merkt, dass es weg ist?

Und wie lange wird sie brauchen, bis sie versteht, dass du es hast? Und die PIN?
– 0816, sagte er. Wir haben Nummern getauscht und ich habe aufgepasst.
– Sie hat deine Nummer?
– Ja.
Ich schüttelte den Kopf, nahm das Handy, entsperrte es und schaute drauf. Zwei Mail-Apps, eine von Gmail und eine von Mail.ru. Ich tippte auf Mail.ru und ging dann zu Gesendete Nachrichten. Da waren vier Mails, eine mit Anhang, deren Betreff *Lenja endlich nackt* war. Anhang waren jpgs, auf denen man Lenja in verschiedenen Posen nackt sehen konnte. Fünfzehn Empfänger. Absenderadresse: Maurice2001@mail.ru. Ich machte einen screenshot von der E-Mail und schickte ihn mir selber. Dann machte ich noch ein Video, wie ich das Handy entsperrte und die Mail-App öffnete und danach zu Facebook ging, damit man auch sicher sein konnte, wessen Handy ich da in der Hand hielt.
Zu einfach. Viel zu einfach. Wie früher, wenn sich riesige Lücken in der Abwehr des Gegners auftaten und du dich gewundert hast, warum sie dich so einfach Punkte machen lassen. Wenn du kurz bevor der Ball deine Hand verließ noch gedacht hast: Vielleicht blockt mich jetzt jemand von hinten. Obwohl du wusstest, dass da weit und breit niemand war. Wenn du dich auf einmal unter Druck gefühlt hast, weil du so sichere Punkte nicht vergeben durftest. Viel zu einfach. Viel zu einfach, weil Lesane nicht auf mich gehört hatte.
– Okay, sagte ich. Sie war es selber. Komm.
– Wohin?
– Zur Schule.
– Wieso?
– Wir müssen das Handy zurückbringen.
Er sah mich fragend an und schüttelte dabei den Kopf.
– Wir gehen ins Sekretariat. Du hältst den Mund. Redest nur, wenn dich jemand anspricht. Ich lenke die Sekretärin ab und du

legst das Handy unauffällig irgendwohin, wo man es gut sehen kann, wo es aber nicht sofort auffällt, wo uns niemand hinterherrennt, weil er glaubt, es ist unseres.
– Können wir nicht einfach reingehen und sagen, wir hätten es draußen gefunden?
– Und wie erklärst du dann, warum du auf dem Schulhof warst? Warum es nicht ein anderer Schüler gefunden hat, sondern ausgerechnet jemand, der nicht auf der Schule ist? Wir machen es so, wie ich es sage. Keine Abweichungen vom Plan, egal, was passiert.
– Warum soll die Kahpa überhaupt ihr Handy zurückkriegen?
– Du tust einfach, was ich sage.
– Gut, sagte er genervt.
Ich klopfte an, wir gingen rein.
– Guten Tag, entschuldigen Sie bitte, mein Sohn hier ist großer Fan von André Pilz. Wir haben gehört, er liest heute hier bei Ihnen an der Schule. Wäre es möglich, dass er die Lesung besucht, obwohl er hier nicht zur Schule geht? Das würde ihn sehr freuen. Ich hätte ja vorher angerufen, aber das haben wir irgendwie verschwitzt.
Die Sekretärin sah mich verständnislos an.
– Eine Lesung? Heute?
– Ja, bestätigte ich.
– Das wäre mir neu, sagte sie. Hier findet heute keine Lesung statt.
– Doch, doch, sagte ich. Ich weiß es von Herrn Pilz selber. 6. November, 11.30 Uhr, Friedrich-Wilhelm-Gymnasium.
– Moment, sagte sie, ich frage kurz nach, und griff nach dem Hörer. Ein kurzer Blick zu Lesane, der die Augen schloss und ein Nicken andeutete. Als die Sekretärin auflegte, sagte sie:
– Tut mir leid. Hier ist heute keine Lesung mit einem Herrn Pilz. Und es ist auch keine geplant.
Ich machte ein ratloses Gesicht.
– Das verstehe ich nicht, sagte ich. Holte mein Handy raus und schaute drauf. 6. November, 11.30 Uhr, Friedrich Wilhelm.

Keine Ahnung, was da schiefgelaufen ist. So ein Mist. Vielen Dank für Ihre Mühe.
– Wo?, fragte ich, als wir das Schultor passiert hatten.
– Auf dem Tresen, aber halb versteckt von diesem Kasten mit den Zetteln.
Ich nickte und hielt ihm die Hand hin. Er schlug ab.
– Lesung?, fragte er dann. Was ist Lesung?
– Da kommt ein Schriftsteller und liest aus seinem Buch vor und redet mit den Schülern, sagte ich.
Dieser Ausdruck in seinem Gesicht. Wahrscheinlich hätte ich den in seinem Alter auch gehabt. Woher hätten wir wissen sollen, dass es Autoren gibt, die noch leben? Woher hätten wir wissen sollen, dass sie an Schulen gehen und dort lesen? Es gab so viele Dinge, die wir nicht wussten. Weil dieser Teil der Welt für uns nicht sichtbar war. Oder vielleicht, weil wir für diesen Teil der Welt nicht sichtbar waren.
– Bei uns war nur mal so ein Bulle, sagte er. Der hat irgendwie erzählt, dass wir keine Vorbilder haben und dass man es schaffen kann, wenn man nur will. Dass wir immer nur auf Opfer machen und so. Dass er uns versteht, weil er in Westmarkt aufgewachsen ist und bla hier, bla da.
– Ergün Balcı?
– Was weiß ich, wie der hieß. Voll der Spast war das.

35

– Wir können beweisen, dass Maurice die Wahrheit sagt, Frau Kantos, aber ich würde kurz mit ihm allein reden, wenn ich darf.
– Sie wissen, wer es war?, fragte sie.
Ich nickte. Sie sah mich abwartend an.
– Ich würde gerne vorher mit Maurice sprechen, wenn ich darf. Seien Sie unbesorgt.
– Bitte, sagte sie.

Ich klopfte und trat ein, er saß am Rechner.
– Ich glaube, wir haben denjenigen, der die Fotos verschickt hat, sagte ich leise, nachdem wir uns begrüßt hatten, und gab ihm sein Handy zurück.
– Wer?, fragte er. Im Gegensatz zu seiner Mutter schien er nicht erleichtert zu sein.
– Hast du einen Verdacht?, wollte ich wissen.
Er schüttelte den Kopf.
– Wie seid ihr zusammengekommen, Lenja und du?
Diese Fragen hätte ich viel früher stellen sollen. Auch wenn das Ergebnis stimmte, als Detektiv hatte ich in diesem Fall versagt.
– Wir haben uns ziemlich viel geschrieben, nachmittags. Zuerst mehr so wegen Hausaufgaben, aber dann auch alles mögliche andere. Eigentlich haben wir nur noch geschrieben miteinander, bis …
– Wer hat dann den ersten Schritt gemacht?
– Sie.
– Deine erste Freundin?
Er sah zu Boden und deutete ein Nicken an.
– Und sie hatte schon Freunde vor dir.
– Ja, sagte er kaum hörbar. Aber nichts hat so lange gehalten wie bei uns. Mit mir war es anders. Hat sie immer gesagt.
– Wie ist sie in der Schule? Ist sie beliebt?
– Warum interessieren Sie sich jetzt für Lenja?
Er schien nicht den leisesten Verdacht zu schöpfen.
– Ich versuche nur etwas zu verstehen, antwortete ich. Also?
– In der Schule eher so mittelmäßig bis schlecht. Aber sie ist so eine Art Anführerin. Wenn sie sagt, etwas ist cool, dann ist es das auch. Viele sagen, sie ist eine Bitch, aber die kennen sie nicht richtig. Die versteckt sich bloß hinter diesem harten Kern, sagte er. Dann schüttelte er den Kopf und berichtigte sich: dieser harten Schale.
– Ist irgendetwas vorgefallen zwischen euch, was sie verärgert haben könnte?

– Die Fotos …
– Vorher.
Er schüttelte den Kopf.
– Hat sie Insta oder Snapchat oder etwas Ähnliches?
– Insta.
– Zeig mal bitte.
Ich scrollte durch die Bilder und ärgerte mich. Das hätte ich bei meinem ersten Besuch hier machen sollen. Die meisten Bilder waren Selfies, fast immer war sie gestylt, die Posen waren sexy, manchmal waren da nur ihre Beine in einem kurzen Rock auf einer Parkbank, ihr Bauch an einem Strand, der Ansatz einer Brust, vom Schaum in der Badewanne halb verdeckt. Auf einigen Bildern sah man deutlich, dass sie unter ihrem ohnehin fast durchsichtigen T-Shirt keinen BH trug. Ich fragte mich, ob ihre Eltern von diesem Account wussten. Und wenn ja, was es geändert hätte.
– Wessen Idee war das mit den Nacktbildern?
– Meine.
– Musstest du sie überreden?
– Nein. Sie hat sofort Ja gesagt.
Ich nickte.
– Vielleicht ist sie doch eine Bitch.
– Lenja? Nein.
– Sie hatte Zugang zu deinem Handy. Vielleicht wenn du kurz auf die Toilette gegangen bist. Sie konnte sich leicht deine PIN abgucken.
– Warum sollte sie … ?
– Was hat sie für ein Handy?
– Ein Xperia, aber …
– Vielleicht haben die anderen Recht, unterbrach ich ihn. Vielleicht ist sie eine Bitch.
– Nein, beharrte er. Aber wenn Sie wissen, wer das mit dem Foto war, dann …
– … kommt sie vielleicht zu dir zurück?
Er nickte sachte, versuchte das Leuchten der Hoffnung aber zu

verstecken. Ich schüttelte den Kopf. Ich holte tief Luft. Ich hätte es ihm gerne erspart.
– Es war Lenja, sagte ich. Sie hat selber die Fotos geleakt. Wir hatten ihr Handy. Darauf ist die Mail-App und die Mail, mit der das Bild verschickt wurde. Und es war ihr Handy, mit dem sich deines verbunden hat.
– Nein, sagte er. Lenja würde niemals …
Der Traum war immer der gleiche Traum, man wollte sich sicher fühlen, man wollte gehalten werden.
– Tut mir leid, sagte ich. Wirklich. Tut mir sehr leid.
Wochenlang hatte er zu Hause gesessen, Schmähungen, Drohungen, Beleidigungen, Beschimpfungen ertragen, seine erste Freundin, die er glaubte geliebt zu haben, hatte ihn verlassen und jetzt eröffnete ich ihm auch noch, dass sie es war, die ihn schlimmer hintergangen hatte als fremdzugehen.
Ich hatte den Auftrag zu einem erfolgreichen Ende gebracht, aber was hatte es genützt? Ich hatte geholfen, dem Schmerz Schmerz hinzuzufügen. Man konnte alles richtig machen im Namen der Wahrheit, aber am Ende blickte man sich um und sah Schmerz, Enttäuschung und Tränen.
– Ich habe es deiner Mutter nicht gesagt. Vielleicht willst du es ihr selber sagen.
Er kämpfte mit den Tränen und schüttelte den Kopf.
– Das glaube ich nicht, dass sie das getan hat.
– Ich habe einen Screenshot von der Mail, die sie von ihrem Handy rausgeschickt hat. Möchtest du ihn sehen?
Er schüttelte den Kopf.
– Ich gehe es deiner Mutter sagen …?
Er nickte. Ich schloss behutsam die Tür hinter mir. Frau Kantos stand vom Sofa auf und kam auf mich zu.
– Es war Lenja, sagte ich.
Sie schien nicht überrascht zu sein.
– Ich weiß nicht, was Sie als Nächstes tun möchten. Vielleicht wollen Sie das mit Maurice besprechen. Sie können zur Polizei gehen, Sie können zur Schule gehen, Sie können

eine Aktion im Internet starten, Sie können sie direkt konfrontieren. Wenn Sie bei irgendetwas meine Hilfe brauchen, lassen Sie es mich wissen. Ich schicke Ihnen die Beweise per Mail.
– Vielen Dank, sagte sie.
Ich stand auf und reichte ihr die Hand.
– Das Honorar …, sagte sie in einem fragenden Ton.
– Ich hänge eine Rechnung an, sagte ich. Schauen Sie nach Ihrem Sohn. Ich finde raus.
Hundert Euro konnte ich ihr berechnen. Das kam mir nicht großzügig vor. Ich hatte versagt. Und ich würde noch mehr versagen. Das hier war nur ein Vorgeschmack.
Wer will, der findet Wege. Wer nicht will, der findet Gründe. Daran hatte ich geglaubt. Es hatte immer einen Weg gegeben, egal wie steil, egal wie steinig, egal wie wenig ich damit zufrieden war, wo er letztlich hinführte. Jetzt schaffte ich es kaum noch, Gründe zu finden.
Im Büro setzte ich mich an den Rechner und da war die Überraschung, die Toni angekündigt hatte: Ab sofort verschickte er auch in die USA. Ich konnte mir keinen Reim darauf machen. So lange hatte er alles getan, um nicht die Aufmerksamkeit der DEA auf sich zu ziehen, und jetzt expandierte er und es war ihm alles egal? Oder hatte er irgendetwas gefunden, das ihm das Gefühl gab, noch sicherer agieren zu können? Gab es irgendwo eine weitere Anonymisierungsmaßnahme, die er für unschlagbar hielt? Wurde er gierig? Oder größenwahnsinnig? Nahm er selber zu viel von seinem Stoff? Weitere Überraschungen würden folgen, kündigte er an.
Während ich dasaß, kamen zwei temp.pm-Links von Cengiz per Mail. Im ersten schrieb er: Guten Tag, Bilder, die hoffentlich weiterhelfen. Vier vom Labor. Nur außen. Konnte mir keinen Zugang verschaffen ohne Spuren zu hinterlassen. Bei Cranzahl. Noch zwei Bilder von jemandem, der sein Geschäftspartner sein könnte. Schwer, hier nicht aufzufallen. Links zu den Bildern (mit GPS) in der nächsten Nachricht. Gruß

Cranzahl musste ich erst nachschauen, es war ein kleiner Ort in Sachsen, nahe an der tschechischen Grenze. Auf den ersten Bildern sah man eine Garage, neben einem etwas heruntergekommen wirkenden Haus, grobkörnig aufgenommen mit einem Zoom, der bis zum Anschlag aufgedreht war. Er hätte irgendetwas fotografieren und mir schicken können und die GPS-Daten einfach faken. Doch auf einem Bild sah man Kamber, wie er mit einer anderen Person die Garage betrat. Das bewies natürlich gar nichts, solange man sich nicht sicher sein konnte, dass in dieser Garage das Labor war. Aber man konnte vielleicht zusammen mit den anderen Indizien und der Tatsache, dass Cengiz Kamber verfolgt hatte, einen Durchsuchungsbeschluss erwirken. Oder zumindest eine Observation. Falls die Polizei mir glaubte. Dass ich den Läufer gefunden hatte. Der jetzt komplett sauber sein mochte. Dass ich den Bunker gefunden hatte. Der jetzt komplett sauber sein mochte.

Ihn mit diesen Bildern erpressen, dass ich zur Polizei gehen würde, konnte ich kaum. Das Labor konnte umziehen, er konnte Spuren verwischen, die Arbeit der Polizei stark erschweren bis unmöglich machen, weil er genau wusste, was sie hatten. Was sie dann hätten, reichte vielleicht für einen Durchsuchungsbeschluss, aber nicht für einen Haftbefehl. Und wenn es einen Durchsuchungsbeschluss gab und er vorher gewarnt war, würde er sauber da rauskommen.

Ich sah mir die Bilder noch mal an. Der andere Mann war vielleicht knapp dreißig, weißes, weiches Gesicht, Brille, teurer Anzug, ich hätte ihn am ehesten für den stellvertretenden Filialleiter einer Bank gehalten. Aber es schien so, als hätten Kamber und er eine Geschäftsbeziehung. Kamber war breiter als früher, stemmte offensichtlich Gewichte, war aber immer noch athletisch und kein schwerfälliger Bodybuilder. Das war mir nicht aufgefallen, als ich ihn vor dem Haus gesehen hatte, aber da hatte ich auch kein zweites Mal hingesehen. Sein Haar war noch voll, wie auch Savaş' Haar bis zum Ende voll gewesen war, voll

und schwarz. Kambers Haar war ergraut, auf der rechten Seite deutlich mehr als auf der linken. Sein Grinsen, sein Lächeln, wie immer man es nennen wollte, war dasselbe wie früher. Er strahlte eine Art von Vertrauen und Siegessicherheit aus, ein Wissen um seine Fähigkeit, Menschen zu manipulieren, ihnen genau das zu erzählen, was sie hören wollten.
Vielleicht war er nie mein Freund gewesen, nie mein Bruder. Vielleicht hatte er auch mich nur benutzt und manipuliert. Vielleicht hatte ich mich all die Jahre in ihm getäuscht. So wie Maurice sich in Lenja getäuscht hatte. Man konnte alle Gedanken ausprobieren. Diese hier wären mir gelegen gekommen. Ein Grund. Wer keinen Weg fand, suchte einen Grund.
Aber ich wusste, dass es nicht stimmte. Kamber war immer ehrlich zu mir gewesen. Daran konnte ich nicht zweifeln. Egal, wie sehr ich sonst an allem zweifelte. Egal, wie gut mir diese Zweifel gepasst hätten. Ich hatte nie an Kamber gezweifelt und nie an Sevgi.
Ich saß da, sah mir die Fotos an, fiel in Erinnerungen hinein, die ich verdrängt hatte, und wurde wehmütig.
Ich vermisste ihn. Ich hatte ihn die ganze Zeit vermisst. Ich hatte nie wieder einen Freund wie ihn gefunden.
Ich sah mir den anderen Mann noch mal an. Vielleicht erklärten sich so die Veränderungen, Kamber hatte einen neuen Geschäftspartner und wollte tatsächlich expandieren. Vielleicht war der andere ein Computerexperte und würde dann diesen Teil übernehmen. Aber wenn dem so war, gab es keinen Grund, warum er das Labor sehen musste.
Ich schickte Cengiz die Adresse des Kiosks in Duisburg und bat ihn nochmals, diskret zu sein. Und dass ich mir fast sicher war, dass sie zu einer Einigung kommen würden. Falls das nicht der Fall sein sollte, solle er sich melden und wir würden eine andere Lösung finden.
Das war gepokert und ich war kein Spieler. Aber was blieb mir übrig? Ich war kein Hustler, kein Player, kein Wettkönig, ich

hatte immer nur eine kleine ehrliche Arbeit gewollt. Ich war kein Spieler, aber mir blieb nichts anderes übrig als auf Karten zu setzen, die es vielleicht gar nicht gab.

36

Vor einigen Jahren hatte es noch mehr Spielhallen und mehr Geldspielautomaten in Imbissen gegeben. Jetzt gab es Wettbüros, Handyreparaturläden, neue Imbisse ohne Automaten, neue Ein-Euro-Shops, Filialen von Backwarenketten, aber auch einen neuen türkischen Juwelier. Ich ging in Necmis Kiosk und grüßte auf Türkisch. Necmi erwiderte meinen Gruß, erkannte mich aber nicht sofort, vielleicht hätte ich ihn auf der Straße auch nicht sofort erkannt.
Der graue Synthetikpulli mit dem Rundhalskragen hätte genau derselbe sein können wie vor zwanzig Jahren, aber alles andere hatte sich verändert. Die wenigen verbliebenen Haare waren grau geworden, er war dicker, seine Augen hatten tiefe Ringe, die Wangen hingen herunter, die Schultern fielen nach vorne, er schien mir geschrumpft, wirkte wie ein alter Mann, obwohl er kaum sechzig sein konnte. Er war jung gewesen, als wir die ersten Male bei ihm geklaut hatten, fünfundzwanzig vielleicht. Am schlimmsten war diese Gesichtsfarbe: Ein fleckiges Rotbraun, das aussah, als hätte er eine Krankheit, die ich nicht hätte benennen können.
Doch dann war Erkennen in seinen Augen und er sagte:
– Nizar, willkommen. Was bringt dich hierher? Willst du Schokolade klauen?
Das Lachen hatte nicht die alte Fröhlichkeit oder vielleicht war ich nur nostalgisch. Die alte Kasse war weg und auf der Theke stand nun ein Warenscanner.
– Wie gehts, Necmi?, fragte ich.
– Muss, antwortete er auf Deutsch. Und bei dir?
– Gut, log ich. Weil man das so oft log, log es sich leicht.

– Was treibt dich her?, wiederholte er lächelnd.
– Ich muss etwas erledigen, sagte ich.
Ich holte Luft. Ich hatte ihn immer gemocht, aber ich hatte nicht die Nerven, mich mit Floskeln aufzuhalten.
– Kannst du mir sagen, wo ich Dilovan finden kann?
Das Lächeln verschwand, er sah mir in die Augen. Vier, fünf Sekunden lang. Dann erst fragte er:
– Warum?
– Ich muss etwas erledigen.
– Nizar, es geht mich nichts an, aber …
Er sprach nicht weiter und legte den Kopf etwas schief.
– Necmi, sagte ich. Ich bin zu dir gekommen, um Guten Tag zu sagen und weil ich früher gerne hier war. Wenn du es mir nicht sagst, sagt es mir jemand anders.
– Geh in die Aladin Lounge, sagte er, vorne in der Liebigstraße. Frag dort nach ihm.
– Danke, sagte ich. Vielleicht komme ich nachher noch rein und klaue eine Schokolade.
– Nizar, mach keine Dummheiten, sagte er.
– Dafür bin ich zu alt, sagte ich.
Er lächelte müde. Hielt mir die Hand hin. Ich drückte sie, er legte seine linke oben drauf, sah mich an und sagte:
– Viel Glück. Möge es gut ausgehen.
– Danke, sagte ich und versuchte mir nicht anmerken zu lassen, dass ich gerührt war.

Eine gute Stunde saß ich in der Shisha-Bar, etwas versteckt in einer Ecke, trank Tee und wartete. Ich versuchte abzuschalten, mich auf meine Atmung zu konzentrieren, ruhig zu werden. Ich hatte Angst, und Angst bringt einen dazu, sich alle möglichen schrecklichen Dinge in der Zukunft vorzustellen. Ich hatte Angst, aber ich glaube nicht, dass es Angst vor Dilovan war.
Er kam allein. In einem Film hätte man die Rolle des Gangsterbosses nicht mit ihm besetzt. Nicht besonders muskulös, freundliches Gesicht, attraktiv, gepflegt, weiche Bewegungen. Nichts

wies darauf hin, wie brutal er sein konnte, wie skrupellos. Wie gewalttätig.

– Bleib sitzen, sagte er. Es klang freundlich, aber es war uns beiden bewusst, dass es ein Befehl war. Er gab mir nicht die Hand, setzte sich und sagte:

– Bitte?

– Ich komme wegen Lesanes Schulden.

Er nickte nur.

– Heute ist Zahltag.

– Du hast nicht nach mir gefragt, weil du Aufschub möchtest, stellte er fest. So dumm bist du nicht.

– Könnten wir das Geld nicht in Raten abzahlen? Wäre gut für dich, du würdest mehr an den Zinsen verdienen.

Er grinste.

– Seh ich aus wie Mediamarkt, wo du deinen Fernseher auf Raten kaufen kannst? Bist du doch dumm?, fragte er, aber es klang nicht wie eine Beleidigung, sondern so, als würde er sich die Frage jetzt ernsthaft stellen.

– Ich habe mir schon gedacht, dass du das ablehnst, sagte ich. Ich wollte dir anbieten, einen Job für dich zu machen.

– Was für einen Job?

– Ich könnte zum Beispiel Drogen für dich verkaufen. Im Internet. Ich bin gut darin. Guter Verdienst, saubere Arbeit, niemand in der Stadt, der angepisst ist, weil du ihm Kunden wegnimmst, kein Risiko, dass das zu dir zurückverfolgt werden kann. Ich kann einen deiner Jungs da einarbeiten, das ist nicht so schwer. Keine Kloppereien, keiner von der Konkurrenz weiß, dass du es bist, Bezahlung in Bitcoin, der gerade durch die Decke geht, wie du vielleicht weißt. Bis du die Bitcoins auscashst, sind die schon um zehn, zwölf Prozent gestiegen im Wert.

Vielleicht verstehst du, wie verzweifelt ich war? Ich war bereit, alles hinzuschmeißen.

– Vielleicht bist du nicht dumm, sagte Dilovan. Aber vielleicht hältst du mich für dumm. Warum sollte ich jemandem wie dir

einen Job geben? Schau mal, wie lange du hier raus bist. Du willst nichts mit dem Geschäft zu tun haben. Du bist nicht geeignet. Und dieses Internet. Das klingt vielleicht klug, ist es aber nicht. Die haben Trojaner, die haben NSA und bilmemney. Die kriegen Leute am Arsch, weil die einen Song von Rihanna runtergeladen haben. Im Internet kannst du nie sicher sein, ob sie dich überwachen. Snowden, Mowden, denkst du, ich kriege hier nichts mit? Im Internet reicht es nicht, öfter mal in den Rückspiegel zu gucken. Diesen Silkroad-Typen haben die auch drangekriegt. Gleich lebenslänglich. Das Internet ist für Kiddies, die sich sicher fühlen hinter ihrem Rechner. Sieh mich an. Ich habe nur zweimal gesessen und nie wegen Geschäften, sondern nur wegen Körperverletzung. Wer mit Köpfchen sein Para macht, der findet nicht Tony Montana cool oder Pablo Escobar, sondern Al Capone. Internet ist etwas für Weißbrote, die kein Leben haben.
Ich musste mir eingestehen, dass ich erleichtert war.
– Warum Lesane?, fragte ich.
– Warum was Lesane?
– Warum hast du Lesane so viel auf Kombi gegeben?
– Was weißt du überhaupt über Lesane?, fragte er. Was ist passiert, dass du auf einmal auftauchst und dich aufspielst wie sein Bodyguard? Lesane hat die größte Klappe von allen. Wie lange hat der mich belabert: Dilovan, Abi, ich kann mehr als nur ein, zwei Kilo die Woche verticken, Abi, gib mir eine Chance. Abi, ich habe keinen Bock mehr auf diese Leute, die nur Zwannis wollen. Dilovan, ich hab's drauf, gib mir eine Chance. Er mag gut sein, aber er hat keine Eier.
Er stand auf und sagte:
– Der Tee geht auf mich.
Nach drei, vier Schritten drehte er sich noch mal um und sagte:
– Eine Woche Aufschub. Aber die Zinsen sind jetzt auf zwanzig Prozent.
Er zwinkerte mir zu, als hätte er einen Scherz gemacht, aber er meinte es ernst.

Ich blieb noch sitzen. Es gab noch zwei Möglichkeiten. Ich dachte noch mal über die zweite nach. Sevgi hatte ihren Sohn verloren. Armbruster hatte seinen Sohn verloren. Möge Gott niemandem den Schmerz über den Verlust der eigenen Kinder geben. Das hatte ich oft gehört von Sevgi. Sie hatte keinen Sohn mehr. Was hätte es für sie geändert, wenn ich mit dem Material, das ich hatte, zu Armbruster ging oder gleich zur Polizei? Es ging nicht um Kamber. Es ging nicht um Lesane. Es ging um uns alle. Es ging auch nicht darum, wie ich mich fühlte bei dem Ganzen. Diese ganze Vergangenheit war eine Geschichte, an die ich mich klammerte. Ich konnte nicht loslassen. So wie Sevgi Westmarkt nicht loslassen konnte. Loslassen. Wenn man es hörte, hörte es sich leicht an. Loslassen. Es schien keine Anstrengung zu brauchen und keinen Willen. Als würde man einfach seinen Griff lockern und alles würde an den richtigen Platz fallen.

Loslassen. Aber man brauchte so dringend etwas zum Festhalten, etwas zum Anlehnen.

Alles für die Familie, hatte ich gelernt. Sei deinen Nächsten ein Rücken, egal wie falsch sie liegen, egal ob sie im Unrecht sind, egal was sie gemacht haben. Komm, komm, auch wenn du tausend Eide gebrochen hast. Wenn man nicht immer hinter jemandem stand, egal was, konnte man es gleich vergessen. Jemand, der bei dir war, solange du alles richtig machtest, war kein Freund. Leute, die nur ein Rücken waren, solange du nicht straucheltest, waren gar keiner.

Was hatten wir sonst gehabt? Wer hatte hinter uns gestanden? So wie hinter Rahel? Ihre Eltern mit ihren Kontakten, mit ihrem Geld, mit ihren Verbindungen, ihren Freunden. Rahel hatte geglaubt, es sei leicht, irgendwo einen Bürojob zu bekommen, ich müsse es nur versuchen. Ich hatte mich so oft beworben, ich war sogar zu Vorstellungsgesprächen eingeladen worden, aber niemand wollte mir einen Job geben, wo ich im Warmen sitzen und mir einen Kaffee holen konnte, wenn ich wollte.

Uns war vielleicht nichts anderes übrig geblieben als einer für alle und alle für einen. Romantisierte ich? War das nur diese beschissene Ghettoromantik, an die man sich klammerte, weil man sonst nichts hatte? *Thug for Life*. Aber das brachte einem nur Kugeln ein.

Wenn Kamber weiter Drogen verkaufte, würde es mehr Trauer um Kinder geben. Mehr Schmerz von Eltern. Und es würde Lesane helfen, wenn ich ihn verriet.

Aber ich konnte nicht. Oder ich wollte nicht. Ich fand es nicht heraus, egal wie lange ich dort saß. Aber es gab noch eine Möglichkeit. Eine. Auch bei der musste ich einem Schmerz noch ein wenig Schmerz hinzufügen. Einen Teil der Wahrheit erzählen. Ich war nicht verantwortlich für die Wahrheit, oder?

Wer hätte ahnen können, dass eine Nacht voller Wodka, Gras, Hip-Hop, Wiedersehensfreude, Nostalgie und Bekenntnisse so etwas wie Lesane hervorbringen würde? Und ich war verantwortlich. Jedes Mal, wenn man Sex hatte, war man verantwortlich.

Ich mochte mir nicht vorstellen, diese Treppen hochzugehen, *there's no way I can pay you back*, aber ich konnte auch nicht weglaufen. Ich sah keinen anderen Weg mehr.

Ich fuhr ins Büro, um es hinauszuzögern. Ich fuhr ins Büro, weil sie vielleicht mit ihrer täglichen Runde noch nicht durch war. Ich fuhr den Rechner hoch und sah, dass mittlerweile viel passiert war bei Tochka. Toni hatte neue Angebote, zwanzig Prozent auf alles plus einige Packagedeals, 3.5gr Mephedron+2gr MDMA+2gr Gras für nur 50 Euro, Angebot beschränkt bis Donnerstag 16.00 Uhr, dann würden alle Bestellungen rausgehen und zumindest die Kunden in Deutschland konnten am Wochenende feiern.

Doch schon vier Stunden später hatte Toni im Forum geschrieben, dass so ein Verkäufer wie er natürlich viele Hater und Neider habe und er Drohungen erhalten hatte, dass man bei ihm bestellen werde und angeben, die Ware sei nicht angekommen, sollte er diese Sonderrabattaktion nicht sofort wieder abblasen.

Jemand hatte ihm geschrieben, er habe über vierzig Accounts am Start, die nicht neu eröffnet und die loyal waren. Diese vierzig Nutzer würden große Mengen bei ihm bestellen, um ihn empfindlich zu treffen. Er postete einen Screenshot, in dem es hieß: *Abandon the sale or we'll destroy your business.*

Ich bitte um eure Hilfe, schrieb er. Sale bleibt. Ich lasse mich nicht erpressen. Aber Pakete gehen nur raus, wenn ihr FE'ed. Wer nicht FE'ed, ist einer dieser Drecksaccounts und bekommt auch nichts. Peace out, Toni.

2004, My Life Is a Movie, K'naan

Er sitzt, er atmet ein, er atmet aus, allein und auch in der Gruppe. Er fährt auf Retreats, tagelang schweigen und meditieren. Aber er lernt neue Menschen kennen, Menschen, die bessere Partner werden möchten, bessere Eltern, bessere Zuhörer, Menschen, die den Krebs besiegen wollen, die Depression, den Stress, die Wunden der Kindheit, die Wut oder die Leistungsgesellschaft und den Kapitalismus gleich mit. Menschen, die versuchen Mitgefühl zu entwickeln, Liebe. Menschen, die glauben, wenn sie lange genug sitzen und endlich etwas geschieht, würden alle ihre anderen Probleme auch aufhören. Menschen, die glauben, wenn man lange genug meditiert, wenn man ein Meister wird in dieser Disziplin, dann schafft man auch den Rest. Menschen, die nach einem spirituellen Bypass suchen.

Er lernt niemanden kennen, der es nicht schafft, die Kinder früh genug zu wecken, damit sie pünktlich in der Schule sind, niemanden, der darunter leidet, dass er trotz der elf Stunden, die er täglich als Gerüstbauer arbeitet, seine Familie kaum ernähren kann, niemanden, der auf Bewährung draußen ist und auf diese Weise auf Besserung hofft, niemanden, der seit zwei Monaten clean ist, niemanden, der mit seinem Gehalt noch acht andere in der alten Heimat ernährt, niemanden, der im Schichtdienst arbeitet, niemand aus Westmarkt verirrt sich in die Arme des Zen. Wenn jemand Raten nicht zahlen kann, geht es um die Raten für das Haus und die Raten für das Sofa. Hier suchen Menschen Auswege, denen jede Tür offensteht.

Er sieht, dass er es geschafft hat, genug freie Zeit zu haben, um zu sitzen, tatenlos zu sitzen. Und zu denken: Die anderen haben keine Ahnung. Er sieht seine Überheblichkeit, seine Arroganz, aber er kann sie nicht abstellen.

Er redet mit den Menschen und die meisten sind offener als er, er hört ihre Geschichten und versteht, dass es bei ihnen auch nicht anders ist als bei ihm. Ihre Mutter hat sie nicht geliebt, der Vater hat den Bruder bevorzugt, der Tod hat die Schwester mitgenommen, die Mutter hat heimlich getrunken, das Haus gehörte längst dem Finanzamt, über die Verbrechen des Opas wurde nie geredet, die Eltern wünschten sich man wäre anders. Er sieht, dass die Probleme sich vielleicht nur darin unterscheiden, dass die der anderen besser versteckt sind.

Er wünscht sich, er könnte diese Menschen lieben, er würde nicht unterscheiden zwischen ihnen und den anderen, aber es geht nicht. Sie sind nicht seine Leute. Aber bei seinen Leuten will er nicht sein.

Er sieht, dass es etwas in ihm gibt, das größer ist als die Geschichten. Dass es nur eine Geschichte ist, dass seine Mutter ihn nicht haben wollte. Dass er keinen Platz für sich findet. Da ist etwas, das größer ist. Da ist eine Freude in ihm darüber, ein Teil der Schöpfung zu sein, eine Freude darüber, verwickelt zu sein mit diesem Leben, eine Freude, die weit über jede Geschichte hinausreicht.

Eine Freude, jemanden im Stockbett über sich gehabt zu haben, eine Freude, zu spüren, wie weit und groß die Welt werden kann, wenn jemand wie Sevgi dich im Arm hält, eine Freude darüber, wie sich alle Grenzen auflösen, wenn man noch redet, während draußen schon die Vögel zwitschern. Eine Freude darüber, nicht genau zu wissen, wo man ist, wer man ist, was man ist. Manchmal findet er tief in sich etwas, das eine Mitte sein könnte. Einen Frieden. Hin und wieder hat er das Gefühl, allem gewachsen zu

sein. Hin und wieder vertraut er diesen Wellen, die er Leben nennt. Doch das alles hält nie lange an.
Es kommt nicht darauf auf, wie du bist, wenn es gut läuft. Es kommt darauf an, wie du bist, wenn es nicht so gut läuft.

37

Jemand kam gerade unten aus der Tür und ich ging rein ohne zu klingeln. *There's no way I can pay you back.* Ich wusste nicht, in welchem Tempo ich sonst diese Treppen hochging, mal wurde ich langsamer, dann wieder schneller.
Ich durfte nicht zögern. Ich durfte nicht zweifeln. Natürlich würde es Sevgis Herz brechen, wenn ich ihr erzählte, wie hoch Lesanes Schulden waren und wie er sie gemacht hatte. Natürlich würde es ihr das Herz brechen zu erfahren, dass ich in meinem Job nicht genug Geld machte, um etwas beiseite zu legen, sondern dass auch das Polster von 12.000 Euro Ablöse, die ich damals für den Kiosk bekommen hatte, mittlerweile weg war. Als ich den Kiosk übernommen hatte, hatte ich mir 9.000 Euro von Sevgi geliehen, weil keine Bank mir einen Kredit geben wollte. Nach drei Jahren hatte ich es ihr zurückbezahlt, obwohl sie darauf bestehen wollte, dass ich es behielt. Ich hatte ihr das Geld aufgezwungen. Wie ich sie kannte, hatte sie es nicht angerührt. 9.000, das wäre ein guter Anfang, wahrscheinlich hatte sie mehr.
Es würde Sevgi das Herz brechen, wenn sie erfuhr, dass Lesane möglicherweise denselben Weg gehen würde wie ihr Sohn. Sie würde sich grämen. Wegen ihm, wegen mir, wegen diesem Leben hier. Es würde sie nicht glücklicher machen, jetzt, wo sie glaubte mit einem Bein ohnehin im Grab zu stehen. Doch sie würde helfen. Daran zweifelte ich nicht.
Ich konnte Kamber nicht verraten. Und ich konnte ihr nicht von ihm erzählen. Doch den Rest konnte ich erzählen. Und wenn Sevgi alles gewusst hätte und vor der Wahl gestanden hätte, zu

geben oder Hilfe zu verweigern, dann hätte sie gegeben. Sie hätte nicht von mir verlangt, Kamber zu verraten. Auch wenn sie keinen Sohn mehr hatte, der so hieß.
Ich hatte auch überlegt, zu Rahel zu gehen. Wer über 1.000 Euro für eine Espressomaschine ausgeben konnte, hatte sicherlich ein paar gesparte Euro. Aber ich wäre mir vorgekommen wie ein Bittsteller. Würdest du an die Tür deiner Ex klopfen und um Geld bitten für deinen Sohn? An die Tür deiner Ex, die keine Kinder mit dir wollte, aber direkt mit dem nächsten, den sie sich geangelt hat.
Ich hätte Sevgi anlügen können, irgendeine Geschichte über eigene Schulden erzählen, über ein schiefgelaufenes Geschäft. Doch ich hatte mir irgendwann geschworen sie nie wieder anzulügen.
Ich hatte die letzte Stufe schon genommen, ich stand praktisch schon vor der Tür. Ich hatte mich nicht angekündigt, ich ging davon aus, dass sie zu Hause war, wo sollte sie abends sonst sein? Noch auf dem Weg nach Sonderangeboten stöbern?
Sonderangebote. Tonis Sonderangebote. Ich war langsam. Ich war einfach zu langsam. Die Sonderangebote deuteten auf einen Exitscam hin. Wieso hatte ich das vorher nicht gesehen? Und wenn er scammen wollte, konnte ich an Geld kommen, ohne Sevgi zu bitten.
Ich blieb stehen, wartete, drehte mich dann um und ging die Treppe runter. Bewusst langsam jetzt. Mein Herz raste, doch es konnte klappen. Und wenn es nicht klappte, dann konnte ich noch mal diese Stufen hochsteigen.
Die Frage war falsch gewesen. Die ganze Zeit. Wenn die Frage falsch war, waren auch alle Antworten falsch. Die Frage war nicht, ob ich Kamber ausliefern wollte und welche Gründe dafür und welche dagegen sprachen. Die Frage war: Wie komme ich an Geld, um Lesanes Schulden zu begleichen? Diese ganzen Gefühle und Meinungen und Loyalitäten und Geschichten in meinem Kopf hatten mir den Blick versperrt.
Ich saß am Rechner und sah es mir noch einmal an. Die Ankün-

digung, auch in die USA zu verschicken. Die Bitte, das Geld aus Escrow freizugeben, damit er expandieren konnte. Die zweite Bitte, Escrow zu umgehen, weil er Drohungen erhalten hatte. Die zeitlich begrenzten Paketangebote, die echte Schnäppchen waren. Dazu die Vermutung, dass er Läufer und Bunker gewechselt hatte. Oder ganz aufgegeben. Plus die Fotos, die Cengiz mir geschickt hatte. Es deutete alles in eine Richtung: Kamber wollte nicht expandieren. Sondern aussteigen. Und dabei so viele Kunden wie möglich prellen. Ich konnte falschliegen, aber es passte alles zusammen.

Ich schrieb Toni eine Nachricht auf Tochka. Zählte die einzelnen Punkte auf. Und schrieb: Komisch, dass bisher niemand eins und eins zusammengezählt hat. Alle Zeichen auf Exitscam. Stell dir vor, jemand schreibt dieses Wort ins Forum. FUD. Und wenn ich dann schreibe, dass dein Labor bei Cranzahl liegt, dein Bunker in der Overbeckstraße in Duisburg. Und dass das Haus, in dem du in Oberhausen wohnst, auf einen anderen Namen läuft, *doxing at its best*. Vor den Bullen brauchst du keinen Schiss zu haben, da haut dich ein guter Anwalt raus, alles nur Indizien. Aber wenn ich hier streue, dass ein Exitscam im Gang ist, springen alle Käufer ab.

Ich will dir nichts. Ich will nur ein Stück von deinem Kuchen. 3.2 Bitcoin hierher: 3AigrYTKihyUhd7M5EZBahTUJ95dgmjGFj. Und du hörst nie wieder von mir. Versprochen. Wort von jemandem von der Straße.

Ich saß da und las mir den Text noch mal durch. Und noch mal. Prüfte, ob er Hinweise auf meine Identität enthielt. Und ich dachte daran, dass Kamber immer gesagt hatte, dass man nur drohen sollte, wenn man bereit war, Taten folgen zu lassen. Es war einfach nicht möglich, ihn damit zu erpressen, zur Polizei zu gehen. Was ich hatte, reichte nicht für eine Anklage. Aber ich konnte ihm drohen, ihm den Exitscam zu versauen.

Ich fragte mich, wie er reagieren würde, sollte er eines Tages irgendwie herausfinden, dass ich ihn erpresst hatte. Oder versucht hatte zu erpressen.

Kurz war ich versucht, ihm die Wahrheit zu schreiben. Ihn einfach zu bitten, mir das Geld zu überweisen. Er hätte es getan. Derselbe Geldgeber, dasselbe Drogengeld. Nur freiwillig. Er hätte es getan. Er hatte mir das Geld für die Indienreise aufgedrängt. Er hatte sich immer um mich gekümmert. Er würde mich nicht hängenlassen, wenn ich erklärte, warum ich das Geld brauchte. *My pockets ain't hurting that's for certain ... I'm the first muthafucker on the block for the cheese.*
Aber ich konnte ihn nicht bitten. Und das war kein Stolz. Ich wollte mich verstecken. Das war die Wahrheit. Ich wollte mich verstecken, aber nicht weil ich Angst hatte. Sondern weil ich dieses Leben wollte. So wenig es mir auch gefiel. Ich hatte mich entschieden. Ich wollte raus aus Westmarkt, ich wollte nicht mit Angst und Gewalt leben, ich hatte mich entschieden, schon vor langer Zeit. Und es war eine Entscheidung gegen Kamber gewesen. Ob ich wollte oder nicht.
Ich wusste nicht, ob Kamber darauf einsteigen würde oder nicht. Wahrscheinlich würde er sich hinsetzen und sich ausrechnen, ob es sich lohnte, sich mein Schweigen zu erkaufen. Wie viele Leute konnte er in den nächsten Tagen noch mit seinem Angebot locken? Wie wäre sein Schnitt, wenn er mir so einen fetten Teil abgab?
Viele Menschen konnten nicht aufhören zu rauchen, zu sitzen, Zucker zu essen. Viele Menschen konnten nicht verzichten und fühlten sich größer, wenn sie sechs Wochen im Jahr in der Fastenzeit keinen Kuchen aßen oder kein Bier tranken. Jedes Mal im Januar waren die Fitnessstudios voller. Doch wenn es um Kriminalität ging, schien ihnen die Sache leicht. Damit konnte man aufhören.
Wenn ich ehrlich war, ging es gerade nicht um Kamber, es ging nicht um Lesane, es ging nicht um mich. Da war Freude in mir. Ein Gefühl wie ein möglicher Sieg. Erfolg. *Did you see what I done, came in a black Benz, left in a white one.* Das Gefühl, dem System ein Schnippchen schlagen zu können. Das Gefühl, sauber und reicher aus einer Sache rauszukommen.

Doch man kam nicht sauber raus. Nie. Das wusste ich. An jedem verdammten Schein, an jedem Bitcoin klebte Blut und wenn es kein Blut war, waren es Tränen und Leid.
Ich las die Nachricht noch mal. Ich lehnte mich zurück. Ich fühlte mich jung. Und gut. So gut, wie vielleicht seit Jahren nicht. Kriminalität ist eine Droge. Ich klickte auf Senden.
Dann tat ich, was ohnehin getan werden musste, und bat Armbruster für ein Gespräch ins Büro.

38

Es schien ihm besser zu gehen. Etwas zumindest. Beim ersten Gespräch war es mir nicht aufgefallen, aber jetzt im Vergleich wirkte er deutlich weniger roboterhaft, er musste damals auf Beruhigungsmittel gewesen sein. Ich fand ihn immer noch nicht sympathisch, doch ich sah seinen Schmerz deutlicher. Sei es, weil er nicht gedämpft war, sei es, weil ich irgendetwas besser verstand.
Ich hatte gedacht, es würde mir leichtfallen, aber das tat es nicht.
– Herr Armbruster, sagte ich, die Ermittlungen sahen lange Zeit sehr vielversprechend aus. Ich habe Sie ja über den Fortgang immer per Mail informiert. Die beiden Postfilialen, von denen die Sendungen verschickt worden sind, sind bekannt. Die Adresse des Läufers ist bekannt. Die Adresse des Kiosks, in dem die Drogen zwischengelagert wurden, ist bekannt. Das Kennzeichen des Autos, mit dem die Drogen mutmaßlich zum Depot gebracht wurden, ist bekannt. Wir haben den Wagen dann aber bei der Verfolgung leider verloren, weil wir auf keinen Fall entdeckt werden wollten. Das hätte möglicherweise dazu geführt, dass der Dealer zusätzliche Vorsichtsmaßnahmen ergreift. Wie dem auch sei, diese hochsensiblen Daten habe ich Ihnen hier zusammengefasst.
Ich legte ihm ein Kuvert auf den Tisch. Die Angaben stimmten,

bis auf den Kiosk, da hatte ich den Kiosk genommen, der am anderen Ende der Straße war. Ich bezweifelte, dass die Polizei diesen Hinweisen nachgehen würde, aber selbst wenn, sah ich keine Gefahr. Wenn der Läufer nicht dumm gewesen war, konnte er alles leugnen, und er war ohnehin nur ein kleiner Fisch, an dem die Polizei nicht interessiert war. Der Gebrauchtwagenhändler wusste wohl, wer da in seinem Auto herumfuhr, und würde entsprechende Sicherheitsmaßnahmen ergriffen haben.

Es bestand natürlich ein Restrisiko. Der Läufer musste die Adressen der Kunden und die Bestellmengen übermittelt bekommen haben. Er hatte Adressaufkleber ausgedruckt und Versandtaschen damit beklebt. Möglicherweise konnte die Polizei all die Adressen und Namen auf seinem Rechner finden. Und anderes belastendes Material, dass den Läufer dazu bringen konnte, seine Auftraggeber zu verraten. Für den Fall, dass er wusste, wer sie waren.

Es blieb ein Restrisiko, aber es blieb immer ein Restrisiko.

– Es ist auch genau dokumentiert, wie ich zu den einzelnen Fakten gelangt bin.

Ich hatte über zwei Stunden daran gesessen, dieses Schreiben zu verfassen, mit minutiösen Angaben, die teilweise erfunden waren, doch bis auf die Adresse des Kiosks waren alle relevanten Fakten korrekt.

Herr Armbruster sah mich abwartend an. Er wusste, was ich jetzt sagen würde, aber er wusste noch nicht, wie die Begründung sein würde.

– Ich wünschte, ich hätte mehr zu Ihrer Zufriedenheit arbeiten können, aber ich bin leider nicht in der Lage, die Ermittlungen fortzuführen, denn der Dealer hat einen sogenannten Exitscam hingelegt. Er hat viele Kunden geprellt und ist nun von der Bildfläche verschwunden, ich habe keine Möglichkeit mehr, ihn ausfindig zu machen.

Das stimmte nicht ganz, kam aber der zukünftigen Wahrheit, wie ich sie voraussah, ziemlich nahe.

Sein Gesichtsausdruck veränderte sich, aber ich konnte ihn nicht deuten.
– Herr Benali, sagte er, ich war zu Beginn ja etwas skeptisch, muss ich gestehen, aber dass Sie ganz alleine ohne Mitarbeiter, ohne die Ressourcen, über die die Polizei verfügt, an diesen Punkt gelangt sind, beweist ja, dass Sie wie geschaffen für diese Arbeit sind. Auch wenn es jetzt unwahrscheinlich scheint, dass Sie die Identität des Dealers eruieren können, würde ich es begrüßen, wenn Sie nicht aufgeben. Vielleicht hilft Ihnen ein Zufall. Vielleicht können wir auch Ihr Honorar nachverhandeln.
Ich war überrascht. Aber eigentlich hieß es nur, dass er gewohnt war, Menschen zu führen.
– Vielen Dank für Ihr Vertrauen, sagte ich. Ich weiß es zu schätzen. Ich habe mir diese Entscheidung reiflich überlegt. Sollte ich sie dennoch revidieren wollen, lasse ich Sie das natürlich als Erstes wissen. Wenn nichts dagegen spricht, würde ich gerne das Geschäftliche klären, damit wir das zu einem – möglicherweise vorläufigen – Ende bringen können.
Er nickte. Wir einigten uns auf die 5.000 Euro plus Spesen, abzüglich seiner bisherigen Zahlungen schuldete er mir 1.200 Euro.
Als er aufstand und mir die Hand gab, hatte er Tränen in den Augen. Seine Hoffnung starb. Er setzte an, um etwas zu sagen, hielt aber dann den Mund.
Wohin man sah, litten Menschen. Aber war das Kambers Schuld? Oder die der Drogen? Oder die des Internets? War Fynn nicht an Gier gestorben? Oder an Dummheit?
Für alles konnte man Erklärungen und Ausflüchte finden, nur um nicht dem Schmerz ins Gesicht blicken zu müssen.
Es war, als würde Armbrusters Schmerz in mir nachklingen, lange nachdem er gegangen war. Ich versuchte mich an das Gefühl zu erinnern, das ich gestern gehabt hatte, als ich die Nachricht an Kamber abschickte. Doch das schien mir lange her und hatte sich bereits verflüchtigt. Er hatte die Nachricht gestern Nacht

noch gelesen, sich bisher aber nicht gemeldet. Ich schrieb ihm noch mal: Okay, soll ich jetzt ins Forum posten, dass ein Exitscam unterwegs ist?

Drei Minuten später hatte ich Antwort: Chill, schrieb er. Ganz ehrlich? Ich musste rechnen, ob es sich lohnt. Tut es. Ich überweis die Bitcoins jetzt. Kann aber dauern, das Netzwerk ist überlastet, wie du weißt.

Das stimmte, das Bitcoinnetzwerk war überlastet. Der Bitcoin war auf einem Rekordhoch, und allerorten wurden Verbraucher davor gewarnt, in diese Währung zu investieren. Die meisten Börsen, die mit Bitcoins handelten, hatten ihre Registrierung für neue Nutzer geschlossen, weil sie des Ansturms nicht mehr Herr wurden. Menschen, die vorher noch nie etwas von Bitcoins gehört hatten, glaubten auf die Schnelle ein paar Euro verdienen zu können. Menschen, die nicht das Geringste über Bitcoins wussten, fühlten sich angezogen und wollten profitieren. Die Medien sprachen von einer Blase, von Schneeballsystem, von Betrug, davon, wie viel Strom Bitcoins verbrauchten. Es hieß, das müsse verboten werden oder zumindest reguliert, um den Verbraucher zu schützen. Alle hatten eine Meinung, die digitale Währung wurde hin und her überwiesen und diese Transaktionen, die vor wenigen Monaten noch kaum zwanzig Minuten gedauert hatten, zogen sich jetzt stundenlang hin und kosteten erhebliche Gebühren.

Der Bitcoin war nach der Wirtschaftskrise 2008 erschaffen worden, basierend auf einer seit 1988 existierenden Idee. Die Krise damals hatte alle getroffen. Aber niemand hatte vorher laut in den Medien gewarnt. Niemand hatte von einer Blase gesprochen. Von einer Regulierung. Von Verbraucherschutz.

Der Bitcoin war wie Westmarkt. Wenn etwas passierte, schauten auf einmal alle hin und projizierten ihre Sorgen und Ängste und Schreckensszenarien darauf und taten so, als wüssten sie genau, was warum wie wo und wann passierte.

Schick mir die Transaktionsnummer, schrieb ich Toni. Auch wenn die Bestätigung der Überweisung dauerte, konnte man an

der Transaktionsnummer zumindest sehen, dass sie in der Warteschlange war. Toni antwortete nicht. Also schrieb ich:
Augen auf, Toni verlangt von euch, Escrow nicht mehr zu benutzen, weil er angeblich investieren möchte und bedroht wird. Er verschickt neuerdings in die USA und hat Angebote, die zu gut klingen, um wahr sein. 3.5gr Mephedron+2gr MDMA+2gr Gras für nur 50 Euro. Wer an so ein Angebot glaubt, glaubt, weil er glauben möchte. Wie viele Noobs hier, die einen Exitscam nicht riechen, wenn sie ihn schon klar vor Augen haben?
Ich machte einen Screenshot und schrieb: Soll ich auf Senden klicken?
Drei Minuten später hatte ich die Transaktionsnummer. 3.2 Bitcoin. Knapp 21.000 Euro. Das sollte reichen.

39

Ich wäre gerne ins Mangal gegangen, doch es war schon nicht geschickt gewesen, sich dort mit Ayleen zu treffen. Es lag am Rand von Westmarkt und es wurde immer viel geredet. So saßen wir bei einem Italiener in der Nähe von Sevgis Wohnung. Ich hatte sie überreden müssen. Essen zu gehen war Sevgi fremd. Warum sollte man draußen viel mehr Geld bezahlen, als es zu Hause gekostet hätte? Nur weil man nicht selber kochen und spülen musste? Das leuchtete ihr nicht ein. Und ein Italiener erst recht nicht. Teigwaren, die nichts kosteten und für die man viel bezahlen musste. Lesane hingegen war zufrieden, Pizza, Döner, Pommes, Kebab oder Burger, er hielt sich für nicht so wählerisch.
Ich wollte einfach nur irgendwo zusammensitzen, in einem richtigen Restaurant und nicht in einem besseren Imbiss.
Ich wollte irgendwo sitzen und einen Schlusspunkt haben. Einen neuen Anfang. Ein Gefühl von Familie. Ein Gefühl von Entspannung. Ein Gefühl, als würde es noch dauern bis zum nächsten Tunnel.

Ich hatte Lesane eingeschärft, dass Sevgi nichts von seinen beglichenen Schulden erfahren durfte.
Dass ich Toni erpresst hatte, hatte ich ihm nicht erzählt. Cengiz hätte die Spur irgendwie verloren und ich hätte doch noch Rahel angepumpt und würde ihr das Geld in Raten abzahlen.
Ich hatte ihm gesagt, dass ich das gerne als Schlusspunkt sehen würde, dass Schluss sein musste mit dem Dealen, und er hatte mir versprochen, die Finger davon zu lassen. Was hätte er sonst tun sollen? Das war das, wovon er glaubte, dass ich es von ihm hören wollte.
Die Bitcoins, die Kamber mir überwiesen hatte, hatte ich an der Bitcoinbörse, bei der ich angemeldet war, verkauft und das Geld von dort auf mein Konto überwiesen. Ich würde das Geld einfach bei der nächsten Steuererklärung als privates Veräußerungsgeschäft angeben.
Kamber hatte sich noch zweimal eingeloggt bei Tochka, nachdem ich ihn erpresst hatte. Das erste Mal drei Tage später, als die Ersten sich beschwerten, ihre Bestellungen kämen nicht an. Er hatte einen langen Post geschrieben, sich entschuldigt und gesagt, dass die Umstrukturierung nicht ganz so reibungslos verlief, dass ihm zu allen Schwierigkeiten auch noch die Festplatte abgeschmiert war, deshalb sei er mehrere Tage nicht mehr online gewesen. Bald würden sie alle Probleme im Griff haben und er würde einen Ausgleich für die Unannehmlichkeiten finden.
Die Leute glaubten, was sie gerne glauben wollten. Ich fand es erstaunlich, dass sich niemand fand, der einen Verdacht hegte und äußerte. Der fand sich erst weitere vier Tage später, und als das Wort Exitscam erstmal im Forum auftauchte, postete auf einmal jeder etwas, FUD. Daraufhin loggte Toni sich noch mal ein und schrieb.
Ja, Leute, ich weiß, es sieht alles nach Exitscam aus, das tut mir leid. Wir verkaufen seit Jahren zuverlässig Qualitätsware hier. Denkt mal nach. Warum sollten wir ein laufendes Geschäft auf-

geben und auf den Ruf scheißen, den wir uns so hart erarbeitet haben? Das macht doch keinen Sinn. Zu allen anderen Problemen kam hinzu, dass die Polizei letzte Woche eines unserer Lager gebusted hat. Keine Sorge, wir sind alle auf freiem Fuß. Und werden es auch bleiben. Wir verstärken gerade alle Sicherheitsvorkehrungen, damit auch ihr sicher sein könnt. Wir verlängern das Angebot um eine weitere Woche. In ein, zwei Wochen sollte alles wieder beim Alten sein und ihr werdet lachen über dieses Exitscam-Gerede. Peace.

Er versuchte die Kuh zu melken, solange sie sich noch irgendwie auf den Beinen halten konnte. Ich war versucht, auch einen Post zu schreiben, aber ich gönnte ihm jede Bestellung, die er nicht losschickte.

Irgendwie schien er sauber aus dieser Sache rauszukommen. Ich konnte es zwar nicht glauben, doch es sprach alles dafür. Dabei wusste ich genau: Niemand kommt sauber irgendwo raus. Man wird immer verwickelt mit der Welt und selbst der sauberste Schnitt bedeutet, dass man etwas zurücklässt, etwas, das man bestenfalls nur vermisst.

Ich war raus und saß mit der Frau, die mir eine Mutter gewesen war, und einem jungen Mann, der mir zum Sohn geworden war, bei einem Italiener, bei dem es keine Pizza unter 18 Euro gab, und mir war klar, dass der Weg lang gewesen war, ich es aber trotzdem nicht besonders weit gebracht hatte.

– Kebab wäre vielleicht besser gewesen, sagte Lesane, der Boden von der Pizza ist so dünn und da ist zu wenig Käse drauf.

– Zu viel Fleisch ist nicht gesund, sagte Sevgi und ich sah sie erstaunt an.

– Zum Beispiel wegen Arthrose, sagte sie.

– Bitte?

– Das sagt der Arzt, der Doktor Pohls Praxis jetzt hat.

– Ein neuer Arzt?

– Ja, Doktor Pohl ist in Rente. Jetzt ist da ein neuer, Doktor Hepting. Er ist mit einer Türkin verheiratet.

– Woher weißt du das?
– Das weiß jeder.
– Ja, sagte Lesane. Ich habe auch davon gehört.
– Seine Frau ist die Cousine von Öykü Karayel, sagte Sevgi.
Als sie unsere Gesichter sah, fügte sie hinzu:
– Die Schauspielerin. In der Türkei kennt sie jeder.
– Bei uns guckt keiner türkische Serien, sagte Lesane. Aber alle gehen jetzt zu Doktor Hepting.
– Ja, weil er verwandt ist mit Öykü, sagte Sevgi. Aber er ist ein guter Arzt. Ich: Rheuma, Arthrose, Hüftverschleiß, kaputte Knie, Varizen, schlechte Nieren, Herzfett. Er sagt: Kein Problem. Ein bisschen bewegen, viel Gemüse essen, wenig Zucker, viel Olivenöl. Er sagt: Niemand stirbt gesund. Nicht so viele Sorgen machen. Er ist seit zwei Wochen da, aber allen geht besser.
Doktor Pohl war ein alter Mann gewesen, der seine Praxis Ende der Sechziger eröffnet hatte, bevor sich das Viertel änderte. Er hatte nie einen richtigen Kontakt zu den Leuten aus Westmarkt bekommen. Vielleicht hatte er geglaubt, ihre Krankheiten seien eine Folge von plötzlich erhöhtem Lebensstandard im Vergleich zu dem im Heimatland. Er war einer gewesen, der etwas ratlos vor diesen Menschen saß, die sich nicht gut ausdrücken konnten und von denen sich keiner einfach mal zusammenriss. Sevgi hatte mich oder Kamber nie gebraucht, aber sie hatte uns mit Nachbarn mitgeschickt, damit wir übersetzten.
Ich selber konnte mich nur an ein einziges Mal erinnern, dass ich bei ihm gewesen war. *Tical* war gerade draußen und ich hatte Knieschmerzen. Er hatte mir Ibuprofen verschrieben und mir gesagt, ich solle einfach mal zwei, drei Wochen pausieren. Ich hatte ihm erzählt vom Basketball, was es mir bedeutete, wo ich hinwollte, ich hatte ihm auch erzählt, dass ich vor Schmerzen nicht mehr spielen konnte, aber das hatte ihn nicht interessiert. Genauso wenig wie eine exakte Diagnose. Vielleicht war er mit allen so, vielleicht hatte es auch nichts mit Westmarkt zu tun

und er war einfach ein Arzt, der seine Arbeit nicht richtig ernst nahm.

– Was willst du machen, wenn die Schule fertig ist?, fragte Sevgi Lesane. Das hatte sie schon mal gefragt und ich hielt auch dieses Mal die Luft an.

– Ein Freund von mir hat jetzt einen Handyreparaturladen eröffnet, der läuft richtig gut. Die Displays gehen immer kaputt. Und jeder hat ein Handy. Gutes Geschäft. Nicht wie in der Schule, wo man immer nur zuhören muss, immer nur Kram lernen, den keiner braucht. Ist cool, wenn man weiß, wie man ein Handy repariert.

Ich sah Sevgi an, weil ich sehen wollte, ob sie ihm glaubte, doch sie ließ sich nichts anmerken. Lesane hatte sich wenigstens ein wenig mit diesem Thema beschäftigt und vielleicht hatte diese Geschichte mit Dilovan und mein Gespräch danach doch einen Effekt gehabt. Es war denkbar, dass er zufrieden war, wenn er in einem Laden stand. Im Gegensatz zu mir war er gern mit Menschen zusammen, warum sollte es ihm nicht gefallen, mit den Leuten aus dem Viertel zu reden.

Ich lehnte mich zurück. Eine Familie, die essen geht. So könnte vielleicht ein kleines Glück aussehen. Zusammen sitzen, reden, kauen, essen, atmen. Sevgi hatte nicht am Herd stehen müssen und auch jetzt konnte sie sich entspannt zurücklehnen und musste nicht dauernd die Teller im Blick haben und fragen, was man noch wollte. Wir saßen gemeinsam an einem Tisch, wir hatten ein wenig Geld, wir hatten ein wenig Zeit, wir hatten keine großen Sorgen, wir hatten uns und unsere Fehler. Sevgi klagte, Lesane plante hoffentlich keine Dummheiten, und ich machte mir keine Gedanken darüber, woher der nächste Auftrag kommen sollte. Vielleicht sahen wir alle besseren Zeiten entgegen.

Wir hatten etwas, das uns verband, auch wenn ich nicht genau hätte sagen können, was das war. Das Blut war es nicht, die Zeit, die wir zusammen verbracht hatten, war es auch nicht, es war nicht die Aufrichtigkeit und auch nicht das Vertrauen.

Vielleicht war es einfach nur Westmarkt. Wir würden Westmarkt nie aus unseren Knochen und Köpfen kriegen, wir würden nie vergessen, was wir dort gesehen und gelernt hatten. Aber dann wiederum hatte ich diese Verbindung ja nicht mit jedem aus Westmarkt.

Ich sah Lesane an. Er war mein Sohn. Ich sah Sevgi an. Ich war ihr Sohn. Das hatte nichts mit Blut zu tun. Vielleicht war es so etwas wie Schicksal. Uns hatte eine Kraft zusammengeführt, gegen die sich keiner von uns wehren konnte. Ich fühlte mich stark genug, um mich dieser Kraft hinzugeben, mich ihr auszuliefern und mich dahin tragen zu lassen, wo sie mich haben wollte.

Nach dem Essen brachten wir Sevgi zu Fuß nach Hause, dann begleitete ich Lesane nach Westmarkt. Es lief zu Hause ganz gut, erzählte er, Sami würde ihm nicht mehr auf den Sack gehen, Ayleen und er würden sich auch viel besser verstehen. Sie hatte mir vorgestern getextet: Was auch passiert ist, der Junge ist relaxter. Liegt vllt an dir.

Heute Morgen beim Aufräumen hatte ich das Schreiben in den Händen gehabt und nochmal gelesen.

Sehr geehrter Herr Benali,

wir freuen uns, Ihnen nunmehr das Ergebnis Ihres Vaterschaftstests mitteilen zu können.

In die Untersuchung wurden folgende Personen einbezogen:

Özcan, Ayleen

geb. 21.12.1978

Mutter

Benali, Nizar

geb. 17.01.1977

mögl. Vater

Özcan, Lesane

geb. 23.05.2000

Sohn

Die Analyse der genetischen Proben und die biostatistische Auswertung haben ergeben, dass Nizar Benali mit einer Wahrscheinlichkeit von 99.999999 % der biologische Vater von Lesane Özcan ist.
Die Vaterschaft ist somit praktisch erwiesen.
Eine ausführliche Erläuterung der Untersuchung und deren Ergebnisse entnehmen Sie bitte dem beigefügten Abstammungsgutachten.

Ich hatte mich setzen müssen, als ich es das erste Mal gelesen hatte. Da war Wut gewesen, Wut auf Ayleen, Hilflosigkeit, Schrecken, Angst, das Gefühl betrogen worden zu sein, doch da war noch ein Gefühl gewesen, das ich nicht sofort benennen konnte. Und das jetzt übrig geblieben war: Freude.
– Was hast du eigentlich mit dem Mephedron gemacht?, fragte ich Lesane unvermittelt.
– Womit?, fragte er ganz unschuldig.
– Mit dem Mephedron, das oben auf dem Küchenschrank lag.
– Mephedron, sagte er.
– Ja, bestätigte ich.
– Mephedron, wiederholte er langsam, so als wolle er es sich einprägen.
– Was hast du damit gemacht?
– Verkauft, sagte er.
– Wann?
– Das war noch, bevor ich den Läufer entdeckt habe.
– Hast du es selber genommen?
Er schüttelte den Kopf.
– Aber die Leute, die es genommen haben, hätten gern mehr, sagte er.
– Vergiss es, sagte ich.
Er nickte. Ich sah ihn an. Ich hätte beim besten Willen nicht sagen können, ob er versuchen würde sauberzubleiben.

Danksagung

Am Ende steht immer mein Name auf dem Buch, doch es sind viele Menschen, ohne die es nie hätte so geschrieben werden können. Ich verbeuge mich in Dankbarkeit.